Anke Becker

Vereinte Welten

Der Auserwählte

2. Auflage

c/o Papyrus Autoren-Club

R.O.M. Logicware GmbH

Pettenkoferstr. 16-18

10247 Berlin

Titelbild: Anke Becker mit Bildern von iStock

Korrektur: Stefanie Brandt

Aus der Geschichte der vereinten Welten:

„Ein Regierungszyklus endet nach zwanzig Jahren mit der Titelübergabe der Kan'ya und der Whaea. Gleichberechtigt nebeneinander symbolisieren sie die Harmonie aus Tradition und Fortschritt.
Die neu ernannten Amtsinhaberinnen verpflichten sich, die Regierung in Frieden und Einklang zu führen.

Die Whaea entspringt den besten und fähigsten Frauen der miteinander verbundenen Welten.
Die große Mutter selbst erwählt den Kandidaten, der mit ihr die zukünftige Kan'ya zeugt. Ein Kind, das in dem Wissen um die kommende Verantwortung aufwachsen wird.

So steht es geschrieben seit Jahrtausenden: Ein Kreislauf geschaffen, um Erfahrung, Pflichtgefühl und Begabung zum Wohle aller zu vereinen."

Prolog

Peitschende Gischt aus tosenden Wellen schlug dem Jungen ins Gesicht. Seine feuerroten Haare und die grünliche Kleidung klebten ihm nass auf der hellen Haut. Eingekeilt zwischen der Kabinenwand hinter und dem Rettungsboot vor ihm starrte er durch die Geländerstäbe auf den aufgewühlten Ozean. Sein Blick verlor sich im eintönigen Grau aus tief stehenden Wolken und bleiernem Meer.

Ein spitzer Wellenkamm hob den Bug des behäbigen Schiffes empor, nur um ihn gleich darauf in die Tiefe fallen zu lassen. Der Rumpf sackte ab, stach in die nächste heranrollende Woge. Mit der Erschütterung ergoss sich ein Wasserschwall über das Kind und brachte es ins Wanken.

Der Junge krallte sich an den Haltegriffen des Rettungsbootes fest. Die Bewegung ließ Schmerzen in jeder Faser seines Körpers aufflammen. Ein gepresstes Fiepen entrang sich ihm. Er biss sich auf die Lippen, um weitere Laute zu unterdrücken.

Ich habe genug geweint, dachte er und blinzelte die Tränen fort. Er wollte keine Schwäche zulassen. Denn er musste stark bleiben. Die Familie beschützen. Vor was, wusste er nicht. Nur die tödliche Drohung hallte in seinen Ohren wieder. In dieser widerlich dröhnenden Stimme, die Übelkeit in ihm hervorrief.

Eine schwarze Flosse teilte vierzig Meter vom Schiff entfernt das Meer. Ein massiger Leib durchbrach die Wasseroberfläche, sprang und tauchte zurück in die Fluten.

Die nächste Woge erschütterte den Bug, Gischt überzog das Deck. Der Junge jaulte auf. Peinlich berührt kniff er den Mund

zusammen. Er weinte, verfluchte sich für das jämmerliche Flennen.
Unermüdlich pflügte der alte Kahn durch den Ozean. Drei bis vier Meter hohe Wellen stellten hier keine Besonderheit dar. Die wirklich gefährlichen Brecher gab es hinter der Barriere nicht.
Das Kind wusste es. Nur heute war es ihm egal, da auch die kleinste Vibration, selbst jeder Atemzug, Schmerz durch ihn hindurch jagte. Er strich sich eine klatschnasse Strähne aus den eisblauen Augen.
Wie die Anderen aus seiner Familie hätte er im großzügigen Passagierraum sein müssen. Spielend und lachend müsste er sich dort auf die kommende Feier freuen. Aber im Moment hielt er Gesellschaft und dumme Nachfragen nicht aus.
Ein einziger Nachmittag hatte ihm die Kindheit in Fetzen gerissen. Sein Körper wurde zerschlagen, genau wie sein Vertrauen in die Menschen. Weite Kleidung versteckte seine geschwollenen Prellungen.
Ich hoffe, sie vermissen mich nicht, dachte der Junge. Niemand sollte nach ihm suchen und ihm die selbstgewählte Einsamkeit nehmen. Nur seine Schwestern wussten, wo er war. Sie hatten ihm geholfen sich nach dem Besteigen des Schiffes draußen zu verstecken. Sie taten, worum er sie bat. Immer. Ohne Fragen zu stellen.
Ein Lächeln oder ein Augenaufschlag und sie schmolzen dahin. Zwischen unzähligen Cousinen und Cousins stellten sie vier, die Kinder der gleichen Mutter, eine winzige Einheit dar. Darin war er der Jüngste, der einzige kleine Bruder.
Mit ihm im Schlepptau bekamen die Mädchen, was sie wollten. Sie mussten ihn nur vor sich schieben und die Erwachsenen fielen in einen Zustand der Verzückung. Die Schwestern hüteten

ihn wie einen Schatz, nahmen oft die Schuld auf sich, selbst wenn er den Ärger hervorgerufen hatte.
Ist das meine Strafe, fragte sich der Junge, bin ich der großen Mutter zu oft davon gekommen? Er erschauerte. Die Kälte auf seiner Haut betäubte die Schmerzen, ließ ihn zittern. Nein, sagte er sich, nicht so, nicht von einer Fremden.
Er zwang seine Aufmerksamkeit ins hier und jetzt. Mit niemanden hatte er über den Angriff geredet. Hätten Sie mir geglaubt, grübelte er. Ja, antwortete er sich still, mein zerschundener Körper belegt die Wahrheit. Doch er weigerte sich, es von sich aus zu berichten. Akzeptierte lieber die ständigen Mahnungen zu Eile und zum Packen.
Die Angst nahm ihn gefangen. Er hoffte, dass alles zu vergessen, die monströse Frau als einen Alptraum und ihre Worte als leere Drohung abtun zu können.
Habe ich das Falsche getan, fragte sich der Junge erneut, hätte ich sie warnen sollen? Die Frage kreiste seit Stunden durch sein Denken. Ist meine Familie wegen mir in Gefahr? Er liebte sie über alles, auch wenn er sie gerne mal zu seinen Gunsten manipulierte.
Trotz des geringen Alters wusste er um die eigene Wirkung, verließ sich auf sein Lächeln im zuckersüßen Gesicht. Überall wirkte sein Charme, besänftigte selbst die meckernden Tanten. Sie verwöhnten ihn maßlos und schimpften ihn gleichzeitig ein unverschämtes Balg. Dabei wollte er nur die Welt entdecken und selbstständig Entscheidungen treffen.
Erneut krachte der Bug durch eine Welle. Die Erschütterung ließ das grünliche Holz und das Metall erbeben. Der Junge krallte sich fest.

Er wünschte sich, mit seiner Mutter reden zu können. Ihre liebevolle Stimme lag ihm wie ein sanftes Streicheln im Ohr. Wenigstens ihr hätte er es erzählt. Doch im Gegensatz zu allen anderen Familienmitgliedern war sie nicht an Bord.
Wieder schwirrten die Drohungen durch seinen Verstand, der Ton hatte ihm das Blut in den Adern gefrieren lassen. Es klang nicht wie ein Scherz, ihre brutalen Schläge waren es auch nicht. Nie zuvor hatte er so etwas erlebt, badete bisher ein Leben lang in Liebe.
Ihre Worte hallten in ihm nach. Er wollte sie vergessen. Aber jede kleine Bewegung, selbst ein Atemzug, erzeugte Schmerzen und rief sie in ihm wach.
Tränen liefen dem Jungen über die Wange. Die selbstgewählte Einsamkeit tat weh. Das Salz verschmolz mit der Gischt. Er schaute auf das Meer. Die Wellenkronen kräuselten sich in einem hellen Grau. Der Motor stampfte durch sie hindurch.
Eine schwache Vibration durchlief den Schiffsrumpf. Gleich darauf verringerte der alte Kahn die Geschwindigkeit. Die plötzlich schweigenden Maschinen verbreiteten eine unheimliche Stille.
Sind das Schreie, fragte sich der Junge, rief da jemand? Er sah sich um, hielt sich fest, um dem Schaukeln zu trotzen. Ein Stück weiter, an der tiefsten Stelle des Schiffes leckte Wasser unter der Reling auf das Deck. Er traute seinen Augen nicht, doch es war da. Ein wenig. Unwirklich. Drei Wimpernschläge später schwappte es schon an die Kabinenwand.
Wir sinken, hämmerte sich die Erkenntnis in seinen Kopf. Die Rettungsboote. Wo bleiben die anderen?
Der Junge sprang hoch, klammerte sich an das Geländer. Er wartete ein Wellental ab, dann ließ er die vier Treppenstufen

zum Mittelschiff, mit einem Sprung hinter sich. Hastig rannte er an den abgerundeten Fenstern des Passagierraums vorbei.
Ein gehetzter Blick auf seine Familienmitglieder verriet ihm ihre Ahnungslosigkeit. Ich muss sie warnen, dachte er. Eine Durchsage drang aus dem Inneren, der Junge verstand sie nicht.
Das Schaukeln veränderte sich, als sich das Schiff aus den Wellen drehte. Schwankend erreichte er die Schleusentür. Die dünnen Finger des Kindes legten sich um den Hebel an der Tür. Mit der Kraft, die sein schmaler Körper hergab, zog er ihn nach oben. Nichts regte sich. Die Tür war blockiert.
Er zerrte weiter, hämmerte wutschnaubend gegen das Türblatt. Auf der anderen Seite sah er durch ein langes ovales Guckloch eine seiner Tanten. Sie verschwand, machte dem ältesten Cousin Platz. Ihre Blicke trafen sich, Angst verzerrte die Miene des Eingeschlossenen. Wildes Hämmern vibrierte im Metall.
Aus dem Steuerraum, welcher dem Passagierraum nachgelagert war, drangen wütende Schreie. Aber mehr als einen minimalen Spalt ließ sich das Seitenfenster nicht öffnen. Dumpfe Schläge hallten wieder. „Verdammt“, ertönte es diesmal deutlich, „wir verrecken!“
Im Innern, bei seiner Familie, sah der Junge das Wasser steigen. Langsamer als bei ihm draußen, wo das Meer bereits seine Knöchel umspülte.
Eine Welle rollte über das Boot, riss ihm die Füße weg. Er klammerte sich krampfhaft an dem Hebel der Schleuse fest. Seine Beine fanden erneut Halt. „Scheiße.“ Der Fluch glitt in ein verzweifeltes Schluchzen ab.
Mit der linken Hand hämmerte er auf das Metall und brüllte.
Sein Cousin verschwand von der Tür. Die frei gewordene Sicht in den Innenraum offenbarte das Grauen darin. Frauen, Mädchen

und Jungen griffen nach allem, was sie finden konnten und schlugen es gegen die Scheiben. Das tosende Meer übertönte die meisten Geräusche.

Den Kleinsten stand das Wasser bis zur Hüfte, alleingelassen rissen sie ihre Münder unter den rot geäderten Augen auf. Eine Mutter wog ihr schlafendes Baby im Arm.

Geschirr zersplitterte, hinterließ blutige Wunden. Stühle gingen zu Bruch, die Haut geballter Fäuste auf Fingerknöcheln platzte.

Zufall, flüsterte eine Stimme im Kopf des Jungen. Laut genug, um sie im Tosen wahrzunehmen. Bin ich schuld?

„Nein!“, schrie er und rüttelte weiter am Hebel. Sie durften nicht sterben, das durfte nicht sein. Das Wasser stand ihm knapp über den Knien.

Zwei seiner Schwestern erschienen hinter dem Sichtschlitz. Der kleine Bruder sah die Angst in ihren Augen. Den staren Schock aus der Erkenntnis des kommenden Todes. Eine Hand drückte von innen gegen die Scheibe, als wollte sie ihn berühren. Oder wegstoßen.

Ihr Mund bildete ein Wort.

Die dumpfen Laute aus dem Innenraum und das Hämmern gingen im Rauschen einer Welle unter. Immerhin sank das Boot nicht weiter ab. Es gab ihnen mehr Zeit sich zu befreien.

Der Junge spürte Hoffnung. Die Miene seiner ältesten Schwester sprach das Gegenteil. Er erkannte ihr Flehen, ihre Lippen formten sich erneut. „Geh.“

Einen Moment erstarrte er, schüttelte den Kopf. Dann, wie im Wahn, riss er weiter an dem Hebel. Die aufgerissenen Hände, die Schmerzen in seinem Leib beachtete er nicht.

Ein Ruck erschütterte das Schiff. Diesmal war es keine Welle. Im Passagierraum sprudelt Wasser herauf, dort wo eine enge

Treppe in den Maschinenraum führte. Das Meer schob sich dem außenstehenden Kind bis über die Hüfte.
Seine Schwester krallte sich am Türöffner fest, genau wie der Junge. Ihre großen blauen Augen, welche die gleiche Farbe wie seine eigene haben, fixierten ihn in Todesangst. Er konnte nicht wegschauen, war wie gelähmt. „Geh!", sagte die Bewegung ihrer Lippen.
„Nein", schrie alles in ihm. Seine Hände bearbeiteten die Schleuse. Umklammerten den Hebel, statt zu fliehen. Seine Handflächen waren bis auf das Fleisch aufgerissen. Ich bin vor ihr geflohen, flüsterte sein Verstand, ich bin schuld. Ich muss sie retten.
Im Inneren umspülten die eingedrungenen Fluten seine Familie, wirbelte die Körper wie Spielzeug durcheinander.
Gurgelndes Wasser schlug über dem Jungen zusammen, riss ihn von der untergetauchten Bordwand weg. Ein leichter Sog nahm ihn mit. Knapp unter der Wasseroberfläche kam er wieder frei. Eine Woge rollte über ihn hinweg. Er taumelte hilflos. Seine geweiteten Augen folgten dem schnell sinkenden Schiff. Er presste die Lippen aufeinander, obwohl er nur schreien wollte.
Die Lungen lechzten nach Luft.
Sein Überlebensinstinkt erwachte. Der Junge strampelte gegen das Ertrinken an. Flirrendes Licht brach sich verheißungsvoll auf der Oberfläche. Aufgestiegene Luftblasen umschlossen ihn wie einen Vorhang. Er sank tiefer. Unter sich sah er den dunklen Schemen des Schiffes.
Ein schwarzer Schatten tauchte neben ihm aus der Dunkelheit auf, violette Augen starrten ihn an.

Die Arm- und Beinstöße erlahmten. Die Welt existierte nur noch aus einer zuckenden Lunge und den Lippen, die er fest zusammenpresste.

Das Licht, es wirkte so nah, Sterne tanzten in seinem Blickfeld. Die Glieder stellten ihren Gehorsam endgültig ein. Nur ein Atemzug, dann wäre es vorbei. Nein, schrie er stumm. Nicht freiwillig.

Der Atemreflex forderte sein Recht, überwand die eiserne Beherrschung. Der Junge öffnete den Mund, das kühle Wasser strömte in ihn hinein. Sein Brustkorb krampfte in erstickten Zügen. Er zappelte mit den Händen an der Kehle.

Blitzende weiße Zähne und ein aufgerissenes Maul waren das Letzte, was er sah. Etwas Scharfes durchbohrte ihm die Haut auf Brust, Schultern und Waden. Schmerzen, die ihn nicht mehr kümmerten. Dunkelheit und Gedanken verschwammen in einem violetten Schimmer.

1 Kapitel

1.1 Janaija

Janaija strich mit dem Zeigefinger über den weißen Marmor. Es kleidete den Raum mit seinen sechs Metern im Durchmesser vollständig aus und bildete oberhalb der Priesterin eine spitz zulaufende Kuppel. Gedämpftes Licht drang aus den im Boden eingelassenen Strahlern.

Glatte und raue Oberfläche wechselten sich unter ihrer Berührung ab. Jede Einbuchtung stellte einen Buchstaben da, ein Gedenken an eine Regentin. Namen von Frauen, die den Titel der Whaea errangen und ihn zwanzig Jahre lang mit Stolz erfüllten. Genau wie ich es tun werde, dachte Janaija, als die Mächtigste, die es jemals gab.

In kleinen Schritten ging sie rückwärts, um sich einen Überblick zu verschaffen. Blassblaue Seide schmiegte sich bis zu den Knöcheln an ihren zierlichen Körper und knisterte. Braune, leicht gewellte Haare flossen wie ein Wasserfall über ihre nackten Schultern. Die quadratische Säule in der Mitte stoppte ihre Bewegung, im Rücken spürte sie das kühle Metall durch den dünnen Stoff.

Wehmütig betrachtete sie die vielen Namen. Nur drei dieser Frauen lebten noch, nicht zuletzt ihre Tante, die aktuell regierende Whaea. Alle zusammen bündelten mehrere Jahrhunderte von Geschichte in sich. Der Raum sollte sie bewahren, für diejenigen, denen die Zukunft gehörte.

Dieser Ort, und damit der riesige prunkvolle Zentralpalast, wurde erst vor tausend Jahren erbaut. Er war jung im Vergleich zur Vergangenheit der vereinten Welten. Die letzte abgeschlossene Phase der Planetenkolonisierung erforderte den

neuen Regierungssitz für die Priesterschaft der großen Mutter. Zu weit hatten sich die Grenzen ausgedehnt.
Ein Planet wurde auserkoren und in „Zentralplanet“ umbenannt. Er befand sich strategisch günstig inmitten der achtundvierzig anderen, deren Bevölkerungszahlen langsam angewachsen waren. Alle sonstigen bekamen Nummern.
„Bald wird dein Name dort stehen“, sagte eine helle Stimme hinter Janaija.
Die erste Priesterin zuckte zusammen und drehte sich um. Sie ärgerte sich über ihr offenkundiges Erschrecken. Die Aufregung, beruhigte sie sich selbst, die Zeremonie liegt unausweichlich vor mir. „Tante“, erwiderte sie freundlich und neigte ehrerbietig den Kopf.
Aus braunen Augen schenkte die amtierende Whaea ihrer Nichte einen fragenden Blick. Sie verschränkte die Arme vor der schmalen Brust und lehnte sich an den marmorverkleideten Türrahmen. „Ich habe dich gesucht.“
In knapp vier Standardwochen werde ich sie um ihren Titel beerben, dachte Janaija, mit Hilfe der großen Mutter. Endlich. Auch wenn ihre Tante sie auf ihrem Weg an die Spitze begleitet hatte, mehr als harte antreibende Worte erhielt sie nicht zur Unterstützung. Ab ihrem sechsten Lebensjahr auf sich gestellt, kämpfte sie allein darum, die Beste zu sein.
„Es sind nur noch zwei Standardstunden bis zur Zeremonie“, sagte die alte Whaea ungewöhnlich sanft, „viele der anderen sitzen schon ungeduldig auf ihren Plätzen. Ich habe mir gedacht, dass du stattdessen hier bist.“
Mit den anderen meinte sie die achtundvierzig Konkurrentinnen Janaijas, Priesterinnen wie sie selbst. Sie alle wurden im gleichen

Alter dem normalen Leben entrissen, um den Kampf um den Titel der Whaea anzutreten.
„Bin ich so leicht zu durchschauen?“, fragte die junge Frau. Sie hatte das Ziel fast erreicht. Nur die letzte Hürde, die sich als Einzige ihrer Kontrolle entzog, würde sie noch nehmen müssen.
Ihre Tante lächelte verkniffen. „Nein, aber auch ich war hier. Vor der Zeremonie vor zwanzig Jahren.“ Sie schritt grazil in den Raum hinein. Neben ihrer Nichte blieb sie stehen und betrachtete die Namen. „So wie du hatte ich es zur ersten Priesterin gebracht. Allerdings war ich nicht so wie du dazu auserkoren, die lang gehegten Pläne unserer Familie umzusetzen.“
Janaija seufzte. Die Last der Erwartung schulterte sie, seit sich ihr immenses magisches Potential zusammen mit ihrer Intelligenz entfaltete. Doch ihr flaues Gefühl im Magen rührte nicht daher. „Hattest du Sorge, um ein schlechtes Los?“ Sie suchte nach den richtigen Worten und entschied sich ehrlich zu sein. „Sorge darum so weit gekommen zu sein, nur um dann am Zufall zu scheitern?“
Entscheidungen und Prozesse, die sich ihrer Kontrolle entzogen, hasste Janaija. Glück, nichts sollte allein auf Glück beruhen, dachte sie. Deshalb hatte sie sich auf alle Eventualitäten vorbereitet. Auch auf die Schlimmste.
„Nein. Vor zwanzig Jahren gab es keine schlechten Lose. Das war vor den Aufständen und vor den verhärteten Linien, die nun zwischen den mächtigen Familien bestehen.“
Die erste Priesterin starrte auf die Gravuren in der Wand. So viele Namen, sinnierte sie und noch ungleich viel leerer Platz für die Kommenden. Für meinen.
„Im Gegensatz zu mir wirst du wesentlich mehr bewegen können“, sagte die Whaea, „deine Mitregentin, meine Tochter als

Kan´ya, wird dir gehorchen. Dafür haben wir gesorgt.“ Sie schloss ihre Augen eine Spur zu lang für ein normales Blinzeln. „Kein Kampf, keine andauernde Blockade, keine Kompromisse. Mein Opfer für dich.“

Janaija nickte respektvoll. Dankbarkeit empfand sie nicht.

Hätte sie Erfolg, würde die gesamte Regierungsmacht in den Händen einer Familie liegen. Fern von den Machtkämpfen innerhalb der Regierung könnte sie die Eiterbeulen der vereinten Welten aufstechen und trocken legen. Das Leben von unzähligen Milliarden Menschen auf allen Planeten würde sich zum Besseren wenden.

Stille senkte sich über den Raum.

„Aber deshalb wird es nicht einfacher werden“, sprach die ältere Frau weiter. „Wir setzen unser Vertrauen und sämtliche Ressourcen der Familie in dich. Dein Talent und diese besondere Situation müssen wir nutzen. Großes liegt vor dir, zum Wohle aller.“ Sie holte tief Luft. „Wir werden Neuerungen durchsetzen und die Erinnerungen an das davor durch ein neues Selbstverständnis ersetzen.“

Janaija nickte. Sie erinnerte sich an die Lehren aus dem Unterricht, die erklärten, warum zwei Regentinnen die Geschicke des planetenumspannenden Reiches lenken sollten. In einem Kreislauf, der sich seit Jahrhunderten wiederholte und die Regierung im Gleichgewicht hielt, standen Frieden, Kontinuität und Wohlstand an erster Stelle.

Eine bestimmt durch Geburt, die zweite bestimmt durch Fähigkeiten, ging der Janaija durch den Kopf. Ein Satz, den sie schon als kleines Mädchen hatte auswendig lernen müssen. Ich bin die, die durch Begabungen glänzt, dachte sie, anders als meine Cousine.

Nach außen würden sie als Whaea und Kan´ya gleichberechtigt Entscheidungen treffen und nur durch gemeinsame Kompromisse regieren. Theoretisch durfte keine von ihnen allein Anweisungen geben. Ein System, welches seit zweitausend Jahren den Frieden sicherte. Unverändert wurde es über die Generationen weitergegeben.
Der Titel der Whaea konnte nur durch Kampf, Ehrgeiz und Disziplin errungen werden. Die Priesterschaften jedes Planeten wählte dafür ein kleines Mädchen aus den Fähigsten aus und entsandte es zum Zentralplaneten. Im Laufe von zwanzig Jahren wurde es durch unzählige Herausforderungen geprüft, um später zusammen mit ihrem Kandidaten von der großen Mutter erwählt zu werden.
Die Kan´ya dagegen, die aus der Verbindung zwischen der neuen Whaea und ihrem Auserwählten hervorging, besaß das Recht ihrer Geburt. Sie wuchs in der Sicherheit des Palastes auf, im stetigen Bewusstsein ihrer zukünftigen Aufgabe. Die Tochter lernte von einer Mutter, die sich siegreich ihre Stellung erobert hatte.
Zumindest sollte es so sein, dachte Janaija, und wird es auch. Bei meiner. Denn es stand kaum noch etwas zwischen ihr und dem Titel. Nur die gleich stattfindende Zeremonie und das Ritual. Ersteres stellte den unsichersten Faktor dar. Da ein Losverfahren bestimmen würde, woher der Mann stammte, der ihr eine Tochter schenken durfte. Überflüssig, ärgerte sie sich, und dumm. Ein Palastdiener hätte für den Zweck ausgereicht.
„Diese Ziehung sollte abgeschafft werden“, sagte Janaija. So wie alles, was nur auf Zufall beruht, fügte sie still hinzu.

„Hüte dich, sowas gegenüber einer anderen außer mir auszusprechen“, antwortete ihre Tante scharf. „Es ist Tradition und führt die Völker unserer Planeten zusammen.“
Janaija seufzte. Zu oft hatte sie solche Worte schon gehört.
„Hör zu!“ Die Stimme der Whaea knallte wie eine Peitsche. „Es bietet den Priesterschaften eine Bühne, um sich zu präsentieren. Es lässt Männer jahrelang von einer Zukunft träumen, in der sie mehr sein können als das, was sie sind. Eine ganze Industrie hat sich darum entwickelt den perfekten Kandidaten ins Rennen zu schicken und dabei zu beobachten. Es schafft Idole und bindet Wünsche zielgerichtet in Fantasien.“
„Ich kenne die Macht der Medien“, erwiderte Janaija gereizt, „aber sie unterliegt der Regierung.“
Die ältere Frau lachte, eine Spur von Spott mischte sich darunter. „Nein“, spuckte sie aus, „die Macht unterliegt der, welche die Masse mitreißt.“
Die erste Priesterin verbiss sich einen scharfen Kommentar.
„Es ist eine Show“, sprach ihre Tante weiter, „Unterschätze die Wirkung nicht, die ein Auserwählter an deiner Seite haben kann. Wenn er die Frauen davon träumen lässt an deiner Stelle zu sein, hast du einen direkten Zugang in ihr Herz.“ Die Whaea runzelte die Stirn. „Gerade dich würde es menschlicher erscheinen lassen. Etwas das du dringend gebrauchen könntest.“
„Ich bin die mächtigste Anwärterin, die es je auf den Titel gab“, antwortete Janaija lauter als beabsichtigt. Trotz ihrer eigenen Worte und der Zuversicht verschwand das flaue Gefühl nicht aus ihrem Bauch.
„Ja, das bist du.“
„Dann belehre mich nicht.“

Der Blick aus den braunen Augen ihrer Tante bohrte sich in sie. „Du warst es, die mir ihre Sorgen offenbart hat.“
Janaija bereute es bereits. Resigniert schüttelte sie den Kopf.
„Sei beruhigt“, sagte ihre Gegenüber beschwichtigend. „Die große Mutter steht auf deiner Seite. Sie wird dir ein gutes Los bescheren.“
„Das hoffe ich“, seufzte die erste Priesterin. Nur ganz kurz gab sie sich einem leisen Zweifel hin, einer unnötigen Schwäche.
Ihre Tante drehte sich zur Säule um. „Projektion an“, sprach sie laut und deutlich.
Das Licht wurde dunkler. In der Mitte des Raumes erschien das dreidimensionale Hologramm einer Sternenkarte. Die besiedelten Planeten, die sich im Verbund der vereinten Welten befanden, leuchteten hell. Die anderen hielten sich blass im Hintergrund.
„Probleme könnten nur auf diesen Planeten hier auftreten“, die Whaea zeigte auf ein paar Punkte. „Im Grunde traue ich ihnen alles zu. Aber es liegt zu viel Aufmerksamkeit auf den Feierlichkeiten. Nie würden sie auf die Wahl eines Kandidaten verzichten oder ihn gar töten.“
Janaija lauschte still den Ausführungen und beobachtete die ältere Frau, wie sie den Kopf hin und her wiegte.
„Schwierig zu beurteilen. Ich denke, sie würde eher einen Mann für dich auswählen, der minderwertig ist. Aber wenn sie sich vor der Öffentlichkeit nicht lächerlich machen wollen, können sie keinen nehmen, der zu schwach ist eine Tochter zu zeugen. Und letztendlich ist dies das Einzige, wozu er fähig sein muss.“
Janaijas entglitt ein Seufzen. Obwohl sie ihrer Tante recht gab, so einen wollte sie nicht. „Ich habe bereits meine persönlichen Gardistinnen ausgesandt, um ihn gegebenenfalls zu beschützen.

Selbst wenn es einer werden sollte, der fern der Feiern bestimmt wird."
Die Whaea runzelte die Stirn. „Projektion verkleinern", befahl sie kalt.
Die Sternenkarte veränderte sich. Sie offenbarte zusätzliche Planeten, die zwar besiedelt waren, aber nicht zu den vereinten Welten gehörten. An den Rand der Karte schob sich ein heller Punkt. Die Regentin zeigte darauf. „Ungünstig", sprach sie weiter, „ist dieser Mond hier."
„Aquin", sagte Janaija, „unser neues unbedeutendes Mitglied, das nur wegen eurer Zukunftspläne offiziell aufgenommen wurde. Und natürlich wegen der seltenen Rohstoffe des lebensfeindlichen Nachbarmondes."
„Ja. Eine Teilnahme an der Zeremonie ließ sich leider nicht verhindern", die ältere Frau seufzte. „Von der Priesterschaft dort dürfen wir uns keine Hilfe erwarten. Dafür nutzen wir sie zu oft für Strafversetzungen. Vermutlich werden sie nicht mal einen Kandidaten wählen. Bei der Entfernung ein ernstzunehmendes Problem."
Sie schwieg einen Moment, bevor sie weitersprach. „Die Einwohner leben in rückständigen Dörfern auf Stelzen inmitten des Ozeans. Wenigstens die Männer sollen ganz hübsch aussehen. Allerdings bringt dir ein Auserwählter ohne Benehmen und Anstand vor den Augen des Volkes wenig. Es ist ein Wunder, dass diese Menschen unseren Glauben teilen."
Janaija betrachtete den kleinen Punkt auf der Sternenkarte. So weit ab von allen anderen bewohnten Planeten sah er einsam und verloren aus. Sie hatte Bilder und Filme von dort gesehen. Die Welt an sich wirkte ungewöhnlich fremdartig.

„Dieses Los wäre ein Alptraum. Ich wünsche es nicht mal deiner ärgsten Konkurrentin."
Doch Magaja, dachte Janaija. Ihr wünschte sie es. Mit der Teilnahme von Aquin war die Wahrscheinlichkeit noch nie so groß, dass eine Anwärterin das Ritual ohne Kandidat verließ. Allerdings hatte sie auch für den Fall vorgesorgt. Zur Sicherheit
„Vielleicht bekommt es niemand", antwortete sie. In der kommenden Zeremonie standen fünfzig Lose neunundvierzig Priesterinnen gegenüber. Eine extrem seltene Ausnahme, da Aquin erst vor drei Jahren hinzugekommen war und zuvor kein Mädchen entsenden konnte.
Veränderungen brauchen ihre Zeit, stellte Janaija fest. Es ist gleichermaßen ein Vorteil, wie ein Nachteil.
„Es würde mich freuen", sagte die ältere Frau. „Das Los wäre wirklich gefährlich für uns."
„Ja, ich weiß." Ein Lächeln umspielte die Züge der ersten Priesterin. Nicht geboren aus Zuversicht, sondern aus der Freude heraus die Überraschung ihrer Tante zu erleben: „Ich habe vorgesorgt. Selbst für diese unwahrscheinliche Möglichkeit."
Die Lider der Regentin öffneten sich auf Anschlag, kein Wort verließ ihre Lippen. „Gut", erwiderte sie zögerlich. „Deine magischen Fähigkeiten reichen dafür aus?"
Ist das Flackern in ihren Augen Angst, fragte sich Janaija. „Ja."
„Nur im Notfall, Kind", antwortete die Whaea streng, „es ist waghalsig und starke Magie. Es birgt zu viele Risiken. Für dich, wie für den Mann."

Janaijas Körper erschauerte beim Anblick des frei schwebenden Hologramms. Soeben hatte sie ihr Los aus dem blauen Dunstschleier eines Kristallgefäßes gezogen. Ihr Schicksal hieß tatsächlich Aquin, der Mond am entfernten Ende der vereinten Welten. Ihre Angst hatte sich bestätigt.
Allein die scheidende Kan´ya, die ärgste Konkurrentin ihrer Tante, nahm das Ausmaß ihres Entsetzens wahr. Sie stand hinter der Wahlurne und schaute Janaija direkt ins Gesicht. Ihre Miene zeigte unverhohlenen Triumph.
Im Rücken fühlte die erste Priesterin die hämischen Blicke ihrer Konkurrentinnen wie Nadelstiche auf der Haut.
Niemals werde ich vor euch auf dem Boden kriechen, dachte sie. Würdevoll drückte sie das Kreuz durch und streckte die Brust raus. Der schwere Schmuck um ihren Hals klimperte.
Die azurblaue Kugel, entsprungen aus dem Los, drehte sich über ihren feingliedrigen Fingern. Das funkelnde Licht des Wassers schien sie zu verhöhnen. Neben all den Planeten des galaktischen Reiches war Aquin der einzige bewohnte Mond.
Lächeln, immer lächeln, wiederholten Janaijas Gedanken unablässig.
„Die große Mutter hat entschieden", klang die dunkle Stimme der Kan´ya durch die prunkvolle Säulenhalle. Bald würde sie ihre gewohnte Macht verlieren und von einer Jüngeren beerbt werden.
Die junge Priesterin strich sich eine Strähne aus dem Gesicht. Betont gelassen schritt sie über den rosafarbenen Marmor zurück zur Zuschauertribüne. Lediglich das Klackern der Absätze hallte ihr in den Ohren wieder. Der kurze Weg zu ihrem Platz schien eine Ewigkeit anzudauern.

Als Erste unter den neunundvierzig Priesterinnen stand Janaija der Sitz in der Mitte der untersten Reihe zu. Dies war nur eines ihrer selbst erarbeiteten Privilegien. Totenstille herrschte im Raum. Die gelbe Seide ihres körperbetonten Kleides raschelte vernehmbar auf den Platinfäden des Sitzkissens.
Ein sanfter Sommerhauch blähte die Schleier vor den offenen Rundbögen. Janaija streckte die Fingerspitzen auf den kühlenden Stein aus. Sie wusste, dass ihre Gegnerinnen jede Reaktion belauerten, auf ein Zeichen der Schwäche hofften. Einen Hinweis dafür suchten, dass sie, die erste Priesterin, an diesem unerbittlichen Los zerbrach.
Für jede andere würde es das Ende bedeuten. Sie setzte ein selbstbewusstes Lächeln auf. Denn den schlimmsten Fall hatte sie in Erwägung gezogen, wenn auch als unwahrscheinlich abgetan. Trotzdem war sie darauf vorbereitet. Ihre beste Dienerin und eine ihrer persönlichen Gardistinnen befand sich bereits in der Nähe von Aquin.
Zu Magaja, der zweiten Priesterin, sprach sie mit einem huldvollen Kopfnicken: „Du darfst."
Die kräftig gebaute Frau erhob sich. Ihr Gesicht zeigte keine Regung. Nur die etwas zu schnellen Trippelschritte, welche die blonden Haare im Takt mitwippen ließen, verrieten ihre Aufregung. Offensichtlich konnte sie es nicht erwarten das nächste Los zu ziehen. Besser als das Vorherige würde es in jedem Fall sein.
Janaija fühlte die Aufmerksamkeit der alten Whaea auf sich ruhen. Das gemeinsame Band der Familie vereinte sie mit der Älteren. Leicht drehte sie den Kopf, suchte den Blick ihrer Tante, die mehrere Schritte entfernt von der Kan´ya thronte. Eine

Träne glitzerte im Augenwinkel ihrer mächtigen Förderin. Sichtbar für alle im Saal.
Wir schaffen das, versprach Janaija in Gedanken. Am Tag des Rituals wird mein Kandidat vor der großen Mutter bestehen und ich als neue Whaea über die vereinten Welten herrschen. Unerheblich, wie unwahrscheinlich es im Moment wirkte. Vor einer Losentscheidung, egal wie ungünstig, kapitulierte sie nicht.
Erhobenen Hauptes folgte Janaija der weiteren Zeremonie, die im Vergleich zu den Kommenden nicht live an das Volk übertragen wurde.
Eine Priesterin nach der anderen zog einen Hologrammstab aus dem wabernden Dunst. Nachdem die größte Niete bereits vergeben war, schwebten die Frauen beschwingt zur Wahlurne. Nacheinander erfuhren sie die Herkunft ihrer Kandidaten.
Im Geiste formulierte Janaija die Botschaften an ihre Verbündeten in der Galaxis. Doch die sorgfältig vorbereiteten Allianzen und positionierten Mitstreiterinnen mussten sich bedeckt halten, um einer verfrühten Entdeckung durch ihre zahlreichen Gegner zu entgehen. Bei der langen und voraussichtlich gefahrvollen Anreise, die ihrem Kandidaten bevorstand, stellten sie kaum eine Hilfe dar.
Sie vertraute dem Willen der großen Mutter. Und dem Kompass, mit dem sie ihre auf den feindlich gesinnten Planeten verstreuten Gefolgsleute ausgestattet hatte. Geplant war es nur als Notlösung, um allen Risiken zu begegnen.
In der kommenden Nacht plante sie die wichtigste Anwendung ihrer magischen Fähigkeiten. Einmal ausgeführt würde die Wahl unumkehrbar sein. Die erste Priesterin musste den Mann nehmen, den die Göttin erwählte. Ein Risiko, das sie bereitwillig einging. Denn dieser eine würde ihr Schicksal erfüllen.

Die von mir gewirkte Magie, dachte Janaija, wird die große Mutter selbst anrufen. Sie wird mir den perfekten Kandidaten erwählen, einen Mann der rechtzeitig ankommen wird. Der Gedanke heiterte Janaija auf, machte den Rest der Zeremonie für sie erträglicher.
Es wird gelingen, sagte sie sich, es muss.

1.2 Kadân

Kadân lachte laut aus sich heraus und fuhr sich mit beiden Händen durch die kupferroten Haare. Seine blau-violetten Augen blitzten. „Nicht dein Ernst“, rief er. Die Ellenbogen auf den klapprigen Tisch und das Kinn auf die verschränkten Finger gelegt, schaute er seinen langjährigen Freund von der Seite an.
„Doch. Du solltest sie probieren. Die schmecken wirklich gut“, antwortete Mitri und klopfte ihm mit großen Pranken wohlwollend auf die Schulter.
„Larven? Ich soll lebende Larven essen?“ Ekel durchdrang die angenehm tiefe Stimme. Kadân schüttelte sich. Die neugierigen Blicke, die er damit auf sich zog, ignorierte er. Im Laufe der vergangenen Standardstunde wurde er ohnehin angestarrt, nur heimlicher. Nach einem anstrengenden Arbeitstag hatte er sich überreden lassen vorbei zu kommen. Nun wollte er den Abend in der Inselbar unter dem rötlichen Nachthimmel auch genießen.
„Eine Spezialität des elften Planeten. Angedünstet und leicht zappelnd besonders lecker.“
Fast fünfundzwanzig Jahre Altersunterschied trennten die zwei Aquiner. Kadân, der Jüngere von beiden, befuhr als Seefahrer und Burbapflücker den mondumspannenden Ozean. Harte Arbeit hatte die Muskeln seines Körpers ausgeformt. Trotzdem wirkte er im Vergleich zum massigen, weit über zwei Meter großen, Mann neben ihm schmal.
„Nein, danke.“ Beim Gedanken daran überzog ihn eine Gänsehaut. Er umfasste seinen Becher aus Algenfasern und trank die dunkelgrüne Flüssigkeit darin. Der vergorene Burbasaft, eine Spezialität von Aquin, schmeckte gleichzeitig süß und sauer. Kadâns Blick schweifte durch die kahlen Stämme hindurch und

über die Köpfe weiterer Gäste hinweg auf das Meer. Er liebte seine Heimat, die dritte Insel.
„Es gibt so viel da draußen zu entdecken. Wunder", betonte Mitri, „die du dir kaum vorstellen kannst, bis du sie mit eigenen Augen gesehen hast. Wir könnten dich gebrauchen. Deine Fähigkeiten sind einzigartig."
Nicht schon wieder, dachte der Seefahrer. „Das hatten wir bereits", antwortete er, „ich werde meine Mutter nicht im Stich lassen."
„Du bist ein Mann. Du trägst keine Verantwortung für sie."
Der junge Aquiner schüttelte den Kopf. „Ich will nicht ständig darüber reden." Egal wie oft Mitri oder einer der anderen das sagten, es würde nichts an seiner Entscheidung ändern. Er würde niemanden im Stich lassen. Nie wieder.
„Begleite mich, nur einmal. Maani hat dir sogar dazu geraten. Das Leben im All wird dir gefallen."
Kadân seufzte. So viel zu einem lustigen Abend. Ich sollte gehen, überlegte er, der morgige Tag wird auch ohne zu wenig Schlaf anstrengend. Er griff zum Becher und kippte sich den Inhalt in einem Zug die Kehle hinunter.
„Kad, denk wenigstens darüber nach."
„Wie lange bleibst du diesmal?", fragte der Seefahrer.
Der Ältere knurrte etwas Unverständliches. Sein Gesicht und die Körperhaltung drückten Resignation aus. „Knapp zwei Wochen", erwiderte er unwirsch, „bis das Raumschiff mit meinem Transporter wiederkommt."
„Vielleicht sehen wir uns ja noch mal."
Bevor Kadân aufstehen konnte, packte Mitri sein Handgelenk. „Warte", bat er sanft und sprach erst weiter, als der Jüngere ihm die Aufmerksamkeit schenkte, „ich habe mir ein kleines

Geschenk mitgebracht und würde mich freuen, wenn du mir bei der Reparatur zur Hand gehst."
„Es ist viel zu tun."
Scharf sog Mitri die Luft ein, stieß sie in einem explosionsartigen Schwall wieder aus. „Du hast immer viel zu tun", sagte er bemüht freundlich, „du solltest dir mehr Zeit für die schönen Dinge nehmen. So wie alle anderen Männer."
„Das tue ich", entgegnete Kadân. Die Lüge ging ihm leicht über die Lippen. Das Anwesen der Familie musste unterhalten werden. Selbst wenn es keine Zukunft für ihn bereithielt, erledigte sich die Arbeit nicht von allein.
Im Augenwinkel nahm er eine Frau wahr, die zwischen den Tischen hindurch zielgerichtet auf ihn zuschritt. Sania, mit einunddreißig die Älteste seiner drei Liebhaberinnen.
Mitri schnalzte mit der Zunge. „Ich nerve dich auch nicht weiter. Okay?"
Der Seefahrer seufzte laut. „Ja. Okay."
„Hallo Kad", sagte eine helle, selbstbewusste Stimme, „ich hatte vorhin den Eindruck, du wolltest gehen." Die Aquinerin musterte ihn herausfordernd, kleine Fältchen zeigten sich in ihrem schmalen Gesicht. Ihre blauen Augen unter den graden Brauen leuchteten. Sie strich sich eine hellbraune Strähne hinters Ohr.
„Hallo Sania", antwortete der junge Mann und lächelte schuldbewusst. Im Moment war Erntezeit und er hatte sich in den letzten zwei Wochen nur auf die Arbeit konzentriert. Vier Tische weiter drehte sich eine blonde Frau zu ihm um. Kaum sah Dana die andere, sprang sie auf und eilte näher.
„Wenn du dich schon mal blicken lässt, wirst du auch eine Weile bleiben", verlangte Sania. „Das erwarte ich von dir."

Dana hatte sie erreicht, ihre wallenden Locken wehten im leichten Wind. „Da muss ich ihr Recht geben“, fügte sie hinzu.
Aus Mitris Gesicht troff Spott.
Kadân ließ den Oberkörper nach vorne fallen und ächzte. Doch kein kurzer Abend, jaulte er innerlich auf. Eigentlich war er nur gekommen um mit dem Freund in Ruhe etwas zu trinken. Seine beiden Geliebten setzen sich ihm gegenüber auf die Stühle.
„Na dann“, sagte der riesige Aquiner, „werde ich euch mal alleine lassen. Meine Damen“, er stand auf, „bitte füllt ihn zur Abwechslung mal richtig ab.“ Seine blau-violetten Augen richteten sich auf den Seefahrer. „Ich erwarte dich Übermorgen bei mir.“
Kaum hatte sich Mitri vom Tisch entfernt, nahm Sania den Platz an Kadâns Seite ein. Sie rückte gerade so dicht an ihn heran, dass es schicklich war und sich die Härchen auf ihren Armen geradeso berührten. „Willst du noch einen?“, fragte sie und deutete auf den leeren Becher. Sie wartete nicht auf eine Antwort. Ihr Schnippen und die nachfolgende Geste gaben dem Kellner ein eindeutiges Zeichen.
Der junge Mann fügte sich in sein Schicksal und lehnte sich auf der Bank zurück.
„Etwas mehr Aufmerksamkeit könntest du uns schon schenken“, sagte Dana, die weichen Züge in ihrem Gesicht legten sich in einen Vorwurf. „Was bringt es mir zu deinen Auserwählten“, das Wort betonte sie genüsslich, „zu gehören, wenn du dir keine Zeit nimmst?“
„Ihr wisst doch. Wir sind nur zu zweit und wir müssen einiges bewirtschaften.“
Während Sania ihm ein verständnisvolles Lächeln schenkte, rümpfte die Blonde die Nase. „Weniger fleißig wärst du mir

lieber“, seufzte sie. „So selten wie du dich mit uns zeigst, geraten wir nicht mal ansatzweise in Verruf. Obwohl du dich nur mit drei Frauen triffst.“
Wären es nur zwei, dachte Kadân, würde es selbst auf der dritten Insel Ärger nach sich ziehen. Die Gebote der großen Mutter mahnten alle Menschen zur Vielfalt und freien Entfaltung. Insbesondere die Männer, die nur ein Drittel der Bevölkerung ausmachten. Einer der Gründe warum sich Kadân aus seinen zahlreichen Verehrerinnen feste Liebhaberinnen wählte, die er in lockeren Abständen sah. Jede andere lehnte er ohne Ausnahme ab. Eine Strategie, die ihm seit vielen Standardjahren aufdringliche Frauen vom Leib hielt.
Eine sanfte Berührung am Schienbein ließ den Seefahrer zusammenzucken. Unter dem Tisch den strengen Blicken verborgen, glitten ihm Danas Zehen zwischen die Schenkel. Er zischte durch die Zähne, als sie begann seine empfindlichste Stelle zu reiben. „Wen von uns nimmst du heute mit zu dir?“, fragte sie.
„Zu dritt wäre ebenfalls schön“, wisperte Sania dicht an seinem Ohr, aber laut genug um auch von der anderen gehört zu werden. Ein Schmunzeln schwang in ihrer Stimme mit.
Kadân atmete tief durch, genoss das Streicheln im Schritt und das Ziehen in den Lenden. Es geht einfach nicht, dachte er und lächelte gequält. Vorsichtig griff er sich zwischen die Beine und hob den nackten Fuß auf seinen Oberschenkel. „Ich muss euch leider enttäuschen. Morgen habe ich viel zu tun.“
„Kad!“, rief Dana. Ein paar Köpfe drehten sich in ihre Richtung. „All die anderen Männer stehen immer zur Verfügung, nur du nicht.“ Selbst in ihrer Empörung wirkte die Vierundzwanzigjährige anmutig und süß. Neben ihrer

leidenschaftlichen und direkten Art einer der Gründe, warum der Seefahrer sie mochte.
Auch Sania nahm von ihm Abstand und grummelte leise.
„Nach der Erntezeit. Versprochen.“
„Irgendwas hast du immer“, sagte die Jüngere der beiden Frauen und stand auf. „Dann suche ich mir eben einen anderen. Den da drüben hatte ich mir schon geschnappt. Aber für dich“, sie sprach nicht weiter und schaute nur fragend.
Ein Kopfschütteln bekam sie zur Antwort.
Die blonden Locken wehten, während Dana sich umdrehte und davonrauschte.
„Ach, Kadân“, seufzte seine am Tisch verbliebene Geliebte. Sie legte ihr Kinn auf ihren gefalteten Händen ab und betrachtete ihn liebevoll. „Der einzige Grund, warum meine Familie sich nicht daran stört, dass ich mich nur mit dir treffe, ist, weil du nie Zeit hast.“
Er lachte. „Tue nicht so, als ob dein Sexmangel an mir liegt, statt an deinen Verpflichtungen.“
Die Worte entlockten ihr ein breites Schmunzeln. In ihrem Familienverbund übernahm sie langsam die verantwortungsvollen Aufgaben der Vorsteherin.
Sania wurde vor sechs Standardjahren, zu Kadâns siebzehnten Geburtstag, seine erste feste Geliebte. In den Augen der Gesellschaft eine unzulässig lange Beziehung. Ihn störte es nicht, zu sehr schätzte er ihre Schlagfertigkeit und Intelligenz.
„Immerhin hat es ein Gutes“, sprach er weiter, „die paar Male müssen wir uns nicht heimlich treffen.“
„Und wenn. Würdest du für mich die Regeln brechen?“
„Immer.“

Sania beugte sich zu ihm und drückte ihm in aller Öffentlichkeit einen Kuss auf die Wange. „Jetzt haben sie was zu tratschen.“ Auf der Dritten galten im Vergleich zu den dreizehn übrigen Inseln lockere Umgangsformen. Dafür sorgte die Inselvorsteherin.
Im stillen Einverständnis lächelten sich beide zu. Er genoss ihre Gesellschaft, wie einen sanften Wind an einem ruhigen Tag. „Wie geht es deinen Töchtern? Müsste die Jüngste nicht bald acht werden?“
„Viel besser, wenn sie noch ein Schwesterchen von dir hätten.“
Ihm blieb der Mund offen stehen. Er sagte grundsätzlich nein bei solchen Anfragen. Sie wusste das.
„Ich würde dir auch nie verbieten das Kind zu sehen.“
Kadân hüstelte und bemühte sich um einen scherzhaften Tonfall: „Du weißt doch, wir haben Hoffnung. Irgendwann verliebt sich eine Frau unsterblich in mich und schließt sich unserer Familie an.“
„Du bist doof“, schimpfte Sania liebevoll. Die Stimme klang spielerisch, obwohl er Verärgerung in ihrer Miene las. „Das wird nie passieren.“
„Ersteres oder Zweiteres?“
Kräftig trat sie ihm von der Seite gegen das Schienbein.
„Autsch.“ Er lachte gequält und schwieg.
„Selbst für dich, Kad, wird sich keine jemals von ihrer Familie lossagen.“ Sie musterten einander. Der Seefahrer klimperte aufreizend mit den Wimpern, bis ihr ernstes Gesicht ein breites Lächeln zierte. „Okay, vergiss dass ich gefragt habe.“
„Schon vergessen.“ Er wusste, warum er sie so gerne mochte. Sie sah ihn als Menschen, nicht als Trophäe.
Sania schnaubte. „Jeder andere Mann wäre stolz.“

„Ich bin nicht jeder andere."
„Ich weiß", sie verdrehte die Augen, „du bist der Einzige für den ich hin und wieder meine Pflichten vernachlässige."
Hitze stieg in Kadâns Wangen auf und er ärgerte sich darüber, wie verlegen ihn ihre Worte machten. „Weil ich so schrecklich schön bin?", fragte er leise mit einem Anflug von Gereiztheit.
„Nein", sie schubste ihn sanft mit der Schulter an, „weil du so unverschämt bist. Aber gut, dass du wenigstens um deine Schönheit weißt. Manchmal glaube ich, du verdrängst diese Tatsache."
Er lachte. Ja, er würde sie gerne verdrängen, dann wäre sein Leben deutlich einfacher und, vor allem, normaler.

Zehn Meter unter Kadân gluckste der Ozean. Die Flut umspülte die Stämme aus Seepflanzen, die das einstöckige Haus trugen. Er lag nackt auf dem breiten Bett. Die Fensterläden standen offen. Eine leichte nächtliche Brise strich über seine Haut.
„Mist", ächzte er, weil die Gedanken ihn vom Schlafen abhielten. Er wälzte sich auf den Rücken, bettet den Kopf auf zusammengefalteten Händen. Aber es half nichts.
Sanias Frage wühlte den Seefahrer mehr auf, als er es für möglich gehalten hatte. Im Grunde sprach nichts gegen ihre Bitte. Die meisten in seinem Alter dienten bereits als Erzeuger.
Ein Kind würde für ihn keinerlei Pflichten bedeuten, er hätte nicht mal das Recht es überhaupt zu besuchen. Genau deshalb lehnte er bisher ab. Maani, seine Mutter, und er waren nach

einem tragischen Unglück die Letzten ihres Familienverbundes. Mit ihrem Tod würde ihr altehrwürdiger Familienname verschwinden. Ein Kind wäre zwar mit ihm verbunden, gehörte aber nie zu ihnen. Es würde die Sehnsucht seiner Mutter wecken und Kadân ertrug es nicht sie leiden zu sehen. Andererseits hätte er Sanias Bitte gern erfüllt.

Er starrte aus dem Fenster, glaubte nicht daran noch Ruhe zu finden. Ein Schimmer orangefarbenen Lichtes erhellte die Dunkelheit. Dem jungen Mann, der tagtäglich das Meer befuhr, kündigte es Wärme an, und Sturm. In der Nacht füllte der Planet, den Aquin umkreiste, einen Großteil des Himmels aus. Die Farbe der gasförmigen Hülle zeigte die Intensität der weit entfernten Sonne an.

Plötzlich fühlte er sich beobachtet. An seinen Armen stellten sich die kleinen Härchen auf, als wittere sein Instinkt eine Gefahr. Er spürte etwas, wie eine unsichtbare Bedrohung. Doch als er sich umsah, erkannte er keine Veränderung.

Das Leuchten von außerhalb erlosch, machte einer undurchdringlichen Schwärze Platz. Kadân runzelte die Stirn. So schnell schlug das Wetter gewöhnlich nicht um und eine solche Dunkelheit hatte er noch nie erlebt. Er horchte in der Finsternis. Nichts.

Das ewige Wispern des Ozeans verstummte. Sogar der Windhauch, die einzige Erfrischung nach einem langen heißen Tag, verschwand. Träum ich, fragte sich der Seefahrer. Unwirsch schüttelte er den Kopf. Nein, das wüsste ich.

Kadân erhob sich, um dem seltsamen Geschehen auf den Grund zu gehen. Die Matratze aus geflochtenen Algenfasern knarzte. Vorsichtig tastete er sich zum Fenster vor. Bei jeder Bewegung schwang der Boden leicht mit.

Er schaute hinaus. Der Ausblick auf das Meer und den Planeten fehlte. „Was zur großen Mutter“, murmelte er und starrte in die tiefschwarze Dunkelheit, die sein zu Hause umgab. Der Seefahrer lehnte sich raus, um mehr zu erkennen. Selbst das fluoreszierende Licht der angrenzenden Stämme erstarb in dem angsteinflößenden Nebel, der die Welt verschluckte.

Ein silberner Blitz aus dem Nichts traf Kadân. Er schleuderte ihn zurück in die Mitte des Zimmers, wo er wie gelähmt auf dem Rücken landete. Ein Schrei blieb ihm in der Kehle stecken.

Das gleißende Strahlen vereinnahmte seinen muskulösen Körper. Es drang durch die Poren der Haut und stieß von innen durch ihn hindurch. Wie ein mächtiger Tentakel band es sich um ihn. Sein Puls raste, während er unfähig war sich zu rühren.

Das Atmen fiel ihm schwerer, als ob ein Felsbrocken seinen Brustkorb zusammenpresste. Panisch schnappte er nach Luft. Er fühlte die gewaltige Macht aus Magie, die ihn umgab und zu zerreißen drohte.

Die Schmerzen umfassten Kadâns gesamtes Sein, zerrten ihn in eine gnädige Bewusstlosigkeit.

Die Sonne kitzelte Kadâns Lider. Schlaftrunken wischte er sich eine Strähne aus dem Gesicht. In seinen Gedanken blitzte das unbekannte Antlitz einer Frau auf: große graue Augen, eine zierliche Nase über einem spitzen Kinn. Der Ton, der aus ihren vollen Lippen drang, rief seinen Namen.

Kadân stöhnte benommen. Das Geschehen der Nacht hallte in ihm wieder, wie ein erschreckend realistischer Alptraum. Er nahm die rauen Fasern des Bodens wahr und sprang erschrocken auf.

„Kein Traum?“, murmelte er. Gänsehaut überzog seinen Körper, Kälte kroch tief in seine Knochen. Der Aquiner sah sich im Zimmer um. Das Bett, die Truhe, die Wandbehänge, sie standen dort, wo sie sein sollten.

Er stürzte ans Fenster. Zwischen riesigen Stämmen, die aus Seepflanzen emporwuchsen und ihren tentakelartigen Ausläufern hindurch, funkelte das Meer in der Sonne. Die Ebbe hatte das ineinander verschlungene Algengeflecht freigelegt. Tagsüber bildete es den Untergrund der Insel.

Außer, dass er an diesem Morgen zu spät aufwachte, wirkte alles wie immer. Eindeutig zu viel vergorener Burbasaft, grübelte er, ich war betrunkener, als ich dachte. Anders konnte er sich nicht erklären, wie er auf dem Boden landete und die Erinnerung an den gestrigen Abend verschwamm. Gewöhnlich versackten Sania und er nicht in der Bar. Wenn sie sich schon trafen, landeten sie zusammen in seinem Bett.

Mit fahrigen Händen schlüpfte Kadân in die grünliche Pluderhose aus gewebten Algenfasern und zog die luftige Tunika darüber.

In den Morgenstunden hätte er längst Süßwasser aus den verholzten Seepflanzen zapfen müssen. In der heißen Mittagssonne war dies ohne herbe Verluste nahezu unmöglich.

„Entschuldige Mutter“, sagte er leise. Sie würde von seiner Disziplinlosigkeit enttäuscht sein. Trotzdem stellte sie nie in Frage, dass er als erwachsener Mann noch auf dem Anwesen der Familie lebte.

Kadân entschied sich dazu den restlichen Tag zu nutzen, um die Inseln abzufahren und Burbas zu ernten. Um zum Hafen zu gelangen, lief er über ein weitläufiges Brückensystem, welches in fünf bis zehn Metern Höhe an den kräftigsten Stämmen verankert wurde. Es stellte die einzigen Wege zur Verfügung, die über den glitschigen Grund der Insel führten. Außerdem verband es die einzelnen Häuser der Familienverbände mit den öffentlichen Gebäuden.

Bevor der Seefahrer mit dem Boot ablegte, prüfte er die Segel und Schoten. Ein Wellengleiter zog an ihm vorbei, verpestete die Luft mit Motorengestank. Er brachte Besucher aus der Hauptstadtinsel, einen Betonklotz mit Raumhafen mitten im Ozean. Die Bugwelle ließ den schwimmenden Steg wanken.

Gegen seine Gewohnheit starrte Kadân den Ankömmlingen hinterher. Eine unbekannte Sehnsucht erwachte in ihm. Wie eine selbstständige innere Stimme sprach sie zu ihm, trieb ihn an den Gleiter zu besteigen, um den Mond zu verlassen. Missmutig schob er sie zur Seite.

Schmerzen durchzuckten ihn. Allumfassend, wie er sie noch nie zuvor erlebt hatte. Sein Körper verkrampfte sich, so dass er auf alle Viere niederging. Das Segelboot schwankte. Die Lippen zusammengepresst unterdrückte er einen Schrei.

Kadân wartete ab bis die Qualen, die all seine Nervenzellen zu erfassen schienen, wie eine auslaufende Welle verebbten. Um sich abzulenken, konzentrierte er sich auf die Frauen, die das ankommende Schiff verließen.

Fremde fanden nur selten den Weg auf Aquins unbedeutende Inseln. Die leuchtend rote Uniform einer Gardistin stach aus der Besuchermenge heraus, wie ein Segel auf dem Meer.

Kadân arbeitete sich auf seine Knie hoch. Langsam entspannte sich sein Leib. Was immer das gerade war, auf See konnte er sich einen solchen Zusammenbruch nicht erlauben, aber ewig hier rumsitzen kostete ihn wertvolle Zeit. Er wartete weiter ab und betrachtete die auffällige Frau.
Seit dem fast zwangsweisen Anschluss Aquins an die vereinten Welten waren erst drei Jahre vergangen. Noch immer wahrten die Vertreter der planetaren Priesterschaft Distanz zu den Einheimischen. Kamen sie doch zu ihnen in die Dörfer bedeutete das nichts Gutes.
Kadân fielen die Legenden ein, die ihm früher seine Schwestern erzählten. Demnach entflohen die Vorfahren der Aquiner der Bevormundung durch religiöse Eiferer. Auf dem weit entfernten Mond überdauerte das Misstrauen gegenüber der Obrigkeit die Jahrhunderte. Das Gleiche galt für die ablehnende Haltung zur Magie. Nicht das er als Mann sie je hätte offen wirken dürfen.
Mühsam lenkte der junge Mann die Aufmerksamkeit auf das Segelboot zurück. Er kämpfte gegen das überwältigende Verlangen an, das ihn zu dem Gleiter zog. Je mehr er sich dagegen wehrte, desto heftiger erfasste ihn ein Ziehen im gesamten Körper. Es war anders als eben, erträglich, wenn auch unangenehm.
Andere Männer berichteten ihm von einem Gefühl, dass sie in die Ferne rief. Bis jetzt hatte Kadân dieses Bedürfnis nie zuvor gespürt, schon gar nicht derart drängend. Das Leben in seiner Heimat war kräftezehrend, aber er liebte es. Nichts anderes wollte er in seinem Leben. Außerdem blieb nur er als einzige Hilfe, die seine Mutter noch hatte.
Mit schierer Willensstärke unterdrückte er den brennenden Wunsch zu gehen. Er verstand sich selbst nicht. Denn meist

sehnte er sich nach dem Meer, dessen Früchte er und seine Mutter zum Überleben brauchten. Geschickt band er das Boot los. Das Pflichtgefühl trieb ihn hinaus auf den Ozean.

1.3 Shiran

Shiran mochte das abendliche Panorama. Der Nachbarmond schien blass am blauen Himmel. Der sichelförmige Planet, um den sie gemeinsam kreisten, hob sich bläulich gelb am Horizont ab und kündigte die Nacht an.

Trotz der vereinzelten lauten Stimmen in der Inselbar fraß sich diese Stille in ihren Kopf. Ein harter Kontrast zu dem, was sie die letzten Monate getrieben hatte.

Hinter Shiran lag eine Zeit der Schmerzen. Geboren aus unentwegten Kampf und frenetischen Jubelns. Beides hatte sie gleichermaßen genossen und verabscheut, die leicht erhältlichen Männer für schnellen Sex kotzten sie irgendwann nur noch an.

Es floss viel Geld aus der Kasse der Regierung an eine fähige Heilerin, um ihren zerstörten Körper wieder herzustellen. Besonders ihr Gesicht hatte gelitten. Eine Weile war es schwierig sich selbst im Spiegel zu erkennen.

Den sehnigen Leib betont lässig an den Bartresen gelehnt, musterte Shiran die spitz zulaufenden Ausläufer, die von den hoch gewachsenen Stämmen hingen. Die Eingeborenen nennen das Zweige, dachte sie fassungslos, als wären diese grün schimmernden Pflanzen Bäume. Dazu diese Häuser auf Stelzen, der ewige Wind und das Salz in der Luft. Sie seufzte. Aquins Fremdartigkeit übertraf jeden anderen Ort der ihr bekannten Welten.

Eine sanfte Brise blies ihr den Geruch vom Meer ins Gesicht, während sie ihr Umfeld beobachtete. Sie befand sich in einer gemischten Bar auf einem Platz vor dem flachen Verwaltungsgebäude. Offenbar stellte dieser großflächige Ort, an dem fast alle Brückenwege zusammenliefen, den einzigen

Treffpunkt der Insel dar. Ein breiter Regenschutz aus grünen Fasern schirmte die brennende Sonne ab.
Einheimische Frauen und Männer bevölkerten die abgewetzten Tische und Bänke auf der hoch gelegenen Plattform. Ihre Klamotten, das Mobiliar, die Planken des Bodens, die Becher und sogar das Trinkwasser waren grünlich.
Zwischen all dem bemerkte Shiran vereinzelt Fremde, die sich, wie sie selbst, durch ihr Aussehen verrieten. Nicht nur der dunkle Teint, sondern auch die schwere Kleidung wiesen sie als Besucherinnen aus. Dazu gesellte sich die Schweigsamkeit, die innerhalb der eingeschworenen Gemeinschaft auffiel. Hohlbirnen, dachte die Kämpferin und lächelte spöttisch.
Dummerweise hatte in den vergangenen zwei Tagen ihre Anzahl deutlich zugenommen. Shiran musste vorsichtig sein.
Sie schnupperte an sich. Nach einer Woche auf diesem Mond muffelten ihre geliebten engen Anzüge wie Moder. Angewidert verzog sie das Gesicht.
Im Moment wünschte sie sich zurück in den Weltraum oder wenigstens in eine Umgebung ohne allgegenwärtige Feuchtigkeit. Bliebe sie länger, müsste sie sich am Ende noch wie eine Eingeborene kleiden, bunt eingefärbt, aber immer grün schimmernd. Verführerisch fühlte sie sich nicht.
Sie beobachtete die anwesenden Männer. Unter den fahlen Aquinern wirkte sie, mit ihrem durchschnittlichen Aussehen, hinreißend exotisch. Belustigt nahm die schwarzhaarige Frau mit der dunkelbraunen Haut wahr, wie sich einige aufplusterten, um ihre Aufmerksamkeit zu erringen. Mit lautstark geführten Unterhaltungen, verdeckten Blicken und Ausschnitten, die athletische Muskeln entblößten.

Die aus Algenfasern gewebten Hemden wogten im Wind. Das V-förmige Dekolleté reichte den männlichen Einheimischen bis zum Bauchnabel, muskulöse Körper lugten hervor. Breite Gürtel aus groben Fasern, gefärbt in verschiedensten Farben, betonten schmale Taillen über Pluderhosen.
Die Aquiner beugten die gesellschaftlichen Konventionen im weitesten Sinne. Ihre selbstbewusste, freche Art wusste Shiran zu schätzen. Sie genoss das Interesse.
Eigentlich.
Denn einer, ihr Ziel, schenkte ihr keine Beachtung, nicht mal einen heimlichen Seitenblick. Typisch, schimpfte sie still für sich, die Umschwärmten nahmen sich grundsätzlich zu wichtig. Eindeutig ein erfolgsverwöhnter Schnösel, der auf Kosten einfältiger Verehrerinnen einem sorgenfreien Leben frönte.
Dieser junge Mann kam ihr älter als dreiundzwanzig Jahre vor. Eine Schönheit in wohlgeformter Hülle, gewiss ein Schürzenjäger. Fortwährend zog er die Aufmerksamkeit der Frauen auf sich. Dabei wirkte er, als sei es ihm vollkommen egal. Dass er es nicht bemerkte, entzog sich Shirans Vorstellung.
Die große Mutter hat eine erschreckend oberflächliche Wahl getroffen, dachte sie. Ein harter Zug, eine Mischung aus Empörung und Ablehnung, zuckte um ihren Mund. Solche Typen konnte sie noch nie ab.
Ignoriert er mich mit Absicht, rätselte Shiran. Er entsprach nicht mal ihrem bevorzugten Beuteschema. Die kupferroten Haare umwehten ihn zu wild. Sein Gesicht wirkte trotz des Dreitagebarts wie gemeißelt, markant und fein ziseliert, gleich den verklärten Statuen in den Gärten des Zentralpalastes. Die dazu passende zur Schau getragene Reserviertheit schreckte sie

ab. Ungeachtet dessen oder wegen dem, empfand sie ihn als anziehend.
Mit ihm kommen Probleme auf mich zu. Zumindest das hatte sie mit Sicherheit gewusst, als sie ihn das erste Mal erblickte. Ihn, den schönsten Mann, den sie je getroffen hatte.
In den letzten zwei Tagen hatte Shiran ihn in der Früh beim Verlassen der Insel beobachtet. Erst nachmittags kehrte er mit der Flut zurück. Die Dorfbewohner schwatzten gerne. Besonders mit einer Person, die wie sie als Umweltforscherin neugierig sein darf und gesprächig auftrat.
Ihr Ziel, dieser arrogante Schönling, sollte ein Fischer und Seefahrer sein; hilfsbereit, aber zu beschäftigt, um gesellig zu sein. Entgegen den Gebräuchen lebte er nicht im Gemeinschaftshaus der Männer, sondern auf dem Anwesen der Familie. Angeblich trug er sogar zum Auskommen des Familienverbundes bei. Ein seltsames Gebaren, ungewöhnlich selbst für den unorthodoxen Mond Aquin.
Von den Eingeborenen erfuhr sie seine tragische Geschichte, ausgeschmückt mit grausigen Details. Informationen, die sie schon aus einem Dossier über die Insel kannte, in dem der Mann in einem Nebensatz erwähnt wurde. Doch statt Mitgefühl erfasste sie Neugierde.
Shiran verließ ihren Sitzplatz dicht am Geländer der Plattform. Der hautenge Anzug klebte ihr klamm auf der Haut. Mit kaum einer Armlänge Abstand und auffordernden Blicken setzte sie sich neben den Seefahrer an den Tresen. Bislang war sie ihm noch nie so nahe gewesen. Die fremden Frauen unter den Gästen schauten auffallend deutlich in entgegengesetzte Richtungen, während die Einheimischen sie anstarrten.

Neidische Augenpaare anderer Männer trafen den Schönling. Shiran genoss die für sie ungewohnte Situation. Sie lächelte verhalten. Es amüsierte sie, die kleinlichen Wettbewerbe des männlichen Geschlechts zu betrachten. Sie bestätigten nur den Grund, ihnen keine größere Verantwortung zu übertragen.
Aufrecht saß Shiran auf dem Hochstuhl, die rechte Hand umfasste ein Glas mit kühlem Wasser, die Beine schlug sie übereinander. Sie hatte den ersten Schritt getan, nun durfte er handeln.
Sie wartete. Ihr Gaffen war schon fast übergriffig aufdringlich. Die Zeichen sind eindeutig, wieso spricht er mich nicht an, empörte sie sich.
Die Schönheit sprach, ohne sie anzusehen, den Kopf Richtung Tresen. Die Kämpferin hörte sein Lächeln mehr, als das sie es sah. „Viele hier begehren Euch, Madame. Was verschafft ausgerechnet mir die Ehre?“
Die angenehm tiefe Stimme ging ihr unter die Haut. Unverschämter Eingeborener, ärgerte sich Shiran, wollte er noch mit Komplimenten überhäuft werden? Ihre Lippen formten einen dünnen Strich.
Endlich drehte er sich zu ihr und lachte sie offen an. Seine weißen Zähne blitzten und die faszinierenden blau-violetten Augen raubten ihr den Atem. Verdammt, dachte sie und verachtete den Stich, der sie direkt ins Herz traf. Scheiße, fluchte sie still, sowas sollte nicht passieren.
„Es gibt hier genug andere, gewöhnliche Arbeiter wie mich.“
„Welchen von denen empfiehlst du mir?“, fragte sie. So leicht ließ sich die Kämpferin nicht abschrecken. Vermutlich löste dieser Mann immer eine solche Reaktion aus, beruhigte sie sich umgehend.

Zwei einheimische Frauen winkten dem Schönling, er nickte ihnen zu und antwortete: „Das kommt auf Ihre Vorlieben an."
„Vielleicht bevorzuge ich wilde Seefahrer."
Der Aquiner seufzte. Er glitt von seinem Barhocker. Bis auf den gerade noch schicklichen Abstand rückte er an sie heran. Obwohl Shiran auf einen Hochstuhl saß, überragte er sie um mehr als eine Kopflänge. Sie schätzte ihn auf knapp zwei Meter. Die normale Körpergröße der Eingeborenen, denn die geringere Schwerkraft des Mondes brachte Riesen hervor.
„Der da hinten", flüsterte er und deutete dezent auf einen Mann mit langen lockigen Haaren.
Sie ließ sich die Enttäuschung nicht anmerken. „Ach nee, den hatte ich gestern schon." Sie hob die rechte Augenbraue.
Shiran registrierte die Überraschung im Mienenspiel des Aquiners. Er legte den Kopf schief. Plötzlich lachte er, ein tiefes Geräusch aus dem Bauch heraus. Angenehm und durchdringend fuhr es ihr unter die Haut.
Die Aufmerksamkeit der Anwesenden richtete sich auf die beiden. „Madame, Gratulation. Sie haben einen hervorragenden Geschmack."
Was soll das, wunderte sich Shiran, warum reagiere ich so auf diesen unverschämten Kerl. Zumal sie sich auf dem Weg nach Aquin ausreichend ausgelebt hatte. Die Männer, die sie sich vom überaus üppigen Lohn des letzten Auftrages leisten konnte, ließen keine Wünsche unerfüllt.
„Danke. Wie heißt du?", schob sie hinterher. Seine Nähe fühlte sich gut an.
Der Schalk verschwand aus seinem Gesicht. „Kadân", antwortete er widerwillig.
„Freut mich. Ich heiße Shiran Penn. Wenn du ..."

„Entschuldigen Sie“, unterbrach er sie mitten im Satz, „Ich möchte nicht unhöflich sein, aber ich habe noch einiges zu erledigen. Bis irgendwann.“ Er griff nach seinem Glas und kippte den Rest einer grünlichen Flüssigkeit in einem Zug hinunter.

Enttäuscht schürzte die junge Frau die Lippen. Sie hatte eine interessante Herausforderung erwartet, keinen Korb. Nun hieß es zu improvisieren. „Oh, schade. Vielleicht begegnen wir uns Morgen wieder. Mein Gleiter bringt mich erst in zwei Standardtagen zur Raumfähre in die Hauptstadt zurück“, erklärte sie, als er sich bereits umwandte.

Kadân verharrte in der Bewegung. Er drehte ihr den Kopf zu. „Das dürfte schwierig werden, Madame. Die Gleiter sind zurückbeordert worden.“

„Was?“ Sie erbleichte gekonnt, obwohl sie es längst wusste. Die planetare Priesterschaft hatte ihre Feindseligkeit freimütiger als vorausgesagt offenbart. Schon bei ihrer Ankunft wusste sie, was sie erwartete. „Wie kann das sein?“, fragte sie mit einer angemessen schrillen Stimme.

„Sämtliche motorisierten Boote auf Aquin gehören der Verwaltung. Laut einer der Steuerfrauen bereiten sie irgendein Fest vor.“

Shiran schluckte auffällig. Die Verzweifelte gelang ihr gut. Im Vorfeld hatte sie eingeplant ein alternatives Transportmittel finden zu müssen. Die Einheimischen mussten andere Möglichkeiten zur Verfügung haben, um die Hauptstadt zu erreichen. Ein Fakt auf den sie sich verließ. Immerhin handelte es sich um ihre offizielle Verwaltung.

„Ist alles in Ordnung mit Ihnen?", fragte der Seefahrer. Die blauvioletten Augen zeugten von ehrlicher Besorgnis. Ihr Bauch kribbelte. Dafür hätte sie ihm am liebsten eine Ohrfeige verpasst.
„Ja", seufzte sie herzerweichend, „du wolltest gehen, ich möchte dich nicht aufhalten."
Seine Aufmerksamkeit hatte sie damit sicher. Männer, dachte sie mit zunehmender Genugtuung, am Ende sind sie alle gleich dumm.
„Kalaya, die Inselvorsteherin kann für Sie Kontakt mit der Priesterschaft aufnehmen", schlug er vor. „Ich hole sie gerne für Sie. Vielleicht werden Sie dann abgeholt."
Ein abfälliges Lachen drang über Shirans Lippen. Misstrauisch schaute sie sich in der Bar um. „Ja, klar."
Kadân runzelte die Stirn. „Auch wenn Sie uns für unzivilisiert halten, wir helfen, wo wir können", fauchte er ungehalten.
„Das ist es nicht", sagte sie etwas zu laut. Entgegen der guten Sitten legte sie ihre Hand auf seinen Oberarm. Ihre Geste war unverschämt, aber wollte er sich nicht mit einem noch unhöflicheren Wegschlagen hervortun, musste er bleiben. Sie beugte sich dicht an sein Ohr. „Versteh doch", flüsterte sie, „die Gleiter sind weg, wegen mir. Sie verfolgen mich. Sie wollen mir alle Fluchtmöglichkeiten nehmen, um mich daran zu hindern Aquin zu verlassen."
Er starrte sie an, die hohe Stirn gefurcht. Schwieg.
„Du glaubst mir nicht?", schluchzte sie mit feuchten Augen. „Meinst du, ich erfinde sowas, um dich abzuschleppen?"
Kadâns Mund rückte nah an ihr Ohr. Sie roch seinen Duft nach Salz und Algen und ihm selbst. Unauffällig sog sie die Luft ein und hoffte, dass er ihre Gänsehaut nicht sah. Shiran verachtete die Antwort ihres Körpers.

„Ich habe schon Verrückteres gehört“, sagte er. „Wenn man mich verfolgen würde, würde ich kaum einen solchen Ort aufsuchen.“
Die auswärtigen Gäste in der Bar weckten den Anschein, als horchten sie angestrengt, die Einheimischen grinsten.
Ein schlauer Gedanke, für einen Mann, dachte Shiran. Dieser Aquiner schien tatsächlich Tiefgang zu besitzen. Genau die Herausforderung, die sie brauchte. „Sie beobachten mich. Je normaler ich agiere, desto weniger vermuten sie, dass ich einen Durchbruch errungen habe.“
Die Kämpferin hielt inne und betrachtete das Muskelspiel auf seiner Brust und fragte sich, wie sich seine Haut wohl anfühlen mochte. Sein Duft stieg ihr in die Nase. Große Mutter, wie kann ein Mensch nur so gut riechen, fragte sie sich. Sie fluchte innerlich über sich selbst. Dieser Mann war gefahrvoller, als sie anfangs dachte. „Sind dir nicht die vielen Fremden aufgefallen?“ Ihr Ton blieb kalt.
Shiran ließ die Frage unkommentiert stehen. Bevor Kadân antworten konnte, winkte sie ab. „Vergiss es, zu gefährlich. Geh, ich will dich nicht mit hineinziehen.“
In seiner Miene sah sie Schmerz aufblitzen. Nachdenklich musterte der Seefahrer sie. „Ich bleibe“, antwortete er. „Ja, seit zwei Wochen wimmelt es hier von ihnen.“
Sie legte ihren Kopf in den Nacken und lachte laut. Gleichzeitig zog sie ihn zu sich ran. „Tue, als hättest du Interesse an mir“, wisperte sie ihm ins Ohr. Ja, sei ungehörig schöner Mann, sprach sie stumm zu ihm, und werde unmerklich mein Komplize.
Kadân verstand und lehnte sich dicht neben sie an die Bar. Ihre Hand rutsche auf seine Hüfte. Sittenwidrig in der Öffentlichkeit, sie wusste es.

Leise berichtete sie von bahnbrechenden Forschungsergebnissen über Bodenschätze auf Aquin. Proben, die sie im Meer genommen hatte, mussten so schnell wie möglich zum Zentralplaneten gebracht werden. Ein Unterfangen, das die örtliche Priesterschaft verhindern wollte, um heimlich Gewinne abzuzweigen. „Ich muss zur Hauptstadt, um den Transporter zum Raumschiff zu bekommen. Das Schicksal deiner Heimat hängt davon ab."

„Wann fliegt der Transporter?", hauchte Kadân an ihrem Hals. Sein Atem strich kühl über ihre Haut.

Hab ich dich, triumphierte Shiran in Gedanken, während ihre Stimme ein hilfloses Flehen zum Ausdruck brachte. „In zwei Standardtagen." Gleichzeitig ärgerte sie sich über ihren verräterischen Leib.

Der Aquiner fiel unvermittelt aus der Rolle. Ruckartig drehte er sich weg, schaute hinaus auf den Ozean. Kaum merklich zitterten seine Hände, mit denen er sich seine Schläfen massierte und dann über die schulterlangen Haare fuhr. Er schien gegen etwas anzukämpfen.

„Siehst du einen Weg, wie ich es ohne Gleiter schaffen kann?", bohrte sie nach.

Auf Kadâns Stirn perlte der Schweiß, den er grimmig mit dem Ärmel wegwischte. „Könnten Sie mich auf das Raumschiff mitnehmen?", presste er zwischen einem mühsam aufgesetzten Lächeln heraus.

Sieh an, dachte Shiran, hat die Magie der ersten Priesterin also doch gewirkt. Sie frohlockte, aber es wäre zu auffällig ihm sofort nachzugeben. „Schwierig", sagte sie mit strahlenden Augen, „obwohl, wenn du mir hilfst, versuche ich es. Reicht dir das?"

Er atmete auf und nickte. Seine verkrampfte Körperhaltung entspannte sich. „Ich helfe Ihnen."
Demonstrativ musterte Shiran die auswärtigen Frauen in der Bar. „Wir müssen uns beeilen. Ich weiß nicht, ob sie uns die Tarnung abnehmen. Auf jeden Fall werden sie zu dir kommen und dich befragen, was du mit mir besprochen hast."
Die Aussicht schien den Seefahrer nicht zu kümmern. Im Gegenteil, er wirkte erleichtert. „Sollen sie kommen." Er grinste verschmitzt und hauchte einen in der Öffentlichkeit verbotenen Kuss auf ihren Hals. „Wir treffen uns in anderthalb Stunden am Hafen. Am Steg gegenüber dem Anlegeplatz des Gleiters."
Shiran erstarrte einen winzigen Augenblick. Zu gut fühlten sich seine weichen Lippen auf ihrer Haut an. Schnell hatte sie sich wieder im Griff. Sie lachte dunkel und lüstern, wie sie hoffte. Die Anzeichen des Erfolgs unterdrückte sie in ihrem Gesicht. Es war einfacher als gedacht, wie alle Männer spielte auch dieser nur zu gerne den Helden.
Wortlos drehte er ihr den Rücken zu und entfernte sich, unzählige Augenpaare folgten ihm, einige neidisch, andere schmachtend. Manch eine streifte sie mit unverhohlener Überraschung, als wäre gerade ein Wunder geschehen.
Shiran sah ihm nach, betrachtete seinen beschwingten Gang. Im Augenwinkel nahm sie zwei offensichtlich auswärtige Frauen wahr, die aufstanden und die Bar hinter ihm verließen.
Wir werden uns beeilen müssen, erkannte die Kämpferin. Zum Glück sah ihr Ziel dermaßen attraktiv aus, dass ihn anzusprechen nicht sofort einen Verdacht erregte. Ihre Feindinnen würden ihn erst überprüfen, um Verbindungen zur Priesterschaft auszuschließen. Immerhin ein Vorteil, den dieser arrogante Schönling mit sich brachte.

1.4 Kadân

Kadâns Widerstand war endgültig dahin geschmolzen. Er hatte dagegen angekämpft, sich abgelenkt mit jeglicher Arbeit, die er auftreiben konnte. Doch das bohrende Drängen in seinem Inneren verstärkte sich mit jedem Augenblick.

Die Konzentration, die er benötigte, um das lodernde Feuer zu bändigen, versengte ihn täglich ein Stückchen mehr. In seinen Träumen und nun sogar schon tagsüber rief ihn diese geheimnisvolle Frau zum Zentralplaneten.

Nur phasenweise erkämpfte er sich die Kontrolle über die Stimme im Kopf und das Gesicht, welches sich in sein Hirn brannte.

Was immer ihn quälte, es hatte ihn Stück für Stück zermürbt und besiegt. Seine eigenen Wünsche und Überzeugungen spielten keine Rolle mehr. Bereit sein zu Hause zu verlassen, schimpfte er sich selbst einen Versager.

Seit Tagen überlegte er, wie er von Aquin wegkam. Allein die Gedankenspiele verschafften ihm Linderung. Diese Stimme schien zu spüren, wie er sich ihrem Willen beugte.

Leider besaß er keine interplanetarische Währung oder Beziehungen. Seine Bekannten und die wenigen Vertrauten fielen weg. Ein Leben lang zeigte er Unverständnis für diejenigen, die ihre Heimat verließen. Wie sollte er den wirren Sinneswandel erklären, wenn er sich selbst einen Verrückten schalt?

Seit der Nacht seines seltsamen Alptraumes mied Kadân die Gesellschaft anderer. Nur Mitri hatte er besucht und schweigsam an seiner Seite gearbeitet.

Nie hätte er erwartet, dass ausgerechnet beim Betreten der Bar die Stimme verstummte und die ziehenden Schmerzen verebbten. Ursprünglich hatte er dort Vergessen gesucht, ein bewusstes Betäuben jeder Empfindung. Bis Shiran kam, deren Schlagfertigkeit ihm imponierte.

Ganz selbstverständlich, wie alle fremden Frauen, ließ er sie abblitzen. Die Einheimischen versuchten es nicht mehr bei ihm. Sie haben seine Entscheidung akzeptiert und wussten um seine drei festen Liebhaberinnen. Scherzhaft wurden diese die Auserwählten genannt. Den Seefahrer kümmerte es nicht, solange es funktionierte.

Als Shiran die abenteuerliche Geschichte begann und der flehentliche Blick ihn traf, wusste er, worauf es hinauslief. Zwei Standardtage waren knapp für den langen Weg zur Hauptstadtinsel. Jedenfalls ohne verfügbaren Gleiter.

Half er ihr, barg es enorme Risiken, für ihn selbst und andere. Zweifel überfielen ihn.

Eine Welle des Schmerzens erfasste ihn augenblicklich, die er kraftraubend beherrschte. Er zerbrach innerlich, als er begriff, dass er jede Möglichkeit nutzen musste, um Aquin zu verlassen, wenn er nicht im Wahnsinn versinken wollte.

Die Entscheidung zum Gehen entzweite seine Seele. Gleichzeitig glich sie einem Schalter, der das Leid abstellte. Er wollte endlich wieder normal leben, hatte schon fast vergessen, wie sich ein lautes Lachen anfühlte.

Kadân packte seine Sachen. Er brauchte wenig. Proviant für ein paar Tage, ein scharfes Messer, das er unter dem breiten Gürtel befestigte und eine weitere Lage Kleider für die Reise im Raumschiff. Er sah hinaus. Der zweite Mond verschwand hinter

dem Horizont, die Nacht brach an. Eine Stunde verblieb bis zum vereinbarten Treffen.
Der schwerste Schritt stand dem jungen Mann noch bevor. Er schloss die Augen, atmete tief ein.
Als hätte Maani seine Gedanken gelesen, betrat sie das Zimmer. Sie wirkte gefasst, brachte aber kein Wort heraus. Sie wechselten einen Blick, bei dem die Zeit stehenzubleiben schien.
„Mutter“, flüsterte er.
Sie entdeckte die gepackten Sachen. Ein trauriges Lächeln zeichnete ihr Gesicht.
„Ich, ich“, stotterte Kadân.
„Alles ist gut. Ich spüre es, mein Sohn. Etwas zieht dich fort.“
Sie fühlt es, dachte er, wie immer. Er senkte den Blick. Sein schlechtes Gewissen hatte ihn davon abgehalten mit ihr zu reden. Wie sollte er auch das Verlangen erklären, dass ihn aus der Heimat fortzog. Er, der ihr als Einziger aus der vielköpfigen Familie verblieben war, ihr letztes lebendes Kind.
Sie strich ihm über die Wange. „Du musst gehen, bevor es dich auffrisst. Bis du zurückkommst, schaffe ich die Arbeit allein“, versicherte Maani.
Der junge Mann unterdrückte ein Schluchzen. Seit dem schrecklichen Unglück seiner Familie versuchte er, die Verlorenen zu ersetzen. Die Schuld überlebt zu haben, während alle anderen starben, lastete schwer auf ihm. Bei dem Anblick seiner Mutter geriet sein erzwungener Entschluss ins Wanken.
„Nein, mein Sohn. Geh. Ich komme zurecht.“ Sie umarmte Kadân, nur um ihn ruckartig loszulassen.
Ein Klopfen an der Tür. Mutter und Sohn horchten auf. Kein Besucher kam je um diese Uhrzeit. In plötzlicher Erkenntnis schnappte Kadân nach Luft. Shiran Penns Worte entsprachen

offensichtlich der Wahrheit. „Die Fremden, sie sind mir gefolgt“, keuchte er.
Wie so oft schien Maani sofort zu verstehen. „Ich halte sie hin. Du verschwindest.“ Sie eilte zur Tür. Mit einem letzten Blick sog sie das Gesicht des Sohnes in sich auf. „Pass auf dich auf“, sagte sie und drehte sich um.
Kadân schnürte sich den Beutel aus Algenfasern quer über den Leib. Mit einem Satz war er am Fenster und kletterte hindurch. Seine Finger umklammerten die Griffe an der Außenwand, die Füße fanden Halt auf der überhängenden Bodenplatte des Anwesens.
Unter ihm gluckste die einströmende Flut im rötlichen Licht des Planeten. Das Wurzelgeflecht schimmerte fluoreszierend aus der Tiefe. Stürzte er ab, bedeutete das den Tod. Selbst wenn der Aufprall ihn nicht tötete, die Unterströmung des anbrandenden Meeres würde den Rest erledigen.
Er schaute schräg nach unten. In Sprungweite, nahe dem Haus, führte eine der Brücken vorbei. Tagsüber nahm er oft diese Abkürzung auf dem Weg zum Hafen.
Kadân ertastete das Seil in der Halterung, um einen daran befestigten Algenausläufer heranzuziehen. „Mist!“, fluchte er. Der Knoten löste sich nicht zwischen seinen bebenden Fingern.
Aus dem Inneren drangen Wortfetzen. Der Seefahrer lauschte. Er hörte seine Mutter reden, ohne ein Wort zu verstehen. Plötzlich rief sie: „Nein, das dürft ihr nicht!“ Das Haus in den Stämmen aus Seepflanzen erzitterte unter schweren Schritten.
Eine Tür knallte. Sie durchsuchten die Räume, erkannte Kadân. Sein Herz klopfte. Ihm blieb keine Zeit für den sicheren Weg und er vertraute auf den bekannten Bewegungsablauf. Mit den

Armen voraus sprang er zu einem der Ausläufer, die wie Lianen von den Zweigen hingen.
Er fühlte die kühle Oberfläche, robust und elastisch zu gleich. Einen Moment lang rutschte er, dann verhinderte sein fester Griff den Absturz.
Als Kadân zurückschaute, sah er zwei Frauen in der Mitte seines Zimmers stehen. Er erkannte in ihnen Gäste aus der Bar. Bewegungslos baumelte er zwischen den Stämmen und krallte sich fest. Er schloss die Augen beim Versuch, mit den dunklen Schatten zu verschmelzen.
Maanis Stimme tönte aus dem Fenster. „Wir haben Rechte, selbst die Priesterschaft darf hier nicht einfach eindringen“, schimpfte sie.
„Es ist ihr Problem, wenn Sie einen Mann beherbergen. Nach unserem Recht darf so einer für einen Standardtag in Gewahrsam genommen werden“, antwortete die Angreiferin ungerührt. „Immer!“
Hass stieg in Kadân hoch. Vor drei Standardjahren nahmen die vereinten Welten Aquin als angeblich vollwertiges Mitglied in den Planetenverbund auf. Eine Farce, nur weil der Nachbarmond wertvolle Rohstoffe barg. Die fremden Priesterinnen, die sich seitdem einnisteten, ließen die Einheimischen spüren, dass es in Wirklichkeit eine verschleierte Annexion war.
„Mein Sohn ist nicht irgendein Mann. Was hat er getan?“, fragte die Aquinerin.
Kadân beherrschte sich, nicht zum Fenster zu schauen. Das Weiß seiner Augen und die Bewegung könnten ihn verraten.
„Wir brauchen keinen Grund“, hörte er die Antwort.
Stille. Wieder erbebte das Haus, Kadân fühlte die Schwingungen. Er riskierte einen Blick zurück. Maani starrte in

die Nacht, sie schien ihm zuzunicken. Ihre unausgeschöpfte Magiebegabung zeigte sich oft darin, dass sie mehr sah, als alle anderen.
Schnell zum Hafen, dachte Kadân bei sich. Mit geübten Handgriffen ließ er sich nach unten zur Brücke gleiten. Niemand war in Sicht. Er hielt sich am Geländer fest und kletterte hinüber. Blitzschnell huschte er über das Brückensystem zu seinem Ziel.

1.5 Shiran

„Da soll ich einsteigen?“, fragte Shiran. Ihr Ton klang hoch und voller Entsetzen.

„Ja“, antwortete Kadân gedämpft. Er schaute sich nach allen Seiten um. Kein Mensch zeigte sich im rötlichen Halbdunkel der Nacht.

Die junge Frau hatte ein anderes Transportmittel erwartet. So etwas wie einen insgeheim versteckten Gleiter. Mit seinem Aussehen hätte sich der Aquiner längst einen verdienen können. Auf jeden Fall rechnete sie nicht mit dieser winzigen Nussschale. Soweit sie das im spärlichen Licht erkennen konnte, bestand es nur aus einem Mast mit zwei Segeln und einem kleinen, größtenteils offenen Rumpf.

Dieses mickrige Ding soll über den Erfolg des Auftrags und womöglich über mein Leben entscheiden, fragte sie sich gereizt. Was denkt der sich? „Das kann nicht dein Ernst sein. Damit erreichen wir niemals rechtzeitig die Hauptstadt, wenn wir überhaupt lebend dort hingelangen.“

Ein ungeduldiges Schnaufen schlug ihr vom Segelboot entgegen.

„Es reicht, um die Insel zu verlassen und zur Nachbarinsel zu kommen.“

„Verdammt“, fluchte Shiran. Unangenehm berührt nahm sie wahr, wie schön dieser Aquiner selbst im Halbdunkel aussah.

„Kommen Sie. Schnell. Ihre Freunde sind hinter mir her.“

Warum sollen die am Hafen suchen, es gibt hier keine richtigen Schiffe mehr, dachte sie verächtlich. Außerhalb von Aquin würde niemand in Betracht ziehen, ein solch rückständiges Segel-Ding zu benutzen. Ganz besonders nicht nachts. Nicht zu vergessen die sagenumwobenen hohen Wellen des Mondes.

„Steigen Sie jetzt ein oder nicht?“, drängelte derjenige, der sie vor kurzem noch ignoriert hatte. Der Wankelmut von Männern sucht seines Gleichen.
Sie überlegte ernsthaft, auf die Fahrt mit der Nussschale zu verzichten.
„Ich mache das täglich, vertrauen Sie mir.“
Ja, empörte sie sich innerlich, das sagt sich leicht. Scheiterte sie, verlor sie alles. Die erste Priesterin war nicht dafür bekannt unfähige Dienerinnen weiterhin zu unterstützen. Shiran hatte noch nie versagt. Wenn doch blieben ihr nur das nackte Leben und der Hass ihres Familienverbundes.
Obwohl sie beim letzten Auftrag viel verdient hatte, würde es keine Ewigkeit reichen. Sie dachte an Nadina. Die Gesundheit ihrer kleinen Schwester hing von dem Verdienst ab, den sie nach Hause schickte. Sie wünschte sich, sie hätte die Jüngere in der Vergangenheit öfter besucht. „Kennst du wirklich niemanden, der ein motorisiertes Fahrzeug besitzt?“
„Nein“, grummelte er, „nicht hier. Aber auf der Nachbarinsel könnten wir Glück haben.“ Kadân reichte ihr aus dem Boot heraus die Hand.
„Das hättest du gleich sagen können“, schnauzte Shiran ihn an. Sie starrte auf die dargebotene Hilfe. Das Segelboot schwankte durch die Bewegung stärker als ohnehin schon. Der Wind zupfte sacht an seinem Hemd, spielte mit seinem offenen Haar, das rötliche Abendlicht verfing sich in den Strähnen. Sie zögerte, gebannt von dem Anblick.
Jäh hob der Seefahrer den Kopf. Er lauschte. „Sie kommen. Ich höre ihre Schritte. Schnell!“
Vergeblich horchte sie in die Nacht. Einen Moment später tauchten zwei dunkle Schatten auf dem Steg auf. Fünfzig Meter

lagen zwischen ihnen. Die beiden Frauen rannten los. Ihre Schritte hämmerten auf die Holzbretter der Hafenanlage.
„Halt!“, rief eine Verfolgerin. „Im Namen der Priesterschaft.“
Im Laufen feuerten sie Betäubungswaffen ab, deren Strahlen wie verlangsamte Blitze durch das dämmerige Licht zogen. Kein Schuss traf.
Eine Wahl blieb Shiran nicht. Mit einem geschmeidigen Sprung hechtete sie ins Boot, ignorierte den helfenden Arm.
Kadân schnappte sich ein Paddel und stieß sich damit von der Anlegestelle ab. Die Verfolgerinnen stoppten, stellten den Beschuss ein.
Gebündeltes weißes Licht einer Taschenlampe erreichte Shiran und schmerzte in den Augen. Der schwankende Boden nahm ihr das Gleichgewicht. Der Seefahrer packte ihr Handgelenk, stützte sie.
„Hinsetzen“, blaffte er und sie gehorchte unwillkürlich. Dann widmete er sich den Segeln.
Innerlich empört wollte sie ihn zurechtweisen, weil kein Mann in diesem Ton mit ihr sprechen durfte. Sie versuchte auf ihre Knie hochzukommen. Doch nachdem das Boot wieder ins Schwanken geriet, entschied sie sich dagegen und blieb still sitzen.
Die Frauen auf dem Steg lachten höhnisch. „Wir kriegen euch noch“, rief die kleinere von beiden und steckte die Betäubungswaffe weg.
Sie wollen uns lebend, dachte die Kämpferin, wenn sie nicht mal riskieren, dass uns das Wasser tötet.
Im Schein der Lampe nahm das Segelboot Fahrt auf. Ihre Verfolgerinnen beobachteten sie, bis sie das Hafenbecken verließen und auf die offene See gelangten.

Wellen spritzten über den Bug hinweg, erschütterten die lächerliche Nussschale. Hinter ihnen verschwamm die Silhouette der Insel zu einem schwarzen Schatten. Wie erstarrt kauerte Shiran auf der windzugewandten Seite. Das Meer toste und das rötliche Licht des Planeten erhellte die Nacht. Es brach sich tausendfach auf der aufgewühlten Wasseroberfläche.
„Werden wir es durch den Sturm schaffen?“, fragte sie. Sie schämte sich für ihre zittrige Stimme.
Kadâns Augenbraue hob sich, sein Mund verzog sich zu einem spöttischen Lächeln. „Das ist kein Sturm“, antwortete er trocken.
„Was dann?“ Shirans Ärger brodelte dicht an Oberfläche, verdrängt durch ihre Sorge.
„Perfekte Segelbedingungen.“
Ihr entglitten die Gesichtszüge, während sie ihn mit blitzenden Augen anstarrte. Er lachte, wieder dieses dunkle angenehme Lachen, das tief aus seiner Seele zu kommen schien.
Diesmal brachte es die Gardistin dazu vor Wut zu Schäumen. Sie ballte die Fäuste.
„Entschuldigen Sie“, sagte er überraschend schuldbewusst, „ich wollte mich nicht über Sie lustig machen. Tut mir leid. Sie sahen einfach“, er kniff die Lippen zusammen, als müsse er ein Schmunzeln verbergen, „so witzig aus.“
Shiran lehnte sich an die Bordwand und schlug die Arme um sich herum. „Schon gut“, knurrte sie. Sie hätte gerne weniger gesehen. Weniger von den Wellen, dem winzigen Boot und dem betörenden Mann, der es steuerte.
Zwischen ihnen herrschte Schweigen. Kadân hockte im Heck, die Ruderpinne in der rechten und die Schot für das Großsegel in der linken Hand. Mit schlafwandlerischer Sicherheit dirigierte er das Segelboot durch die endlose Weite. Gegen ihren Willen

fühlte sie einen Anflug von Respekt für den Aquiner und seine Fähigkeiten als Seefahrer.
„Wird es hier niemals richtig dunkel?“, fragte sie, um sich irgendwie von der eigenen Unsicherheit abzulenken.
„Nein“, antwortete er knapp.
„Wie lange brauchen wir noch?“
„Aquin ist größer, als es von oben aussieht“, sagte Kadân mit einem Lächeln in der Stimme. Das Halbdunkel verhinderte, dass Shiran Details in seinem Gesicht lesen konnte. Trotzdem, auf sie wirkte er viel zu entspannt. „Keine Sorge. Hinter der Barriere ist es relativ ruhig. Schon im Morgengrauen werden wir die nächste Insel erreichen.“
Die Barriere bildete sich aus einer riesigen Ansammlung von Korallen und Algengeflechten, die entlang eines Breitengrades wuchsen. Shiran hatte davon gelesen. Als Wellenbrecher bot sie den Einheimischen lebensnotwendigen Schutz. Allerdings lag die künstlich angelegte Hauptstadt davor, inmitten des tobenden Ozeans.
Bald darauf entdeckte Shiran einen winzigen Schatten am Horizont, auf den sie zuhielten. „Ist sie das?“, fragte sie aufgeregt. Sie konnte es kaum erwarten von dieser Nussschale zu fliehen.
„Ja, aber es dauert noch.“
Sein Ton klingt unverschämt selbstbewusst, dachte die Gardistin, für einen Mann. Sie schnaubte und legte ihren Kopf auf die angezogenen Knie. Da sie an der Situation nichts ändern konnte, hielt sie sich an die Lehren ihrer Ausbildung. Sie schloss die Augen, um wenigstens etwas Ruhe zu finden. Sie lauschte dem einlullenden Glucksen des Wassers, das sie forttrug.

„Shiran“, rief Kadân und riss sie aus einem unruhigen Dämmerzustand. „Shiran, wachen Sie auf.“
Noch trunken von Schlaf schreckte die Kämpferin hoch. Nach einem Moment der Orientierungslosigkeit schaute sie sich um. Das Segelboot näherte sich dürren Stämmen, die aus der Wasseroberfläche herausragten. Das zunehmende Licht kündigte den neuen Tag an. Die Farbe des Meeres wechselte im Sonnenlicht, welches durch die Wolken drang von einem rötlichen Grau zu Hellblau.
„Guten Morgen“, sagte er und grinste verschmitzt, „Gut geschlafen?“
Für jemanden, der selbst keinen Schlaf bekam, war er erstaunlich fit. Der Schönling entpuppte sich als unerwartet widerstandsfähig. Erfolglos versuchte Shiran das Gähnen zu unterdrücken. Sie nickte stumm.
„Nur noch die Landspitze dort vorne, dann erreichen wir den Hafen.“
Die Strahlen der aufgehenden Sonne blendeten ihn, er kniff die Lider zusammen. Sie musterte ihn. Die harmonischen Züge, das markante Kinn, die geschwungenen Lippen und die freiliegenden Muskeln in seinem Ausschnitt. Der Aquiner wirkte nicht real, sondern wie eine Traumgestalt aus einem Märchen.
Kadân bemerkte ihr Starren und sah ihr in die Augen. Sein scheues Lächeln fuhr ihr in den Magen. Erschrocken schnappte Shiran nach Luft. Machte er das mit Absicht?
„Was ist?“

„Bekommen wir auf dieser Insel einen Gleiter?“, erkundigte sie sich kühl. Wahrscheinlich hatte er diesen Effekt auf jede Frau, sagte sie sich. Ich bin nur eine weitere Dumme, die auf ihn reinfällt.
„Mmh, naja.“ Der junge Mann rieb sich das Kinn mit den Bartstoppeln. „Nun, so ähnlich.“
Reflexhaft wollte sie aufspringen. Als das Segelboot schon von der Andeutung der Bewegung schwankte, blieb sie sitzen. „Was meinst du damit?“, keuchte sie. Das hier ist kein Spiel, schimpfte sie still.
„Ein Freund von mir hat sich ein altes Motorboot gekauft. Wir haben es repariert und ein wenig“, er stockte im ruhigen Redefluss, „aufgemotzt.“
Shiran schlug die Hände vor dem Gesicht zusammen. Warum ausgerechnet Aquin? An jedem anderen Ort der Galaxis wäre die notwendige technische Ausstattung für eine einfache Überfahrt vorhanden gewesen.
„Sie sollten sich sehen“, feixte Kadân.
Zu gern hätte sie die Quelle seiner guten Laune gekannt. Das ständige Schaukeln und die Ungewissheit nagten an ihr, ein elendes Gefühl. Dabei hatte sie vor sechs Wochen noch auf luxuriösen Partys geschwelgt und wurde mit Bewunderung überschüttet.
Kurz nach der umrundeten Landzunge breitete sich eine Hafenanlage vor ihnen aus. Shiran sah einen langen Steg, beweglich mit dem Brückensystem verbunden. Ein Gleiter lag daran festgezurrt. „Der sieht besser aus als erwartet“, rief sie. Endlich hob sich ihre Stimmung. Ein Blick in Kadâns Miene ernüchterte sie. „Was? Was ist?“

Der Seefahrer schüttelte den Kopf. Er riss die Ruderpinne zu sich ran. Das Boot änderte die Richtung. Die Segel klappten auf die andere Seite.

„Scheiße, was ist denn?“, sagte Shiran aufgebracht. Sie krallte sich an der Reling fest. Wasser leckte an ihrem Rücken ins Bootsinnere.

„Rüber“, wies Kadân sie an und zeigte auf die andere Seite des Schwertkastens.

Ohne Zögern gehorchte sie der Anweisung.

„Was soll das?“, fauchte sie. Sie folgte seinem ausgetreckten Arm. Zwei Frauen standen auf dem Deck des Gleiters. Die Kämpferin erkannte sie wieder.

„Wahrscheinlich haben sie über Nacht einen angefordert, der sie direkt hierher gebracht hat“, sprach der junge Mann ihre Gedanken aus.

„Woher kennen die unser Ziel?“, rätselte Shiran.

„Große Mutter, nein“, keuchte er. „Sie müssen mich beobachtet haben.“ Er schluckte und sein Gesicht wurde aschfahl. „Ich war in den letzten beiden Wochen oft hier.“

„Du wirst nicht der Einzige gewesen sein, den sie überwachten.“ Ihre Informationen über die Priesterschaft besagten, dass sie sich neutral verhalten würden, um jedweden Ärger zu vermeiden. Offensichtlich eine Falschinformation.

„Ihre Freunde haben verdammt viel Einfluss“, sagte der Aquiner und schaute sich wiederholt um.

„Das sind nicht meine Freunde“, murmelte sie. Die Hafenanlage verschwand aus dem Sichtfeld.

„Warum verfolgen sie uns nicht? Wollen die nicht ihre Daten?“, fragte Kadân.

Shiran zögerte. „Es reicht, wenn sie verhindern, dass wir rechtzeitig das Raumschiff erreichen.“ Sie schüttelte den Kopf, der Auftrag drohte zu scheitern. „Kommen wir ohne einen Gleiter zur Hauptstadt?“
Der Seefahrer zauderte. „Nein“, sagte er gedehnt.
„Was ist? Weißt du einen anderen Weg?“
„Nein“, presste er mit verzerrtem Gesicht hervor. Die junge Frau sah ihm an, dass er Schmerzen unterdrückte. „Nein“, wiederholte er mit Nachdruck. Sein Körper begann zu beben. Er krümmte sich zusammen, seine Arme schlang er um sich. Das Segelboot kam vom Kurs ab, die Segel flatterten im Wind.
Während Shiran erschrak, fragte sie sich gleichzeitig, ob das der Einfluss der Magie der ersten Priesterin war. Offenbar funktionierte sie, nur anders als erwartet. Vorsichtig rutschte sie an ihn heran, ignorierte den schwankenden Boden. „Wenn du eine Möglichkeit siehst, dann sag es. Bitte“, beschwor sie ihn.
Seine Lider verengten sich zu Schlitzen, das Sprechen schien ihn Überwindung zu kosten. Er verlor den Kampf, erkannte die Kämpferin. Gut, dachte sie, dieser erfolgsverwöhnte Schönling verdiente einen Dämpfer.
„Eines könnten wir noch versuchen“, krächzte er. Kaum ausgesprochen entspannte sich Kadân, Schweißperlen glänzten auf seiner Stirn. Er atmete tief durch, bevor er sich verdrossen die Ruderpinne krallte und das Boot unter Kontrolle brachte. Der Blick aus seinen Augen wirkte hoffnungslos und seltsam gebrochen.
„Also gibt es einen Weg?“, bohrte Shiran nach. Sie musste Härte zeigen, seine Empfindungen spielten für den Auftrag keine Rolle.

„Ja“, sagte er mit gesenktem Kopf, „aber es ist weit gefährlicher als mit dem Gleiter über Wellenberge zu hüpfen.“
Eine Standardstunde später erreichte das Segelboot eine winzige Insel, die nur aus sieben hochragenden Stämmen bestand. Die zurückgewichene Flut legte das Algengeflecht frei, aus dem sie sich gebildet hatten. Sobald wir das Raumschiff erreichen, dachte Shiran, kann ich kein grün mehr sehen.
Kadân kletterte flink über ihre Beine in den Bug, griff das dort befestigte Tau und sprang auf den schlüpfrigen Untergrund.
Das Boot schlingerte. Die Gardistin zuckte zusammen. Sie hoffte, dass ihr erster Segelausflug, gleichzeitig der Letzte sein möge.
Der Aquiner zog das Segelboot längs zum Ufer und reichte ihr die Hand. Diesmal nahm sie seine Hilfe an. Kaum berührten ihre Füße den glitschigen Boden, schaute sie sich um. Sie sah nichts, außer glibberigen Grünkram und deren verholzte Auswüchse, die sich in den Himmel streckten. „Was jetzt? Was sollen wir hier?“, fragte sie.
„Was gleich passiert, müssen Sie für sich behalten. Mit dem was ich hier tue, riskiere ich viel“, sprach er leise, fast flehend. „Aber, ich“, begann er und brachte es nicht fertig den Satz zu Ende zu sprechen.
Shiran runzelte die Stirn. Was denn nun schon wieder, dachte sie. Sein Gesichtsausdruck und seine Körperhaltung weckten in ihr den Wunsch ihn zu trösten. Scheiße, dachte sie, was ist denn nur los mit mir?
Zur See gewandt, schloss Kadân die Augen und senkte den Kopf. Eine solche Haltung kannte sie von Magiebegabten der Priesterschaft. Lächerlich, sagte sie sich, Männer verfügten nicht

über den Zugang zur Magie. Die geistige Reife fehlte ihnen, um sie auszuüben. Das wusste jeder.
Ohne weiter auf seine Begleiterin zu achten, ging Kadân zurück zum Boot. Unterm Bug klappte er einen Kasten auf. Darin verborgen, fand sich ein großer Sack. Er nahm ihn heraus und tunkte ihn ins Meer.
Shiran traute ihren Sinnen nicht. Innerhalb kürzester Zeit sog sich der zerknitterte Stoff mit Wasser voll. Eine bis zu drei Meter hohe, abgeflachte Kugel entstand. Nachdem die Oberfläche vollständig gespannt war, zerrte der junge Mann sie ans Land.
Dann entnahm er aus den Längsseiten des Segelbootes einzelne Streben. Shiran fiel die Kinnlade herab, als er mit einem Messer das elastische Ding aufschnitt und eintrat. Sie lugte ins Innere und beobachtete ihn, wie er die Versteifung an den Innenwänden einpasste. Gleich darauf überprüfte er zwei der vier Gurtsysteme.
Die Frau ahnte, dass dies ein Transportmittel darstellte, aber der dazugehörige Antrieb blieb ihr ein Rätsel. Ihr Staunen nahm zu, als der Aquiner hauchzarte Seile anbrachte, die die Kugel rundherum umgaben. Es wirkte wie ein Netz um einen Fesselballon, den sie mal auf einem Fest im Palast der Priesterinnen gesehen hatte. Welch ein Wahnsinn sollte das werden?
Kadân schaute auf den Ozean hinaus.
„Worauf wartest du?“, fragte Shiran.
Wortlos streckte er den Arm aus. Ihr Blick folgte der Richtung. Hundert Schritte entfernt blubberte die Wasseroberfläche, eine keilförmig zulaufende Rückenflosse teilte das Meer. Ein ovaler Körper mit V-förmig abgespreizten Seitenflossen tauchte aus den Fluten auf. Eine Bugwelle raste auf sie zu. Aufrecht wartend stand Kadân da.

„Was?“ Shirans Mund klappte auf. Als das Wesen die Insel erreichte, schwappte ein Wasserschwall auf ihre Schuhe. Die stumpfe Schnauze legte es auf das Algengeflecht neben dem Aquiner ab, spitze Zähne blitzten. Der Kopf überragte den großgewachsenen Mann.
Shirans Blick verlor sich in dem tiefen Schwarz der Haut, die schillerte wie geschliffener Obsidian. Violette Augen fixierten sie.
Der Seefahrer berührte das Wesen mit der Stirn. „Hallo, Jerry“, wisperte er sanft. Die Niedergeschlagenheit fiel von ihm ab und ein angedeutetes Lächeln umspielte seine Lippen.
„Jerry?“ Wie angewurzelt stand sie auf dem feuchten Untergrund und starrte auf die unwirkliche Szenerie.
„Er ist freundlich, keine Sorge“, versicherte Kadân gewohnt selbstsicher. Erst runzelte er die Stirn, dann musterte er sie. „Außerdem würde er sich freuen, wenn Sie ihn streicheln.“
„Tatsächlich?“ Shiran schluckte.
„Ja. Das ist ungewöhnlich. Normalerweise lässt er sich nur von mir berühren.“
„Sch ... schön“; stammelte sie.
„Müssten sie als Forscherin nicht wissen, dass sie hier leben.“ Er kraulte den sichtlich genießenden Meeresbewohner unter der Schnauze.
„Ich“, stotterte sie, „ich untersuche Bodenschätze.“ Natürlich wusste sie, dass der unergründliche Ozean auch große Kreaturen beherbergte. Dass diese allerdings mit den Einheimischen kuschelten, hatte sie nie zuvor gehört.
Sie legte den Kopf schief. „Es ähnelt einem Raumwal. Nur dass er viel kleiner ist und eine andere Farbe hat. Kommen die nicht

vom Planeten, den Aquin umkreist. Stammen die nicht aus der Gashülle?“, fragte sie.
Kadân zuckte mit den Schultern und streichelte das Wesen. „Sie sind verwandt, denke ich. Wir nennen sie Moquas, Mondwesen.“ Er schloss die Augen, presste die Wange an die schwarze, feucht glänzende Haut, die im trocken werdenden Zustand eine fleckige Hautzeichnung offenbarte. Shiran blieb auf Abstand. „Nur Mut“, ermunterte er sie.
Unter anderen Umständen hätte sie ihn zurechtgewiesen. Keiner hat es je gewagt an ihrer Furchtlosigkeit zu zweifeln. Doch die Faszination machte sie sprachlos.
Sie näherte sich und streckte die Finger aus. Die Kreatur fühlte sich kühl an. Sie lächelte Kadân an, der sie aufmerksam beobachtete. Behutsam nahm er ihre Hand.
Die beiläufige Berührung elektrisierte sie, als hätte sie einen Stromschlag erlitten. Er schien es nicht mitzubekommen und führte sie weiter zur riesigen Schnauze. „Er ist mein Begleiter“, sagte er liebevoll.
Unglaublich, dachte Shiran. „Warum ist er zahm? Wieso weiß davon niemand?“
„Wir Aquiner wissen es, das reicht Madame Forscherin der Bodenschätze.“ Er ließ sie los. Der Moment der Nähe verging.
Die Kämpferin bedauerte den Verlust seiner Wärme, fragend schaute sie ihn an.
„Die Damen auf der künstlichen Hauptstadt betrachten nur die Oberfläche oder den Nachbarmond“, erzählte Kadân. „Das was unter ihren Füßen passiert, beachten sie nicht. Besonders nicht uns, die sie abfällig Eingeborene nennen.“
Shiran hörte den Groll in seiner Stimme. Die meisten ihr bekannten Männer hätten sich mit den Gegebenheiten arrangiert

und ihren Nutzen daraus gezogen. Insbesondere so eine Schönheit wie er.

„Wie kann uns das Wesen helfen?“, fragte sie. Es war nicht der Zeitpunkt für Diskussionen.

Kadân zeigte auf die Kugel aus Algenfasern, die er vorbereitet hatte. „Es funktioniert wie ein Anhänger. Jerry zieht uns in den geschützten Hafen der Hauptstadtinsel. Ich weiß schon, wie wir dort ungesehen aussteigen.“

Shiran fiel die Kinnlade runter. „Was?“

„Es wird ein kleines bisschen nass werden.“ Ein Grinsen stahl sich in sein Gesicht. „Das meine ich ernst. Wir reisen oft weite Strecken miteinander. Auch vor die Barriere.“

„In dem Ding, über Wellenberge?“, versicherte sie sich.

„Nicht ganz, wir tauchen unter ihnen hindurch.“

„Nein“, japste die Gardistin.

„Es geht um das Schicksal Aquins. Wo bleibt Ihre Abenteuerlust?“, stichelte er. Seine Niedergeschlagenheit wirkte wie weggewischt.

Hohn für ihre Unsicherheit konnte Shiran nicht gebrauchen. Sie starrte ihn wütend an und zermarterte sich gleichzeitig das Hirn. Gab es wirklich keine andere Möglichkeit? Wenn sie nur mehr Zeit hätten.

„Die Außenhaut und die Verstrebungen sind aus verschiedenen Algenfasern“, erklärte Kadân, „teilweise aus der Tiefsee. Sie sind extrem stabil und widerstehen dem Druck nahe der Wasseroberfläche.“

„Das ist Wahnsinn“, schimpfte sie.

„Vertrauen Sie mir. Die Gurte innen halten uns bei Erschütterungen. Ich gebe Ihnen auch meinen Platz, der ist am sichersten.“

Shiran raufte sich die kurzen Korkenzieherlocken. Wenn sie das schon hörte. Erschütterungen. Am sichersten. Um keinen Verdacht zu erregen, durfte sie ihm nicht mal sagen, dass er der Beschützte war und seine Sicherheit weit über ihrer stand.
Aber eine andere Wahl blieb ihr nicht. Tausend Fragen spukten ihr durch den Kopf. Nicht zu verschweigen die Horrorszenarien, die sämtlich mit ihrem Tod endeten, oder seinem. Doch sie kam immer zum selben Ergebnis: Sie mussten es wagen. Sofort.
Die Schnauze des Moquas tippte sanft gegen Kadâns Schulter. Er schaute in den Himmel, zum zweiten Mond, der den Gasplaneten umkreiste. „Nun“, begann er zaghaft, „bis wir aufbrechen sollten wir noch warten.“
„Warum? Was ist jetzt?“, fragte Shiran unwirsch, sie hatte sich gerade zum Einsteigen durchgerungen.
„Die Planeten-Mondkonstellation ist ungünstig. Die Wellen vor der Barriere sind heute extrem hoch.“
„Und das fällt dir spontan ein?“, wütend scharrte sie über den glitschigen Boden. „Wie lange sollen wir plötzlich warten?“
„Bis Morgen früh.“
„Das geht nicht“, donnerte sie. „Wir müssen das Raumschiff erreichen, sonst ist alles umsonst. Wenn das hier wirklich unsere einzige Chance ist, dann bin ich bereit das Risiko einzugehen.“
Kadân schien mit sich zu ringen, oder mit dem Mondwesen. Shiran war sich da nicht sicher.
„Wir?“, fragte er.
„Ich stehe zu der Abmachung und werde alles tun, um dich mitzunehmen“, stellte sie ihm in Aussicht. „Und du?“
„Es ist gefährlich. Die Strömung, der Druck und die Anziehungen von Mond und Planet sind außergewöhnlich hoch. Uns erwarten bis zu fünfzig Meter hohe Wellen.“

„Eben war es harmlos“, betonte Shiran. Aufregung und Zweifel gleichermaßen beherrschten ihr Denken. Nie zuvor hatte sie ihr Leben einer riesigen Meereskreatur oder einem Mann anvertraut. Was davon schlimmer war, konnte sie nicht sagen.
Nur eines wusste sie mit Sicherheit: Sollte sie draufgehen, stand ihre Familie weitestgehend ohne Einkommen dar. Leider galt dasselbe, wenn sie zu spät ankommen würden und der Auftrag damit misslang.
„Verdammt“, fluchte sie, „wenn wir nicht gleich aufbrechen, weiß ich nicht, ob ich mich je wieder dazu durchringen kann da einzusteigen.“
Kadân musterte sie schweigend.
„Du hast gesagt, wir werden angeschnallt sein. Ist es für den Wal ein Problem?“
„Nein. Einem Moquas ist der Seegang egal. Für uns wird es gefährlich. Mein Freund warnt uns.“
„Welch ein Unsinn“, fauchte Shiran, als ob Tiere eine Bedrohung für Menschen einschätzen könnten. „Das Ding hat zu machen, was wir sagen.“
„Sie sind keine Pferde. Sie tun das für und mit uns, weil sie es wollen“, sagte er aufgebracht.
Ihr fiel auf, wie sich seine Wangen in der Empörung röteten. Trotzdem, wie viel Zeit wollte er noch mit sinnlosem Gequake verschwenden? „Ja, ja. Wenn du meinst“, wiegelte sie ab. Sie hatte den Schrecken lieber schneller als später hinter sich.
Die blau-violetten Augen des Seefahrers ruhten auf ihr, während er, wie in eine Statue gegossen, dastand. Shiran wandte sich bewusst ab. „Was ist jetzt?“, schnauzte sie.
Wasser spritzte auf ihren synthetischen Anzug, als er ins kühle Meer sprang. Mit geschickten Handgriffen schlang er die Seile

um Rumpf und Rückenflosse des Moquas. Ein seltsames Bild, dachte Shiran, aber passend zu dieser ungewöhnlichen Welt.
Kadân tauchte aus den Fluten auf und zog sich an den verholzten Gewächsen auf die Insel hoch. Die Kleidung klebte ihm am Körper, nass war der Stoff fast durchscheinend. Unbefangen wrang er sich die kupferroten Haare aus, einzelne Tropfen perlten auf seiner nackten Haut. Shirans Aufmerksamkeit heftete sich an dem Muskelspiel fest. Sie ertappte sich beim Wunsch, ihn zu berühren. Überall. Ihre Fingerspitzen kribbelten.
Verdammt, grübelte sie, macht der das mit Absicht? Mühsam riss sie sich von dem Anblick los und betrachtete das Moquas.
„Sind Sie bereit?“, fragte der Aquiner so nett und unschuldig, als hätte er keine Ahnung über seine eigene Wirkung. Zumindest sagte seine Körpersprache genau das aus.
Sie nickte, ohne ihn nochmal anzusehen. Wenn er käuflich wäre, würde sie ihm ein Vermögen für nur eine Nacht zahlen.
Der Innenraum der Transportkapsel bot überraschend viel Platz. Das Licht, das durch die Außenhaut fiel, färbte sich grün. Shirans Anzug nahm Feuchtigkeit auf, als sich Kadân beim Festzurren der Gurte an sie lehnte.
„Sitzt das?“ Er ruckelte an den Schnüren.
„Ja.“ Und dieser Geruch, den er verströmte. Scheiße, dachte sie, am besten betäube und fessle ich ihn bei der erstbesten Gelegenheit. Dann kann er mir nicht mehr gefährlich werden und wäre nebenbei in Sicherheit. „Alles gut, wir sollten endlich los.“
Der Seefahrer ging wortlos zur Einstiegsluke und passte das ausgeschnittene Stück der Hülle in die Öffnung ein. Kaum streifte es die Ränder, verschlang sich das Material ineinander und wuchs nahtlos zusammen. Ein weiteres Mal blieb Shiran der

Atem weg. „Der Reichtum dieses Mondes liegt nicht in den Bodenschätzen“, murmelte sie.
„Stimmt“, antwortete Kadân lächelnd, während er erneut ihre Gurte prüfte, „Sie sollten unbedingt die Kleidung daraus ausprobieren.“
Plötzlich roch Shiran den Modergestank, der von ihrem Anzug aufstieg. Peinlich berührt sah sie auf den Boden.
Kurz nachdem er sich ebenfalls angeschnallt hatte, fühlte Shiran einen Ruck. Erschrocken krallte sie sich fest. Ängstlich sah sie sich um, als die Helligkeit in einem grünlichen Dunkel verschwand.
„Alles gut“, hörte sie Kadâns tiefe Stimme, beruhigend leise und unaufgeregt. „Jerry hat uns unter die Oberfläche gezogen.“
Die Transportkapsel glitt ruhig durch das Meer. Die Vorstellung vollständig von Wasser umgeben zu sein, behagte ihr nicht. „Warum Jerry?“, fragte sie, um sich abzulenken.
„Ich mag den Namen.“
„Wie lange brauchen wir zur Hauptstadt?“ Kalter Schweiß stand ihr auf der Stirn. „Der Transporter verlässt den Raumhafen morgen, um genau zwölf Uhr, Standardzeit.“
„Das schaffen wir. Wir sind spätestens heute Abend da“, sagte Kadân. „Geht es Ihnen gut?“ Wieder diese ehrliche Anteilnahme, die sie von ihm nicht erwartete.
„Ich kann nicht glauben, dass ich mich hier drin befinde“, sagte sie leise.
Der Seefahrer gluckste leise, ohne Hohn und Spott. „Ich auch nicht.“
Sie versuchte, tief und gleichmäßig zu atmen. Das Umgehen mit Angst gehörte zu den Dingen, die sie gleich zu Beginn ihrer Ausbildung gelernt hatte.

„Was immer geschieht, bleiben Sie weiterhin ruhig. Sobald wir vor der Barriere sind, wird die See wild. Unterhalb der Wellen wird die Strömung stark sein“, prophezeite Kadân.
Der Seefahrer sollte Recht behalten. Shiran verkrallte sich in den Gurten, als die Kapsel hin und her geworfen wurde. Sie presste die Lippen aufeinander, nicht einen einzigen Schrei ließ sie entweichen, selbst wenn das bedrohliche Donnern des tobenden Ozeans ihn verschluckt hätte.
Das Mondwesen preschte rasend schnell durch das Meer, trotzdem nahm die Qual kein Ende. Die Finsternis unter den riesigen Wellenbergen wechselte sich mit einem grünlichen Halbdunkel ab. „Wir sind bald da“, rief Kadân über den Krach hinweg.
Unmittelbar danach riss ein heftiger Ruck die Reisenden zur Seite, nur um sie gleich darauf nach oben zu schleudern. Ein hoher Ton, wie von einem Reißen, durchdrang das Innere der Kugel.
„Scheiße“, fluchte Kadân.
Im düsteren Licht erkannte Shiran, wie der Aquiner schief auf seinem Platz hing. Krampfhaft versuchte er sich festzuhalten. Beim nächsten Schlag zerrten ihn die Fliehkräfte aus den Gurten. Shiran fühlte ihn neben sich an der Außenhaut aufprallen. Mit dem rechten Arm griff sie zu, aber der faserige Stoff seiner Kleidung glitt ihr durch die Finger. Sie schrie auf.
Im Zwielicht entdeckte sie Kadân auf allen Vieren in der Mitte des Innenraums. Seine Unterarme berührten den Boden, seine Finger krallten sich darin fest.
Ein harter Stoß erfasste die Transportkugel. Shiran sah, wie der junge Mann gegen eine der Streben geschleudert wurde. Das darauffolgende Knirschen hallte in ihren Ohren wieder. Allein

der Klang schmerzte sie. Ihr Herz setzte aus. Bewegungslos rutschte sein Körper auf den elastischen Grund der Kugel.

„Kadân“, kreischte sie. Sie riss an ihren Gurten, nur um sich kurz darauf bewusst zu machen, dass es ihm nicht half, wenn sie sich ebenfalls in Gefahr brachte. Tränen der Hilflosigkeit liefen über ihre Wangen. Die Erschütterungen ebbten ab und verschwanden vollständig. Stille und Finsternis umgab sie. Wohin schwamm das verdammte Mondding? Und vor allem, wie tief?

1.6 Janaija

Janaijas Miene verzog sich zu einem zufriedenen Lächeln. Vor einigen Stunden erfuhr sie, dass ihr Kandidat auf Aquin entdeckt wurde. Nachdem sie glaubte, verloren zu haben, schöpfte sie wieder Hoffnung. Ihre Magie wirkte zwar nicht wie beabsichtigt, aber zumindest funktionierte das Gerät, um die Spuren davon aufzuspüren.

Sie betrachtete das unscharfe Bild, das Shiran ihr geschickt hatte. Rötliche Haare, markantes Gesicht und eine faszinierende Augenfarbe, manchmal darf die Pflicht auch Spaß machen. Schließlich sollte dieser Mann der Erzeuger ihrer Tochter werden, vorausgesetzt er wurde im Ritual erwählt. Doch die junge Frau zweifelte nicht daran, da ihn die Magie der großen Mutter selbst ausgesucht hatte.

In den vergangenen Jahrhunderten entschied sich die Nachfolge der Whaea zwischen den fähigsten drei Priesterinnen, meistens gewann die Erste. Janaija war die mächtigste und talentierteste ihrer Generation. Es sprach nichts dagegen, dass es wieder so geschehen würde. Der Aquiner musste es nur rechtzeitig zum Zentralplaneten schaffen. Allein die mangelhaften Vorbereitungen stellten ein Risiko dar.

Ein letzter Blick auf die Informationen, dann schaltete sie das Display aus. Genüsslich schlürfte Janaija einen fruchtigen Cocktail durch den Strohhalm. Sie lehnte am blau leuchtenden Bartresen im prunkvollen Präsentationsraum des Palastes. Das lange Kleid floss seidig glatt über ihre Haut.

Die Augen auf den Drink gerichtet, beobachtete sie die anderen Priesterinnen unter den Wimpern hindurch. Die Konkurrentinnen

und frühere Freundinnen aus Kindheitstagen hielten Abstand. Leider drang deren dümmliches Geschnatter bis zu ihr.
Die Unterhaltungen drehten sich um die bombastischen Feste, die die örtlichen Priesterschaften auf den Planeten organisierten. Die Maßnahmen dafür begannen bereits ein Jahr, bevor die Lose gezogen wurden. Unzählige junge Männer nahmen daran teil, um sich waghalsigen Prüfungen zu unterziehen. Als Lohn lockte Reichtum und der Aufstieg zu einem interplanetaren Idol.
Der Mond Aquin blieb als einzige Welt außen vor. Die Priesterschaft an jenem Ort bestand aus störenden Elementen. Sie fristeten ihr Dasein in einer Einöde und widmeten sich anderen Prioritäten. Dort wo sie normalerweise wenig Schaden anrichteten, gifteten sie die etablierten Familien an.
Neben Janaija legte keine ihrer Konkurrentinnen das Schicksal in die Hände der großen Mutter. Warum auch, das bedeutete Widerstand gegen die verantwortlichen Priesterinnen. Diese wählten gerne einen genehmen Kandidaten und nutzten die Gelegenheit sich ausgiebig selbst zu feiern. Zudem, dachte sie hämisch, setzte die dazu nötige Zeremonie beträchtliche magische Fähigkeiten voraus. Außer ihr besaß diese keine.
Janaija war zu Recht die Erste unter ihnen, sie verdiente es, den Regierungsauftrag zu erhalten. Die große Mutter verlieh ihr die Macht Außergewöhnliches zu vollbringen.
Wenn nur nicht der idiotische Brauch mit dem Auserwählten wäre, ärgerte sich Janaija. Im schlimmsten Falle ermöglichte er jeder Priesterin, als Whaea die Hälfte der Regierung zu übernehmen, unabhängig von ihrer Durchschnittlichkeit.
Wieder lauschte die Erste den Konkurrentinnen. Sie redeten über die Kandidaten und malten sich das Ritual aus. Dumme Puten,

schimpfte die junge Frau im Stillen, gegen mich seid ihr chancenlos.
Einmal mehr fragte sie sich, wie die anderen es widerspruchslos akzeptieren konnten, dass Männer eine entscheidende Rolle bei der Regierungsbildung spielten. Weder im gesellschaftlichen noch im wirtschaftlichen Alltag trugen sie Verantwortung. Ohnehin stellten sie nur ein Drittel der Bevölkerung. Es reichte, wenn sie ihren Zweck erfüllten und Töchter zeugten.
Uralter Brauch, sagten viele. Für Janaija war dies nichts weiter als Wahnsinn. Aufgestaute Wut wallte in ihr hoch. Nie, hatte sie einen Hehl daraus gemacht, dass sie Unsinniges abzuschaffen gedachte.
Aus tiefster Überzeugung heraus verfolgte sie den Plan, die Macht der planetaren Priesterschaften und ihrer korrupten Würdenträgerinnen einzuschränken. Die Herrschaft musste vollständig zurück in die Hände der Regierung gelangen.
Leider brachte sie schon mit den geringsten Andeutungen davon die etablierten Familien, welche meist die Priesterinnen im Palast stellten, gegen sich auf. Kein Wunder, herrschten sie doch, fett und vollgefressen, fast uneingeschränkt über die regionale Wirtschaft.
Seit hunderten von Jahren blockierte sich die Doppelregierung aus Whaea und Ka´nya selbst. Nutzlos geworden degradierten sie sich zu Marionetten von Interessen anderer. Zu lange hechelten sie sinnlosen Traditionen hinterher, machten es jedem Familienverbund recht.
Erste Aufstände deuteten die wachsende Unzufriedenheit an, in der Bevölkerung brodelte es. Ungerechtigkeit und Willkür verhinderten den Aufstieg der breiten Masse. Nicht mehr die

Fähigste hatte das Sagen, sondern diejenige mit der richtigen Herkunft.
Um den Frieden auf den Planeten zu wahren, brauchte es mutige Entscheidungen. Janaija und ihre Familie sah sich befähigt, diese zu treffen. Mit ihr als neue Whaea und ihrer Cousine als neue Ka´nya, verfügte die Regierung über eine noch nie gekannte Einigkeit. Eine solche Kombination war in der Lage die vereinten Welten auf einen besseren und mächtigeren Weg zu bringen.
Die Vorstellung zauberte der jungen Frau ein Lächeln ins Gesicht. Dem Umfeld entrückt, rührte sie den Cocktail um.
„Darf ich dir etwas Burbasaft anbieten?“, fragte eine sanfte Stimme in hoher Tonlage neben ihr. Magaja, ihre Jugendfreundin und aktuelle zweite Priesterin, lächelte zuckersüß. Mit ausgestrecktem Arm hielt sie ihr ein Glas mit einer grünlich schimmernden Flüssigkeit hin.
Viele Köpfe drehten sich zu den beiden Frauen um. Janaija erkannte spöttische Blicke. Sie bändigte ihren aufkeimenden Zorn. Jede hier wusste, das Burbas eine Spezialität des weit entfernten Mondes Aquin waren. Du willst Machtspielchen, grollte sie innerlich, die kannst du haben.
„Danke Magaja“, antwortete die Erste betont freundlich, ohne etwas entgegenzunehmen, „Unser Diener bringt es mir bereits. Aber ich schätze es sehr, dass du so lieb bist seine Aufgaben für mich zu übernehmen. Du darfst gerne mein leeres Glas wegbringen.“
Ihre Konkurrentin runzelte die Stirn. Unverständnis zeigte sich in ihrem Gesicht. „Eigentlich wollte ich dir nur etwas anbieten, zum Reden.“

Janaija fühlte die Aufmerksamkeit, die auf ihr ruhte, von einigen verdeckt, von anderen offen. „Oh, na dann.“ Sie nahm den Drink an. „Danke“, sagte sie danach knapp und kehrte Magaja den Rücken zu.
Shiran, ihre fähigste Dienerin unter den Gardistinnen, hatte von Verfolgern auf Aquin berichtet. Sogar von der Priesterschaft, die offen Jagd auf den Kandidaten machte.
Sie sind aufgeschreckt, dachte Janaija, ein paar Andeutungen haben gereicht. Durch ihre Konkurrentinnen drangen sie aus dem Palast direkt in die Ohren ihrer Feinde. Ein Großteil der Familien hatte sich zusammengeschlossen, um die aussichtsreichste Titelaspirantin nach ihr zu unterstützen. Jetzt wollte ausgerechnet die, mit ihr reden.
Unfassbar, ärgerte sich die erste Priesterin. Mit geübter Selbstbeherrschung hüllte sie sich in einen Deckmantel aus Ruhe und Eleganz. Insgeheim hoffte sie, dass ihre Gegnerin nicht mehr Informationen hatte als sie selbst. Seit Stunden fehlte die Rückmeldung von Aquin.
Erleichtert atmete sie auf, als das Rascheln eines schweren Stoffes, den Abgang ihrer Feindin anzeigte. Viele der anderen Priesterinnen im Raum hatten sie beobachtet und den Worten gelauscht. Die meisten entstammten den Familien, die sich gegen Janaija verschworen.
Die junge Frau musste zurückschlagen, ihren Kampfeswillen demonstrieren. Tat sie es nicht, beschädigte Magajas Verhalten ihr persönliches Ansehen innerhalb der Gemeinschaft und ließ sie schwach erscheinen. Etwas, dass sie sich nicht leisten konnte.
Als erste Priesterin gestaltete sie die Umsetzung und die prestigeträchtige Rollenverteilung an den Ritualen zur Ehrung der großen Mutter. Die gesamten vereinten Welten schauten

dabei zu. Doch rächte sie sich über den Missbrauch ihres Amtes, würde jeder ihre spätere Eignung zur Regentin in Frage stellen.
Ein Diener, den muskulösen Oberkörper eingeölt und zur Schau gestellt, sammelte das leere Glas vom Bartresen ein. Janaija betrachtete den gesenkten Kopf, die ehrerbietige Haltung. Sie grinste verstohlen. Gleich, dachte sie, werden alle erkennen, wer hier die Bedeutendere ist.
Zielstrebig hielt sie auf einen der männlichen Bediensteten zu. Unter einem Rundbogen stehend, beobachtete er diensteifrig den Raum. Die Erste strich sanft über seine glänzenden Muskelstränge am Rücken. Blau schimmerten die Adern durch die olivfarbene Haut. Die Kleidung setzte die Vorzüge des Körpers in Szene. Schmale Taille, knackiger Po und vollkommen durchtrainiert, wie es sich für Personal im Palast geziemte.
Irritiert drehte der Mann sich zu ihr um, unwillkürlich sog er die Luft ein. Er wagte nicht, zurückzuweichen. Janaija spürte deutlich die unterdrückte Furcht. Sie reichte ihm die Hand und zog ihn kommentarlos mit sich.
Befriedigt fühlte sie die hasserfüllten Blicke von Magaja. Der Palastdiener war ihr bevorzugter Favorit. Doch er würde es nicht wagen sich der ersten Priesterin zu verweigern. Zumal Janaija selten ihre Gunst gewährte, und dies eine außergewöhnlich große Auszeichnung darstellte.
Er sollte gut bestückt sein, dafür wenig fantasiereich, berichteten andere Priesterinnen. Keineswegs Janaijas Geschmack, aber als Siegerin den Platz zu verlassen, und sei es nur für heute, war ihr das wert.
Außerdem würde es ihrer ärgsten Feindin eine Lehre sein sich niemals an einen Mann zu hängen. Gefühle trübten das

Urteilsvermögen. Es war an der Zeit, das Magaja diese unumstößliche Tatsache endlich verinnerlichte.

1.7 Shiran

Bis auf ein leises Glucksen hörte Shiran nichts mehr. Die Ruhe empfand sie als beklemmend. Die Transportkugel schaukelte sanft hin und her. Helligkeit drang von außen durch die Hülle. Das grünliche Licht beschien Kadâns zusammengekrümmten Körper, der reglos außerhalb ihrer Reichweite lag.

Sind wir angekommen, fragte sie sich. Mit zittrigen Fingern fummelte sie an den Gurten herum. Es gelang ihr nicht sie zu öffnen und aufschneiden erschien ihr zu unsicher. „Verdammte Scheiße!“

Sie wollte zu ihm, prüfen ob er tot oder lebendig war, ob ihre Lügen den sympathischen Schönling zerstört hatten. Den Auftrag, korrigierte sie sich im Geiste, nicht ihn. Er spielte keine Rolle, stellte nur Mittel zum Zweck dar.

Die Spitze einer Klinge durchstach die Außenhaut, ein gleißender Lichtstrahl ergoss sich ins Innere. Die junge Frau erschrak und ihre Augen schmerzten nach der langen Zeit im Dämmerlicht.

Das Messer schnitt einen Eingang, kräftige Hände klappten ihn zur Seite. Ein blonder Mann, mit einem Schnurrbart unter feinen Fältchen lugte hinein. Seine Aufmerksamkeit fiel auf Shiran, bevor sie an Kadân haften blieb.

Der massige Körper, größer noch als der ihres Ziels, schwang sich durch die Öffnung. Er fühlte den Puls des Bewusstlosen und prüfte den Atem, indem er sich dicht über ihn lehnte. Sein Grunzen konnte alles bedeuten.

„Lebt er?“, fragte Shiran und hielt den Atem an.

Vorsichtig legte der Fremde sich Kadâns Arm um den Hals. Dann hob er ihn an und schleifte ihn zum Ausgang. Er verschwand, ohne auf die Frau zu achten.
„He“, schrie sie. „Wo bringst du ihn hin?“ Nicht die geringste Reaktion folgte auf ihr Brüllen.
Im helleren Licht betrachtete sie das umständliche Knotengewirr. Es reichte ihr. Endgültig. Ich will wissen, was mit ihm ist und natürlich mit meiner Zukunft. Dass die Sorge in ihrem Herzen ihn betreffen könnte, schob sie weit von sich.
Sie beugte sich vor. Aus einer eingenähten Tasche am Hosenbein holte sie eine kurze, flache Klinge und schnitt die Halterungen durch.
Während sie sich aufstellen wollte, knickten die wackeligen Knie unter ihr weg. „Scheiße“, zischte die Kämpferin und kroch zur Öffnung.
Shiran streckte den Kopf hinaus. Die Helligkeit ließ sie blinzeln. Sie setzte die Füße auf poröse schwarze Felsen. Kaum hatten sich ihre Augen an das Tageslicht gewöhnt, sah sie sich um. Ihr Mund blieb vor Staunen offen stehen.
Ein Nebelschleier, schillernd in den Farben eines Regenbogens, umschloss einen Teil der Insel, auf der sie sich befand. Röhrenartig zog er sich endlos hinauf in die Atmosphäre.
Von beiden Männern sah sie nichts, da ihr eine Anhöhe aus Felsen die Sicht versperrte. Shiran kletterte hinauf. Kurz danach entdeckte sie, eingebettet zwischen dem Gestein, ein kreisrundes Becken mit ungefähr zehn Metern im Durchmesser.
Das spiegelgatte Wasser strahlte violett. Darin, bewegungslos an der Oberfläche, schwebte Kadân. Die kupferroten Haare umwaberten seinen Kopf wie eine Wolke, seine Kleider blähten sich. Der Fremde stand am Rand und beobachtete ihn.

Shiran sah sich um. Außerhalb des Lichtes brandeten die Wellen geräuschlos an die dunklen Felsen. Nicht mal einen Lufthauch spürte sie auf der Haut. Die Stille war unheimlich, als ob sie der Schleier von der Welt entrückte.

Noch immer staunend, ging sie zu dem älteren Aquiner, der regungslos auf einer Felsspitze verharrte. Er besaß die gleiche violette Färbung der Iris wie Kadân.

„Wo sind wir?“, verlangte die Gardistin zu wissen.

Keine Antwort.

„Was geschieht mit ihm?“, fragte sie.

Nicht eine winzige Reaktion.

Der Fremde stierte unablässig auf Kadân. „He!“, schnauzte Shiran und stupste den Mann mit dem Zeigefinger an.

Dieser packte ihr Handgelenk, welches in seiner Faust vollständig verschwand. „Setzen Sie sich und warten Sie ab“, forderte er mit einer tiefen schnarrenden Stimme und offenbarte eine Zahnlücke zwischen den oberen Schneidezähnen.

Instinktiv wandte sie den Arm aus dem Griff. Gerade als sie ihn für die respektlose Behandlung zurechtweisen wollte, zog Kadân ihre Aufmerksamkeit auf sich. Er regte sich, kleine Wellen verteilten sich kreisförmig um ihn.

Unvermittelt schlug der Seefahrer die Augen auf und starrte hinauf in den Regenbogenschleier. Sein zweiter Blick galt Shiran, seine Iris leuchtete in einem intensiven Violett. Sie schreckte zurück. Aquin barg ungeahnte Geheimnisse, dachte sie.

Kadâns Mundwinkel zuckten in einem gequälten Lächeln. Dann drehte er sich elegant wie ein Fisch auf den Bauch und schwamm durch den Pool aus irisierendem Licht zum Ufer.

Der Fremde reichte ihm die Hand, um ihn aus dem Wasser zu helfen. Kaum stand der Jüngere vor ihm, riss er ihn in seine Arme und hielt ihn fest an sich gepresst. „Du hattest Glück. Es war knapp. Verdammt knapp. Jerry hat dich gerettet. Ohne seine Nachricht an meinen Begleiter wärst du tot.“

Der Seefahrer lächelte ermattet und erwiderte die Umarmung. „Danke“, sagte er.

Shirans Auftrag bestand darin, herauszufinden wo Janaijas Kandidat blieb. Sobald sie ihn fand, sollte sie ihn mitnehmen. Egal wie. Improvisieren war ihr erlaubt, sofern sie ihn nicht über die wahren Hintergründe informierte.

Sie schlug die Augen nieder, weil sie die Gefühle zwischen den beiden Männern nicht sehen wollte. Als Zeugin dieser unerwarteten Zuneigung fühlte sie sich wie ein Eindringling. Sie strahlten Freundschaft und Verbundenheit aus. Etwas das sie selbst nicht kannte und einem wie Kadân nicht mal zugetraut hatte.

Ihre Füße setzten einen Schritt vor den anderen. Shiran ging weg von ihnen auf die andere Seite des Beckens und starrte auf das Meer.

Sobald sie unterwegs waren, durfte niemand den Kandidaten in dem Seefahrer erkennen. Sie durften sich nicht verraten. Zu viele Feinde lauerten auf sie. Dass die Magie der ersten Priesterin wirkte, wenn auch nicht wie erwartet, hatte ihr bereits weiter geholfen. Theoretisch müsste der Kompass in ihrer Tasche dafür sorgen, dass er ihre Nähe suchte oder sich zumindest gerne bei ihr aufhielt.

Die Kämpferin setzte sich auf einen Felsen und seufzte. Sie drehte sich zu den beiden Aquinern um, die sich angeregt unterhielten. Ihr Blick fiel auf Kadâns tropfnasse Kleidung, die

sich an seinen Leib schmiegte. Selbst aus dieser Entfernung erkannte sie die Muskelstränge, geformt von harter Arbeit. Dieses Gesicht, dachte sie, unwirklich.
Sie schüttelte den Kopf. Unfassbar, schimpfte sie still. Der schöne, hilfsbereite Mensch hatte sie mitten ins Herz getroffen, ohne dass sie etwas dagegen tun konnte. Das Aussehen, sagte sie sich, nur daran liegt es. Oberflächliche Anziehung, mehr nicht. Es würde sie nicht davon abhalten ihn zu belügen, schließlich hatte sie einen Auftrag zu erfüllen.
„Wahre Distanz", hörte sie die Stimme ihrer Mentorin in ihrem Verstand. Aber was brachten diese schlauen Worte, wenn sich ihr Körper nicht daran hielt.
Unwirsch wandte sie sich wieder ab. Bei aller Rationalität, bei ihm traute sie sich selbst nicht zu, den Abstand zu halten. In ihrer Karriere als verdeckt arbeitende Gardistin war das eine neue Erfahrung für Shiran.

1.8 Kadân

Kadân sah durch den Nebelschleier auf das weite Meer. „Du hättest sie niemals herbringen dürfen“, betonte Mitri, der neben ihm auf dem Felsen stand. Die Hand des langjährigen Freundes lag um seinen Nacken. Ein Altersunterschied von fünfundzwanzig Standardjahren trennte sie.
Der ältere Aquiner zog ihn dicht zu sich heran, seine Stirn berührte Kadân an der Schläfe.
Verlegen schaute der Seefahrer zu Boden. Er erholte sich noch von dem Schock dem Tod so nahe gewesen zu sein. Das zweite Mal in seinem Leben und wieder hatten ihn die Moquas gerettet.
„Es tut mir leid, es war nicht meine Absicht. Ich wollte sie zur Hauptstadtinsel bringen.“
„Du hättest diese Frau nicht mal in der Transportkugel mitnehmen dürfen“, knurrte Mitri. Enttäuschung zeichnete sein Gesicht.
Der junge Mann nickte schweigend. Er fragte sich, ob sein Freund ihm glauben würde, wenn er ihm die Gründe erklärte.
„Sie kann uns in Gefahr bringen“, drang der Ältere weiter auf ihn ein. „Gerade du weißt es besser.“
Kadân schlug die Augen nieder. Die offenen Worte entsprachen der Wahrheit. Den Schwur die lichtumwobene Insel zu schützen, leistete jeder, der sie betrat. Er warf sich selbst die eigene Schwäche vor. Doch gestand er sich ein, dass Gleiche noch mal zu tun, würde er erneut in der Situation stecken. Was immer ihn von innen heraus auffraß, nahm ihm die Wahl.
Trotzdem gab er seinem Gegenüber Recht. Seit Jerry ihn mehr tot als lebendig aus dem Meer gefischt hatte, barg er das Geheimnis um diesen Ort. Damals war er ein kleiner Junge

gewesen. Mitri, den sein Begleiter zur Hilfe rufen ließ, hatte ihn in das Becken getragen, um ihn heilen zu lassen.
„Dir sind die Konsequenzen bewusst?“
„Ja.“ Meine Landsleute werden mich dafür verurteilen, dachte der junge Mann, mich meiden und vielleicht sogar angreifen.
„Gut. Nun berichte mir den Grund für deine Dummheit.“
Beschämt und erleichtert zugleich erzählte Kadân. Von dem inneren Drang und den zermürbenden Schmerzen, die ihn zwangen jede Möglichkeit zu nutzen, den Mond zu verlassen. Er berichtete von dem vergeblichen Widerstand, der ihn fast in den Wahnsinn trieb.
„Irgendeine Magie zieht mich zum Zentralplaneten. Als ich gestern in die Bar ging und“, er stockte und sah zu der Frau, „sie traf, da war es weg. Einfach so. Das hier, das fühlt sich richtig an.“
Mitris Stirn legte sich in Falten. Gemeinsam musterten sie Shiran, die auf der gegenüberliegen Seite des Wasserbeckens lässig auf einem Felsen saß und sie nicht beachtete.
Kadân betrachtete ihren sehnigen Körper, der sich unter der enganliegenden Kleidung abzeichnete. Für eine Fremde besitzt sie erstaunlich viel Mut, dachte er. Außerdem zeigte sie keine Anstalten sich bei ihm einzuschmeicheln, selbst die Abfuhr hatte sie akzeptiert.
Die Forscherin würdigte ihn während der Segeltour, und hier auf der Insel, kaum eines Blickes und schnauzte ihn an. Sowas erlebte er selten. Zur Abwechslung kam er sich wie ein normaler Mensch vor. Aus einem Grund, den er nicht benennen konnte, mochte er ihre Gegenwart.
„Du hättest es mir früher sagen müssen“, sagte Mitri. „Es hört sich nach sehr starker Magie an. Aber das Warum erschließt sich

mir nicht." Er seufzte „Bedenke, dass die anderen kein Verständnis dafür haben werden."
„Das hätte ich an deren Stelle auch nicht", erwiderte Kadân niedergeschlagen.
Der ältere Aquiner kaute auf seiner Unterlippe herum. „Ich helfe dir, mein Junge", begann er. „Ich muss eh zurück zu meinem Transporter auf dem Raumschiff. Außerdem ist es mir lieber, wenn du in diesem Zustand in meiner Nähe bleibst."
„Du meinst, bevor ich doch noch drauf gehe?"
Mitri verdrehte die Augen und schnaubte. „Kad. Du besitzt keinerlei Erfahrung von da draußen. Es ist besser, wenn du bei mir bleibst. Ich habe dir schon oft genug angeboten, mit mir zu kommen."
„Danke", sagte der Seefahrer, „ich weiß deine Sorge zu schätzen. Hast du einen Rat?"
„Folge dem Weg der großen Mutter. Das ist das Einzige, was ich dir sagen kann. Und halte dich an mich."
Shiran hatte offenbar mitbekommen, wie die Männer sie musterten. Unverzüglich sprang sie auf und eilte ihnen entgegen.
„Ruf deinen Wal, wir müssen los", rief sie von weitem.
„Nein", antwortete der Seefahrer in der gleichen Lautstärke.
„Was?", fragte sie, als sie die Beiden erreichte. „Spinnst du? Wir müssen den Transporter erreichen." In ihren grünen Augen, die im Kontrast zu der dunkelbraunen Haut standen, schienen Blitze zu zucken.
Ihren Ausdruck, geprägt von Wut und Wildheit, kostete Kadân aus. Er bewunderte die Stärke und Willenskraft, die aus jeder ihrer Bewegungen strömte. Besonders gefiel ihm, dass sie keinen Unterschied machte. Sie behandelte ihn genauso schroff wie

Mitri. Das Lächeln, welches ihm auf der Seele lag, schloss er in sich ein, um sie nicht zu verärgern.
„Der ist längst weg“, bemerkte der ältere Aquiner trocken.
Ihr Gesicht wurde aschfahl. „Woher willst du das wissen?“
Stumm suchte Kadân den Blickkontakt zu seinem Freund. Dieser nickte. Damit war es entschieden. Sie würde die Wahrheit erfahren und er fragte sich, ob sie ihn dann wieder angiftete. Hoffentlich. „Ein Moquas hat es uns berichtet.“
„Tze“, ächzte sie abfällig. „Schwachsinn. Bring mich jetzt hier weg, sonst kann ich für unsere Abmachung nicht garantieren.“
„Wie gesagt, es ist zu spät. Die Mondwesen lügen nie.“
Ihre Iris wirkte wie ein tosendes Meer aus grünem Licht. „Aha, ich soll dir also glauben, dass die Dinger mit euch reden?“
„Ja, so in etwa“, sagte Kadân ruhig. Der Zorn, den sie auf ihn niederprasseln ließ, erfreute ihn. Bestimmt das Adrenalin in meinen Adern, grübelte er, die Nähe zum Tod. „Wir sind mental verbunden, weshalb wir sie auch im Weltraum begleiten.“
„Quatsch“, fauchte Shiran. „Sowas wüsste ich!“
„So wie Sie wussten, dass die hier leben?“, fragte er und wartete gespannt auf ihre Reaktion.
Sie verschränkte die Arme und starrte Kadân an. Ihre Brust mit den ansprechenden Kurven hob und senkte sich sichtbar. „Wieso habe ich dann noch nie davon gehört?“, presste sie zwischen den Zähnen hindurch.
Mühsam unterdrückte der junge Aquiner sein Lächeln. Unter den Augen von Mitri durfte er, dem für ihn unverständlichen Reiz diese Frau zu provozieren, nicht nachgeben. „Tja, das könnte daran liegen, dass es ein paar männliche Eingeborene geheim halten.“

„Ach“, erwiderte sie abfällig. Ihre rechte Augenbrauche zuckte nach oben.
„Ja, tatsächlich. Nur die Männer befahren auf Nussschalen das Meer. Wie Sie wissen, sind wir entbehrlicher.“
Shiran streckte das Kinn hoch. „Ich brauche deine dummen Kommentare nicht“, zischte sie. „Wir müssen rechtzeitig beim Zentralplaneten ankommen. Wie ich bereits sagte, ist das überlebenswichtig.“
„Zum Zentralplaneten. Wir?“, fragte Kadân verdutzt. Er musterte sie.
Bislang dachte er, sie könnte ihn nur auf das Raumschiff schleusen, welches ihn zu den inneren Planeten brachte. Um das endgültige Ziel zu erreichen, würde er mindestens einmal umsteigen müssen. Er hatte seine Hoffnung auf Mitri gesetzt.
Die junge Frau schien einen Moment zu überlegen. Dann ließ die Spannung ihres Körpers nach, als wäre in ihr etwas zerbrochen. Der Wunsch sie zu ärgern tat ihm augenblicklich leid.
„Ja“, antwortete sie, „nachdem ich dir Verfolger auf den Hals gehetzt habe, werden sie dich nicht einfach in Ruhe lassen. Du könntest mich begleiten und Fürsprecher gewinnen, indem du selbst für Aquin sprichst. Ein gewisser Bekanntheitsgrad würde dir Sicherheit verschaffen.“ Ihre Augen zeigten einen feuchten Schimmer und ihre Stimme nahm einen weinerlichen Klang an. „Doch jetzt ist es dafür zu spät.“
Am liebsten hätte Kadân sie in den Arm genommen und getröstet. Dessen ungeachtet fragte er sich, ob es so leicht sein konnte. Er hatte darüber gegrübelt, wie es ohne Mitris Hilfe vom Raumschiff aus weitergehen könnte. „Nein“, sagte er leise, „wir schaffen es noch.“

„Wirklich?“, erwiderte sie mit langsam abnehmenden Schluchzern, von denen ihn jeder ins Herz traf.
„Ja.“ Der Seefahrer achtete nicht auf die versteinerte Miene seines Freundes.
„Dann sollten wir los“, antwortete sie. „Der Transporter wartet nicht auf uns.“
„Nein, der ist weg, das ist die Wahrheit.“ Shiran stampfte mit dem Fuß auf, so dass er zusammenzuckte. Was war das eben, grübelte er, das ruhige Auge eines Sturms?
Sie raufte sich die tiefschwarzen Locken. „Eben hast du“, brauste sie auf und unterbrach sich selbst, als sie ihn ansah. Diesmal schaffte er es nicht, sein Grinsen zu verbergen. „Was?“, schrie sie.
„Ein Moquas wird uns hochbringen.“
Ein Kopfschütteln folgte, sie winkte ab und stöhnte auf. „Dieser Mond macht mich wahnsinnig“, flüsterte Shiran. „Aber gut, wenn du meinst. Dann los.“
Kadân erkannte, dass sie ihm nicht glaubte. Doch das würde sich schnell ändern. Durch den regenbogenfarbenen Nebelschleier schaute er auf das Meer und konzentrierte sich. Zu einem der Moquas, das sich um die Insel herum befand, nahm er Kontakt auf. In Form von Bildern bat er es, einen der ihren zu schicken, um sie zum Raumschiff zu bringen. Die Antwort war wie ein Streicheln auf der Seele, ein Gefühl von Glück.
In der Zwischenzeit hatte sich Shiran auf einem Felsen niedergelassen. Die Knie angewinkelt, versteckte sie ihren Kopf zwischen den Armen. Kadân kniete sich neben ihr nieder. Er berührte sie an der Schulter. „Sie werden es gleich verstehen.“
Er betrachtete Mitri, der an seiner Seite stand. Der ältere Mann verdrehte die Augen. Traue keinem Unbekannten, war sein

Lebensmotto. Kadân spürte das Missfallen an seinem Mitgefühl für die Forscherin in Not.
Hundert Meter von ihnen entfernt, teilte sich das Wasser. Ein Moquas erschien, weit größer als das, welches sie herbrachte. Die Haut glänzte in einem satten Blau. Kurz vorm Land tauchte es ab, nur um im Wasserbecken wieder aufzutauchen.
„Das ist ein Raumwal“, stellte Shiran verblüfft fest, „genauso sehen die aus. Was macht der hier?“
„Helfen“, sagte Mitri unwirsch.
Shirans aufgerissene Augen sprangen zwischen den Männern hin und her. Ihre Lippen formten Worte, aber kein Ton kam heraus. „Was treibt ihr hier?“
Der Seefahrer verstand, was sie damit meinte. Eine geheimnisvolle Insel und fremde Wesen, die ins All flogen, hätten ihn auch erschüttert. Er bemerkte ihren Blick, ernst und eiskalt. Er passte nicht zu der Frau und wie sie sich bisher gab. Doch dass Jerry eine fremde Person derart schnell ins Herz schloss, musste etwas bedeuten. Kadân wollte ihr vertrauen, dem Urteil seines Begleiters seit Kindertagen folgen. Außerdem reizte ihn ihre abweisende Art.
„Ist alles in Ordnung mit Ihnen?“, fragte er mit sanfter Stimme.
Ein hohles Lachen von Mitri schallte über die Felsen. „Gib ihr Zeit mein Junge, Madame hat gerade herausgefunden, dass wir nicht die einzigen intelligenten, raumfahrenden Lebewesen in der Galaxis sind.“
Shiran schien der Spott kalt zu lassen. Plötzlich prasselte eine Frage nach der anderen auf die Aquiner ein. „Wie reden sie mit euch? Wieso bieten sie sich uns als Transporter im Weltraum an? Was unterscheidet sie? Und was ist das für ein Lichtschleier?“

Sie unterbrach sich und atmete tief durch. „Erzähl es mir auf dem Raumschiff", forderte sie herrisch.
„Moment", fuhr Mitri dazwischen, „erst schwören Sie Stillschweigen über alles was Sie hier erlebt haben."
Sie presste die Lippen aufeinander und runzelte die Stirn. „Ich schwöre hiermit nichts zu verraten."
„Das reicht nicht", sagte Kadân freundlich, „ein magischer Schwur muss ihre Worte besiegeln."
Shiran prustete lauthals. Die Herablassung überraschte und ärgerte ihn zugleich. Er rief sich in Erinnerung, dass sie gerade etwas Bedeutendes erfahren hatte. Wahrscheinlich würde ich mich dann ebenfalls in Zurückweisung flüchten.
„Können die Raumwale jetzt auch noch Magie ausüben?"
„Nein", versetzten die beiden Aquiner gleichzeitig.
„Und wer soll es dann tun?", fragte sie belustigt.
„Ich", antwortete Kadân.
Sie lachte aus vollem Hals. „Du?"
„Ja!"
Shiran schnalzte mit der Zunge. Sie wischte seine Antwort mit der Hand weg. „Oh, bitte."
„Es spielt keine Rolle, ob Sie mir glauben."
„Nicht in dem Ton", kritisierte die Fremde. „Magie ist Sache der Priesterschaft. Abgesehen davon besitzen Männer nicht die geistige Reife, um sie auszuüben. Deshalb hat die große Mutter ihnen die Gabe vorenthalten."
Shirans Aussagen nagten an Kadâns Geduld. Die Sympathie, die er bisher für sie empfand, erlitt einen empfindlichen Dämpfer. Sie ist doch wie alle anderen aus den vereinten Welten, dachte er, arrogant und überheblich.

„Fakt ist“, mischte sich Mitri ein, „Sie verlassen die Insel erst, wenn Sie den magischen Schwur geleistet haben. Vorher können wir nicht sicher sein, dass Sie weder über das Erlebte reden, schreiben oder es sonst wie weitergeben.“

Die Frau sprang auf. Wieder zeichnete Wut ihr Gesicht. „Männern ist die Ausübung von Magie verboten. Ich muss das melden. Bringt mich sofort zum Raumschiff, wenn ihr wollt, dass ich es unterlasse.“

Kadân breitete die Arme aus, die Hände zeigten beschwörend zum Himmel. „Eben war ich nicht fähig dazu, nun darf ich es nicht. Denken Sie eigentlich nach, bevor Sie sprechen?“

„Abgesehen davon, nehmen wir diese Kleinigkeit in den Schwur auf, dann können Sie sich selbst kaum etwas vorwerfen“, warf Mitri ein.

Die Kämpferin und die beiden Aquiner standen sich feindselig gegenüber. Kadân stellte überrascht fest, das Shiran sie taxierte, als würde sie gleich zum Angriff übergehen. Die Unerschrockenheit der Fremden imponierte ihm. Normalerweise zielten Frauen darauf ab, ihn ins Bett zu zerren. Zusammenschlagen wollte ihn bisher noch keine. Im Gegenteil, sie überschütteten ihn mit Komplimenten und glaubten sich damit bei ihm beliebt zu machen.

„Ohne Hilfe bleiben Sie hier sitzen, für immer“, sagte Kadân. Auch wenn ihre Miene undurchdringlich wirkte, er hörte fast, wie es in ihrem Kopf arbeitete. Einen unendlich erscheinenden Moment später entspannte sich ihr Körper.

„Gut, Beeilung“, forderte sie mit geballten Fäusten. „Ich hoffe, er brennt mir nicht das Hirn weg.“

Mitri lächelte. „Keine Sorge, er hat Übung. Mit all denjenigen, die mit den Moquas durch die Galaxis reisen.“

Shiran schaute zu ihm hoch. „Das erklärt einiges."
Das ließ Kadân aufhorchen. „Wie bitte?"
„Ach, egal", wiegelte sie ab, „als Forscherin habe ich mich bereits gefragt, wie die Aquiner die Wesen lenken."
„Sie wissen davon?", fragte er verwundert, „Andere haben mir erzählt, dass ihnen extra Pilotinnen zur Seite gestellt wurden, um ihre wahre Funktion zu verschleiern."
„Vertrauensbildende Maßnahmen. Die Passagiere sollen sich wohlfühlen", überging Shiran die erste Frage, „Männer sind für verantwortungsvolle Aufgaben seltenst geeignet."
Glaubt die das wirklich, grübelte Kadân und runzelte die Stirn. Sein gesamtes Leben verbrachte er auf dem Mond, die Lebensbedingungen außerhalb kannte er nur aus Erzählungen. In seiner Heimat packten alle mit an, niemand gab sich langfristig dem Müßiggang oder sinnlosen Beschäftigungen hin. Einheimische Frauen betonten ihre Überlegenheit nicht ständig.
Für die Umsetzung des magischen Schwures brauchte der Seefahrer Kraft. Er entschuldigte sich und setzte sich auf einen Felsen am Wasserbecken. Die Füße ließ er im Wasser baumeln. Das ausgewachsene Moquas durchstieß mit der Schnauze die Oberfläche, streifte den jungen Aquiner am Oberschenkel. Kadân lächelte und strich über die feuchte Haut. Mit geschlossenen Lidern fühlte er, wie Energie ihn durchströmte.
Ein Empfinden, als ob er schweben würde, erfasste seinen Geist. Er griff danach, stand auf und schlenderte zu Shiran. „Sind Sie bereit?"
Sie schluckte angespannt, bevor sie widerwillig nickte.
„Sehen Sie mich an", forderte Kadân. Er verlor sich in dem strahlenden Grün ihrer Augen und sie hielt genauso still wie er. Die Farbe faszinierte ihn.

„Kad“, rief Mitri und riss ihn damit aus der Erstarrung.
Auch Shiran zuckte zusammen. Der Seefahrer fragte sich, ob sie wirklich Angst hatte von ihm verletzt zu werden.
Behutsam legte er die Hände um ihren Kopf.
Sie berührten sich Stirn an Stirn. Unzählige kleine Lichtbögen sprangen über und tauchten sie in violettes Licht. Kadân spürte, wie Shiran Mut und innere Zerrissenheit verströmte, sowie den unerfüllten Wunsch nach einer behüteten Heimat. Ein Wunsch, der ihn, der seine Familie verlor, im Innersten traf, da er genau das vermisste. Er hoffte, dass sie und er eines Tages fanden, was sie suchten.
Während weitere Gedanken und Gefühle aus ihr in sein Bewusstsein strömten, kanalisierte er die Energie. Eilig, weil er ihr nicht zu nahe treten wollte. „Sprechen Sie mir nach: Ich schwöre über alles zu schweigen, was die Moquas und den Einsatz von Magie betrifft.“
Shiran wiederholte den Satz. Beim Wort Magie stockte sie, doch letztendlich sprach sie zu Ende. Ein Kribbeln, wie tausend Ameisen auf der Haut, erfasste Kadâns Körper. Es schmerzte. Mehr als bei den anderen, die mit den Mondwesen verbunden waren. Die Knie sackten ihm weg, Mitri stützte ihn geistesgegenwärtig.
Abrupt verschwand das Licht. Shiran schreckte zurück, die Augen weit aufgerissen. Im schnellen Wechsel schaute sie zwischen den beiden Männern hin und her. Der Ältere hielt Kadân, der sich an ihn lehnte, im Arm. „Das war nicht die übliche Art der Magieanwendung“, keuchte sie.
„Nein“, stimmte Mitri zu und klopfte seinem Freund auf den Rücken, „es ist das, was er sich angeeignet hat. Dank euren bescheuerten Regeln würde keine Priesterin ihm je etwas

beibringen.“ Ein Grummeln entfuhr seiner Kehle. „Geht es wieder?“
Nachdem Kadân nickte, entließ ihn der riesige Aquiner aus der Umarmung. Dann drehte er sich um und ließ sie stehen.
„Ich will mehr darüber wissen“, forderte die Gardistin.
Kadân schöpfte Atem und richtete sich auf. „Später“, presste er hervor, „zuerst müssen wir zum Raumschiff.“
Einen wackeligen Schritt vor den nächsten setzend ging er zurück zur Transportkapsel, mit der sie ankamen und zog sie in den Lichtschleier. Er entnahm ihr sein Bündel, legte sie zusammen und half gleich darauf Mitri.
Fels ratschte über Fels, als die beiden Männer ein verstecktes Zuggeschirr für eine Raumkapsel freilegten und ihre Algenkugeln verstauten. Die Aquiner sprangen in das Wasserbassin in der Mitte der Insel. Mit geübten Handgriffen passten sie dem Moquas Schnüre und Gurte an. Das Ende, eine klobige Sicherheitsverbindung aus Metall, tauchte in die Tiefe.
„Shiran, es ist Zeit. Bitte kommen Sie“, rief Kadân aus dem Becken heraus.
„Ich soll da rein?“
Er schmunzelte. Die kupferroten Haare klebten ihm am Kopf, die Kleidung aus Algenfasern wogte um seinen Körper. „Klar.“
„Werden meine Augen dann auch violett?“
Mit einem verächtlichen Schnaufen antwortete Mitri auf diese Frage. Er mied die Frauen außerhalb Aquins. Angeblich ertrug er ihre bigotte Arroganz nicht.
„Nein. Bestimmt nicht“, beruhigte Kadân sie. Shiran näherte sich dem Wasser. Die ausgestreckten Zehenspitzen hielt sie zuerst hinein. Misstrauisch beäugte sie den Raumwal, dessen Kopf ein Viertel des Platzes einnahm.

„Der beißt nicht“, betonte der junge Mann. „Wir tauchen. Folgen Sie uns einfach.“
Mitri tauchte ab, Kadân schloss sich ihm an. Gemeinsam bugsierten sie das Endstück des Geschirrs in einen Tunnel. In einer unterirdischen Höhle empfing sie violettes Licht. Unzählige Kristalle zwischen grotesk geformten Felsformationen spiegelten es wieder.
Kaum hatte er das Ufer betreten, schaute sich der Seefahrer nach Shiran um. Kommt sie, fragte er sich und rechnete damit umkehren zu müssen, um sie zu holen.
Sein Freund stöhnte auf, als niemand auftauchte. „Die Frau bringt Ärger, Kad. Irgendetwas stimmt mit der nicht.“
Kadân zuckte mit den Achseln, unfähig zu widersprechen. Auch wenn er den Worten zustimmte, änderte das nichts. Er hatte ihren innigsten Wunsch gespürt. Ein Sehnen, welches ihn berührte. Er wollte ihr Vertrauen.
Sein Fuß tauchte in das Wasser ein, um zu ihr zurückzuschwimmen. Er zögerte, da er einen dunklen Schatten im Eingang zur Höhle wahrnahm.
Die Wasseroberfläche wurde durchbrochen, das Platschen hallte in dem Hohlraum wieder. Shiran nahm einen tiefen Atemzug. Der Seefahrer beobachte wie sich ihr Mund in einen Ausdruck ungläubigen Erstaunens formte. Ihre Augen verschlangen jedes Detail. Sogar die kleine Raumkapsel, die auf einem Felssims fast mit dem Hintergrund verschmolz.
Kadân wusste um die faszinierenden Schönheiten seiner Heimat. Unerklärlich für ihn selbst erwuchs in ihm der Wunsch, dieser Frau mehr davon zu zeigen. Eines Tages vielleicht.
Bevor sie die Kapsel bestiegen, verteilte Mitri unförmige, trockene Kleidungsstücke, die sie in der Taille

zusammenbanden. Die feuchte Wäsche wurde im Innenraum verstaut.
Nachdem sie sich in den engen Sitzen angeschnallt hatten, erfasste die drei Menschen ein Ruck. Das Moquas zerrte das Gewicht aus der Höhle ins Meer. Es strebte nach unten in die Tiefe, die winzigen Fenster verdunkelten sich.
„Große Mutter, nein. Wir sinken“, kreischte Shiran und zappelte in ihren Gurten.
Kadân nahm ihre Hand und streichelte sie. „Warten Sie ab.“
Plötzlich stoppte die Raumkapsel in der Abwärtsbewegung. Ein Stoß durchfuhr die Passagiere. Kontinuierlich an Geschwindigkeit zunehmend rasten sie der Oberfläche entgegen. Das Moquas durchbrach die Wasseroberfläche im Becken. Im Lichtschleier, der einen durch Magie geschützten Tunnel zum Planeten bildete, schwebten sie in die Atmosphäre.

„Wie lange dauert es noch bis wir das Raumschiff erreichen?“, fragte Shiran und sah durch die ovalen Gucklöcher hinaus.
Kadân folgte ihrem Blick. Die Aussicht auf den leuchtenden Regenbogenschleier und die verschwommenen Sterne dahinter verblasste. Sie machte einer gelblich trüben Suppe Platz, der Gashülle des Planeten.
Mitri saß den Zweien gegenüber. Sie mussten an ihm vorbei schauen, um etwas zu sehen. „Etwa eine Standardstunde“, sagte er mürrisch.

Der Durchmesser der Kapsel bot Raum für zwei gegenüberliegende Sitzreihen mit je zwei Sitzen. In der Enge des Durchgangs dazwischen streiften sich die versetzt stehenden Knie der beiden Männer.
Ob Kadân wollte oder nicht, sein Arm berührte Shirans auf der gemeinsamen Lehne. Er spürte ihre Wärme durch den groben Algenstoff. Seine Sinne stürzten sich darauf. Nicht nur weil ihm die unvertraute Kälte langsam in die Knochen fuhr.
„Also ausreichend Zeit für ein paar Fragen", sagte die Kämpferin. Seit sich die Kapsel ruhig bewegte, zeigte sie keine Angst mehr.
Kadân drehte den Kopf zu ihr und lächelte. Ein abschätziger Blick schlug ihm entgegen. Schade, dachte er und unterdrückte ein Seufzen. Nach der Offenbarung seiner magischen Fähigkeiten schien sie sich mit der Abfuhr aus der Inselbar endgültig abgefunden zu haben. Ein ungewohntes Gefühl sich um Aufmerksamkeit bemühen zu müssen.
„Nein", grummelte der ältere Aquiner, „sie wissen schon zu viel."
Den angedeuteten Schmollmund Shirans nahm der Seefahrer mit Freude wahr. Ihr innigster Wunsch hatte ihn berührt und er fragte sich, worauf ihre Zerrissenheit gründet.
Er betrachtete sie verstohlen, während sie aus dem Fenster hinter Mitri starrte. Sie war anders, als die Frauen in seiner Heimat oder die förmlichen Fremden, die sie manchmal auf der dritten Insel besuchten. An ihr war etwas, das ihn neugierig machte, ihn auf eine seltsame Art reizte.
„Wie wäre es mit einer Abmachung", sagte er und hielt ihrem darauffolgenden giftgrünen Blick stand, „ich übernehme die Antworten und Sie erzählen mir von den vereinten Welten."

Shiran drehte sich zu ihm und hob die rechte Augenbraue.
Von Mitri schlug ihm ein Schnauben entgegen. „Junge, du kannst mich fragen“, grummelte er.
Ein Augenrollen konnte sich Kadân nicht verkneifen. „Du lehnst diese Welt ab“, stellte er trocken fest, „verdienst nur an ihr.“
„Aus gutem Grund.“ Die beiden Männer starrten einander an. „Du würdest mir zustimmen, wenn du dich mehr dafür interessiert hättest. Was du bisher nie getan hast.“
Es stimmte. Der Seefahrer teilte jedem seiner Landsleute mit, dass es besser wäre in der Heimat zu bleiben. „Ja“, sagte er kleinlaut. Doch er suchte einen Anlass mit dieser Frau zu reden.
Die Augen des Älteren bohrten sich in ihn, als könnte er Gedanken lesen. Mitri rümpfte die Nase. „Lass es. Das ist gefährlich.“
Kadân seufzte und senkte den Blick. Er wusste es. Aber Shirans Nähe fühlte sich gut an, mit ihr verschwanden die rätselhaften Schmerzen. Seit er sie getroffen hatte, schien ein dunkler Umhang von ihm abgefallen zu sein. Er musterte sie.
„Was ist?“, fragte Shiran.
„Der Junge ist naiv“, stieß Mitri aus und bedachte sie mit einer feindseligen Miene, „leichte Beute für undurchsichtige Menschen. Er hat Aquin noch nie verlassen.“
Die Worte versetzten Kadân einen Stich.
„Tatsächlich?“ Die Kämpferin zeigte sich kein bisschen eingeschüchtert.
Ihr spöttischer Blick verunsicherte den Seefahrer, Hitze stieg ihm in die Wangen. Er reckte den Hals, um ein wenig Würde in diesem einschnürenden Sitz auszustrahlen. „Ja.“
„Aus meiner Heimat kommt auch kaum einer weg“, sagte sie mit einem herzlichen Lächeln, so dass ihr seine Dankbarkeit

zuströmte. Flüchtig berührte sie seinen Handrücken. Ihre Züge strahlten Selbstgefälligkeit aus, genau wie etwas, das er nicht deuten konnte. Mitgefühl? „Und ich glaubte, ich hätte einen Grund aufgeregt zu sein."
Verlegen presste Kadân die Lippen aufeinander. Er verfing sich in dem Grün ihrer Augen und dachte daran, wie Jerry ihr sofort Sympathie entgegenbrachte.
„Was?", fragte sie.
„Ich frage mich, ob Sie mal einen von den Raumwalen berühren wollen."
„Ich warne dich, Kad", sagte Mitri und schaute ihn finster an, „die anderen werden es nicht gut heißen. Du hast dir ohnehin schon zu viel geleistet."
„Sie muss schweigen", antwortete Kadân, „der magische Schwur zwingt sie dazu."
Der riesige Aquiner schüttelte den Kopf. „Du verstehst es einfach nicht", murmelte er und schoss böse Blicke in Shirans Richtung ab, als träge sie die Schuld für seine Unvernunft. „Es geht nicht nur um sie."
Die Kämpferin lauschte still der Unterhaltung. Unter ihren halbgeöffneten Lidern glaubte Kadân ein Funkeln zu erkennen.
„Ja, würde ich gerne", sagte sie leise und sah dabei nur den Seefahrer an. „Schon aus beruflichen Interesse", schob sie mit einem angedeuteten Lächeln und einem hinreißenden Augenaufschlag hinterher.
„Warum sind Sie Forscherin geworden?", fragte er.
„Eine Studienförderung", erwiderte Shiran kühl nach einem kurzen Zögern, „ich hatte keine Wahl. Entweder das oder nichts." Mit glasigen Augen wandte sie sich von ihm ab, als würde sie die Erinnerung meiden.

„Warum kamen Sie nach Aquin?“
„Ich wurde hergeschickt.“ Sie sah ihn nicht an, und wenn dann streifte ihn nur ein abweisender Seitenblick.
„Sie wollen nicht darüber reden?“ Der fließende Übergang zwischen Ablehnung und Annäherung verwirrte ihn.
„Nicht wirklich.“
„Wie schade“, sagte Kadân mit echtem Bedauern in der Stimme, „dabei sind Sie doch ...“
„Ja?“
Innerlich amüsierte ihn der drohende Tonfall. „So interessant mit Ihren Forschungen.“
Sie starrte ihn an und runzelte die Stirn. „Oh bitte“, rief sie aus, während gleichzeitig ihre Mundwinkel nach oben zuckten.
Der Seefahrer grinste breit über das ganze Gesicht. Bei ihr würde er sich tatsächlich anstrengen müssen, wie jeder andere Mann auch. „Was ist mit der Abmachung?“
„Diese Fragen betreffen nicht die vereinten Welten“, stellte sie nüchtern fest, „abgesehen davon hatte ich der nicht zugestimmt. Ich wollte nur den Raumwal berühren.“
Mitri schnaubte. Doch der junge Aquiner sah ihm an, dass Shirans Schlagfertigkeit ihm widerwillig gefiel.
„Dann erzählen Sie mir mehr von den Planeten.“
„Nein. Jetzt will ich Fragen stellen.“
Diesmal prustete Kadân. „Wenn ich genauso inhaltslos antworten darf.“
Zwischen Shirans zusammengekniffenen Lidern bahnte sich ein durchdringender Blick hindurch. „Nein!“
Er lachte verächtlich. „Das ist ungerecht.“
„Nein.“
„Und warum nicht.“

„Weil ich keine brisanten Geheimnisse verberge, von denen nur eine Handvoll Menschen in den vereinten Welten wissen."
„Okay", räumte er widerwillig ein, „da ist was dran. Aber." Kadân zog das Wort in die Länge, um es dramatisch wirken zu lassen.
„Ja?"
„Das Wissen um eine Verschwörung der Priesterschaft gegen die Regierung ist auch nicht ohne."
Shirans Kopf ruckte zurück, sie runzelte die Stirn. Sie sah ihn an, als würde sie ihn zum ersten Mal sehen. Dann zuckten ihre Mundwinkel, die sich schnell zu einem Strich verkrampften. „Ja stimmt", gab sie zu, „auch das ist nicht zu verachten."
Ihre Augen schienen sich ineinander zu verhaken. Mitri hüstelte, so dass Kadân zusammenzuckte.
„Werden Sie jetzt von allen Priesterschaften verfolgt", fragte er hastig, um irgendetwas zu sagen.
Shiran Blick flackerte irritierend offen. „Nein", sagte sie, „nur von Aquin. Die ist speziell. Dorthin werden nur diejenigen versetzt, die in Ungnade gefallen sind und keinen Schaden mehr anrichten sollen. Sie ziehen jeden Weg in Betracht, um dort irgendwie wegzukommen oder sich das Leben so angenehm wie möglich zu machen."
„Das erklärt einiges", brummelte Mitri.
Der Seefahrer ignorierte den Einwurf. „Woher wissen Sie das?"
Sie zögerte und sah nach vorne durch das kleine Fenster, wo mittlerweile wieder Sterne zu sehen waren. „Ich habe vieles aufgeschnappt."
„Aha. Ist das so." Mitris Tonlage zeigte deutliche Zweifel.

Die Kämpferin kniff die Lider zusammen und begegnete seinem argwöhnischen Blick. „Ja“, sagte sie kalt. Das Misstrauen zwischen den beiden war fast greifbar.
„Erzählen Sie mir mehr?“, fragte Kadân, um sie abzulenken und die feindselige Stimmung zu vertreiben. Er wollte ihr vertrauen, glaubte an das Urteil seines langjährigen Begleiters aus dem Ozean.
„Nein zu deiner eigenen Sicherheit.“ Ihre Stimme klang hart, wie das unumstößliche Ende der Unterhaltung.
Also keine Abmachung, dachte Kadân, keine gegenseitigen Fragen und auch kein Grund für ein weiteres Treffen. Ihre Wege würden sich trennen, sobald sie das Raumschiff erreichten. Die Enttäuschung fuhr ihm wie ein Krampf in den Magen, aber er akzeptierte es. Seine Hoffnung den Zentralplaneten zu erreichen ruhte erneut auf Mitri.
Das Schweigen zog sich.
„Kadân.“
Er horchte auf und drehte wieder den Kopf zu ihr. Viel mehr konnte er in dem engen Sitz nicht bewegen.
„Wir sollten es gleich machen. Gleich nach der Ankunft auf dem Raumschiff.“
„Was?“, fragte er.
„Das Moquas besuchen und unsere Abmachung erfüllen.“
Der Seefahrer lächelte breit. Ihre Worte durchdrangen ihn mit unerwartet großer Freude. „Und warum gleich?“ Diese Frau war so komplex wie ein Algengeflecht, dachte er, aus dem löste sich auch nur manchmal ein Faden, um die Welt zu erkunden. Rätselhaft, anders.
„Die Priesterschaft wird alle Raumfähren und Raumschiffe, die von Aquin aus starten, scharf überwachen. Sie haben uns in

einem Segelboot wegfahren sehen und müssen glauben, dass wir nicht weggekommen sind.“ Shiran heischte um Mitris Aufmerksamkeit. „Oder wissen die von der Lichtinsel?“

„Nein“, sagte der riesige Aquiner abfällig, „natürlich nicht.“

„Dann werden sie uns kaum da oben suchen. Das verschafft uns Zeit und erstmal eine gewisse Sicherheit. Außerdem gehört dieses Schiff zur Regierungsflotte. Wenn sich die Priesterschaft an Bord gegen die Regierung wendet, muss sie dies verdeckt tun. Trotzdem.“ Die Kämpferin unterbrach sich und schaute Kadân an. „Wenn sie uns auf Aquin nicht finden, werden sie alles überprüfen. Vielleicht beauftragen sie Söldnerinnen für das Schiff. Wir sollten uns beide möglichst bedeckt halten und unauffällig bleiben.“

„Uns?“, fragte er ungläubig. „Sie glauben wirklich, die verfolgen auch mich?“

„Ja, es tut mir leid.“ Shiran atmete tief ein und wieder aus. „Du wurdest mit mir gesehen. Wie ich vorhin sagte, sie werden dich nicht in Ruhe lassen bis du irgendetwas zu deinem Schutz in der Hand hast.“

Mit weit aufgerissenen Augen sah er sie an. Flackerte da Mitgefühl in ihrem Blick? Oder Reue?

„Ich stehe zu meinem Wort. Ich nehme dich mit zum Zentralplaneten. Zwei Tickets habe ich ohnehin, auch für die Anschlussflüge. Und außerdem ein geeignetes Versteck für dich.“

Kadân schluckte. Er stellte sich ein winziges, dunkles Zimmer vor. Enge Räume, er hasste sie.

„Alles gut.“ Shiran winkte ab. „Mit ein bisschen Glück halten sie uns für Tod. Trotzdem sollten wir möglichst unauffällig bleiben, also nicht zu viel herumschlendern, besonders nicht du.“

Er sieht sie verständnislos an.
„Du fällst auf Kadân. Und du kannst mir nicht erzählen, dass du dir dessen nicht bewusst bist.“
Der Seefahrer senkte den Kopf. Er wusste es, aber wünschte sich, es wäre nicht so.
„Werden sie auf uns aufmerksam“, wendete sich Shiran an Mitri, „wenn wir mit diesem komischen Ding ins Raumschiff reinfliegen?“
Ihre bestimmende Art überraschte Kadân. Die Unsicherheiten und die wechselhaften Gefühle vom Mond waren wie weggewischt, als hätte sie alles schon verdaut und verarbeitet.
„Nein“, knurrte Mitri, „wir machen öfter Ausflüge hiermit. Sie wissen sogar, dass wir Rettungskapseln umfunktioniert haben. Sie glauben, dass wir damit die Raumwale besuchen, um neue einzufangen.“
„Das glauben die?“ Der junge Mann lachte. „Wusste ich gar nicht.“
Mitri schenkte ihm ein sanftes Lächeln. Seine langen Arme tätschelten ihm das Knie. „Du wirst in den nächsten Wochen einiges lernen, mein Junge. Es wurde Zeit, dass du mit uns kommst, deine Fähigkeiten werden uns helfen. Für dich ist immer ein Platz in der Unterkunft und bei mir an Bord frei.“
„Ich hätte da was Besseres für ihn“, warf Shiran ein. „Eine eigene Kabine. Da meine Kollegin nicht mitkommen konnte, steht die leer. Das perfekte Versteck.“
„Moment“, mischte sich Mitri ein, „er bleibt bei uns. Ich passe schon auf, dass er keine Dummheiten macht.“
Kadân bedachte seinen Freund mit einem genervten Gesichtsausdruck.

„Nein“, widersprach Shiran, „bei euren Geheimnissen wäre das unklug.“ Der ältere Aquiner wollte etwas sagen, doch sie fuhr ihm über den Mund. „Wenn sie ihn suchen, werden sie bei euch anfangen. Sie werden nachts in die Unterkünfte kommen, wenn ihr nicht damit rechnet und irgendwelche Gründe vorschieben.“
Die beiden Männer hörten ihr zu und wechselten einen unsicheren Blick.
„Jeder wird überprüft werden“, sprach die Kämpferin eindringlich weiter. „Da sie seinen Namen kennen, dürft ihr ihn nicht offiziell anmelden. Ihr würdet euch in jedem Fall strafbar machen und weitere Untersuchungen auf euch ziehen. Auch von magisch Begabten. Zu gefährlich.“
„Wenn sie suchen“, warf der blonde Aquiner ein.
„Ja. Und was ist dann?“, sie sah ihn scharf an. „Dann wäre Anonymität der beste Schutz für deinen jungen Freund. Könnt ihr es riskieren ihn zu verstecken? Bei euren Geheimnissen?“
Mitri starrt sie wütend an, schüttelte den Kopf.
„Es ist okay“, sagte Kadân, „sie hat Recht. Ich nehme die Kabine, zur Sicherheit. Ich will euch nicht in Gefahr bringen.“
Die Kiefer des älteren Aquiners malten aufeinander. „Ich habe kein gutes Gefühl dabei.“
Kadân hätte ihn gerne umarmt, um ihm die Sorge zu erleichtern. Aber für die Dauer des Fluges ließen sich die Gurte nicht einfach so öffnen. Ich komme allein klar, dachte er, wie sonst auch. Er sah zu Shiran, die ihre Unterhaltung stumm verfolgt hatte. „Also haben wir eine Abmachung?“
„Ja, ich zeige dir deine Kabine und danach gehen wir in den Hangar“, ihre Hand glitt flüchtig über seinen Handrücken und streichelte ihn, „und dann wird sich versteckt.“

War das gerade ein Zwinkern, fragte sich Kadân. Er grübelte noch darüber, während sie in die geöffnete Schleuse des Raumschiffes schwebten und sich die Atmosphäre mit der Schwerkraft aufbaute.

2. Kapitel

2.1 Shiran

„Bitte wundere dich nicht“, bat Shiran, die Mühe hatte bei Kadâns ausladenden Schritten mitzuhalten, „deine Kabine liegt auf einem der unteren Decks. Sie läuft noch immer auf den Namen meiner Assistentin, die sich auf dem Mond versteckt hält.“ Sie hatte ihn soeben aus seinem Quartier abgeholt.
Er nickte und sie freute sich, dass er es kommentarlos schluckte. Gemeinsam durchquerten sie einen schmucklosen Gang, um den Hangar mit den Moquas zu erreichen. Künstliches Licht tauchte sie in einen bläulichen Schimmer, offene Kabel liefen an der Decke entlang.
Endlich würde Shiran Antworten auf ihre Fragen bekommen. In dem Moment, als Kadân ihr die Abmachung vorschlug, kostete es sie immense Beherrschung nicht spontan zu jubeln. Sie platzte fast vor Neugierde, auch wenn es nicht zum Auftrag gehörte und sie davon niemanden berichten konnte.
Der Seefahrer hüllte sich in einen warmen, knielangen Mantel, der ihm von einem Landsmann an Bord geliehen wurde. „Wenn Sie wollen, kümmere ich mich um das Ummelden auf einen meiner Landsleute“, erwiderte er knapp.
„Nein, ich möchte es so beibehalten. Wie gesagt, zur Sicherheit.“
Seit der junge Mann nicht mehr halbnackt vor ihr herumtänzelte, fiel es ihr wesentlich leichter die Distanz zu wahren.
Zum Glück. Denn die Enthüllungen auf Aquin hatten ihre Professionalität arg in Bedrängnis gebracht. Ein Wunder, dass die beiden Männer nicht die Wahrheit erkannten.
„Okay, verstehe.“
Sie atmete auf. Wie erwartet, nahm er das ebenfalls hin. Vermutlich war er einfach froh mitgenommen zu werden. Also

wirkt die Magie der ersten Priesterin, dachte sie befriedigt, und damit auch die Anziehung des Kompasses. Jedenfalls ließ sein zunehmendes Interesse an ihr sie das erwarten.

Die Kabine hatte eine Mitarbeiterin der Regierung schon vor etlichen Tagen für ihn gebucht. Neben ihrer kleinen Abmachung mit Kadân gab sie Shiran einen weiteren Grund, um mit ihm in Kontakt zu bleiben. Außerdem fiel es ihr deutlich leichter ihn zu beeinflussen, wenn sie ihn von den anderen Aquinern trennte.

Die erste Nachricht, die sie zurück in der Zivilisation las, enthielt eine unmissverständliche Anweisung. Der Kandidat sollte absolut anonym reisen. In keinem Logbuch oder einer standardisierten Datenübermittlung durfte sein Name auftauchen. Beim nächsten Planeten der vereinten Welten, den sie erreichten, wartete Verstärkung. Dann übernahm ein Trupp Elitekämpferinnen, wie sie selbst, mit eigenem Raumkreuzer und Shiran war raus. Also musste sie ihn nur noch anderthalb Wochen beschützen und bei Laune halten. Machbar, dachte sie mit einem Seitenblick auf Kadân.

Dass der Seefahrer seine Heimat nie zuvor verlassen hatte, erleichterte die Sache. Ihm fehlte das Wissen über Vorschriften und Meldeprozesse auf einem Raumschiff. In der ihm fremden Umgebung akzeptierte er, was sie sagte.

Trotzdem befürchtete Shiran, dass die anderen Aquiner an Bord ihm unnötige Informationen gaben. „Bitte halte dich wie versprochen möglichst versteckt und lass niemanden deinen Namen wissen“, wiederholte sie sich.

„Jaha“, antwortete er gedehnt.

„Wenn du rausgehen musst, nimm abgelegene Wege oder den späten Abend, wie jetzt.“

„Ich habe es verstanden Shiran. Warum sind Sie derart nervös?“

„Es liegt an deiner Magiebegabung.“ Es war die erstbeste Erklärung, die ihr einfiel.
Kadân blieb abrupt stehen und sah sie an. „Das haben Sie bisher nicht erwähnt. Was hat das damit zu tun?“
„Ich wollte dich nicht vor Mitri bloßstellen“, sagte sie mit gespielt beunruhigter Stimme. „Hast du sie unter Kontrolle?“
„Ja.“
„Ich weiß nicht viel darüber“, log sie, „aber solltest du dich aus Versehen verraten, erfährt das die Priesterschaft auf jeden Fall. Bestimmt wurden wir zusammen gesehen. Sie werden mich dann auch festhalten und in meinen Kopf herumwühlen. Alles wäre umsonst gewesen.“
„Keine Angst, ich nutze die Magie nicht.“ Er rieb sich die Hände und ließ sie in den Ärmeln verschwinden. Offensichtlich fror er. „Außerdem muss ich sie bewusst ausüben, was mir sehr schwerfällt.“
„Ach?“, fragte die Kämpferin ironisch, „das habe ich anders in Erinnerung.“ Sorgen machte sie sich wenig darum, da sie um die komplexe Wirkungsweise des magischen Potentials wusste. Im Übrigen, flog er auf, riss er seine Landsleute mit in den Abgrund. So dumm und leichtsinnig schätzte sie ihn nicht ein.
„Komm, lass uns weiter gehen, wir fallen noch auf.“ Shiran wartete nicht ab und lief los, bevor er reagierte. Tatsächlich schien es ihr unmöglich, das Kadân mit seinem außergewöhnlichen Aussehen irgendwo nicht auffiel. Er wirkte wie ein Magnet für begehrliche Blicke. Ein Fakt, dem ihre Vorgesetzten keine Beachtung schenkten. Zum Glück befanden sie sich in einem nahezu menschenleeren Korridor.
Schlimm genug, dass er sich der gegenwärtigen Gefahr nicht bewusst war. Entgegen der Anweisung hielt sie es für sinnvoll,

ihm die Wahrheit zu schildern. Vielleicht bliebe er dann aus Überzeugung in der Kabine und sie benötigte keinen Vorwand mehr, um ihn aufzusuchen. Diese Geheimhaltung verkompliziert nur alles, ärgerte sie sich. Genau, wie der Sex, den sie dazu einzusetzen gedachte.

Die Wahl der großen Mutter infrage zu stellen, stand Shiran nicht zu. Sie befolgte Befehle. Deshalb hatte sie sich mit der ungewöhnlichen Begabung des Kandidaten abgefunden. Sollten sich die Priesterinnen darüber empören, wenn sie es je herausfanden.

Die geschlossenen Aufzugtüren am Ende des Ganges zwangen sie stehen zu bleiben. „Der magische Schwur ist die einzige Ausnahme“ versicherte Kadân, „ansonsten steht es mir nicht auf der Stirn geschrieben. Niemand wird es erfahren.“

Die Gardistin musterte ihn. Die außergewöhnliche Farbe der Pupillen leuchtete intensiv. „Aber in den Augen.“ Mit Mühe riss sie sich von dem Anblick los. Derart schwärmerisch kannte sie sich selbst nicht. Dieser Mann zog sie an. Nein, nicht er, seine äußere Hülle korrigierte sie sich. Sex täte ihr mal wieder gut, am besten mit ihm, damit die nüchterne Realität die Illusionen auslöschte.

„In Ihrer Welt“, sagte Kadân, „außerhalb von Aquin, findet sich das Violett bei den meisten Aquinern. Es zeigt nicht die Magiebegabung an.“

Shiran schnaufte. „Stimmt, nur eine tiefe Verbindung zu fremden, magiebegabten Wesen, die frei in der Galaxis herumstreifen“, Sarkasmus triefte aus ihren Worten, “das ist ja so viel besser.“

„Moquas sind nicht fremd.“

„Für alle, außer euch, sind sie das. Außerdem heißen sie Raumwale“, berichtigte sie ihn. Wann kam endlich der blöde Aufzug.
Kadân verdrehte die Augen. „Shiran, Sie haben mich hierher gebracht“, antwortete er, „also werde ich höflich sein und ihre Bitten erfüllen. Zufrieden?“
„Super“, zischte sie, „Ich wollte nichts anderes hören.“
„Dann ist das geklärt.“
„Perfekt“, erwiderte sie in der gleichen lauten Tonlage.
„Ja, super.“
Shiran schaffte es nicht, sich eine Antwort zu verkneifen. „Sind wir etwa einer Meinung?“
„Große Mutter. Unmöglich“, rief Kadân. In seinen Augen blitzte der Schalk.
Sie lächelten sich verstohlen an.
Die Aufzugtüren öffneten sich. Missmutig schauten ihnen drei Arbeiterinnen in Overalls entgegen. Ihre Mienen hellten sich auf, als sie den jungen Mann bemerkten und sich ihre Blicke an ihm festsaugten. Shiran räusperte sich und trat zuerst ein.
Wir müssen nur einmal über den Gang laufen schon hängt eine Traube Frauen an ihm, dachte Shiran mürrisch.

Der Hangar entsprach einer Halle mit riesigen Luftschleusen zum All. Sechs Moquas rekelten sich auf einem schaumig weichen Untergrund. Sie beeindruckten Shiran durch ihre schiere

Größe. Kaum zu glauben, wie behäbig sie außerhalb von Wasser und Schwerelosigkeit wirkten.
Das Langstreckenraumschiff brachte sie zu den inneren Planeten. Dort erwartete sie eine Nutzung als billige Kurzstreckentransporter. Wie Pferde, gespannt vor einen Anhänger, arbeiteten sie für Futter als Lohn. Sie sparten teure Energie. Bislang gab es nur Vorteile, die für den Einsatz der Raumwale von Aquin sprachen.
Mit dem Wissen der vergangenen Tage fühlte sich Shiran in Gegenwart der Wesen mulmig. Kadân führte sie zu einem von ihnen. Unbefangen kraulte er die Schnauze und lehnte sich an.
Die Frau hielt lieber Abstand und starrte misstrauisch auf die spitzen Zähne. Der Auqiner lachte. „Sie brauchen keine Angst haben. Die beißen nicht.“ Er umfasste ihren Handrücken. Vorsichtig leitete er sie auf die blaue Haut.
Die kühle Oberfläche war samtig weich unter ihren Fingerspitzen. Obwohl sie im luftleeren Raum lebten, roch sie den würzigen Duft des Meeres an ihnen.
Shirans Aufmerksamkeit blieb an dem verhältnismäßig kleinen Auge des Moquas hängen. Es schien sie zu durchdringen, entblößte sie bis auf die nackte Seele. Bang fragte sie sich, ob es ihre Gedanken las. Shiran sah weg. „Woher weißt du, dass sie freundlich zu uns stehen?“, erkundigte sie sich mit einem erzwungenen Lächeln.
„Oh, das tun sie nicht“, Kadân zögerte, suchte sichtlich nach Worten, um ihrer entsetzten Miene etwas entgegenzubringen. „Sie sind weder Freund noch Feind. Solche Kategorien kennen sie nicht. Wir stellen für sie willkommene Werkzeuge auf dem Weg zu weiterem Wissen dar. Solange sie nicht in ihrer Existenz bedroht werden, akzeptieren sie uns als Mittelsmänner.“

„Heißt das, wir sind ihnen egal?“ Sie schluckte. Wir werden ausspioniert, dachte sie, heimlich. Wegen Kadâns Magie konnte sie nicht mal jemanden warnen.
„Nun, nicht ganz“, er rubbelte mit den Fingerspitzen über die dicke Haut des Moquas, „die Hautmassage genießen sie.“
Shiran zog die Augenbrauen hoch. Als der Raumwal die fleischigen Lippen schürzte, konnte sie sich ein Lächeln nicht verkneifen. Hingerissen zwischen Sorge und Faszination musste sie mehr erfahren.
„Weißt du, wie sie es machen?“, fragte sie neugierig.
Kadân schaute sie an. „Was?“
„Sich im All fortbewegen. Ich meine, sie widersprechen den Naturgesetzen. Also wie machen sie es? Sowas wie ein Superpups, für den Rückstoß?“
„Superpups?“ Der Seefahrer brach in Gelächter aus, tief und aus voller Kehle. Es kroch der Kämpferin unter die Haut, so dass sie sich zusammenreißen musste ihn nicht zu berühren. „Große Mutter, nein.“
„Wie dann?“
Er strahlte sie an. Ein Blick, der ihr Inneres erreichte. „Ich habe mich das nie gefragt“, antwortete er versonnen, „Jerry sagte mal, dass die Erwachsenen der Atmosphäre nicht zu nahe kommen dürfen.“
„Wieso das?
„Als ich jünger war, wollte ich wissen, ob er, wenn er Aquin eines Tages verlässt, aus dem All in den Ozean springen kann.“
„Klar, dass dich das interessiert hat“, erwiderte sie rasch, obwohl ihre Frage nicht darauf abzielte. Ihn zu necken bereitete ihr eine diebische Freude, die sie sich gönnte.

Kadân senkte verlegen den Kopf, nur um sie spitzbübisch anzugrinsen. „Naja, es geht nicht."
„Und wie machen sie es dann?" Shiran genoss den Schalk, der gelegentlich in dem jungen Mann aufblitzte.
„Soll ich ihn um eine Antwort bitten?"
Shiran zeigte auf den Moquas neben ihr: „Den hier?"
„Ja", bestätigte er mit einem Nicken.
„Könnt ihr mit jedem Kontakt aufnehmen?"
Der Seefahrer lächelte verhalten. „Ich? Ja."
„Andere nicht?"
Er schloss die Lider und atmete tief durch. Es dauerte nur wenige Sekunden, bis er sie öffnete.
„Und? Der Superpups?"
Kadân kicherte zu ihrer Freude, leider wurde er gleich darauf ernst. „Nein, das Übersetzen ist schwierig", begann er. „Sie reden nicht in einer Wortsprache, mehr in Bildern und Symbolen. Es sagte so etwas wie, Magie kennt keinen Raum oder Magie ist überall."
„Ja, das denke ich auch", flüsterte Shiran. Sie versank in seiner blau-violetten Iris, stand ihm nah genug, um die Wärme seines Körpers zu spüren. Ihr eigenes Interesse spiegelte sich in ihm wieder und sie kostete die unerwartete Aufmerksamkeit des schönen Aquiners aus.
Sie lächelte. Nachdem er ihr in der Inselbar eine Abfuhr erteilt hatte, wollte sie ihn zappeln lassen. Sie genoss das Spiel an sich. Zu sehr, gestand sie sich ein, selbst wenn Sex der logischste Weg war ihn langfristig zu binden.
Jede an Bord des Schiffes hätte er für sich gewinnen können, überlegte Shiran. Stattdessen war er bei ihr, um Fragen zu beantworten, nahm sich Zeit für sie. Gut, dachte sie ernüchtert,

eine andere Wahl hatte er durch die Magie wohl kaum. Aber letztendlich sollte ihr der Grund seines Interesses an ihr egal sein.

Leugnen konnte sie allerdings nicht, dass die Distanz zwischen ihnen bedenklich schmolz. Sie beschloss, sich vor zu viel emotionaler Nähe zu ihm zu hüten.

Wie in Gedanken verloren, streckte sie ihre Finger nach seiner Wange aus, streichelte sie. Dann wickelte sie eine Strähne des kupferroten Haares um ihren Zeigefinger. Er folgte der Bewegung mit den Augen und ließ es zu.

„Wie wehren sich die Moquas gegen Angreifer?“, fragte sie beiläufig, um ihn unbemerkt auszuhorchen und wenigstens ein bisschen zu arbeiten. Wer weiß, zu was diese Information noch taugt, dachte sie.

„Keine Ahnung, so etwas haben wir bisher nie erlebt. Größere Meeresbewohner als sie, gibt es auf Aquin nicht. Sie sind die Jäger.“

Shiran schauderte bei der Vorstellung, die Beute eines solchen Wesens zu sein. Langsam zog sie die Hand zurück. Beim Anblick der walartigen Geschöpfe mit den scharfen Zähnen, der Gewandtheit im All und dem Zugang zur Magie packte sie die Angst. Sie wusste nicht einmal, wie viele es von den Kreaturen gab.

„Hallo“, rief Kadân unvermittelt zwei großgewachsenen Männern zu, deren violettes Schimmern im Gesicht sie als Aquiner verriet. Sie schwiegen, Feindseligkeit zeichnete ihre Körpersprache.

„Sie mögen mich nicht“, meinte Shiran.

„Nein, es ist wegen mir“, sagte er zerknirscht, „normalerweise erhalten Fremde hier keinen Zutritt. Indem ich sie hierher gebracht habe, breche ich mit den Konventionen. Schließlich müssen die Geheimnisse bewahrt werden." Nach einem letzten Tätscheln wandte er sich vom Moquas weg und taxierte sie unverhohlen. „Außerdem sind Frauen aus den vereinten Welten bei uns grundsätzlich unbeliebt."

„Also gilt es doch mir."

Kadân legte den Kopf schräg. „Vielleicht, ein bisschen."

„Zu arrogant? Zu viele Worte aus dem Spruchband?", fragte sie, ohne sich ernsthaft einer Schuld bewusst zu sein.

„So ähnlich." Er gluckste und steckte sie damit an. Sympathisch, dachte sie, wirklich nett, trotz des Äußeren. Er ist mein Auftrag, rief sie sich ihr wahres Ziel ins Bewusstsein.

„Kommen Sie", forderte er sie auf und lief zu der Schwanzflosse des Moquas. Dort streichelte er das gefährlich aussehende Ding. Shiran folgte ihm mit etwas Abstand. Halt ihn bei Laune, sagte sie sich. „Wie bist du mit den", sie hielt inne, die Bezeichnung der Aquiner mochte ihr nicht über die Lippen gehen, „Mondwesen in Kontakt gekommen?"

Kadâns Ausdruck verlor die Heiterkeit. Eben noch wirkte er offen und zum Scherzen aufgelegt. Nun umschloss er sich selbst mit seinen Armen, als müsste er sich schützen.

„Es tut mir leid, ich wollte keine bitteren Erinnerungen wecken", entschuldigte sie sich ehrlichen Herzens. Sie wusste um die Familientragödie in seiner Vergangenheit. Jedoch, wie sie nach der Bekanntschaft mit den Wesen ahnte, nur die offiziellen Fakten.

„Nein, schon gut. Es ist lange her. Niemand hat mich je direkt danach gefragt. Meine Freunde kennen die wahre Geschichte, alle anderen", er stockte im Redefluss, „wissen etwas anderes."

Shiran schwieg. Seine Körpersprache zeigte den Wunsch, sich alles von der Seele zu reden. Sie musste ihn nicht drängen, nicht mal nachfragen. Nur abwarten.
Der Aquiner brauchte einen Moment, bis er weiter sprach. Hinter der makellosen Hülle schaute ein verletzlicher Mensch hervor. „Vor vielen Jahren, ich war noch ein Kind, verunglückte eine Fähre. Meine“, er zögerte und atmete tief durch, „meine gesamte Familie fuhr zu einer Feier auf eine Nachbarinsel. Das Wetter war schlecht, Regen und Sturm. Maani, meine Mutter, war für Vorbereitungen vorausgefahren.“
Wieder eine Pause, mit geschlossenen Lidern holte er Luft. Gegen ihre Art wollte Shiran ihn trösten. Sie fühlte mit ihm, kannte das Ende. Kadân gab sich sichtlich einen Ruck. „Das Schiff sank extrem schnell. Von außen riss ich an den Türen, aber sie saßen fest. Durch die runden Fenster sah ich meine Schwestern und ihre Todesangst nur eine Handbreit von mir entfernt. Manchmal höre ich nachts die verzweifelten Schreie. Den Ausdruck ihrer Augen werde ich nie vergessen. Jeder starb. Die Gründe sind bis heute ungeklärt.“
Shiran ahnte sein Bedürfnis, einem anderen Menschen die ganze Geschichte zu erzählen. Sie legte ihm die Hand auf die Schulter und strich ihm den Arm entlang bis zum Handrücken. Er ließ es regungslos über sich ergehen. Seine Mundwinkel zuckten.
„Haben sie dich gerettet?“, fragte sie.
„Gegen die Anweisungen meiner Tante war ich nach draußen in den Sturm geschlichen.“ Kadân schnaubte und senkte den Kopf. „Jedes Detail ist mir in Erinnerung geblieben, als wäre es gerade erst passiert.“
Klassische Symptome für ein Trauma, dachte die Kämpferin und nickte. Zur Not könnte sie das sicher für ihre Zwecke nutzen.

„Ich glaube, ich wollte hohe Wellen sehen“, erklärte er verlegen. „Am Ende zerrte ich an den Türen, bis ich von Bord gespült wurde. Der Sog riss mich in die Tiefe. Ich kämpfte, aber ich hatte keine Chance.“

Das Gefühl zu ertrinken, Shiran kannte es. Gänsehaut überzog sie.

„Ein Moquas, Jerry, fischte meinen leblosen Körper aus dem Meer und brachte mich zur Insel“, schilderte Kadân. Er suchte den Blickkontakt zu ihr. „Mitri war dort. Dank den Heilkräften im Becken überlebte ich. Knapp.“

Es gehörte zu Shirans Aufgaben Menschen einzuschätzen und ihre Körpersprache zu lesen. Schon auf Grund der spärlichen Informationen, die sie vorab von ihm hatte, unterstellte sie Kadân eine ausgeprägte Hilfsbereitschaft. Nachdem sie ihn etwas besser kennenlernte, bestätigten sich die Ergebnisse ihrer Analyse.

Und nun wusste sie deutlich mehr. Das schreckliche Erlebnis hatte tiefe Spuren in seiner Persönlichkeit hinterlassen, die sie ungeniert ausnutzte. Plötzlich schämte sie sich des eigenen Verhaltens. Sei nicht albern, schimpfte sie auf sich selbst, er ist mein Ziel und geht mich nichts an.

„Ich schwor das Geheimnis zu wahren“, erzählte er gedankenverloren weiter. „Mitri und meine Mutter überlegten sich eine offizielle Geschichte. Am Anfang sprachen alle über das unglaubliche Wunder.“ Er schluckte. „Alle um mich herum erwarteten sowas wie eine kranke Glückseligkeit von mir, angesichts der wundersamen Rettung.“

Seine Lider flatterten und er senkte den Kopf. Entzog sich damit ihren Blicken. „Noch heute sind sie da. In jedem leeren Raum, auf jedem leeren Stuhl.“

Was ist schlimmer, fragte sich Shiran, eine Heimat zu verlieren oder nie eine gehabt zu haben. Die Hoffnung je eine zu finden, hatte sie aufgegeben. Das für sie ungewohnte Bedürfnis ihn einfach zu umschlingen und festzuhalten, bekämpfte sie erfolgreich. „Was geschah danach?“, erkundigte sie sich.
„Ich verbrachte viel Zeit mit meinem Retter. Jerry, Sie haben ihn kennengelernt. In ein paar Jahren ist er reif, Aquin zu verlassen. Er wird dann zu dem Planeten schweben und nur zur Geburt der Jungen ins Meer zurückkehren.“
Die Gardistin fühlte eine unerwartete Verbundenheit zu dem Seefahrer. Er schaute sie mit diesen unglaublichen Augen an. Ein angenehmes Prickeln durchfuhr sie. Verdammt, was soll das, fluchte sie innerlich und hätte sich am liebsten selbst geohrfeigt. Distanz, wahre Distanz.
„Es ist seltsam darüber zu reden“, gestand er und wich ihrem Blick aus.
„Ich werde es wohl oder übel für mich behalten müssen.“
„Tja.“ Er zuckte mit den Schultern, sein Mund verzog sich zu einem schiefen Lächeln. Eine Geste, die Shiran nach dem Teilen dieser Erlebnisse, Respekt abnötigte. “Die offizielle Geschichte dürfen Sie jedem erzählen.“
„Die mit dem Festklammern an einem Wrackteil und zufällig gefunden werden?“ Die Kämpferin sprach überzogen schrill.
„Ja“, antwortete er aufgesetzt fröhlich.
„Aber die ist doch langweilig“, erwiderte Shiran. Sie schmunzelte und spürte eine diebische Freude, als er sich dem anschloss.
„Ich hätte mir weniger Familienmitglieder gewünscht“, rutschte ihr unwillkürlich heraus. Sie hielt sich entsetzt die Hand vor den Mund. „Oh je, das klingt furchtbar.“ Ausgesprochen hatte sie das

noch nie. Vor wem auch? Sie erzählte niemanden von ihrer Familie. Außer zur Tarnung.
„Wieso?“, fragte Kadân mit gerunzelter Stirn.
Shiran zögerte. Hier stand ein Mensch vor ihr, der Schreckliches erlebt hatte und sie vermutlich verstand, eine starke Versuchung. Sie hörte Wieran, ihre Mentorin, die sie zur Distanz ermahnte. Die Loyalität zu ihr und die Verpflichtungen für die eigene Familie wogen schwer. Aber ein abrupter Rückzieher, nach seiner persönlichen Enthüllung würde auffallen, überzeugte sie sich.
„Ich komme vom dritten Planeten, Sektor drei“, berichtete sie in einem bewusst sachlichen Ton. Sie vertraute darauf keine weiteren Erklärungen abgeben zu müssen. Doch er zuckte mit den Schultern und schaute sie verständnislos an.
„Die berüchtigten Aufstände“, sagte sie fassungslos infolge seiner offensichtlichen Unkenntnis.
„Kenne ich nicht.“
„In der Wirtschaftskrise trieb der pure Hunger die Menschen auf die Straße“, leierte Shiran die offizielle Lesart herunter.
„Aquin liegt fern der inneren Planeten“, antwortete er. „Wir erfahren nicht viel über die dortigen Konflikte.“
Sie glaubte es kaum. Alle kannten den großen Aufstand, der sich wie ein Flächenbrand ausgebreitet hatte. „Das weiß mittlerweile sogar jedes Kind.“
Kadân atmete tief durch. „Ich bin fünf Jahre jeden Vormittag zur Schule gegangen. Ich kann lesen, schreiben und rechnen“, sagte er ruhig mit einem Anflug von Gereiztheit, „mehr habe ich in meinem Leben nie gebraucht. Zeit zum Lernen hatte ich ohnehin nie.“

Er ist ungebildet, dachte Shiran und verbirgt es nicht. „Entschuldige“, presste sie heraus. Verärgern wollte sie ihn schließlich nicht.
„Schon gut“, antwortete er und zwinkerte ihr zu, „woher sollen Sie denn wissen, dass die Gesetze der vereinten Welten bei uns nicht angewendet werden.“
Ihre Blicke trafen sich. Er meint es ernst, erkannte die Kämpferin, nimmt es mir nicht übel und ist nicht mal ein bisschen nachtragend. Schöner Körper, schöner Geist. Sie verdrängte diese Worte so schnell wie möglich aus ihrem Denken.
„Meine Familie war arm“, begann sie, um sich auf andere Gedanken zu bringen. „Schon als kleine Mädchen schufteten wir in den Fabriken. Meine Mutter und Tanten entschieden sich für ein Kind nach dem anderen; jede Tochter stellte eine weitere Arbeitskraft dar. Langfristige Sicherung des Familieneinkommens nannten sie das.“ Verachtung mischte sich in ihre Stimme. „Für mich bedeutete das harte Arbeit, Gestank und Kälte ab dem vierten Geburtstag.“
Kadân schwieg. Vorsichtig streichelte er die Flosse des Moquas. „Wie entkamen Sie diesem Leben?“
„In Folge der Unruhen führte die planetare Priesterschaft ein Mindestalter und die Schulpflicht ein. Meine anschließenden Leistungen in der Schule ragten weit über den Durchschnitt hinaus. Sie eröffneten mir Möglichkeiten, die ich nutzte.“
„Als Biologin und Forscherin für Bodenschätze auf abgelegenen Planeten?“, fragte er in einem ironischen Tonfall.
Nie zuvor hatte Shiran von ihrer Vergangenheit erzählt. Wider Erwarten fühlte es sich gut an, als sei es natürlich mit ihm solche Themen zu besprechen. Gedankenverloren betrachtete sie sein

Gesicht. Zum ersten Mal sah sie nicht nur Schönheit darin, sondern eine verletzliche Persönlichkeit. „Was? Nein. Ich bin ...“

„He“, unterbrach sie eine harsche Stimme, „Wir schalten gleich die Schwerkraft ab. Verschwindet!“

Shiran erschrak, fast hätte sie Befehle missachtet. Die seltsame Verbundenheit zu ihm verlockte sie zu Dummheiten, anders konnte sie sich das nicht erklären. Auch wenn sie selbst ihm zutraute, mit der Wahrheit umzugehen, zählte das nicht. Die Entscheidung lag nicht bei ihr.

Die Anweisungen forderten, dass sie ihn hinterging, also gehorchte sie. In anderthalb Standardwochen würde der Schönling aus ihrem Leben verschwinden, ob sie wollte oder nicht. Bis dahin musste sie ihn bewachen und beschützen, am besten ohne aufzufallen oder sich selbst zu verraten.

„Wir sollten gehen“, sagte Kadân und tätschelte den Moquas zum Abschied.

„Ja.“ Shiran hakte sich auf dem Weg zum Ausgang bei ihm ein.

„Zu dir oder zu mir?“, fragte sie im Aufzug, nachdem die Türen zufielen. Sie vertraute auf die Zeichen seiner Körpersprache, die das Interesse an ihr deutlich signalisierten.

Er lachte, eine leichte Röte überzog seine Wangen. Bei einem Mann wie ihm wirkten die Verlegenheit und das Zögern seltsam. Als ob jemals eine ihn ablehnen würde. „War es bei Ihnen nicht luxuriöser?“

„Ja, da war etwas“, sagte sie. Auf den Weg zu der Kabine fiel kein Wort, schüchterne und gleichzeitig verheißungsvolle Blicke wechselten zwischen ihnen hin und her. Normalerweise sprach die Kämpferin offensiv die Männer an, die sie wollte oder kaufte sie sich. Wo die Zurückhaltung plötzlich herkam, verstand sie selbst nicht.

Shirans Kommunikator piepte. Unwirsch nahm sie ihn aus der Gürteltasche, die sie um die Hüfte trug. „Das ist wichtig“, erklärte sie kurz angebunden, „Mein Kontakt vom Zentralplanet.“
Ein Schatten des Bedauerns huschte durch ihre Gedanken, als sie an Kadâns muskulösen Körper unter dem dicken Mantel dachte. Doch sie musste Prioritäten setzen und einen ruhigen Ort zum Lesen finden. Noch sah sie kaum Gefahr auf dem Raumschiff.
„Kein Problem“, versicherte er.
Am Eingang einer abgelegenen Bar blieb sie stehen, gedämpfte Instrumentalmusik drang heraus. „Ich freue mich auf dich“, hauchte sie auf Zehenspitzen in sein Ohr. Entschlossen wandte sie sich um und betrat das Etablissement. Samtene Wandteppiche verdeckten das Metall des Raumschiffes, gemütliche Sofas und Sessel bildeten das Mobiliar.
Shiran schritt auf eine freie Ecke an der Wand zu, als sich empörtes Getuschel erhob. Die um diese abendliche Stunde verbliebenen Gäste warfen böse Blicke in ihre Richtung.
„Geschlossene Gesellschaft! Du hast hier keinen Zutritt!“, rief die Barfrau.
Erschrocken drehte sich Shiran um. Kadân war ihr gefolgt. „Spinnst du“, fauchte sie. Der junge Mann erstarrte in der Bewegung. Er sah sie verwirrt an.
„Nimm dein hübsches Schätzchen an die Leine“, höhnte eine Frau am Tresen. Alle Aufmerksamkeit richtete sich auf die Neuankömmlinge.
„Wir sind nicht auf den unteren Decks! Das hättest du dem schönen Wilden sagen sollen.“
Shiran fluchte innerlich. Das durfte doch nicht wahr sein. Derartiges Auffallen brachte ihn in Gefahr. Wer weiß, wer

bereits auf dem Raumschiff lauerte. Am liebsten hätte sie ihn im Nacken gepackt und hinausgeschleift. Aber dieses Vorgehen würde noch mehr Interesse auf sie ziehen. Sie musste ihn wie einen soeben aufgerissenen Aquiner behandeln.
„Das hier ist keine gemischte Spelunke. Raus!“
„Verschwinde“, schimpfte die Gardistin. „Hier gelten gute Sitten. Männer haben keinen Zutritt in Bars auf diesem Deck.“
„Ich dachte, wir …“
„He, mein Hübscher“, rief eine hohe Stimme dazwischen, „wenn du jetzt Zeit hast, kannste mich vorziehen.“
„Vergiss es. Sieh ihn dir an. So einer macht dich arm“, grölte eine andere.
„Das ist er mir wert.“ Gekicher untermalte die Worte.
Kadâns Augen funkelten. Jeder Kommentar schien ihm einen Schlag zu versetzen. Seine Wangen färbten sich rot. Als er zur Antwort anhob, griff Shiran ein: „Nein, du primitiver Idiot. Die haben Recht. Verschwinde!“
Abscheu und Wut zeichneten die Züge des Aquiners.
Ich hätte es wissen müssen, dachte sie, mit seiner mangelnden Bildung war er nichts weiter als ein unkultivierter Seefahrer. Eine Gefahr für sich selbst, einfachste gesellschaftliche Konventionen begriff er nicht.
Aufrecht stand Kadân inmitten der Häme, streckte selbstbewusst den Rücken durch.
Trotz seiner Dummheit nötigte er Shiran Respekt ab. Sie starrte ihn an, bis er wortlos die Bar verließ. Ihm nachzulaufen würde sie zum Gespött und Gesprächsthema Nummer eins auf dem Raumschiff machen. Verfolger hatte sie nicht ausgemacht, um diese Uhrzeit dürfte der Weg zu seiner Kabine gefahrlos sein.

Später würde sie ihm erlauben, sich für diesen Fauxpas zu entschuldigen. Fürs Erste war die Nachricht ihrer Mentorin wichtiger.

2.2 Kadân

Der brutale Stoß aus dem Hinterhalt überraschte Kadân. Bäuchlings fiel er neben dem Moquas zu Boden. Seine Knie ratschten ungebremst über die geriffelte Oberfläche der Wege im Hangar. Schmerz durchzuckte ihn, aber er unterdrückte jeden Laut. Seine reflexartig ausgestreckten Arme fingen das Schlimmste ab. Blitzschnell sprang er auf die Füße und stand dem Angreifer gegenüber.

„Das hast du davon“, brüllte Vedran, ein junger Aquiner. Sein Gesicht verzerrte sich vor Wut, seine braunen Locken wippten im Takt der Worte. „Dass du dich überhaupt noch herwagst. Du weihst eine von denen in unsere Geheimnisse ein und bringst sie hierher.“

Dem anschließenden Frontalangriff wich Kadân mit erhobenen Fäusten aus.

„Wie bescheuert bist du eigentlich? Dieses Planetenpack gängelt uns und du schleifst eine mit“ Sprühender Speichel durch gefletschte Zähne traf den Seefahrer.

Die Schritte schwerer Stiefel dröhnten in der Halle wieder, als sich andere Männer um die beiden versammelten. Kadân blieb stumm stehen und beschloss die Beleidigungen über sich ergehen zu lassen. Mit Feindseligkeit hatte er ohnehin gerechnet. Vermutlich, dachte er, hätte ich mich bis vor kurzem ähnlich verhalten.

Eine Fremde aus den vereinten Welten auf die Lichtinsel mitzunehmen, entsprach einem Tabubruch. Die Aquiner, die mit einem Moquas verbunden waren, erfuhren von seinem Fehlverhalten. Ihre Gemeinschaft verband sie zu eng, um es zu

verhindern. Mitri log nicht für ihn und manch einer erhielt die Bilder direkt von seinem Begleiter.
Egal, ob er den Ärger nachvollziehen konnte, ein weiteres Mal würde er sich nicht schlagen lassen. Kampfbereit wartete er den nächsten Angriff ab.
„Ausgerechnet du!“, brüllte einer der herangeeilten Zuschauer. Kadân kannte ihn seit Jahren. Auf Aquin hatte er in ihm einen Freund gesehen. Er wusste selbst nicht, was mit ihm geschah. Wie sollte er den Zustand einer aufgebrachten Menge erklären? Entschuldigen ließ sich sein Fehler so oder so nicht.
„Du Verräter schweigst?“, rief Vedran.
„Wenn du an einem Gespräch interessiert wärst, hättest du mich kaum aus dem Hinterhalt angegriffen“, sagte Kadân laut genug um die Geräusche in der Halle zu übertönen. Schweiß perlte ihm auf der Stirn. Eigentlich war er hergekommen, um in Gegenwart seiner Landsleute und der Moquas Ruhe zu finden.
Die vergangenen drei Tage und Nächte hatte er allein verbracht. Zumeist abgewartet, wie es ihm am vernünftigsten erschien. Doch in der Einsamkeit seiner Kabine überkamen ihn Zweifel an der Reise und auch daran, dieser Frau zu vertrauen. Die Schmerzen kehrten zurück. Schwach zwar, aber spürbar.
Der Seefahrer hätte sich auf sie eingelassen. In der Namenlosigkeit fern von Aquin befürchtete er keine Auswirkungen. Und Shiran reizte ihn zu sehr. Sie hatte ihm geschmeichelt, ließ ihn dann bewusst zappeln. Er genoss das Spiel. Jedenfalls bis zu dem Moment in der Bar.
Der Angreifer hob die Fäuste und stürmte auf ihn los. Als Kadân zur Seite hechtete, lief er ins Leere und stolperte zu Boden. Schnaufend richtete er sich wieder auf.

„Feigling", grummelten die umstehenden Männer. „Stell dich dem Kampf", verlangte einer.
„Ihr habt Recht. Mein Verhalten war falsch", rief Kadân. „Aber die Frau hat, wie ihr, den magischen Schwur geleistet. Sie wird nichts verraten."
„Du Muttersöhnchen", zischte Vedran, dessen Körperhaltung einen erneuten Angriff erahnen ließ. „Du warst dir immer zu fein für uns. Plötzlich taucht irgendeine Fremde auf und besorgt dir eine teure Kabine. Wie sollen wir dir noch trauen?" Ein Raunen griff unter den Zuschauern um sich.
Als Kadân dem nicht widersprach, rückten sie näher.
Der Seefahrer schaute sich argwöhnisch um, er wollte nicht mit den eigenen Leuten kämpfen. Gegen alle zusammen hatte er eh keine Chance, aber die Wahrheit würden sie ihm kaum glauben.
„Die Frau ist eine Forscherin, die bei einer Anhörung auf dem Zentralplaneten meine Hilfe braucht."
„Lügner!", schimpfte Vedran. „Was willst du wirklich da? Hoffst du auf reiche Kundschaft, Tausendschönchen?"
Wut erfasste Kadân, er hatte die Schnauze voll von solchen Anspielungen. Er hob die Fäuste.
Die beiden Männer umkreisten sich, beobachteten jede Bewegung des anderen. „Was, du willst dein hübsches Gesicht riskieren?", höhnte der Angreifer.
„Was wird das hier?", brüllte eine markerschütternde Stimme. Der Kreis der Zuschauer öffnete sich, Mitri drängte sich hinein. Als er mit grimmiger Miene um sich sah, rückten die Schaulustigen ab.
Zielstrebig eilte er auf Vedran zu und legte den Arm auf seine Schulter. Erst nachdem er ihm etwas ins Ohr geflüstert hatte, sprach er zu allen Anwesenden: „Zurück an die Arbeit!"

„Dein Schützling gibt sich mit dieser Frau ab, bringt uns alle in Gefahr“, rief einer.
„Das tut er nicht. Vertraut mir“, antwortete Mitri.
„Wir haben die Fremde mit ihm gesehen. Da lief eindeutig was.“
Der ältere Aquiner warf Kadân einen vernichtenden Blick zu. Der Seefahrer fühlte die Enttäuschung seines Freundes bis ins Mark.
„Die Frau wird schweigen. Wir haben dafür gesorgt. Sie leistete den gleichen Schwur wie ihr.“
„Ja, bei ihm“, zischte einer, „wer weiß, ob Kad ihn nicht schon aus ihr rausgefickt hat.“
In Kadân stieg der Ärger, wie Hitze empor. Wie konnten sie es wagen seine Absichten in Frage zu stellen?
„Das reicht“, schimpfte Mitri. „Er hat sich damit selbst gefährdet. Das macht er seit Jahren, für uns alle.“
„Was will er auf dem Zentralplanet, während wir unter zunehmender Beobachtung stehen?“, polterte Vedran dazwischen. „Dort gibt es nur Priesterinnen und reiche Familien.“
„Egal was, ich vertraue ihm. Genau wie ihr es tun solltet“, betonte Mitri nachdrücklich. „Jetzt verschwindet!“ Mürrische Gesichter starrten ihn an. Zögerlich entfernten sich die Aquiner.
Kadân senkte den Kopf. „Danke“, sagte er leise.
„Du Idiot“, fuhr ihn sein Freund an. „Ich hatte dich ausdrücklich gewarnt die Fremde herzubringen.“ Der junge Mann setzte zu einer Antwort an. „Nein. Keine Ausreden. Ich weiß, mächtige Magie tobt in dir, aber ist das ein Grund für diese Dummheit?“
„Sie muss schweigen. Der Schwur wirkt.“
„Das ist es nicht“, donnerte der Alte.
„Was dann?“

„Du bist zu viel unter Frauen“, spuckte er aus. „Du würdest es verstehen, wenn du wie ein Mann in unserer Gemeinschaft leben würdest. Schließ dich mir endlich an. Mein Angebot gilt.“
„Das hatten wir schon oft genug. Ich werde meine Mutter nicht im Stich lassen. Nie hätte ich Aquin freiwillig verlassen.“ Trotzdem bin ich hier, wo ich nicht sein sollte, fügte Kadân in Gedanken hinzu. Die Antwort folgte sofort. Ein ziehender Schmerz brannte sich in seine Eingeweide. „Abgesehen davon ist es nicht sicher, wenn ich jetzt bei euch bleibe.“
„Wie du meinst“, winkte Mitri ab. „Halt dich erstmal fern von hier. Sag das auch der Frau. Sie darf nie wieder herkommen.“
Der Seefahrer kniff die Lippen zusammen und schwieg. Seit drei Tagen schmetterte er jeden Kontaktversuch Shirans ab. Er wollte seinem Freund nicht erzählen, wie sie mit ihm umgesprungen war. Für das Interesse an ihr und seine Dummheit schalt er sich selbst genug.
„Abgesehen davon. Du siehst furchtbar aus, du solltest dich ausruhen.“ Nach den letzten Worten wandte sich Mitri ab.
Kadân schaute ihm hinterher, wie er in Richtung der Aufzüge verschwand. In ihm tat sich ein schwarzes Loch aus Einsamkeit auf. Shiran schob sich in seinen Verstand und er schnaubte bitter. Sie stellte gerade die Einzige dar, die mit ihm zu tun haben wollte. Er erinnerte sich an die Abscheu in ihrem Gesicht, an die Kommentare der anderen Gäste in der Bar.
Die Augen geschlossen, schöpfte der Seefahrer Luft. Er wünschte sich, sein flatterndes Herz zu beruhigen. Doch es gelang ihm nicht. Das Alleinsein, die innere Unruhe und die Enge des Raumschiffes, er ertrug es nicht mehr. Der ständige Widerhall der Maschinen stahl ihm den Schlaf. Es bewahrte ihn vor den Träumen und zerstörte gleichzeitig sein Innerstes.

Wohin, fragte er sich, wohin jetzt. Kehrte er in die Kabine zurück, quälten ihn weiterhin nur Zweifel und Schmerzen. Unaufhaltsam nagten sie an ihm, raubten ihm die Konzentration. Im Hangar hatte er auf eine Verbindung zur Heimat gehofft. Mit den Moquas teilte er die Erinnerung an das Meer. Niemals würden sie ihn abweisen oder sich von ihm fernhalten.

„Verdammte Scheiße", brüllte Kadân und trat gegen einen mit Kabeln gefüllten Kasten. Er wischte sich mit dem Ärmel den kalten Schweiß von der Stirn. Das Mondwesen neben ihm blieb ungerührt.

Nie zuvor hatte er derart eingesperrt und allein seine Tage gefristet. Er hatte genug von den Wänden, die ständig näher zu rücken schienen und der Pein, die ihn beherrschte. Schluss mit der Enge, der nur von Ventilatoren bewegten Luft und der eiskalten Temperatur.

Obwohl der junge Mann zu keinem klaren Gedanken fähig war, fasste er den Entschluss zu handeln. Wenigstens für eines der Dinge, die ihn quälten, musste es eine Lösung geben. War Magie die Ursache für seine Schmerzen, dann gab es auf diesem Raumschiff jemanden, die ihm helfen konnte.

Kadân begab sich auf das oberste Deck. Dorthin, wo die Priesterschaft der Planeten Besucher empfing. Fenster ins All schmückten den Gang aus. Ein Luxus, ausschließlich den gehobenen Passagieren und Priesterinnen vorbehalten.

Auch wenn Shiran ihn gewarnt hatte, die Vertreterinnen der großen Mutter grundsätzlich als Feinde zu betrachten, widersprach dies seinem Glauben. Die Frauen hier, sagte er sich, sind keine in Ungnade gefallenen.

Der Seefahrer hielt inne, um den Anblick der Sterne zu genießen. Für einen Moment verschlang die Schwärze seine Sorgen und

Probleme. Er gab sich einen Ruck. Entschlossen öffnete er die Tür und gelangte in ein prunkvolles Wartezimmer, von dem zwei Ausgänge nach hinten abgingen. Er war der einzige Anwesende. Eine großzügige Videoleinwand, ohne Ton, zeigte eine anmutige Frau, deren Schönheit den Bildschirm füllte. Sie interviewte drei Gäste, es wurde viel gelacht. Zuschauer klatschten frenetisch. Der eingeblendete Text kennzeichnete die Gesprächspartner als aussichtsreiche Kandidaten für das Ritual.

Kadân runzelte die Stirn. Seit Tagen überschwemmten Info-Sendung über junge Männer die öffentlichen Räume. Er wusste nicht um welche Feier es sich drehte. Dafür interessierten ihn die vereinten Welten zu wenig.

Im Gegensatz zum Rest des Raumschiffs umgab ihn hier eine angenehme Wärme und Ruhe. In der entspannenden Umgebung vermisste er seine Heimat umso mehr. Den kratzigen Mantel streifte er ab.

Eine der zwei Türen öffnete sich. „Herein“, rief eine helle, einschmeichelnde Stimme. Der Aquiner folgte ihr.

Dezentes Licht empfing ihn in einem schlicht eingerichteten Zimmer. Ein riesiges Panoramafenster eröffnete die freie Sicht ins All. Darunter war eine Sofaecke drapiert, mit weichen Kissen, die zum Sitzen einluden.

„Willkommen“, hauchte eine Priesterin, die vom Display in ihren Händen aufsah. Die dunklen, mandelförmigen Augen fuhren auffallend deutlich Kadâns Körper entlang und blieben an seinem Gesicht hängen. Ihr Lächeln zeigte ihm, dass ihr gefiel, was sie sah. Mit einer anmutigen Geste wies sie ihn an, neben ihr Platz zu nehmen. Der Seefahrer bewunderte die elegante Handbewegung, die so fließend war, wie ihr seidenes Gewand.

Zögerlich folgte Kadân der Aufforderung. Die Kissen schmiegten sich an ihn. Die Frau war älter, als sie auf den ersten Blick wirkte. Aus der Nähe erkannte er feine Fältchen um Mund und Nase. Ihre ebenmäßigen Züge wurden von glänzend schwarzen Haar umrahmt. „Es kommen nicht viele von euch zu uns. Umso mehr erfreut mich dein Besuch", sagte sie mit samtener Stimme. „Was kann ich für dich tun, junger Aquiner."
Die anbiedernde Freundlichkeit schreckte ihn ab. Süßlichen Düfte krochen dem Seefahrer in die Nase, er fühlte die einladenden Kissen. Auch wenn sie den Glauben an die große Mutter teilten, meldete sich sein Misstrauen gegenüber der Priesterschaft, die sich in seiner Heimat jedwedes Recht herausnahm. Doch die Hoffnung auf Hilfe war stärker als seine Sorgen.
„Wie heißt du?"
„Kadân", antwortete er und wollte sich im gleichen Moment dafür ohrfeigen. Was ist nur mit mir? Er schloss die Augen und neigte den Kopf, damit sie seine Verlegenheit nicht sah.
Die Priesterin lächelte verständnisvoll. Sie rückte näher und nahm seine Hände in die ihren. Der grüne Stoff der langen Ärmel knisterte kühl über seine Haut. „Nur Mut, wir sind da, um im Namen der großen Mutter zu helfen. Was immer es auch sein mag, ich bin für dich da", gurrte sie.
Sein Herz schlug schneller. Es verschlug ihm die Sprache. Shirans Warnung fiel ihm ein. Plötzlich hielt er seine Anwesenheit für eine dumme Idee. Was ist, wenn sie meine magischen Fähigkeiten irgendwie spüren kann, dachte er in aufkeimender Panik.
Die Miene der Frau verharrte in einem wohlwollenden Dauerlächeln. Kadân spürte eine zunehmende Konzentration von

Magie um sie herum. Rasch schälte er sich aus ihrem Griff. Er erhob sich, um Abstand zu gewinnen.
Braune Augen sahen zu ihm hoch. „Alles gut", wisperte sie, „ich werde dir helfen."
„Entschuldigen Sie, Madame. Ich wollte Ihre Zeit nicht verschwenden." Bevor er zurückweichen konnte, berührte sie sein Handgelenk.
Ein schwaches Prickeln durchströmte seinen Körper. Die Priesterin bemühte sich, ihn zu beruhigen und gleichzeitig auszuforschen.
Ein scharfer Stich lähmte Kadâns Geist. Ein markerschütternder Schrei zerriss die Stille. Die langen schwarzen Haare wirbelten vor das Gesicht der Frau, als sie zurückgestoßen wurde. Weiche Kissen dämpften den Aufprall.
Die Pupillen aufgerissen, fletschte sie die Zähne. „Du bist es", zischte sie.
Die ungezügelte Kraft, die aus ihm selbst zu kommen schien, versetzte den Seefahrer in Angst. Die Handflächen abwehrend vor sich gestreckt, schlich er rückwärts. „Entschuldigen Sie", stotterte er, „Ich wollte Sie nicht verletzen."
„Bleib stehen!", schrie sie. Sie wirkte wie blind, als sie nach dem Display auf der Sofalehne tastete.
Kadân stieß mit den Schulterblättern an die Tür, die sich sofort zur Seite schob. Früher schon hatten ihn Priesterinnen mit Magie berührt, nie war dergleichen passiert. Was ist nur mit mir, fragte er sich.
„Sicherheit", kreischte die Priesterin durchdringend.
Der junge Mann drehte sich um und rannte. Die Schreie verfolgten ihn. Mit zitternden Händen rief er den Aufzug. Sobald dieser ankam und sich die Türen vor ihm auftaten, sprang er

hinein. Er schaffte es nicht, auf Anhieb das richtige Deck auszuwählen und hämmerte gegen die Armaturen.
Beim nächsten Halt betraten fünf Frauen den engen Raum. Kadân ignorierte das offensive Starren und drängte sich in die hintere Ecke. Das kalte Metall drückte sich durch seine leichte Kleidung aus Algenfasern. Was mit mir geschehen, dachte er niedergeschlagen.
Der Aufzug erreichte sein Ziel. Nachdem er sich öffnete, quetschte er sich an der Gruppe vorbei, die freiwillig keinen Platz machte. Vereinzelt strichen Finger wie unbeabsichtigt über seinen Po und Oberschenkel. Die anzüglichen Bemerkungen überhörte er.
Er betrat seine Kabine. Insgeheim dankte er Shiran dafür, dass sie unter einem fremden Namen lief. Selbst wenn die Schiffssicherheit ihn suchte, würden sie ihn nicht finden. Dieses enge Kabuff stellte ab jetzt den einzigen gefahrlosen Aufenthaltsort für ihn dar. Die Vorstellung es nicht verlassen zu können, trieb ihm den Schweiß auf die Stirn.
Ich muss zum Zentralplaneten, ich muss die Frau aus meinen Träumen ausfindig machen, überzeugte er sich. Eine andere Wahl bleibt mir nicht. Das Ziel brannte sich tief in seinen Geist.
Kaum hatte er den festen Entschluss gefasst, verschwanden die dumpfen Schmerzen so plötzlich, wie sie gekommen waren.
Der Seefahrer verstand sich selbst nicht mehr. Er lehnte sich an die kahle Kabinenwand, hämmerte mit dem Hinterkopf dagegen. Dann schlug er sich die Hände vors Gesicht und kicherte wie besessen. Langsam ließ er sich zu Boden sinken.

2.3 Shiran

Dieser Schwachkopf, ärgerte sich Shiran. Schlimm genug, dass er ihre Kontaktversuche blockierte und nun das. Zum Glück hielt das Sicherheitspersonal Rücksprache, um den Vorfall intern zu melden.

„Die Priesterin stellt es als Angriff auf ihre Person dar. Auch wenn das Raumschiff zu unserer Flotte gehört, können wir das nicht vertuschen. Die spannen unsere eigenen Leute ein, um den Kandidaten zu finden", schimpfte Wieran. „Wie konnte das geschehen?"

Weniger Geheimnistuerei und es wäre nicht passiert, dachte die Kämpferin. Aussprechen durfte sie eine solche Respektlosigkeit gegenüber ihrer Mentorin nicht. Niemals, wenn sie ihre Position behalten wollte. Denn ihre Vorgesetzte ahndete nur den Hauch von Geringschätzung mit unnachgiebiger Härte.

„Es ist zu gefährlich geworden", antwortete sie stattdessen bemüht unterwürfig. Die Verfolger wussten nun, dass sie sich auf dem Weg befanden und nicht in den Wellen Aquins ihr Leben ließen. Sie würden die Suche verstärken.

Dass sie unter falschen Namen reisten, gab ihnen etwas Sicherheit. Doch Spione lauerten auf beiden Seiten. Wer und wie viele, vermochte sie nicht einzuschätzen. „Am besten verlassen wir das Raumschiff."

„Nein! Genau das wollen die damit erreichen", donnerte die Stimme der Sicherheitsbeauftragten und Janaijas Beraterin. „Willst du den gesamten Zeitpuffer verschwenden? Das Risiko einer Verspätung ist zu groß. Dann wäre alles umsonst."

Shiran verdrehte die Augen. „Der Mann ist schön. Er fällt auf. Die Wahrscheinlichkeit, dass sie ihn finden, ist deshalb hoch.

Bestimmt haben sie längst die verfügbaren Daten von Aquin angefordert."
„Selbst wenn, spielt das keine Rolle. Sie würden die Informationen nicht einsetzen. Die Verbindung wäre zu eindeutig. Die Priesterin wird offiziell nicht den geringsten Hinweis für eine Zusammenarbeit an uns weitergeben. Was die planetare Priesterschaft in ihrem Revier unternimmt, ist eines, was sie im Weltraum treibt, ist etwas ganz anderes. Die Kontrolle des interplanetaren Flugverkehrs liegt bei der Regierung."
In diesem Punkt stimmte Shiran der Beraterin widerwillig zu. Doch die Gefahr war damit nicht gebannt.
„Reist er anonym, wie befohlen?", fragte Wieran.
„Selbstverständlich, ich…"
„Gut", unterbrach die Vorgesetzte.
„Die wissen offensichtlich wer ich bin", hakte die junge Frau ein, „sie haben mich schon auf dem Mond beobachtet. Bestimmt haben sie ihre eigenen Leute an Bord geschafft."
„Wozu habe ich dich ausgebildet, wenn du nicht mit ein paar Verfolgern klar kommst?"
„Noch ist genug Zeit die Gefahr zu vermeiden."
„Nein!", herrschte Wieran ihre ehemalige Schülerin an. „Sorg dafür, dass der Kandidat in der Kabine bleibt und gut."
„Ein kleinerer Raumtransporter würde es ebenfalls rechtzeitig zum Treffpunkt schaffen", beharrte Shiran.
„Schluss damit. Er soll unsichtbar werden. Fick ihn, wenn du ihn nicht anders ablenken kannst. Egal, mach irgendetwas."
Shiran schluckte. Sie unterdrückte den aufsteigenden Zorn. Mehrmals atmete sie tief durch, um ruhig antworten zu können.
„Wir sind hier nicht sicher. Das Risiko ist zu groß."

„Ich erwarte Gehorsam“, sagte Wieran scharf. „Du findest einen Weg. Ich vertraue deinem Einfallsreichtum.“
Als würde ich gegen eine Wand sprechen, dachte die Kämpferin entmutigt. „Hast du einen Vorschlag für mich?“, flüchtete sie sich in Ergebenheit.
„Die Einschätzung der Gefahr mag stimmen. Also zeige dich in der Öffentlichkeit, alleine und niedergeschlagen. Wenn du dich so präsentierst und er sich versteckt hält, glauben sie er sei in Panik geflüchtet. Damit minimierst du das Risiko, nutzt das schnellere Transportmittel, triffst auf die Verstärkung und hast alle Vorteile auf deiner Seite.“
Super Idee, formten Shirans Lippen lautlos. Das löste leider das Problem nicht. Niederschlagen und anketten kann ich den Mann ja wohl nicht, dachte sie. Ihn zu zwingen, überhaupt mit mir zu reden, geht auch nicht. „Zu Befehl, dann werde ich den Kandidaten einweihen, damit er sich versteckt hält.“
„Bist du des Wahnsinns! Was willst du ihm erzählen? Dass die halbe Priesterschaft der vereinten Welten ihn verfolgt, um die Regierungsbildung zu beeinflussen? Das ist zu viel für einen Hinterwäldler. Es gibt gute Gründe, warum wir Männer nicht in wichtige Entscheidungen einbeziehen. Ihnen fehlt das Rückgrat.“
Die junge Frau schüttelte den Kopf. Kadân hatte bewiesen, dass er Mut und Durchhaltevermögen besaß. Gegen ihren Willen nötigte er ihr Respekt ab.
„Du warst meine beste Schülerin, lass dir was einfallen bis ihr auf die Verstärkung trefft“, forderte Wieran.
„Verstehe.“
„Gut. Und Shiran.“
„Ja?“
„Wahre Distanz!“

Die Sprachübermittlung endete.
Shiran legte den Kommunikator zu Seite. Zweimal überprüfte sie, ob die Verbindung unterbrochen war. „Scheiße!“, brüllte sie die kahle Wand an. Ein halbgefüllter Becher krachte auf den Boden.
Wieso musste der Aquiner ausgerechnet diese Priesterin aufsuchen, dachte sie verärgert. Auf den Raumschiffen arbeiteten nur die wenigsten aktiv gegen Janaija, die meisten vertrauten der Entscheidung der großen Mutter.
Plötzlich überfiel sie eine Erkenntnis, die ihr Angst vor den eigenen Empfindungen einjagte. In dem Bericht der Priesterin wurde Kadân als rücksichtsloser Angreifer beschrieben. Nicht einen winzigen Augenblick hatte Shiran daran geglaubt. Allein die Vorstellung war abwegig. Er ist ein guter Mensch, begriff sie, dass weiß ich, egal was ich im Laufe meines Lebens schon erlebt habe.
Vergiss das, sagte sie sich. Er ist ein Auftrag, wiederholte sie still für sich, nicht mehr als ein Auftrag.
Das Einfachste wäre Kadân aufzusuchen, ihn niederzuschlagen und festzuhalten. Vielleicht hämmerte das ja Vernunft in seinen Dickschädel. Ein Wunschtraum, schätzte sie. Einschüchterung wirkte bei dem nicht und eine zukünftige Zusammenarbeit würde dadurch erheblich erschwert. Wieso nur muss er sich so anstellen, wütete sie innerlich. Idiot.
Um das Sicherheitspersonal auf dem Raumschiff machte sich die Kämpferin wenig Sorgen, die leisteten nur ihren schlecht bezahlten Job. Söldnerinnen dagegen stellten ein Problem dar. Bislang fiel ihr niemand auf, der ihr folgte oder sie heimlich beobachtete. Entweder waren sie noch nicht entdeckt worden oder mit ihrer Anwesenheit wurde nicht gerechnet.

Janaija und Wieran hatten mit Shiran ihre beste Gardistin zu einem entlegenen Planeten entsandt. Seit der Losziehung waren knapp zwei Wochen vergangen. Genug Zeit zu Reagieren und um gleichermaßen Profis auszusenden. Die Kämpferin war sich sicher, Gegnerinnen an Bord zu haben, informiert über ihr Ziel und bereit die Drecksarbeit zu übernehmen.
In einem stimmte sie ihrer Mentorin zu. Wenn sich Kadân für den Rest der Reise versteckte und sie in der Öffentlichkeit die Einsame spielte, könnten mögliche Verfolger getäuscht werden. Denn eine Flucht vom Raumschiff stellte eine nachvollziehbare Entscheidung dar. Wieder wallte Wut in ihr hoch. Dieser egoistische Idiot tat so, als würde nur sein Leben auf dem Spiel stehen.
Tief durchatmen, sagte sie sich. Denn gleichzeitig lieferte die Katastrophe mit der Priesterin die perfekte Lüge. Ihr wurde bewusst, wie sie ihn überzeugen konnte, ohne die Hintergründe zu erzählen und trotzdem bei der Wahrheit zu bleiben.
Shiran brüllte noch einmal ihre Wut heraus. Ich muss mit ihm reden. Persönlich. Egal, ob er meine Nachrichten abblockt. Egal, ob er auf mich wirkt wie eine Droge. Ich habe einen Auftrag und den werde ich erfüllen.
Vor dem Spiegel an der Tür richtete sie ihr Haar und zupfte den engen Anzug in Form. Sie übte die reuige Miene, die sie gleich aufzusetzen gedachte. Den Stolz schluckte sie hinunter und begab sich auf den Gang.
Kadâns Kabine lag zwei Decks unter der ihrigen. Misstrauisch schaute sie sich um. Andere Frauen entdeckte sie erst auf dem Hauptgang, in den der Korridor vor ihrem Quartier mündete.
Auf dem Weg zum Kandidaten legte sie sich die Worte zurecht. Sie rief sich ihre letzte Begegnung in Erinnerung. Abscheu und

Wut spiegelten sich damals in seinem Gesicht. Unglaublich, dass er ihr die Schuld gab, obwohl er die gesellschaftlichen Regeln missachtet hatte.
Sie überlegte, welche der Informationen über ihn, sie nutzen konnte. Wie knacke ich seine Abwehr? In ihr reifte die Überzeugung, dass sie um eine Entschuldigung nicht herumkam.
„Verzeihen Sie bitte." Shiran ignorierte das Genuschel und eilte den offenen Aufzugstüren entgegen.
Sie fühlte eine Hand, die sich um ihren Oberarm schloss. „Verzeihung!"
Gerade noch rechtzeitig, bevor sie sich gewaltsam aus dem Griff befreite, nahm sie die roten Uniformen wahr. Drei Frauen aus der priesterlichen Garde bauten sich neben ihr auf. „Ja?", fragte sie freundlich, mit einem einstudierten Lächeln.
Die blonde Frau mit den herben Gesichtszügen ließ sie los. „Nur eine Frage." Sechs Augenpaare musterten Shiran.
„Bitte?", antwortete sie mit ausgesuchter Höflichkeit.
„Wir suchen einen Aquiner. Knapp zwei Meter, mitte zwanzig, athletisch, schulterlange kupferrote Haare, blau-violette Augen, soll auffallend attraktiv sein."
Die lassen keine Zeit ungenutzt, dachte Shiran. Dank ihrer Ausbildung zuckte nicht der geringste Gesichtsmuskel, nichts deutete auf ihre Anspannung hin. „Oha, die Damen. Das hört sich hinreißend an. Leider trifft diese Beschreibung auf viele von denen zu."
Die Körperhaltung der Uniformierten verriet Entspannung. Eine der Frauen grinste über beide Ohren. „Ja, ne. Die sehen alle gleich heiß aus", sagte sie mit einer röhrenden Stimme, die im Gegensatz zu den weichen Gesichtszügen stand.
„Haben Sie ein Bild?", fragte die Kämpferin.

„Nein.“
Also stimmte Wierans Einschätzung. Die Priesterschaft von Aquin übte sich in Zurückhaltung. Selbst Shirans Daten blieben unter Verschluss. Es erhöhte ihre Chancen. „Vielleicht einen Namen? Ich bin bei der inneren Sicherheit. Auf Urlaub. Ich biete gerne meine Hilfe an.“
Die Miene der Blonden gefror unwillkürlich. „Nein, ich fürchte, es ist nicht offiziell“, erwiderte die Älteste zögerlich. Die Kämpferin empfand es als zu auffällig gespielt. „Na ja, wir wollten ihm für seine gestrige Frechheit nur eine kleine Lektion erteilen. Sie wissen ja, wie die Aquiner sind.“
Das schrecklich gekünstelte Lachen stieß Shiran ab, genauso wie die unlogische Erklärung, die nicht zum Anfang des Gesprächs passte. Sie hasste schlechte Lügner, denen fehlte eindeutig die Ausbildung und das Talent. Sie nickte und stimmte in das Gelächter ein.
Erst als sie sich verabschiedeten und die Aufzugtüren hinter ihr schlossen, erlaubte sie sich ein Verdrehen der Augen. „Amateure“, murmelte sie.
Als Shiran Kadâns Kabine erreichte, drückte sie auf die grün leuchtende Taste am Türrahmen.
Sie hörte einen Stuhl über den Boden scharren. Als sie an ihre zurechtgelegten Worte dachte, waren diese wie weggeblasen und ihr Puls beschleunigte sich. Was ist nur los mit mir, fragte sie sich.
Kadân öffnete die Tür. Shiran musterte ihn überrascht. Er hatte die grünliche Gewandung der Aquiner gegen die braune, grobschlächtige Kluft eines unterbezahlten Arbeiters eingetauscht. An den Handgelenken und den Knöcheln guckte ein Stück zu viel Haut hervor. Um die rötlichen Haare hatte er

ein Tuch geschlungen. Doch trotz der tristen Kleidung würde er überall auffallen. Dieses Gesicht konnte nichts verunstalten.
Einen Moment starrten sie sich schweigend an.
„Was willst du?“, fragte er.
Fürs Erste nahm Shiran die Respektlosigkeit des Duzens hin.
„Lässt du mich rein?“
Wortlos ging er einen Schritt zur Seite. Hinter ihr schloss er die Tür über den im Türrahmen eingelassenen Knopf. Sie stand im Raum, wusste mit ihren Händen nichts anzufangen. Bei der hoch eingestellten Zimmertemperatur brach ihr der Schweiß aus allen Poren. Kadân sah sie erwartungsvoll an.
Noch nie hatte sie sich bei einem Mann entschuldigt. Warum auch? Ein paar der zurechtgelegten Worte fielen ihr wieder ein.
„Es tut mir leid, meine Reaktion in der Bar war unangemessen.“
Pause.
Er wartete ab, als reichte ihm das nicht.
„Ich, ich hätte Rücksicht darauf nehmen sollen, dass du unsere Gepflogenheiten nicht kennst. Die du ja auf einem abgelegenen Mond auch nicht kennen kannst. Also, ja, ich hätte Verständnis zeigen müssen, anstatt dich niederzumachen.“
Schweigen.
„Nun, ich will mich einfach entschuldigen.“ Sie ging einen Schritt auf ihn zu. Flehentlich ließ sie ihre Wimpern klimpern, hoffte, dass die Gesamtkomposition aufrichtig und ehrlich ankam. Immerhin wären sie fast im Bett gelandet, da wirkte dies keinesfalls überzogen.
„Du entschuldigst dich dafür, dass ich ein dummer Hinterwäldler bin?“
„Was?“, keuchte sie. „Nein! Natürlich nicht. Ich möchte nur sagen“, sie unterbrach sich und starrte ihn an. Was wollte er denn

noch hören, dachte Shiran. Ich zeige Verständnis für sein peinliches Verhalten. Verdeutliche ihm, dass ich damit klar komme blamiert worden zu sein und er regt sich auf.
„Also, ich denke es reicht“, blaffte er. „Du gehst besser.“
„Verdammt! Mir reichen deine Respektlosigkeiten“, entfuhr es ihr und erkannte sich selbst dabei nicht wieder.
„Gut, dann bitte ich Sie“ das Wort betonte er besonders deutlich, „jetzt, zu gehen, Madame.“
Entnervt stöhnte sie auf, während sie sich fragte, wie sie in diese unkontrollierte Konfliktsituation geriet. „Nein, das geht nicht.“
„Aha, was ist der Grund, werte Madame?“
„Du weißt verdammt gut, was der Grund ist. Wieso versuchst du sonst, dich derart unauffällig anzuziehen. Sie haben uns entdeckt“, improvisierte Shiran.
„Uns? Soweit ich weiß, suchen die Sie und irgendwelche Daten.“
„Ich habe es dir auf dem Weg hierher erklärt. Sie halten uns für Komplizen. Und du hättest ein wichtiges Wort vor dem Ausschuss abgeben können.“
Er spuckte aus. „Ich? Ich darf noch nicht mal in eine gehobene Bar.“
„Vergiss das! Vielleicht wollen sie dich benutzen, um an mich zu kommen.“ Kadân wandte sich ab. Das zieht nicht, dachte Shiran. Sie erinnerte sich an ihren ursprünglichen Plan. „Ist auch egal. Ich wurde vorhin von der priesterlichen Garde angehalten und nach dir gefragt“, platzte es aus ihr heraus.
Entsetzen zeichnete seine Gesichtszüge, er wirkte zutiefst erschüttert. Sie wünschte sich, ihm einfach die Fakten erzählen zu dürfen. „Du wirst gesucht, nicht ich.“ Das war immerhin eine Tatsache.

„Ist das so?“ Vergeblich versuchte er ruhig und sachlich zu wirken. Doch seine Körpersprache und das Zittern in der Stimme verrieten die Wahrheit.
Er ist ein unglaublich schlechter Lügner, dachte Shiran und zögerte. Ein Auftrag, wiederholte sie vor sich, nicht mehr als ein Auftrag. „Ja. Die Priesterin, die du besucht hast, hat dich eines Angriffs bezichtigt“, sagte sie kalt und gab ihrer Stimme eine Spur Hohn mit.
Die Information traf ihn sichtbar bis ins Mark. „Woher weißt du davon?“
„Ich habe meine Quellen. Egal“ Eine wegwerfende Handbewegung untermalte ihre Worte. „Wahrscheinlich hat sie deine Magiebegabung entdeckt“, warnte Shiran eindringlich, „Sie suchen nach einem Aquiner, auf den deine Beschreibung passt.“
Er wandte sich von ihr ab. „Große Mutter“, ächzte er.
„Nur ein Deck von hier entfernt, bei den Aufzügen. Bestimmt überprüfen sie alle Aquiner. Keiner von euch ist mehr sicher.“
Er sank auf das Bett. „Scheiße.“
Sie hatte gefunden, worauf er ansprach, aber sie fühlte Scham dabei. Die Heimat, die Freunde, die Hilfsbereitschaft, damit traf sie ihn mitten in seine Seele. „Ich wollte dich warnen. Deshalb bin ich hier, obwohl du mich blockst.“
Tief zwischen den Armen vergraben, schüttelte er den Kopf. Shiran gab ihm Zeit. Selbstzerfleischung wirkte grundsätzlich besser, als das, was sie ihm erzählen konnte. „Dann bin ich wirklich ein Verräter“, flüsterte Kadân.
Ihn leiden zu sehen berührte Shirans vergessen geglaubtes Mitgefühl, unerwartet packte sie das Bedürfnis ihn zu trösten. „Nein. Wenn sie dich nicht finden, haben sie nichts in der Hand.

Weder gegen dich noch gegen deine Freunde“, sagte sie stattdessen kühl.
„Ja. Ich weiß“, fauchte der Seefahrer ungehalten. Er schloss seine Augen und kniff die Lippen zusammen. „Entschuldigt.“
Sie betrachtete ihn aufmerksam. „Du wolltest verschwinden?“
„Ja“, grummelte er und sprang auf. „Ich habe nach einem Transporter gesucht, der das Raumschiff kurzfristig verlässt.“
Dass er einfach so verschwunden wäre, versetzte ihr einen Stich. Andererseits machte es unter diesen Umständen Sinn. Wir kennen uns kaum, sagte sich Shiran, und ich habe ihn verletzt. Sie beobachtete wie er im engen Zimmer auf und ab lief. „Ich hätte dir helfen können.“
„Du“, schnaubte er. „Nein, Entschuldigung. Sie!“ Er sah auf den Boden, besann sich einer anderen Antwort. „Ich hatte vor Sie zu Infomieren. Immerhin haben Sie mir die Kabine hier ermöglicht.“
„Lass mich raten, es gibt keinen Transporter.“
Er wich ihrem Blick aus. „Keinen den ich mir leisten kann. Und als Arbeiter wollte mich niemand einstellen.“
„Was ist mit deinen Landsleuten? Ihr habt eigene Transportmöglichkeiten.“
„Ja. Aber dank Ihrer Anwesenheit bei den Moquas, gelte ich als ein Verräter. Sie werden mir nicht helfen.“
Shiran frohlockte, sein dummer Stolz kam ihr gerade recht. „Wo wolltest du hin? Zurück nach Aquin?“
„Nein, zum Zentralplanet.“
„Warum?“
Er schwieg.

Die Magie der ersten Priesterin, dachte die Gardistin. „Nun, dann haben wir ein gemeinsames Ziel, du kannst mir immer noch helfen."
„Ich muss hier weg. Sofort." Kadân stöhnte auf und fuhr sich mit beiden Händen durch die Haare. „Ich weiß, ich habe Scheiße gebaut und ihre Warnung missachtet. Durch mich haben wir noch mehr Aufmerksamkeit."
Shiran legte den Kopf schräg. Unglaublich, dachte sie, dieser stolze Mann gesteht sich einen Fehler ein. Vor mir.
„Sie sagen es doch selbst. Ich werde gesucht. Ich muss meine Landsleute schützen."
„Nein, es gibt eine andere Möglichkeit."
„Und die wäre?" Er ahnte ihre Antwort, das sah sie ihm an.
„Du bleibst in der Kabine und versteckst dich. Ohne Ausnahmen."
„Eingesperrt in diesem engen Gefängnis", jaulte er. Ein Schluchzen rang sich aus seiner Kehle. „Ich halte das nicht mehr aus."
„Was ist wichtiger? Dein persönliches Wohlbefinden oder die Sicherheit deiner Freunde", schnauzte sie ihn an, nur um mit weicher Stimme weiter auf ihn einzureden. „Wenn du dich und deine Leute nicht in Gefahr bringen willst, musst du hierbleiben. Niemand darf dich sehen. Niemand darf dich finden. Hilf ihnen damit. Ich versorge dich mit allem, was du brauchst."
Er ließ den Kopf nach hinten fallen und starrte an die Decke. „Das würden Sie tun? Warum?"
„Du hast mir geholfen. Deshalb bist du überhaupt erst hier gelandet." So nett, so leicht zu manipulieren, dachte die Gardistin und wartete gespannt.
Kadân nickte. „Okay."

Unwillkürlich atmete Shiran auf, aber in die Freude über ihren Erfolg mischte sich ein schaler Beigeschmack. Gleichzeitig war ihr zum Weinen zu Mute. Denn einem selbstlosen Menschen wie ihn könnte sie die Wahrheit sagen. Das erste Mal hasste sie einen ihrer Befehle.

Je schneller ich die Verantwortung für den Kandidaten abgebe, desto besser. Dieser Mann kam ihr zu nahe. Sie war froh, dass sie bald den Treffpunkt erreichten. Bis dahin würde er sich hoffentlich verstecken.

„Es war mir eine Ehre, ehrenwerte Dame“, säuselte der Mann, der nur wenige Zentimeter größer war als Shiran.

Die Kämpferin ließ die ungerechtfertigte Respektsbezeugung durchgehen. Sein Name fiel ihr nicht mehr ein. „Ja, ganz meinerseits“, antwortete sie kurz angebunden. Sie hoffte, dass ihr Mitbringsel verschwand. Immerhin hatte sie ihn endlich aus der Kabine herauskomplimentiert.

In der vergangenen Nacht hatte sie vorgehabt alleine an einem Bartresen zu sitzen und demonstrativ niedergeschlagen etwas zu trinken. Ein paar Meter weiter saß jedoch dieser Mann; rötliche Haare, markante Gesichtszüge und leuchtend blaue Augen.

Ihre Aufmerksamkeit ruhte einen Wimpernschlag zu lange auf ihm. Der Fremde interpretierte es als Aufforderung und wanzte sich an sie heran. Die Konversation übernahm er. Es war ihr recht, obwohl er sie mit den Sehenswürdigkeiten verschiedener Planeten langweilte. Unverdrossen schwärmte er von der

künstlichen Plattform der Hauptstadt auf Aquin als ein Wunderwerk menschlichen Wissens.
Der Abend bestand für sie aus gelegentlichem Nicken. Während er schwafelte, stellte sie sich vor, wie die roten Haarsträhnen durch ihre Finger glitten. So wie es hätte sein können, wenn die blöde Nachricht von Wieran nicht gekommen wäre. Ab und zu gab sie eine einsilbige Antwort von sich.
Wenigstens beim Sex war er bei der Sache und sein Mund anderweitig beschäftigt gewesen. Zumindest ausreichend, um ihre Fantasie anzuheizen.
Natürlich verhielt sie sich dumm, wenn sie sich ausgerechnet einen solchen Typ aussuchte. Aber irgendetwas hatte sie tun müssen, um sich von Kadân fernzuhalten. Zu oft schlich der Aquiner sich in ihre Gedanken. Dann dachte sie daran, wie er allein in seiner Kabine schmachtete.
„Ich habe jede Sekunde genossen. Wann sehen wir uns wieder?"
Ihre männliche Ablenkung riss Shiran aus ihren Grübeleien. Das anzügliche Grinsen nervte Shiran genauso wie die ständigen Schmeicheleien. Am Morgen provozierte sie ihn bewusst, aber er entschuldigte sich nur für die von ihr ersonnenen Unzulänglichkeiten.
Langweiler. Er arbeitete als Kammerjäger in den Lagerhallen. Außerdem war er schrecklich stolz darauf, einer der Männer zu sein, die auf einem Raumschiff lebten.
Die Kämpferin wich dem Gespräch aus. „Ich melde mich", sagte sie kühl. Er starrte sie an. Sein dümmliches Blinzeln sollte wohl sinnlich wirken. Sie schloss den taillierten Morgenmantel fester um sich. Die orangefarbene Seide harmonierte perfekt mit ihrer dunklen Haut.

Endlich verstand er und drehte sich um. Seine Schritte hallten im Gang nach.

Gedankenverloren schaute sie ihm hinterher. Sex half ihr dabei, den Kopf freizubekommen. Eigentlich hätte ich das früher machen sollen. Beim Anblick seiner Haare, die hin und her wippten, dachte sie unwillkürlich an Kadân. Das unangenehme Ziehen im Unterleib fehlte. Shiran lächelte. Hab ich es doch gewusst, sagte sie sich, es war nur das.

Sofern der Aquiner weiterhin tat, was sie wollte, erreichten sie in zwei Tagen den Treffpunkt mit der Verstärkung. Immerhin, knapp eine Standardwoche hatte dieser sture Dickkopf schon durchgehalten. Mehr als sie ihm zugetraut hatte.

Eine Gruppe quetschte sich im Gang an ihr vorbei. Eine der Frauen verzog im Vorbeigehen ihren Mund zu einem anzüglichen Grinsen. Shiran runzelte die Stirn, die klobige Kleidung und die verdreckten Schuhe weckten ihre Aufmerksamkeit. Solches Klientel passte nicht auf dieses Deck.

Nicht auffallen, ermahnte sie sich selbst. Das ist Sache des Sicherheitsdienstes. Sie betrat ihre Kabine und tastete nach dem Schalter. Schmerzhaft stieß jemand ihren Arm nach vorn. Bevor sie reagieren konnte, spürte sie einen Schlag im Genick. Shiran stürzte bäuchlings vor den Sessel, auf dem ihre abgelegten Kleider der letzten Nacht verstreut lagen.

Die Angreiferin rammte ihr das Knie in den Rücken und presste sie mit ihrem Körpergewicht auf den Boden. Hände packten ihren rechten Ellenbogen, verdrehten das Handgelenk. Shiran keuchte. Ihr freier Arm rudert nutzlos im Raum.

Im Augenwinkel erkannte sie zwei weitere Frauen, die durch die Tür schlüpften. Noch im Türrahmen zogen sie sich Masken über

das Gesicht. Die Kabinentür schloss sich. „Beeilt euch“, zischte eine hohe Stimme hinter ihr. „Und nicht töten.“
Füße traten nah an Shirans Kopf, verstellten ihr den Blick. Gleich darauf legte sich etwas Enges um ihre Kehle und schnürte ihr die Luft ab. Sie bäumte sich auf, doch die aufgewandte Kraft verpuffte. Sterne tanzten vor ihren Augen.
Gegen die Dunkelheit ankämpfend suchte sie panisch ihr begrenztes Sichtfeld ab. Sie entdeckte ihren Anzug, der unordentlich vom Sessel hing. Hastig streckte sie ihre freie Hand aus und riss ihn runter. Ein gehässiges Lachen kommentierte ihre Bemühungen.
Es blieb nur ein Versuch. Mit den ausgestreckten Fingerspitzen erreichte Shiran das kleine Messer im Hosenbein, das sie immer dort bei sich trug. Es war so flach, dass es unter der Naht nicht auffiel.
Sie zog es heraus, während sie fühlte, wie ihr das Bewusstsein schwand. Mit den letzten Reserven bohrte die Kämpferin die Klinge in den Fuß, der sich nah bei ihrem Kopf befand. Ein gellend lauter Schrei erfüllte den Raum. Sie bekam wieder Luft. Ein Körper fiel neben ihr zu Boden. Eine Gegnerin war ausgeschaltet, vorerst.
„Scheiße“, schrie die Frau, die auf ihr hockte. Der eiserne Griff lockerte sich.
Shiran legte ihre gesamte Stärke in einen gezielten Ruck, um den Arm frei zu bekommen. Die Überraschung schien die Angreiferin zu lähmen. Es gelang ihr, sich blitzschnell auf den Rücken zu winden. Ihre geballte Faust traf. Ein Knirschen zeugte von der Nase, die unter ihren Fingerknöcheln brach.
Die Getroffene jaulte auf und kippte zur Seite. Shiran riss ihr die blutgetränkte Maske herunter. Sie entblößte blonde Haare und

ein süßes Gesicht, welches nicht zum mordlüsternen Ausdruck passen wollte. „Du?“, keuchte sie. Am vorigen Abend hatte diese Person nur zwei Plätze entfernt von ihr gesessen.
Die Angreiferin, der die Klinge noch im Fußrücken steckte, rappelte sich auf. In ihren Händen hielt sie einen Schlagstock. Shiran sprang auf die Füße. Grüne Augen, etwas dunkler als ihre, funkelten sie an.
Die Waffe zuckte in die von der Gardistin erwarteten Richtung. Sie packte sie. Doch der vorangegangene Kampf hatte an ihrer Kraft gezehrt. Ihr fehlte die Reaktionsgeschwindigkeit, die sie sonst auszeichnete. Quälend lange Sekunden rang sie mit der Frau.
Plötzlich nahm Shiran schemenhaft eine Bewegung wahr. Sie drehte den Kopf leicht zur Seite. Obwohl sie ihn kommen sah, war es zu spät. Ein dumpfer Schlag in den Nacken ließ sie zusammenbrechen und hüllte ihre Welt in Dunkelheit.

2.4 Kadân

„Sechzig, Einundsechzig", zählte Kadân die Liegestütze. Irgendwie musste er sich fit und seine Gedanken im Zaum halten. Die frei verfügbare Zeit lag ihm auf der Seele, sie gab ihm zu viele Stunden zum Denken, zu viel Raum für Erinnerungen. Des Nachts quälten ihn die Träume an die Fremde, die ihn zum Zentralplaneten rief. Die kahlen Wände der Kabine, er ertrug sie nicht mehr.

Fast eine Woche war seit Shirans Besuch vergangen. Seitdem versteckte er sich. Sein einziger Kontakt zur Außenwelt bestand in einer mürrischen Frau, die ihn mit Nahrung versorgte. Zur Ablenkung erhielt Kadân ein Display. Mit Interesse las er die Geschichte der Galaxis und die Ursprünge der großen Mutter. Trotzdem, die Zeit kroch qualvoll langsam dahin.

Entgegen Shirans Willen niemanden zu kontaktieren, hatte der Seefahrer mit Mitri gesprochen. Kurz darauf tauchte er einmal bei ihm auf. Der Ältere bestätigte, dass das Sicherheitspersonal nach einem Aquiner mit Kadâns Beschreibung suchte und auch seine Landsleute befragt wurden.

Der junge Mann berichtete ihm von der Priesterin und von Shirans Vorschlag. Sein Freund reagierte gleichermaßen ungehalten, wie besorgt. Er entschied, dass sie das Raumschiff gemeinsam verlassen würden, sowie sie den ersten Außenposten der inneren Planeten erreichten. Widerspruch nahm Mitri nicht hin. Dein Stolz interessiert mich nicht, hatte er geschimpft.

Doch Stolz war nicht der Grund für Kadâns abweisende Haltung. Um die anderen zu schützen, musste er zwar fliehen. Allerdings hatte er vor in Shirans Nähe zu bleiben. Da sie, dessen war er

überzeugt, der Schlüssel zu dem Geheimnis darstellte, das ihn umgab.
Mitri zwang ihn zu einer Entscheidung zwischen Loyalität und den eigenen Wünschen. Die Forderung zermürbte den Seefahrer zusätzlich.
Immer wieder und wieder hatte der Aquiner die Geschehnisse der letzten Wochen vor sich ablaufen lassen. Er vermutete, dass mehr dahinter steckte, als die angebliche Forscherin verriet. Außerdem klangen ihre Erklärungen bei genauerer Überlegung dürftig. Sobald er sie wiedersah, sie beide ihre Verstecke verlassen konnten, wollte er sie zur Rede stellen.
Woher wusste sie von seinem Besuch bei der Priesterin oder den geheimen Informationen? Wieso hatte sie eine Kabine auf den unteren Decks in der Hinterhand, ohne zuvor je Details über eine andere Person erwähnt zu haben? Sie sprach vieles an, aber nie über Forschungsarbeit. Warum hatte ihre Anwesenheit seine Qualen gelindert. Im Rückblick und fern der Schmerzen, die ihn antrieben, erkannte Kadân, dass ihre Geschichte keinen Sinn ergab.
Gehorchte er Mitri, kappte er die Verbindung zu Shiran. Blieb er mit ihr auf dem Raumschiff, galt er selbst vor seinem Freund als Verräter. Wie soll ich dann in mein Leben auf Aquin zurückzukehren, fragte er sich.
„Verdammt“, grummelte er, „Wer soll hier denken können?“
Kadân hasste die vier fensterlosen Wände, die ihn umgaben, mit jedem Augenblick mehr. Das ewige Pochen der Maschinen und die Enge fraßen sich in seinen Verstand.
Die Zeit für eine Entscheidung drängte. In dieser Stunde erreichten sie den Außenposten. Noch vor der Weiterreise würde

Mitri mit seinem Raumtransporter verschwinden. Begleite ich ihn oder nicht, grübelte Kadân, gezögert hatte er lang genug.

Der Seefahrer blieb auf dem Boden des Zimmers sitzen. Er schloss die Augen, stellte sich das Meer vor, den Duft und das Rauschen der Wellen. Es funktionierte nicht. „Scheiße", schimpfte er und stand auf. Ich muss hier raus, erkannte er, um einen klaren Gedanken zu fassen.

In den ersten zwei Tagen an Bord, bevor er die Priesterin aufgesucht hatte, war er gelegentlich zu nächtlichen Standardstunden durch die Korridore gestrichen. Dabei entdeckte er in der Nähe eine eingelassene Nische mit einem kleinen Fenster ins All, ein trostloser Ort, aber allemal besser als die Kabine. Wenn sie nach mir suchten, überzeugte er sich selbst, dann bestimmt nicht in einem abgelegenen Gang.

Da sich das Raumschiff mitten im Andockvorgang an eine Raumstation befand, schätzte Kadân das Risiko zufällig aufgespürt zu werden als gering ein. Die Passagiere bewunderten das Spektakel auf dem Panoramadeck oder bereiteten sich auf das Aussteigen vor. Der Sicherheitsdienst würde mit den Neuankömmlingen beschäftigt sein.

Außerdem wies ihn die gestohlene Kleidung als Arbeiter aus. Hässliches Zeug, aber wenigstens hielt der schwere Stoff warm. Seine auffälligen Haare verbarg er unter einem Tuch, das er wie viele andere Männer im Nacken knotete.

Kadân verließ seinen unfreiwilligen Aufenthaltsort und bog auf einen Nebenkorridor ein. Mit eingezogenem Kopf und eiligen Schritten, passte er sich dem Schiffspersonal an, das an ihm vorbeihuschte. Er vermutete ihr Ziel in den angrenzenden Lagerhallen, um nach dem Andocken den Warenaustausch abzuwickeln.

Angekommen in der Nische drückte sich der Aquiner in die Ecke, so dass er aus dem Fenster sehen und gleichzeitig den Gang im Blick behalten konnte. Niemand schenkte ihm Beachtung.
Er schloss die Augen, fühlte, wie die Anspannung von ihm abfiel. Endlich konnte er wieder durchatmen. Viel besser, dachte er. Eines wusste er bereits mit Sicherheit, in die Kabine, dieses lähmende Gefängnis, wollte er nicht zurück. Doch blieb er bei Shiran, würde er es tun müssen.
Die Zeit verrann, trotzdem traf er keine Entscheidung. Die Loyalität zu seinen Freunden widersprach dem Wunsch, dem eigenen Weg zu folgen. Das eine oder das andere, die Unentschlossenheit zerrte an ihm.
Zwei Frauen fielen ihm auf, die wiederholt an ihm vorbei schlenderten. Kadân war sich nicht sicher, aber er glaubte, sie schon mal gesehen zu haben, als er in den Korridor einbog. Sie weckten sein Misstrauen, gerade weil sie nicht die geringste Notiz von ihm nahmen. Auch wenn ihn Bewunderung verlegen machte und Abscheu in ihm hervorrief, hatte er sich doch an sie gewöhnt. Ist meine Tarnung so gut, fragte er sich und sah an sich herunter.
Vielleicht eine zivile Patrouille des Sicherheitsdienstes, mutmaßte er. Dass ein Arbeiter untätig in irgendeiner Ecke herumlungerte, könnte aufgefallen sein. Eine zufällige Entdeckung schloss er aus. Dann hätten sie ihn festgenommen.
Kadân zog in Betracht, dass die Tage der Isolation seinen Verstand beeinträchtigten. Dessen ungeachtet vertraute er auf den eigenen Instinkt.

Als die beiden ihn ein weiteres Mal passierten, betrat er hinter ihnen den Gang und schlenderte betont gelassen in die entgegengesetzte Richtung.
Er erreichte eine Doppeltür. Ein schmales Display darüber kündigte die Abwasseraufbereitungsanlage an. Der Seefahrer blieb stehen. In seinem Aufzug sah er wie die anderen Arbeiter aus. Auffallen dürfte er dort drin nicht. Entschlossen öffnete er die Tür und schlüpfte hinein.
Ein schwaches Energiefeld erwartete ihn, das den Türbereich wie eine blickdichte Schleuse umgab. Da er keine Taste fand, um es abzuschalten, tippte er mit dem Zeigefinger dagegen. Er fasste widerstandlos hindurch.
Nachdem Kadân es durchquert hatte, empfing ihn ein beißender Gestank. Ein weit verzweigtes Rohrsystem durchlief die Halle. Es verband mehrere Tanks und Kessel miteinander. Der Aquiner verließ den Eingangsbereich und suchte eine Deckung, von der er Ankömmlinge sofort erspähen konnte.
Der Seefahrer wartete ab, aber niemand trat nach ihm ein. Er verdrehte die Augen und schalt sich einen eingebildeten Narren. Verfolgungswahn, nichts weiter. Vermutlich sehe ich endlich mal so normal aus, wie ich es schon immer wollte. Er schmunzelte über sich selbst.
Kopfschüttelnd kam er hinter dem Schaltschrank hervor. In dem Augenblick durchstießen zwei Frauen die Schleuse. Erschrocken sprang Kadân zurück. Ein Blick bestätigte seinen Argwohn. Die beiden verfolgten ihn tatsächlich.
„Scheiße, Scheiße, Scheiße“, murmelte er. Er schlich tiefer in die Halle hinein. Zwischen dichten Rohrsystemen hindurch erhaschte er die Verfolgerinnen, die am Eingang stehenblieben.

Sie können nicht wissen, dass ich hier bin, beruhigte er sich. Zu zweit würden sie ihn in der verwinkelten Anlage kaum finden. Wahrscheinlich prüften sie nur die Möglichkeiten, versuchte er sich selbst zu beruhigen. Der Gestank motivierte sie bestimmt früher als später aufzugeben.

Hinter einem blauen Tank verharrte er und lugte nach den Verfolgerinnen. „Mist“, keuchte er, als drei weitere Frauen die Schleuse passierten und sich zu den anderen gesellten. Keine von ihnen trug eine Uniform. Ihre Kleidung sah hochwertig und pragmatisch aus, so wie die von Shiran. Sie gehörten eindeutig zusammen.

„Komm raus!“, brüllte eine raue Stimme, welche die Maschinen übertönte. Kadân traute sich nicht einmal, zu atmen. Das durfte nicht sein.

„Wir wissen, dass du hier bist. Komm raus!“

Ein Bluff, schoss es ihm durch den Kopf. Fast hätten sie ihn überzeugt. Er ging auf die Knie und robbte unter tiefliegenden Leitungen weiter in die Halle hinein.

Inmitten der Rohre machte er die Beine der Frauen aus. Zu seinem Entsetzen liefen sie geradewegs auf ihn zu. Wie kann das sein, fragte er sich.

„Törichter Junge. Zeig dich! Du machst es dir nur schwerer.“ Der Ton erhielt einen drohenden Beiklang, der ihm einen Schauer über den Rücken jagte.

Hinter einem braunen Kessel stand Kadân auf. Er lugte hervor. Entsetzt sog er die Luft ein. Kein Bluff. Eine der Fremden hielt sich keine zehn Meter entfernt von ihm auf. Sie starrte auf einen kleinen Gegenstand in ihrer Hand.

Er schlüpfte zwischen den Anlagen hindurch, um die Position zu wechseln.

„Er bewegt sich. Baramee, dort."

„Ausschwärmen!", hallte der prompte Befehl durch die Halle.

Der Aquiner schlängelte sich um die Bauteile, bis die Zwischenräume ihm keinen Platz mehr boten. Am Ende einer Sackgasse schmiegte er sich an einen der Behälter.

„Kadân", schrie die dunkle Stimme. „Junge, komm freiwillig raus! Es ist nicht unser Auftrag dich zu verletzen."

Er riss die Augen auf, sein Herz setzte einen Schlag aus. Große Mutter, dachte er, sie wissen meinen Namen.

Also doch Söldnerinnen. Shirans Vermutung traf zu. Bewegungslos verharrte er bis er die zitternden Knie unter seine Kontrolle brachte. Aufgeben kam nicht in Frage, solange er noch den geringsten Ausweg sah. Jemand fluchte hörbar.

Eine vorgestreckte Betäubungswaffe schob sich am Rand des Tanks langsam in sein Blickfeld. Der Daumen schwebte wie eine gebogene Kralle über dem Feuerknopf.

Blitzschnell schoss Kadâns rechter Arm vor, um das Handgelenk zu packen. Er zerrte eine blonde Frau zu sich heran und rammte ihr den Ellenbogen in die Seite. Ein Betäubungsschuss löste sich. Die Söldnerin ächzte und sackte zusammen. Krampfhaft umklammerten ihre Finger die Waffe.

Kadân verdrehte ihre Hand bis es knackte. Sie schrie, aber ließ nicht los.

Kaltes Metall drückte sich ihm ins Genick. „Loslassen", sagte eine rauchige Stimme kalt. „Du entscheidest, Betäubung oder Aufgeben." Der Aquiner erstarrte.

Sein Opfer befreite sich aus seinem Griff. Schmerz und Wut flammten in ihren dunkelgrünen Augen auf. Kaum stand sie auf den eigenen Füßen, trat sie nahe an ihn heran.

„Sei nett“, sprach die Frau hinter ihm. Der Druck der Waffe verschwand.
Mit der unverletzten Linken holte die blonde Söldnerin aus. Die Faust prallte ihm mit Wucht in die Magenkuhle. Übelkeit überkam ihn. Außer einem unterdrückten Keuchen kam kein Laut über seine Lippen.
„Du willst mehr?“, zischte die Angreiferin. Kadân sah in ihr niedliches Gesicht, das sich in blindem Hass verzerrte.
Beim dritten Schlag sackte er zusammen, stützte sich auf allen vieren nach Luft ringend auf dem Boden ab. Ein Fußtritt traf seine Rippen. Er stöhnte vor Schmerz.
„Es reicht Banda“, befahl die Anführerin. „Du hattest deine zweite Chance dich zu beweisen und hast dich wieder überrumpeln lassen. Wenn du meine Stellvertreterin werden willst, erwarte ich mehr.“
Benommen fühlte Kadân, wie jemand seine Arme auf den Rücken drehte und die Handgelenke zusammenband. Auf Anhieb schnitt die Fessel ein.
Zwei kräftig gebaute Söldnerinnen packten den Seefahrer rechts und links an den Oberarmen, zerrten ihn hoch.
Ihm gegenüber baute sich eine großgewachsene Frau auf. Eine wulstige Narbe zog sich vom Kinn bis zur rechten Schläfe. Rote Strähnen durchzogen ihre schwarzen Haare wie züngelnde Flammen.
Anstatt zu ihm aufzusehen, ließ sie ihre Aufmerksamkeit entlang seines Körpers wandern. Schmerzlich wurde ihm bewusst, dass ihm der Saum des Pullovers bis über den Nabel hochgerutscht war. In dem Moment als ihre Fingerspitzen seine Haut berührten, zuckte er zusammen und kämpfte. Die beiden Söldnerinnen an

seiner Seite packten ihn fester. Fordernde Hände folgten seinen Muskelsträngen und betasteten die frischen Prellungen.
„Notgeil?“, quetschte Kadân hervor. Er zeigte mehr Mut, als er in sich fühlte. Das Adrenalin in seinen Adern half ihm, den Schmerz zu ignorieren. Wie nannten sie diese Frau eben? „Oder was willst du sonst, Baramee?“
„Na, wer wird denn gleich so respektlos sein?“, fragte sie mit einem Lächeln in der Stimme, ohne aufzusehen. Stattdessen glitten ihre Finger an ihm nach oben, unter den Stoff zur Brust.
Der Seefahrer wehrte sich erneut. Vergeblich, er wurde in einem eisernen Griff gehalten.
„So kräftig“, sagte Baramee. Ihre Hände streichelten seine Seiten, kehrten zur Hüfte zurück. „So jung und wild.“ Sie umfasste den Rand des Pullovers und zog ihn hinunter, bis er die nackte Haut vollständig verdeckte.
Dann sah sie hoch. Ihre Aufmerksamkeit bohrte sich in ihn, er hielt ihr stand. Die beiden Iriden ihrer Augen besaßen unterschiedliche Farben. Sie schauten sogar verschieden, während das blaue spöttisch wirkte, zeigte das braune Neugierde und offenes Begehren. Noch nie zuvor hatte er so etwas gesehen.
„Du gefällst mir Kadân von Aquin, in natura besser als auf dem Bild“, schnurrte Baramee.
Ihr Blick zog den Seefahrer unwiderstehlich an, als wären nur sie beide hier, gefangen in einem Moment, der nicht enden wollte. Trotz der Fesseln, trotz der Schmerzen in seinem Bauch und in den Handgelenken, breitete sich eine seltsame Wärme in ihm aus. Ein Schauer durchlief seinen Körper und stellte die kleinen Härchen auf.
Kadân befreite sich aus ihrem Bann. „Lass mich gehen“, knurrte er.

„Bist du sicher?“, fragte sie spöttisch.
Sein Hals war zu trocken, um sie anzuspucken. Stattdessen ließ er sich in den Griff der Söldnerinnen fallen und trat nach ihr.
Baramee sah den Angriff kommen und wich aus.
Brutal wurde der Seefahrer hochgerissen. Er schrie auf.
„So kämpferisch“, gurrte die dunkle Stimme. Die zweifarbigen Augen nahmen einen belustigten Schimmer an, diesmal beide gleichzeitig. Sie sahen Kadân an, als könnten sie direkt in seine Seele sehen.
„Bee“, warf die blonde Söldnerin ein, die er verletzt hatte, „wir haben einen Auftrag.“
Wut sprühte aus Baramees Miene, sie drehte sich zur Seite weg.
„Verdammt Banda“, schimpfte sie und kämpfte sichtbar um ihre Beherrschung.
Die Söldnerinnen neben Kadân sogen zischend die Luft ein.
„Du bist neu in meiner Crew“, sagte die Anführerin schneidend. „Deshalb verzeihe ich dir deine Einmischung. Für heute.“
Banda starrte Kadân an. Ihr Blick hätte töten können. „Aber er ...“
Eine schallende Ohrfeige in ihr Gesicht unterbrach sie.
„Stell mich nie vor Außenstehenden in Frage.“
Kadân zwang sich zu einem fiesen Grinsen, er überwand die Unsicherheit, die Baramee in ihm hervorrief. „Probleme?“, fragte er und zerrte erneut an seinen Armen, die wie in einem Schraubstock festgehalten wurden.
Die Anführerin hob die rechte Augenbraue und schmunzelte. Ihre Augen blitzten lustvoll. „Ich merk schon, du magst Ärger“, sagte sie.
Eine diffuse Angst umfasste Kadâns Herz. Er schnaubte abfällig, um sie zu überdecken. „Verrecke“, fauchte er.

Langsam, aber zielstrebig streckte Baramee ihre Hand nach ihm aus und griff ihm an die Stirn. In der Annahme eines Schlages wich er zurück. Doch die Söldnerinnen neben ihm, hielten ihn fest.
Entgegen seiner Erwartung zupfte die Anführerin ihm sanft das Tuch vom Kopf. Die kupferroten Haare fielen ihm auf die Schulter. Sie vergrub ihre Finger darin und rieb eine einzelne Strähne. Den erneuten Versuch sie abzuschütteln quittierte sie mit Belustigung.
„So schön", murmelte sie, „und so widerspenstig."
Während er in der erzwungenen Hilflosigkeit erzitterte, presste sie den Zeigefinger auf seine Schläfe. Von dort fuhr sie ihm mit der Fingerspitze über die Kehle zum Brustbein hinunter, wo der spitz gefeilte Nagel einen dunkelroten Halbmond hinterließ. Baramee schnalzte mit der Zunge. „Leider hat Banda nicht Unrecht", seufzte sie. Ihr Bedauern klang echt. „Schade. So eine Verschwendung."
Sie wedelte einmal mit der Hand. „Bring ihn weg, Banda. Wie geplant. Enttäusch mich nicht noch mal. Du willst mich nicht wütend erleben."
Grob zerrten die beiden Frauen Kadân aus der stinkenden Anlage hinaus auf den Korridor. Gegenüber der Doppeltür stießen sie ihn in einen leeren Abstellraum. Mit jeder Bewegung schnitt die Fessel tiefer.
In der Ecke des Zimmers zwang ihn ein Tritt in die Kniekehlen zu Boden. Unter Qualen, gestützt gegen die Wand, setzte er sich wieder auf. Er stöhnte vor Schmerz. Im Versuch, wenigstens den Druck auf die Handgelenke zu lindern, lehnte er sich seitlich an.

Eine der Söldnerinnen postierte sich mit einer Betäubungswaffe am Eingang, während die zweite neben ihr unentwegt auf ein Display starrte.
Jegliche Kontaktaufnahme wurde mit Schweigen beantwortet. Selbst eine Bitte um Wasser ignorierten sie. Kadân verlor das Zeitgefühl.
Nach einer gefühlten Ewigkeit tauchte Banda auf. Ein weißer Verband zierte ihren Unterarm. Sie übergab den beiden Wachen ein Päckchen, dann ging sie auf den Gefangenen zu.
Mit dem Fuß deutete sie einen Tritt in seine Rippen an. Als er unwillkürlich zusammenzuckte, fletschte sie die Zähne zu einem hämischen Grinsen.
Unkontrollierte Wut führt zu Fehlern, dachte Kadân. „Angst?“, flüsterte er und schluckte schwer, „hat dich Baramee zurückgepfiffen?“
Trotz der verzweifelten Lage, hoffte er auf mehr Informationen oder eine dumme Tat. Ihm war alles recht, was half Zeit zu gewinnen. Nachdem er nicht bei Mitri erschienen war, suchte sein Freund sicher schon nach ihm. Mehr als diese eine Chance blieb ihm vermutlich nicht. Denn Shiran würde frühestens Morgen herausfinden, dass etwas geschehen war.
Wortlos trat Banda ihm gegen die Handgelenke. Der Seefahrer biss sich auf die Unterlippe. Der Schmerz trieb ihm die Tränen in die Augen. Er fühlte Feuchtigkeit warm über seine Finger rinnen.
„Fiese kleine Kabelbinder, der Lohn für deinen Ungehorsam“, höhnte sie. „Aber keine Sorge, das wird bald nebensächlich sein.“
Ein Zeichen mit der Hand und die Wachen öffneten das Paket.
„Zieht das an“, befahl die blonde Söldnerin mit dem täuschend

süßen Gesicht. Die Frauen wechselten die Oberbekleidung. Kadân erkannte die blauen Uniformen der Schiffssicherheit.
Fertig umgezogen näherten sich die Söldnerinnen. Links und rechts griffen sie unter seine Arme und zerrten ihn auf die Füße. Der Aquiner stöhnte auf, die Fesseln schienen auf den blanken Knochen zu reiben. Banda betrachtet ihn aufmerksam. Er gönnte ihr die Genugtuung nicht, aber es gelang ihm nicht die Schmerzenslaute zu unterdrücken.
„Siehst du das?“, fragte sie und zeigte ihm die Betäubungswaffe. „Nur eine falsche Bewegung, ein unnötiges Wort und ich schieße. Du hast die Wahl.“ Sie legte den Kopf schief. „Also mir ist es gleich. Die schleifen dich über die Gänge, ohne dass jemand daran Anstoß nimmt.“ Bandas zufriedenes Grinsen verkümmerte zu einem Schnauben, als sie ihm noch einmal in den Bauch auf die vorhandenen Prellungen schlug.
Für einen Moment wurde Kadân schwarz vor Augen. Banda stützte ihn mit dem eigenen Körper, so dass er nicht zusammenklappte. „Aber ich sehe dich viel lieber leiden“, flüsterte sie ihm ins Ohr.
In ihrer Mitte führten sie den Aquiner durch das Raumschiff. Nach der zentralen Standardzeit musste es Nacht sein. Denn kaum eine Person befand sich auf den weitläufigen Korridoren. Wenn sie doch jemandem begegneten, wurden sie nicht weiter beachtet.
Die Gruppe erreichte eine Sicherheitstür, die zu einer ihm unbekannten Sektion gehörte. Banda tippte einen Code ein.
In dem Bereich, der sich auftat, reihte sich eine Schleuse an die andere. Winzige Fenster erlaubten einen Blick dahinter. Eine von ihnen stand offen und bildete ein ovales Loch in der Bordwand. Kadân begriff, was die Söldnerinnen mit ihm vorhatten.

Das unüberwindliche Tabu der großen Mutter zu töten galt für jeden. Aber dieses Pack besaß keine Skrupel, die Drecksarbeit den Umständen zu überlassen. Adrenalin schoss durch seine Adern, nahm ihm die brennenden Schmerzen und jede Hemmung. Er wehrte sich mit dem Mut der Verzweiflung. Zwecklos.

„Du glaubst, dass wir dich ins All blasen und dort langsam verrecken lassen?“ Banda lachte während sie das Schauspiel sichtlich genoss. „Tze! Nicht doch, das wäre gemeiner Mord. Und das tun selbst wir nicht. Jedenfalls nicht grundlos.“

Die beiden Söldnerinnen an seiner Seite hielten ihn umklammert, nahmen ihm jede Beweglichkeit. Schweiß sammelte sich in Tropfen auf Kadâns Stirn. Seine überlasteten Muskeln vibrierten durch den Kraftaufwand. Er atmete schwer.

„Angst?“ Die Blonde fuhr mit dem Zeigefinger über die Spur, die ihre Anführerin unter seiner Kehle hinterlassen hatte. „Sehr gut, die solltest du auch haben. Denn bald wirst du dir den Tod wünschen.“

Der junge Mann unterdrückte mühsam das Zittern in den Knien.

„Weiter“, knurrte die Frau und stieß ihm mit dem gesunden Arm in den Rücken.

Zu dritt zerrten sie ihn zu der offenen Schleuse. Kadân versuchte sich in der schmalen Öffnung, die in die Rettungskapsel führte, zu verkanten. Eine Wache schlug ihm mit einem Schlagstock in den Nacken. Benommen stürzte er und prallte auf den harten Boden im Inneren.

Betäubt blieb der Aquiner liegen. Wie durch einen dichten Nebel nahm er wahr, wie sich die Tür schloss. Ein Alarm mit Warnhinweis ertönte. Kurz darauf erschütterte ein Ruck die Kapsel und sein Körper schwebte in der Schwerelosigkeit.

Das Bewusstsein kehrte schlagartig wieder, als er haltlos im Raum taumelte. Durch ein winziges Fenster sah er das sich entfernende Raumschiff. Er zog an den Kabelbindern, die sich dadurch nur tiefer in sein Fleisch schnitten. Die abgehackten Bewegungen ließen ihn gegen die Wand prallen. „Verdammt", fluchte er.

Kadân zwang sich selbst, in Stillstand zu verharren. Vorsichtig, nur mit den Augen, suchte er nach einer Möglichkeit sich zu befreien. Magie, dachte er, vielleicht geht es damit. Seine Konzentration lenkte er auf die Fesseln. Irgendwie musste es doch funktionieren die Dinger aufzubekommen.

Plötzlich bemerkte er mehr Spielraum um die Handgelenke, in den offenen Wunden fühlte sich das Material heiß an. Da er seine magischen Fähigkeiten selten nutzte, fehlte ihm die Übung. Noch einmal konzentrierte sich Kadân auf die Kabelbinder und die Vorstellung, wie sie sich verflüssigten. Ein Ruck durchfuhr seine Schulter. Die Arme schwangen frei.

Die abrupte Bewegung schleuderte ihn gegen einen der Sitze, die rundherum an der Wand befestigt waren. Seine blutverschmierten Finger krallte er um eine der Kopfstützen. Hastig bugsierte er sich in einen der Plätze und schnallte sich an.

Danach musterte Kadân die Umgebung. Steuerelemente fand er nicht. Das Rettungsprogramm der Kapsel bestimmte allein den Weg.

Steuerdüsen zündeten. Die Flugrichtung musste sich geändert haben. Der Seefahrer erkannte, dass dieses Ding automatisch auf ein Ziel zusteuerte. Im Fenster erschien ein gelblich leuchtender Planet. Die Worte der Söldnerin erwiesen sich als wahr.

Das All würde nicht zu seinem Grab werden. Die Entführer planten etwas anderes mit ihm. Etwas, dass er lieber nicht

herausfinden wollte. Oder diese Frau hatte es nur darauf angelegt ihm Angst zu machen.
Die Oberfläche näherte sich unaufhaltsam, bis sie das gesamte Blickfeld ausfüllte. Kadân dachte an Mitri, dessen Suche vergeblich sein würde und, überraschend für ihn, an Shiran. Er bedauerte die verpasste Gelegenheit mit ihr.

2.5 Janaija

Janaija langweilte sich über Papierkram. Auf das Erstellen der Dienstpläne für das Hauspersonal konnte sie verzichten. Sie sah aus dem Fenster des Arbeitszimmers. Der weitläufige Garten vor dem Palast breitete sich vor ihr aus.

Der Brunnen plätscherte einlullend vor sich hin. Sommerblumen verströmten einen schweren Duft. Viel lieber würde sie wie die anderen durch die Anlagen schlendern. Jede der neunundvierzig Priesterinnen besaß zugewiesene Aufgaben, die sie auf eine anspruchsvolle Regierungsarbeit vorbereiteten. Leider ließen einige ihre Pflichten schleifen.

Janaija lehnte Müßiggang ab. Es ziemte sich nicht für die erste Priesterin und Favoritin auf den Titel der Whaea. Neben der magischen Begabung bedingten diese Positionen Fleiß und Disziplin.

Die repräsentativen Abläufe für das große Ritual musste sie noch durchgehen. Lange schon schob sie das leidige Thema vor sich her, denn es erforderte ein Gespräch mit Magaja, der Zweiten. Aber persönliche Ressentiments rechtfertigten keine Pflichtvernachlässigung. Gerade als sie sich von ihrem Stuhl erheben wollte, piepte der Kommunikator. Halb erfreut und genervt verdrehte sie die Augen. Sie legte das Gerät auf den Tisch und nahm die Kontaktanfrage an.

Sofort entstand ein plastisches Hologramm. Das längliche Gesicht einer Frau schwebte über dem Schreibtisch. Keine Strähne ihres grauen Bobs scherte aus. Tiefe Falten um Mund und Nase verrieten ein fortgeschrittenes Alter und ein Leben geboren aus Verzicht.

Janaija zwang sich zu einem freundlichen Lächeln. Wieran diente ihrer Familie seit Jahrzehnten als Beraterin, treu und ergeben. Sie hielt die Fäden des Spionagenetzes zusammen und besaß Kontakte bis in den hintersten Winkel der vereinten Welten. Doch es war zu früh für den täglichen Bericht.
„Guten Tag Wieran. Was willst du?"
„Madame Janaija", der Kopf deutete ein Nicken an.
Die Erste wartete ungeduldig, sie bevorzugte zügige und eindeutig vorgetragene Informationen.
„Eure Familienvorsteherin lässt ausrichten, dass die Zahl der Einladungen, die sie zum Ritual erreicht haben, ein Witz ist. In Anbetracht der, in jedem Fall stattfindenden Regierungsbeteiligung eurer Cousine, stellt das eine Beleidigung dar", leierte Wieran emotionslos den Text herunter.
Ein weiteres Gesprächsthema für Magaja, dachte Janaija. „Gut, ich werde mich darum kümmern. Das ist wohl kaum der Grund für dieses Gespräch, oder?", fragte die Priesterin barsch. Die umständliche, verklausulierte Frau sollte endlich mit der Sprache herausrücken.
„Madam, bitte gestatten Sie, dass ich mit euch rede."
Janaija unterdrückte ein Stöhnen. „Das tust du bereits."
„Ich bitte Sie, offen reden zu können."
„Nur zu, Wieran. Fühl dich frei."
Die Beraterin zögerte. „Danke, Madame. Mein Netz aus Spionen berichtete mir, das sich verhältnismäßig viele Mitglieder der planetaren Priesterschaften gegen uns richten, teilweise aus mit uns verbündeten Familien. Die Gefahr wird übermächtig. Sie müssen ihre Kommunikation und ihr Image überdenken. Sie müssen auf die gegnerischen Parteien zugehen und frühere Aussagen, getroffen von einem Kind, dementieren."

Wieder die alte Leier, ihre Mutter hatte Janaija damit schon genervt. „Ich stehe für Fortschritt und dringend notwendige Reformen. Das sollte jedem bekannt sein."
„Ja, ehrwürdige Priesterin."
„Das Wohl der vereinten Welten steht über allem. Schmoren wir weiter im eigenen Saft, werden wir im Chaos versinken. Aufstände, Hungersnöte und wirtschaftlicher Kollaps erwarten uns", betonte die Erste leidenschaftlich.
Janaija wusste selbst nicht, warum sie vor einer Dienerin in einen Monolog verfiel. Es war ihr eine Herzensangelegenheit den Mief abzuschütteln und die verfügbare Macht sinnvoll zu nutzen. „Wenn die örtlichen Priesterschaften mitziehen, lässt sich der Niedergang verhindern. Ich plane die Verbesserung und Umverteilung der Regierungsaufgaben, sowie weitreichende Reformen."
„Ja, ich gebe euch Recht, Änderungen sind dringend nötig", erwiderte Wieran unterwürfig.
„Was willst du dann?"
Die ältere Frau zögerte: „Dass Ihr aufhört, darüber zu reden, beziehungsweise euch entsprechend zu äußern. Eure Gegner sehen darin eine Gefahr für den eigenen Reichtum, sie haben Angst ihre Privilegien einzubüßen. Sie fürchten den Niedergang des Friedens, der Ordnung der großen Mutter selbst."
Janaija empfand den Ton der Beraterin als anmaßend, trotzdem antwortete sie ruhig. „Hungersnöte gefährden den Frieden ebenfalls und die Ordnung beruht auf menschengemachten Gesetzen, die wir optimieren können. Abgesehen davon, trifft es nur wenige hart, nur die reichsten Planeten."

„Die Reichsten haben den größten Einfluss, das meiste Geld, um die Familie von Magaja zu unterstützen. Noch seid ihr nicht die Whaea“, sagte die Ältere in einem schneidenden Ton.
„Mäßige dich Wieran, belehre mich nicht wie ein Kind. Diese Zeiten sind vorbei.“ Als kleines Mädchen hatte Janaija die rechthaberische Beraterin ihrer Tante gefürchtet.
„Ja, erste Priesterin.“
„Muss ich etwa an deiner Loyalität zweifeln?“
„Nein, erhabene Priesterin.“
„Wenn wir handeln wollen, müssen wir jetzt die Weichen legen und realistische Pläne entwickeln, um den Regierungszyklus effizient zu nutzen.“
Janaija beschäftigte sich bereits seit Jahren damit. In der Überzeugung, die Geschäfte zu übernehmen, analysierte sie die Gegebenheiten und suchte nach Optimierung. Der Ist-Zustand war katastrophal.
Die Infrastruktur veraltet. Einige reiche Priesterschaften lebten wie autarke Fürsten in ihren Regionen und beugten die interplanetaren Gesetze. Es war Zeit etwas zu tun. Alle Frauen mussten anpacken, um den Wohlstand zu mehren.
Die Vision vom einheitlichen Planetenverbund unter einer unumschränkten Regierung teilte sie mit ihrer Cousine. Die zukünftige Kan´ya, hing nahezu hörig an ihren Lippen. Ihre Tante erkannte Janaijas Potential schon früh und unterstützte sie. Die wahre Macht der Ersten lag nicht in der Magie, sondern in der Fähigkeit Zusammenhänge und deren Prozesse zu erkennen und darauf Einfluss zu nehmen. Ihre Voraussagungen trafen ein, bisher hatte sie sich nie geirrt.
„Ja, Madame. Ihr habt recht“, antwortete Wieran.
„Dann erzähle mir endlich den Grund deiner Besorgnis.“

„Eines unserer Raumschiffe wurde von Spionen unterwandert, der Sicherheitsdienst zum Teil gekauft. In einem nie zuvor bekannten Ausmaß wollen etablierte Familien den Ausgang des Rituals mitbestimmen. Die, die sich sonst auf ihren Reichtum ausruhten, beginnen gegen uns zu handeln. Wir büßen die Herrschaft über unsere Schiffe ein. Das ist die Realität."

„Zweifelst du an mir?", fragte Janaija drohend. „Ich werde die neue Whaea. Die große Mutter selbst hat mir den Kandidaten ausgesucht."

„Schmiedet Bündnisse", der Tonfall der Beraterin schaffte es gleichermaßen belehrend und flehend zu klingen. „Nur so, könnt ihr die Macht erlangen."

„Sage mir nicht, was ich tun soll", erwiderte die Erste.

„Sehr geehrte Priesterin, es geht nicht um das, was ihr tut, wenn ihr und eure Cousine die Regierung bildet. Es geht um das, was ihr im Vorfeld sagt."

„Du vergisst dich Wieran."

„Nein! Erzählen Sie ihnen, dass niemand etwas verlieren wird. Überzeugend", betonte die Ältere. „Sonst wird es euer Starrsinn sein, der alles verdirbt. Geht den Weg, den damals auch eure Tante gewählt hat."

„Ich weiß, auf deinen Ratschlag hin", bemerkte Janaija scharf. „Nein. Bündnisse mit Zugeständnissen, verwässern die Ideen, als hätte es sie nie gegeben."

„Wenn ihr nicht die neue Whaea werdet, wird nichts davon je umgesetzt", sprach Wieran beschwörend, „und die einmalige Konstallation wäre vertan."

„Es reicht", zischte die Erste. „Wir brauchen keine Kompromisse, um an die Macht zu gelangen. Mein Kandidat ist unterwegs. Er wird von der großen Mutter selbst beschützt,

darauf kommt es an. Sobald er vor ihr bestanden hat, werden deine geliebten Traditionen unsere Gegner im Zaum halten."
„Ihr erinnert euch an das Raumschiff, das infiltriert wurde?", fragte die Beraterin kühl. „Euer Kandidat reiste dort mit."
Janaija sprang auf. Ihre Augen sprühten Funken. „Was verschweigst du mir?"
„Wir haben eine Nachricht an Magaja abgefangen, sie vermeldete, ..."
„Red schon!", unterbrach die Priesterin.
„... dass Euer Kandidat kein Problem mehr darstellt."
„Ein Bluff", sagte die Erste tonlos.
Wieran achtete nicht auf den Einwurf. „Ohne Bündnisse, ohne die Hilfe der Priesterschaft finden wir ihn nicht."
„Ich vertraue auf meine Leute", sagte Janaija überzeugt. Trotzdem nagte die Unsicherheit an ihr. Auf dem Raumschiff war nur ein Mitglied ihrer persönlichen Garde anwesend. Dafür aber die Beste, die in ihren Diensten stand. „Was berichtet Shiran?"
„Ich habe sie bislang nicht erreicht. Bitte Madame, befolgt meinen Rat. Noch ist es nicht zu spät."
Janaija schwieg. „Die Unterhaltung ist beendet", antwortete sie schroff. „Melde dich, wenn du weitere Informationen hast."
Wieran öffnete den Mund. Die Priesterin schaltete den Kommunikator ab, sie hatte genug gehört. Der schwebende Kopf der Beraterin verschwand augenblicklich.
Die Erste stützte sich mit beiden Händen auf der elfenbeinfarbenen Tischplatte ab. Sie atmete tief ein und schloss die Augen. Die große Mutter ist mit mir, wiederholte sie in ihren Gedanken.

Ein Gespräch mit Magaja, ihrer Jugendfreundin, könnte Klarheit bringen. Die geringe Anzahl der Einladungen nahm sie als Vorwand. Janaija richtete ihre goldbestickte Robe. Ein prüfender Blick in die Wandverspiegelung verriet ein makelloses Aussehen.

Die Priesterin durchquerte mehrere Säulengänge, bis sie die Zweite auffand. Am Rande eines in Marmor gefassten Brunnens thronte ihre Konkurrentin, umgeben von Anhängerinnen. Seerosen schwammen auf dem Wasser und der blaue Himmel spiegelte sich in der Wasseroberfläche.

„Sei gegrüßt Janaija." Fünf Anwärterinnen belauerten jedes Wort, jede Geste.

„Danke, Magaja. Ich habe nach dir gesucht."

Ein Lächeln huschte über das Gesicht der blonden Frau. „Welch eine Freude. Was kann ich für dich tun?"

Sie wirkt siegessicher, dachte Janaija, aber sie sieht mir nicht in die Augen.

„Es geht um die Einladungen zum Ritual. Meine Familie benötigt eine höhere Anzahl." Eine der Anwärterin kicherte.

„Oh, ich glaubte, deine Familie würde mit weniger Mitgliedern anreisen wollen." Sie lässt mich wissen, dass ich keine Chance habe, interpretierte die Erste.

„Ich kann deine Einschätzung nicht nachvollziehen. Ich bin mir sicher, dass das Ereignis für jeden von ihnen eine große Freude sein wird."

Magaja suchte nun doch den direkten Blickkontakt. Kaum merkbar für eine der sie umringenden Frauen, wiegte sie leicht den Kopf. „Vielen Dank für den Hinweis, ich werde anweisen den Missstand sofort zu beheben. Wenn das dein Wunsch ist?"

Janaijas Gedanken überschlugen sich. Gibt sie mir allen Ernstes die Möglichkeit für einen Rückzieher, damit weniger bei meiner Blamage anwesend sind? Empörung bemächtigte sich ihrer, ohne dass diese Emotionen in ihrem Gesicht Ausdruck fanden. Sie weiß etwas, Wierans Worte schienen die Wahrheit zu sein. Was ist mit Shiran, warum meldete sie sich nicht?
„Danke, es ist mein Wunsch. Sobald du ungestört bist, erwarte ich deine Aufwartung, um einige Details unseres großen Tages zu besprechen."
Ein Anflug von Verwunderung verdunkelte Magajas Züge. Die Antwort würde ihr zu denken geben. Mit erhobenem Kopf vollführte Janaija eine formvollendete Drehung und stolzierte davon. Kaum außer Reichweite der neugierigen Augen beschleunigte sie die Schritte, um schnellstmöglich in ihr Arbeitszimmer zu gelangen.
„Kontakt zu Shiran", blaffte sie in den leeren Raum, als die Tür ins Schloss fiel. Das Display ihres Kommunikators zeigte eine erfolglose Kontaktaufnahme. Janaija fühlte Wut in sich aufsteigen, wie ein kaltes Prickeln unter der Haut. Diese Frau aus dreckigen Verhältnissen hatte nur eine kleine Aufgabe. Den Kandidat finden und zum Zentralplanet bringen. Was war daran so schwer?
Wie konnte sich eine der besten Absolventinnen des Programms als derart unfähig erweisen. Janaijas Familie hatte sie mit viel Geld aus dem Morast der Fabriken und der Gosse befreit. Wo blieb der versprochen Einsatz? Sie erwartete nicht weniger als die vollständige Selbstaufgabe.

2.6 Shiran

Shiran lag bäuchlings auf dem Metallboden, die Kälte kroch ihr in die Glieder. Ihr Kopf bestand aus einem pochenden Schmerz. Noch leicht benommen stützte sie sich ab und richtete den Oberkörper auf. Das runde Muster des Untergrunds hinterließ Abdrücke auf ihrer nackten Haut.

Der Alarm des Kommunikators klärte schlagartig ihr Denken. Erst jetzt nahm sie ihr Umfeld wahr. Ihre Sachen waren durchwühlt worden. Kadân, dachte sie und rappelte sich hastig auf.

Die ID-geschützten Arbeitsgeräte hatten die Einbrecher achtlos auf dem Boden geworfen. Regungslos starrte sie auf die Verwüstung. Als sie sich über die Haare fuhr, fasste sie in eine klebrige Masse am Hinterkopf, sie fühlte getrocknetes Blut.

Panisch durchsuchte die Kämpferin die Kabine. „Er ist weg“, schluchzte sie. Ein eiskalter Schauer überlief sie, zur gleichen Zeit brach ihr der Schweiß auf der Stirn aus. Neben den Wertsachen war das Wichtigste verschwunden. Ein unscheinbares Ding, das ihr und einem Dutzend Anderen in Janaijas Diensten übergeben wurde, um den Kandidaten aufzuspüren.

„Nein, nein, nein“, murmelte sie. Gegen alle Vernunft begann sie von neuem zu suchen.

Erneut gab der Kommunikator eine kreischende Melodie von sich. Shiran erschrak. „Scheiße“, fluchte sie.

Sie hob das Gerät auf und legte es auf die Tischplatte. Einen Atemzug lang starrte sie darauf, der spezielle Ton versprach Ärger. Denn nur Janaija nutzte diesen Kanal. Wenn die erste Priesterin sie sprechen wollte, war das Schlimmste eingetroffen.

„Gespräch annehmen“, sagte die junge Frau in den Raum. Zögerlich begab sie sich in den Einzugsbereich der Kamera.
Janaijas Gesicht, mühsam beherrscht erschien über dem Tisch.
„Wo ist er?“
„Ich“, sie schluckte, „ich werde ihn sofort kontaktieren.“ Es war zu früh, um Spekulationen zu äußern. Sie brauchte geprüfte Informationen.
„Du weißt es nicht?“ Der Ton offenbarte unterdrückte Wut.
„Ich wurde überfallen, Madame. Ich muss mir einen Überblick verschaffen. Dann kann ich Euch Auskunft geben.“
„Wann war das?“
Mit fahrigen Fingern schaltete Shiran auf dem Kommunikator die Uhr ein. Sie traute ihren Augen nicht. „Oh, große Mutter, nein“, ächzte sie. Ein solch langer Zeitraum ließ sich nicht durch einen Schlag auf den Kopf erklären. Die Söldner hatten sie darüber hinaus betäubt.
„Nun?“
„Ungefähr vor zehn Stunden, erhabene Priesterin.“
„Mir wurde eine abgefangene Nachricht an Magaja vermeldet. Mein Kandidat wurde angeblich neutralisiert.“
Shiran presste die Lippen aufeinander. Sie wischte sich die zunehmenden Schweißbäche von der Stirn. Ihr Bauch verkrampfte sich, Schmerzen bohrten sich in ihre Eingeweide.
Ich mache mir mehr Sorgen um Kadân, schimpfte sie auf sich, als um meine Karriere. Die lästigen Gefühle hätten mit dem kleinen Fick getilgt sein sollen. Stattdessen, das. Scheiße.
„Wo ist der Kompass?“, fragte Janaija.
Worte, gesprochen wie Schläge. Das Pochen von Shirans Herz rauschte ihr in den Ohren. Bleib professionell, mahnte sie sich.

Es war noch nicht an der Zeit alles verloren zu geben. „Er wurde zusammen mit meinen Wertsachen gestohlen."
„Also besteht die Chance, dass es bloß Diebe waren, die nicht wissen, was sie da haben?"
„Ja, aber", sie unterbrach sich, wollte den Einwand nicht aussprechen.
„Aber", übernahm Janaija, „dass die abgefangene Nachricht und der Überfall zeitlich zusammenfallen, wäre ein zu großer Zufall."
Shiran streckte die Brust durch und wahrte die Haltung. „Ja, Madame."
„Finde ihn!"
„Zu Befehl, erhabene Priesterin."
„Ohne den Kandidaten brauchst du nicht zurückkommen." Janaijas Hologramm verschwand abrupt.
Shiran holte tief Luft. Konzentrier dich, sagte sie sich. Die Aufforderung an sich selbst funktionierte nicht wie sonst. „Verdammt", schimpfte sie, Panik half Niemandem. Sie unterdrückte die glühende Sorge an ihn so gut sie konnte. Solch unnütze Gefühle retten ihn nicht, dachte sie. Denk nach.
Wenn sich mein Ziel in bequemer Reichweite befände, würde ich es genauso machen. Aufscheuchen, in Sicherheit wiegen und unerwartet Zugreifen. Angenommen die Verfolger wussten, wo sie wohnte und dass sich der Aquiner an Bord aufhielt. Dann hätten sie nur abwarten müssen, um sich den Kompass zu besorgen und damit Kadân zu schnappen. Entkommen unmöglich.
Aber, dachte die Kämpferin und wagte nicht, den Gedanken zu Ende zu bringen. Aber, setzte sie ein zweites Mal an, es funktioniert nicht anders. Der Plan ist nur mit einer Verräterin

aus den eigenen Reihen vorstellbar. Sonst hätten sie nicht wissen können, dass sich der Kandidat nur versteckt hielt.
Shiran vermutete, dass eine kleine Anzahl Söldnerinnen ausgeharrt hatte, bis sie den Außenposten erreichten. Auf der Raumstation stiegen weitere zu, nur um dann zuzuschlagen. In der gleichen Situation, wäre das zumindest ihr Vorgehen gewesen. Wir hätten flüchten sollen, dachte sie wehmütig.
Kadân, schoss es ihr durch den Kopf, ich muss ihn finden, bevor es zu spät ist.
Wierans Plan war gescheitert. Der Überfall konnte kaum ein Zufall sein. Eine Person aus dem engsten Kreis musste den Verbleib des Aquiners auf dem Raumschiff verraten haben.
Haben sie ihn getötet, fragte sich Shiran bang. Normalerweise hielten sich auch Söldnerinnen an das Tabu der großen Mutter, außer ihr Ziel ließ ihnen keine andere Wahl.
Sie stöhnte auf. Kadân war mutig bis zur Dummheit, und gewandt, argumentierte Shiran vor sich selbst. Er würde sich nicht wie ein zahmes Lamm fangen lassen und freiwillig mitgehen. Darin sah sie eine Chance und gleichzeitig das größte Risiko.
Dieser Mann würde provozieren und eine Flucht in Erwägung ziehen. Und dann, dann könnte es sein, dass sie ihn töteten, in angeblicher Notwehr. Der Gedanke versetzte ihr einen schmerzhaften Stich.
Insgeheim verfluchte sie sich, und ihn, der sowas in ihr auslöste. Sie versuchte sich einzureden, dass es nur das Geld und ihr Job waren. Jedoch gelang es ihr nicht. Dafür hatte sie eine zu umfangreiche Ausbildung genossen.
Möglicherweise gab es doch keine Verräterin und der Diebstahl des Gerätes war bloßer Zufall, sinnierte die Kämpferin weiter.

Der Überfall könnte ein Bluff sein. Eine Verzweiflungstat als Test, um sie aufzuscheuchen und zu Fehlern zu verleiten. Womöglich wussten sie nicht, dass er an Bord war und ahnten auch nicht, was sie besaßen.
„Schluss jetzt", murmelte sie. Bevor sie irgendetwas tat, musste sie Kontakt zu Kadân aufnehmen und die Fakten prüfen. Selbst wenn alle Anzeichen darauf hinwiesen, brauchte sie Gewissheit. Sie traute ihm durchaus zu, dass er entkommen war. Den Verstand dafür besaß er.
Mit schnellen Bewegungen säuberte sich Shiran die verklebten Haare und schlüpfte in einen hautengen Anzug aus synthetischen Leder. Sie fand die blutverschmierte Klinge, die achtlos auf dem Boden lag. Nachdem sie das Blut abgewischt hatte, steckte sie sie wieder in die Naht des Hosenbeins. Ihre Betäubungswaffe versteckte sie in einer schmalen Tasche am Gürtel.

Auf dem Gang zum Aufzug begegnete Shiran nur einer Hand voll Menschen, niemand kam ihr bekannt vor. Das unangenehme Gefühl verfolgt zu werden, begleitete sie nicht mehr. Als ob die Notwendigkeit fehlte. Kein gutes Zeichen. Trotzdem stieg sie auf einem falschen Deck aus, um etwaige Söldner abzuschütteln.
Nach einer gefühlten Ewigkeit erreichte sie Kadâns Kabine. Sie tippte den Türcode ein. Der Raum war leer, ohne Kampfspuren. Nichts wies auf ein gewaltsames Eindringen hin.
Das Display, das Shiran ihm geliehen hatte, lag auf dem Tisch. Egal wo er sich aufhielt, das Zimmer hatte er freiwillig

verlassen. Sie schöpfte Hoffnung und schimpfte ihn gleichzeitig einen Idioten.
Sie überlegte, wo er sein könnte. Auf Grund von plötzlichem Übermut war er bestimmt nicht verschwunden. Dafür hatte er, dank ihr, ein zu schlechtes Gewissen. Shiran fiel nur ein Ort ein, an dem sich Kadân zurückziehen würde.
Um den Hangar zu erreichen, wählte sie einen verschlungenen Weg durch das Raumschiff. Sie betrat ihn gleichermaßen mit Zuversicht und Sorge.
Schwerfällig rekelten sich die Moquas auf den silbrigen Noppen, die großflächig den Boden bedeckten. Im jetzigen Zustand erinnerte kaum etwas an ihre Eleganz. Vorsichtig schritt Shiran zwischen ihnen entlang. Die kleinen, violetten Augen folgten ihren Bewegungen.
Ein junger Mann sah sie, aus seiner Körpersprache sprach Ablehnung. „Entschuldigung, kannst du mir helfen?“, fragte sie. Er drehte ihr demonstrativ den Rücken zu. „Ich habe nur ein paar Fragen.“
„Verschwinde!“, brüllte jemand aus den Tiefen der Halle.
Was glauben die, wer ich bin, empörte sich Shiran. Sie umrundete eines der Moquas in gebührendem Abstand. Ein Aquiner versperrte ihr den Weg. Die Arme vor der Brust verschränkt, blitzten seine braun-violetten Augen angriffslustig unter den dunklen Locken hervor.
„Hast du nicht gehört? Du sollst verschwinden“, knurrte er.
Shiran blieb trotz der respektlosen Anrede gelassen. „Nein, ich gehe nicht ohne Antworten.“
Er schnaufte. „Dann wirst du sie aus mir rausprügeln müssen“, fauchte er und stürmte wie ein Rammbock auf sie zu.

Leicht zu besiegen. Unbeherrschte Größe und Kraft, ein ungeübter Heißsporn, das erkannte Shiran sofort.
Sie drehte ihren Körper ein, packte den angewinkelten Arm und zog. Gleichzeitig beugte sie ihr Knie und fälschte den Schwung der Laufbewegung ab. Der Angreifer flog über ihren gekrümmten Rücken und überschlug sich. „Das kannst du haben", sagte sie trocken.
Nicht reden, nicht schmeicheln, nicht manipulieren, sondern Fakten schaffen. Gewinnen oder verlieren, damit kannte sich die Gardistin aus. Der Kampf war ihr Element, einmal ausgebrochen, lieferte er einfache Ziele, ohne Kompromisse. Er verdrängte Sorge und Schuld und zwang zum Handeln.
Der Aquiner beging den Fehler sich hochzurappeln. Bevor er vollends aufstand, trat Shiran ihm mit der Fußsohle auf das Brustbein. Er schnappte nach Luft. „Ist es das, was du wolltest?", schrie sie. In ihr setzte Routine ein, ein Faustschlag prallte auf seine Schläfe.
Der junge Mann erwies sich als zäh. Schwankend blieb er aufrecht auf den Knien sitzen. Eine Hand berührte den Untergrund, die andere hob er abwehrend vor sich. Sie traf ihn im Gesicht, an der Augenbraue quoll Blut hervor. Mit jedem Schlag strömten angestaute Wut und Frust aus ihr heraus. In dem Moment genoss es Shiran dem Fremden Leid zuzufügen.
Erneut holte sie aus. In ihrem Rücken hielt irgendwer ihren Arm auf. Ohne sich umzuschauen, nutzte sie die zusätzliche Zugkraft und schlug nach hinten aus. Der Griff lockerte sich. In der Drehung zielte sie auf die Magenkuhle des Angreifers. Kaum getroffen, sackte dieser zusammen.
Zwei stöhnende Männer lagen der Kämpferin zu Füßen. Den Zweiten erkannte sie wieder. Mitri.

Gebrüll und der Klang schwerer Stiefel drangen an ihr Ohr. Fünf Aquiner stellten sich um Shiran auf. „Euch schaffe ich auch noch“, brüllte sie. Sie sprang den Gaffern einen Schritt entgegen. Diese wichen entsetzt zurück.

Ihr Herz klopfte wild. Zum Prügeln fehlte die Zeit. Shiran rang um Fassung. Ihre Gedanken kreisten um Kadân. Sie musste ihn finden. Aus der Gürteltasche riss sie die Betäubungswaffe.

„Ich suche Kadân. Mehr nicht.“ Sie fühlte, wie ihre Augen feucht wurden und verstand selbst nicht warum. „Also, wer von euch kann mir helfen?“

„Wir haben ihn seit einer Standardwoche nicht mehr gesehen“, presste der junge Mann am Boden hervor.

„Wir wollen ihn hier nicht. Wegen dir“, spuckte einer der Ankömmlinge aus.

„Wie man sieht aus gutem Grund“, schallte es aus einer anderen Ecke.

Gänsehaut lief Shiran eiskalt über den Rücken. Sie logen nicht, das sagte ihr das Bauchgefühl.

Einen Augenblick gab sich die Kämpferin dem Wunschdenken hin, dass Kadân die Verfolger bemerkt, abgeschüttelt und dann verschwunden war. Freiwillig, einfach so.

Aber sie sah den Tatsachen ins Gesicht und entledigte sich der Selbsttäuschung. Zu viele Zufälle.

Die Söldner mussten ihn erwischt haben. Ohne vorher mit ihr oder wenigstens seinen Leuten zu reden, wäre er nicht gegangen. Nein, niemals, trotz der Differenzen und dem schlechten Gewissen, das sie ihm einredete.

Die Angst um Kadân wischte jede andere Empfindung weg. Der Auftrag, die Familie, ihre eigene materielle Existenz. Egal. In dem Moment wurde ihr schlagartig bewusst, wie sehr sie sich persönlich in die Aufgabe verstrickt hatte.

„Wenn er nicht bei euch ist, dann ist er in Schwierigkeiten“, Shirans Stimme zitterte. Die bislang verdrängten Gefühle wieder unter Kontrolle zu bekommen, fiel ihr schwerer als angenommen. Sie riss sich zusammen, Schwäche half keinem, am wenigsten ihr selbst. „Vielleicht ist er schon tot. Ihr müsst mir helfen.“

Der aggressive Aquiner, der noch immer auf den Knien hockte, meldete sich zu Wort: „Schwachsinn. Mord ist ein Tabu.“ Blut sickerte aus seiner Platzwunde, er betastete sein anschwellendes Gesicht. „Niemand tut so etwas.“

„Begreift ihr denn nicht? Unfälle passieren.“

„Du kommst hierher und spielst dich auf.“ Ungelenk raffte er sich auf.

Mitri stützte ihn. „Beruhig dich, Vedran.“

Der Aquiner stieß die helfende Hand weg. „Sieh sie dir doch an. Es ist eine Falle. Und Kadân macht mit ihr gemeinsame Sache.“

„Was? Nein. Ich brauche eure Hilfe. Jetzt!“ Shirans Stimme überschlug sich.

„Dem Verräter helfen, der dich angeschleppt hat?“ Vedran streckte Shiran die Faust entgegen. „Niemals.“

„Verdammte Scheiße. Was?“ Shiran verlor die Geduld. Die Zeit verrann. „Was hat er verraten?“

„Scheinheilige Zentralkuh“, rief einer der um sie Stehenden.

„Mitri, bitte.“ Shiran starrte den Ältesten in der Runde an. „Ich war auf dem Mond, wir haben uns erst dort getroffen. Du weißt das!“

„Richtig, eine angebliche Forscherin.“

„Ja“, Shiran stockte, „Nein. Erzähl mir, um was es geht. Was soll Kadân verraten haben?“
„Uns“, sagte Vedran. „Seit Monaten gängelt uns die Verwaltung der vereinten Welten. Sie schikanieren uns, wo sie können.“ Er musste Shirans Unverständnis in ihrem Gesicht abgelesen haben. Erklärend fügte er hinzu: „Sie verlangen zu wissen, wie die Moquas gesteuert werden.“
Ein abfälliges Keuchen von Mitri unterbrach die Ausführung. „Als ob sie Pferde wären.“
„Sie wollen uns loswerden und durch Pilotinnen ersetzen“, sprach Vedran weiter. „Sie haben die Frechheit uns andere Arbeiten auf Raumschiffen anzubieten, angemessene mit weniger Verantwortung.“ Er fletschte die Zähne. „Sie wollen uns die Unabhängigkeit rauben.“
Naive Hinterwäldler, dachte Shiran, wo leben die denn. „Wenn Kadân die Wahrheit verraten hätte, wäre keiner von euch mehr hier. Weder ihr, noch die Moquas. Das kann ich euch mit Sicherheit versprechen.“ Aufgerissene Augen blickten sie an. „War es das? War das Euer Problem?“, schimpfte sie.
Wenigstens konnte sie in einem Punkt für Klarheit sorgen. „Meine Auftraggeber interessieren sich nicht für die Moquas oder für euch oder für mich. Sie sind nur an Kadân interessiert.“ Mit nur einem Satz hatte Shiran ihre Hintergrundgeschichte hinweggefegt.
Mitri starrte sie an. „Gut, Madame Forscherin. Erst die Verfolgungsjagd, nun eine angebliche Entführung. All das für einen unbedeutenden Aquiner, der noch nie seine Heimat verlassen hat?“ Er schüttelte den Kopf und breitete die Arme aus. „Wir tun gar nichts, wenn Sie uns nicht sagen, was hier los ist.“

Eine nachvollziehbare Forderung, Shiran kniff die Lippen zusammen. Noch vor zwei Wochen hätte sie dem unverschämten Kerl ins Gesicht gelacht. Doch im Moment dachte sie nur daran, wie sie Kadâns Leben retten konnte. Ihr soeben gefasster Plan, machte es unmöglich den Befehl zur Geheimhaltung zu befolgen. Sie brauchte diese Amateure. Damit handel ich auch in Janaijas Interesse, redete sie sich ein.
Es kostete Shiran drei Anläufe, die Wahrheit auszusprechen. „Er ist ein Kandidat und er hatte keine andere Wahl, als mit mir zu kommen."
Vedrans zog die Stirn kraus. „Ähh?"
Sie verdrehte die Augen. Allesamt beschissene Hinterwäldler, dachte sie mürrisch.
„Bald findet das große Ritual auf dem Zentralplaneten statt. Dann wechselt die Regierung der vereinten Welten, und das Kind für den nächsten Wechsel in zwanzig Jahren wird entstehen", leierte Shiran die Fakten herunter, die sogar ein Idiot aufsagen könnte. „Ihr wisst schon, um Kontinuität und Wissen über die Generationen hinaus zu tragen. Noch nie gelesen?" Unfassbar, dass sie hier Zitate aus der Grundschule von sich gab, während Kadân ihre Hilfe brauchte.
„Das ist weit weg. Was hat einer von uns damit zu tun?"
Shiran stöhnte auf, aber beantwortete die Frage. „Jede Welt im Verbund der vereinten Welten stellt einen Kandidaten. Kadân wurde auserwählt. Er gehört der ersten Priesterin, der aussichtsreichsten Anwärterin zum Titel der zukünftigen Whaea."
„Der Junge gehört niemanden." Mitri schnaubte. „Abgesehen davon sah er nie einen Grund, die Heimat zu verlassen."

Ihren Ärger zeigte die Gardistin in einem verächtlichen Grummeln. Das Misstrauen und die Begriffsstutzigkeit verärgerten sie. Wie sollten sie ihn finden, wenn sie hier rumsaßen und die Zeit vertrödelten. „Es war nicht seine Entscheidung. Starke Magie, ausgeübt von Janaija, der ersten Priesterin, traf ihn. Die große Mutter selbst wählte ihn aus."
Der ältere Aquiner musterte sie. „Wenn die Magie so mächtig ist, was wollen Sie dann hier?"
„Meine Aufgabe ist es ihn zu beschützen", sie holte tief Luft. „Vor denen, die ihn entführt haben. Er hätte sich alleine auf den Weg machen müssen, so dass ich ihn unterwegs hätte treffen können. Keine Ahnung, warum er es nicht tat. Reicht das jetzt?", sie seufzte. „Uns rennt die Zeit weg. Wir müssen ihn finden."
„Sie arbeiten für Janaija persönlich?", erkundigte sich Vedran neugierig.
Es schien die einzige Lösung, Shiran wollte mit offenen Karten spielen. Kadâns Leben, ihre Karriere und die materielle Existenz ihrer Familie hingen an dieser Antwort. Es auszusprechen, dann auch noch vor diesen Männern, fiel schwer. „Ja, verdammt."
„Sie führten die Verfolger auf seine Spur", sagte Mitri und schüttelte den Kopf. „Ich meine auf Aquin. Die Fremden suchten überall, aber ohne Sie hätten sie nicht gewusst, wer der Richtige ist."
„Ja, leider", Shiran senkte den Blick. „Ich habe mit mehr Infrastruktur gerechnet und mit weniger Problemen."
„Unglaublich", keuchte Mitri abfällig. „Hat der Junge überhaupt eine Ahnung?"
Röte überzog ihr Gesicht. „Nein", hauchte sie. Vor dem heutigen Tage war sie von ihrem Vorgehen größtenteils überzeugt

gewesen, nun quälte sie ein schlechtes Gewissen. So viel zur Professionalität, ärgerte sie sich.
Sie verfluchte sich selbst dafür, dass eigene Bauchgefühl ignoriert zu haben. Hätte Kadân um seine Person gewusst, wäre er nie zur Priesterin gegangen, niemand hätte sie auf dem Raumschiff gesucht. Außer der Verräter saß in der höchsten Ebene, aber das glaubte Shiran nicht. „Er weiß nicht, unter welcher Magie er steht. Und ich durfte es ihm nicht sagen“, schimpfte sie ungeduldig. „Haben wir es jetzt? Die Zeit drängt.“
„Und wie sollen wir ihn ausfindig machen?“, fragte Vedran.
„Es gibt da etwas, was ich mir zurückholen muss.“
Mitri sah einen Aquiner nach dem anderen an. Sie nickten zögerlich. „Wie können wir helfen?“
„Die Söldner werden noch an Bord sein. Von einer kenne ich das Gesicht. Und ich weiß auch, wo wir sie finden“, sagte Shiran und erläuterte ihren Plan.
„Was ist, wenn Kadân nicht mehr hier ist?“
„Lasst das meine Sorge sein.“

Hämmernde Beats hallten in den schlichten Gang wieder. Staub und Dreck sammelten sich in den Ecken zwischen Außentresen und Eingang. Sobald ein Gast das fragwürdige Etablissement auf den unteren Decks betrat oder verließ, schwoll die Musik an. „Crashtest“, leuchtete in weißen Buchstaben auf schwarzen Grund in einem Display über der Tür. Laut der zentralen

Standardzeit, die auf allen Raumschiffen galt, war es später Abend.
„Hier finden wir die Söldner“, sagte Shiran zu den drei Aquinern, die sie begleiteten. „Das ist der angesagteste Club auf dem Schiff. Wenn ihr weibliche Gesellschaft sucht, dann findet ihr hier auf jeden Fall welche.“
Vedran hob die verletzte Augenbraue, die eine Klammer zierte, und grinste. In seinem blau-rot umrandeten Auge zeigte sich eine weitere Spur der Schlägerei.
Eine Frau, extrem geschminkt und mit nahezu entblößten Brüsten stolperte aus dem Eingang. Als sie Shiran mit ihrem Anhang sah, pfiff sie anerkennend.
„Also, einen nehm ich dir ab“, nuschelte die Betrunkene. Als sie keine Antwort erhielt, torkelte sie kichernd davon.
Die Söldner hatten bereits in diesem Club gefeiert. Shiran war überzeugt, dass sie nach einem abgeschlossenen Auftrag wieder hier aufschlagen würden. So musste es sein.
Hier hatte Shiran den rothaarigen Typen aufgetrieben. Im Grunde ein Glücksfall. Denn die Söldnerin, der sie die Maske vom Gesicht riss, fiel ihr auf, als sie einen Kerl anbaggerte und laut wurde, als dieser ablehnte.
Die Kämpferin atmete tief durch. „Ihr wisst, was ihr tun sollt?“
Die Drei nickten.
„Wenn wir hiervon früher gewusst hätten.“ Frohlockend schnalzte Vedran mit der Zunge. Mit der überragenden Körpergröße, dem lockigen Haaren und den Verletzungen sah er verwegen aus. Shiran hoffte, dass er genau dem Typ Mann entsprach, auf den die Söldnerinnen abfuhren.
„Denkt an das kleine schwarze Gerät.“
Der Aquiner schaute auf sie hinunter. „Ja, wir wissen es.“

„Es muss einen Knopf an der Seite haben."
„Und ein rundes altmodisches Display. Wir sind nicht doof, falls du es noch nicht mitbekommen hast", sagte der Lockenkopf missmutig.
„Ja, gut. Sehr gut." Sie hatten schon zu viel Zeit verloren. „Dann los."
Vedran jauchzte. „Auf geht´s. Lasst uns Spaß haben." Er drückte die Doppeltür auf und drängte mit den Begleitern durch den Eingang. Sie landeten in einem schmalen Gang, ausgekleidet mit blauen Seidenstoffen.
Vor einem blickdichten Energievorhang warteten zwei Türsteherinnen. Die Frauen zwinkerten den Neuankömmlingen zu und winkten sie durch. Für Männer war die Party ohne Bezahlung. Trotzdem gab Shiran ihnen im Vorfeld Geld, um sich auf ihre Kosten einzustimmen.
Sie trat ebenfalls ein und zahlte den Eintritt. Bleib locker, ermahnte sie sich selbst. Niemand sollte ihr die Unruhe anmerken, die sie ins „Crashtest" geführt hatte.
Der Club empfing sie mit einer Wand aus Krach, stampfender Beat vermischt mit dagegen anbrüllenden Menschen. Der durchdringende Duft von Parfum auf schwitzenden Körpern verriet die fortgeschrittene Stunde. Licht blitzte in allen Farben.
Shiran sah sich um. Das Gedränge konzentrierte sich auf die Tanzfläche, die wie ein überdimensionierter Boxring im Raum schwebte. Wild funkelnde Seile als Begrenzung schützten die Feiernden vorm Absturz. Darunter befand sich die Bar mit einem langgezogenen Tresen. Gäste auf mutig geschwungenen Hochstühlen reckten ihre Hälse, um die Tanzenden von unten zu betrachten.

An den Außenwänden waren schlecht beleuchtete Tische installiert. Schwarze Lederbezüge trafen plüschige Kopfstützen. Im Gegensatz zu ihrem letzten Abend bevölkerten unzählige Männer und Frauen den Innenraum.
Durchtrainierte und durchweg attraktive Kellner beeilten sich, leere Flaschen wegzuräumen und Nachschub heranzuschaffen. Shiran bestellte sich gegorenen Burbasaft an der Bar. Die drei Aquiner standen eine Armlänge von ihr entfernt und studierten die Getränkekarte.
Der hintere Teil des Clubs war gemütlichen Sitzgruppen vorbehalten. Dort hielt sie Ausschau. Sie entdeckte eine Gruppe von neun Frauen, die sich eine geräumige Ecke gesichert hatten. Neben vollen Flaschen lagen mehrere umgekippte auf dem Tisch, dazwischen stapelten sich Schnapsgläser. Ein altmodischer Würfelbecher wanderte von Hand zu Hand, unentwegt prosteten sie sich zu. Die männlichen Bediensteten mieden die Gäste auffallend deutlich.
In einer der Frauen erkannte Shiran die Angreiferin aus ihrer Kabine wieder. Nichts ließ auf eine gebrochene Nase schließen. Auch sonst schien keiner eingeschränkt zu sein. Wer immer den Auftrag gab, Kadân zu entführen, es war demjenigen eine Menge Geld wert. Wenn sich Söldnerinnen eine Heilerin leisten konnten, welche die körperliche Unversehrtheit mit Magie wiederherstellten, bedeutete das eine außergewöhnlich hohe Summe.
Eine der Frauen hatte eine Narbe im Gesicht, die aus der Entfernung zu erkennen war. Sie wirkte wie die Erfahrenste und ihr Umfeld bezeugte ihr in kleinen Gesten der Körpersprache Respekt. Unermüdlich füllte sie nach. Ihr dröhnendes Gelächter

übertönte selbst den Lärm im Club. Sie musste die Anführerin sein.
Shiran suchte Blickkontakt zu Vedran und deutete mit dem Kopf in Richtung der aufdringlichen Gruppe. Er nickte.
Ein Kellner richtete Gläser auf der Bar an und schenkte eine tief goldene Flüssigkeit ein. Die Aquiner prosteten sich zu, schnüffelten am Inhalt und schütteten sich das Zeug in die Kehlen. Mit einer Handbewegung bestellte Vedran mehr.
Shiran kochte innerlich. Sie umklammerte den grünlichen Burbasaft. Am liebsten hätte sie jeden der Drei im Genick gepackt und zu der Sitzgruppe geschleift. Die saufen hier, während für Kadân die Zeit erbarmungslos verrann.
Die Augen zu Schlitzen verengt, fixierte Shiran den Aquiner. Dieser besaß die Frechheit, ihr zuzuzwinkern. Der Kellner stellte zwei Flaschen mit einem edel aussehenden Etikett auf den Tresen, die Vedran mit ihren Spesengeldern bezahlte.
Mit dem teuren Tropfen in der Hand entfernten sich die Drei. Sie steuerten den abgegrenzten Sitzbereich an. Zuerst schlenderten sie an der Gruppe vorbei, blieben dann stehen und schauten sich demonstrativ um. Mindestens vier der Zielpersonen beobachteten sie dabei. Eine schubste die Anführerin an und zeigte auf sie.
„He Jungs, kommt zu uns“, schrie die Frau mit der Narbe laut genug, um es auch an der Bar zu verstehen. Sie winkte die Männer heran, die ein strahlendes Lachen zur Schau trugen. Der folgende Wortwechsel drang nicht an Shirans Ohr. Kurz darauf quetschten sich die Drei einzeln zwischen die Söldnerinnen. Die zwei Flaschen landeten auf dem Tisch. Die erste Hand auf Vedrans Oberschenkel ließ nicht lang auf sich warten. Er schien es zu genießen.

Der von den Aquinern mitgebrachte Alkohol leerte sich rasend schnell in die Schnapsgläser.
Die Söldnerin, der Shiran die Maske heruntergerissen hatte, erhob sich. Leicht schwankend peilte sie die Bar an, genau dort wo Shiran saß. Ihr Herz setzte einen Schlag aus. Jetzt wegzulaufen wäre zu auffällig. Deshalb drehte sie sich in die entgegengesetzte Richtung weg.
„Banda", grölte die Anführerin, „Nein! Da hinten! Da gibt's den Whisky." Sie untermalte ihre Worte mit unwirsch fuchtelnden Armen. Die Reaktion blieb nicht aus und die Blonde verschwand in eine andere Ecke des Tresens. Ihre Augen blitzten hasserfüllt.
Die drei Aquiner machten ihre Sache hervorragend, das musste Shiran ihnen zugestehen. Jeder ließ sich ausgiebig betatschen. Vedran zeigte mehrfach auf seine Gesichtsverletzungen und schien nicht müde die Geschichte dazu zum Besten zu geben. Seine Hände flogen gestenreich durch die Luft. Er brachte die Gruppe zum Lachen. Unentwegt prosteten sie sich zu, die Aquiner nippten selbst nur kleine Schlucke.
Der Plan ging auf. Eine Söldnerin nach der anderen kuschelte sich vom Alkohol benebelt in die Kissen. Die offen Besorgnis heuchelnden Männer tasteten sie so beiläufig ab, dass es nur einem Eingeweihten auffiel.
Trotzdem, die Ungeduld fraß an Shiran. Sie dachte an die verschwendete Zeit, die Kadân vielleicht nicht hatte. Es nötigte ihr eine immense Selbstbeherrschung ab, um nicht hinzugehen und die Söldnerinnen eigenhändig zu durchsuchen.
Der Club leerte sich, die Tanzmusik war einem leisen Hintergrundrauschen gewichen. Die Anführerin hielt am längsten durch. Obwohl die meisten Frauen schnarchend auf den

Tischen und Bänken zusammengesackt waren, trank sie munter weiter. Selbst zwei der Aquiner hatte es dahin gerafft.
Vedran blickte verzweifelt und mittlerweile sehr betrunken an die Bar. Weitermachen, bedeutete ihm Shiran. Er schüttelte den Kopf und ließ sich zurückfallen. Die Anführerin lachte keckernd. Dann kuschelte sie sich an ihn und schloss die Augen.
Ein paar Minuten beobachtete Shiran die Szenerie. Dann stand sie auf und ging zu der Sitzgruppe. Den Blick ins Gesicht der Anführerin gerichtet, durchsuchte sie sie mit schnellen Handgriffen. Sie fand das Zielobjekt in einer zugeknöpften Innentasche. Die Lippen aufeinandergepresst unterdrückte sie jeden Laut der Freude, der ihr aus der Kehle hüpfen wollte.
Sie weckte einen der Aquiner, der relativ frei von weiblicher Gesellschaft lag. „Was?“, lallte der.
„Wenn ich weg bin, weck die anderen und kommt“, flüsterte Shiran. So schnell wie möglich flüchtete sie aus dem Club.
Sie öffnete das kleine schwarze Gerät. Ein altmodisches 3D Display zeigte einen fein ziselierten Pfeil, der sich in alle Winkel drehen konnte. Es dauerte nur einen kurzen Augenblick, bis eine Richtung feststand und eine Zahl eingeblendet wurde.
Shiran legte den Kopf in den Nacken und atmete tief ein. „Er ist nicht mehr an Bord“, wisperte sie erschüttert.

2.7 Kadân

Die stramm gezogenen Gurte sicherten Kadân bei der Landung. Trotz des Fallschirms schlug die Rettungskapsel hart auf der Oberfläche auf. Kaum stand sie still, rang sich ein stumpfes Lachen aus seiner Kehle. Er lehnte den Kopf zwischen die seitlich anliegenden Stützen und schloss die Augen. „Große Mutter“, flüsterte er. Dass er überlebt hatte, konnte er selbst nicht glauben. Allmählich beruhigte sich der Herzschlag.

Kadân befreite sich aus den Halterungen und sah sich in dem beengten Innenraum um. Zwei winzige Fenster ließen gleißendes Licht herein, das sich in Strahlen bündelte. Eine schwache Notbeleuchtung spendete zusätzliche Helligkeit. Acht Sitze befanden sich in einem Kreis angeordnet, darüber blankes Metall. Neben der Schleuse war ein Display befestigt, durchtrennte Kabel baumelten lose herab.

Die Notsitze waren über wuchtigen Sockeln angebracht, in denen sich Klappen abzeichneten. Schweiß perlte auf Kadâns Stirn. Er wischte ihn mit dem Ärmel ab, bevor er sich hinhockte, um sie mit seinen blutbeschmierten Händen zu untersuchen. Einen eingefassten Hebel schob er zur Seite.

Dahinter entdeckte er einen zehn Liter umfassenden Wassertank und eingeschweißte Lebensmittel. Das Gleiche fand er hinter den anderen Klappen. Die Vorräte würden ein paar Wochen ausreichen, stellte er erleichtert fest.

Mitri müsste ihn längst vermissen. Auch Shiran, besser ihren Kontakt zu ihm, sollte seine Abwesenheit aufgefallen sein. Ob sie ihn nach dem Vorfall mit der Priesterin suchte oder einfach froh war, ein Problem weniger zu haben, konnte er nicht richtig einschätzen.

Der Seefahrer glaubte an Ersteres. Trotz ihrer Meinungsverschiedenheit und Shirans abweisender Art ihm gegenüber, spürte er, dass zwischen ihnen eine gewisse Anziehung herrschte. Etwas, dass über den Wunsch nach Sex hinausging. Ihr Gespräch im Hangar, diese seltsame Verbundenheit, ging ihm nicht mehr aus dem Kopf.

Die Wärme im Inneren der Kapsel nahm zu. Der Stoff der kratzigen Arbeiterkleidung klebte ihm auf der Haut und der Saum der Ärmel rieb schmerzhaft über seine Wunden.

Kadân hatte keine Ahnung, wo er war und welche Bedingungen die Atmosphäre bot. Deshalb scheute er sich die Schleuse zu öffnen. Ein Blick aus dem Fenster bot die Aussicht auf gleißendes Licht. Unter einem blauen Himmel sah er Felsen, Sand und Steine. Nirgends Leben.

Abwarten und Beobachten erschien Kadân als die beste Alternative, obwohl die Temperatur sich kontinuierlich erhöhte. Der laufende Schweiß brannte ihm im offenen Fleisch. Mit jeder verstrichenen Sekunde, in der sich seine Aufregung legte, spürte er, wie sein Schmerzempfinden zurückkehrte. Sein ganzer Körper fühlte sich zerschlagen an, die Handgelenke pochten heiß.

Ein qualvolles Ziehen im Bauch ließ ihn zusammenzucken, nachdem er einen vollen Tank hochhob, um seine Kleidung mit Wasser zu tränken und das Blut von den Fingern zu waschen. Zum Schutz gegen die aufgeheizten metallischen Oberflächen behielt er den schweren Stoff an.

Ein Schluck nach dem anderen schüttete er in sich hinein und über seinen Leib. Die Hitze steigerte sich ins Unerträgliche. Wenn ich hier drin bleibe, werde ich geröstet, stellte er nüchtern fest.

Kadân entschied, die Schleuse zu öffnen und das Risiko einzugehen einer lebensfeindlichen Atmosphäre zu begegnen.
Den mechanischen Hebel zog er leichtgängig nach oben. Ein Geräusch, wie ein leises „Plopp“, ertönte, als er die Tür nach außen drückte. Sie öffnete sich einen kleinen Spalt, bis sie an einen Widerstand stieß. Licht fiel herein. Ein schwacher Lufthauch strich an seinem Gesicht entlang. „Immerhin kann ich die Luft atmen“, sagte er zu sich selbst.
Mit Kraft stemmte er sich gegen die Schleusentür, ignorierte die Schmerzen in Bauch und Händen. Sie hing weiterhin fest. „Scheiße“, schrie er und hämmerte dagegen.
Ein Flimmern vor den Augen stoppte ihn. Benommen wartete er ab, bis sich die Wahrnehmung wieder klärte. Er setzte einen Wassertank an die Lippen und trank, bevor er sich den Inhalt über den Kopf schüttete. Die Flüssigkeit war pisswarm, sie bot kaum Abkühlung.
„Bleib ruhig“, ermahnte sich der Seefahrer. Ein prüfender Blick durch das Fenster zeigte, dass der naheliegende Felsen weit genug weg stand.
Mit den Fingern fasste er in den Spalt. Er keuchte, als das heiße Metall an seiner Wunde entlang schabte. An der Unterkante der Schleusentür fühlte er eine raue Oberfläche. Ein Stein hatte sich dort verkantet.
Kadân sah sich in der Kapsel um. Er suchte nach etwas, mit dem er mehr Kraft ausüben konnte. „Das ist wie ein Rettungsboot, hier muss es irgendetwas geben“, zischte er. Erneut durchsuchte er die Sockel unter den Sitzen. Nichts. Er betrachtete die Wände. Schließlich blieb er an der rutschfesten Matte hängen, die den Grund der Kapsel bedeckte.

Ein plötzlicher Schwindel zwang den Seefahrer zu einer Pause. Kaum schwächte er ab, riss er die Halterung der Auflage heraus. Erleichtert atmete er aus, als er darunter eine Klappe fand. Er öffnete sie und sah eine Säge, Hammer und ein Brecheisen.
Nachdem sich das Hindernis vor der Tür nicht wegschieben ließ, setzte er die Eisenstange im Spalt an. Vergeblich. „Scheiße“, brüllte er. Metall schrubbte über Metall, als er mit dem Werkzeug auf die Tür einschlug. Sterne tanzten vor seinen Augen. Er sank zu Boden. Mit dem Rücken fiel er in die mit Blut und Schweiß vermischte Wasserlache.
Einen Moment nur wollte er sich ausruhen. Kadâns Blick glitt zur oval zulaufenden Decke hinauf. Dort oben prangte ein ähnlicher Hebel, wie an der Schleusentür. Er schien ihm so unglaublich weit weg, dass er sich nicht aufraffen konnte ihn näher zu untersuchen. Er blieb liegen und gab sich der näherkommenden Bewusstlosigkeit hin.
Das Gesicht einer Frau drängte sich in seinen Geist. Er betrachtete es, die grüne Iris unter schwarzen Haaren, geformt wie süße kleine Seeschlangen. Sie schrie ihn an, befahl ihm aufzustehen. Shiran. „Nicht jetzt“, murmelte er. Sollte sie sich jemand anderen suchen an dem sie ihre Wut ausließ. Alles war besser als nur eine einzige weitere Bewegung in dieser Hitze.
Er öffnete die Augen, um das Trugbild zu verscheuchen. Sein Blick fiel auf die Decke über ihn. Dort wo er eben nur den Hebel wahrnahm, taten sich ihm die Umrisse eines Notausstiegs auf. Die Entdeckung durchfuhr ihn wie ein Blitz, der seinen Überlebenswillen befeuerte.
Beharrlich kämpfte er gegen die Benommenheit an. Die zitternden Finger tasteten sich zu dem offenen Wassertank. Mit

den verbliebenden Reserven hob Kadân ihn hoch und schüttete sich den Inhalt in den Mund und über den Oberkörper.
Er raffte sich auf. Wankend stieg er auf einen der Sitze und streckte sich, bis er den Hebel berührte. Reflexartig zuckte er zurück. Er war heiß.
Noch einmal griff er zu. Kadân zog. In einem letzten Aufbäumen drückte er die Lucke nach außen auf. Kühlere Luft strömte herein. Der Zug gewährte ihm Erfrischung auf der feuchten Haut. Es gab ihm die Kraft höher zu steigen.
Der Aquiner kletterte aus der schmalen Öffnung der Rettungskapsel. An ihrer Seite ließ er sich hinuntergleiten und landete auf dem felsigen Untergrund. Im kargen Schatten, die sie spendete, sackte er zusammen und blieb reglos liegen.

Kadâns Bewusstsein kehrte schlagartig zurück. Er schreckte hoch und sprang instinktiv auf die Füße. Die ruckartige Bewegung erinnerte ihn an die Verletzungen. Leicht gekrümmt, sah er sich um und begriff das gesamte Ausmaß seiner Schwierigkeiten.
Eine Felswüste umgab ihn. Soweit der Horizont reichte, gab es nichts als Ödland. Gezackte Bergkämme hoben sich in der Ferne ab. Die Sonne brannte, auch wenn sie nicht mehr hoch am Himmel stand. Ohne Signal blieb ihm nicht mehr als zu warten und hoffen, dass ihn irgendwer suchte und fand. So dumm es ihm auch vorkam, er dachte an Shiran.

Zuerst entfernte Kadân den Stein, der so ungünstig gegen einen Felsblock verkeilt lag, dass er die Tür zur Schleuse blockierte. Im Inneren der Rettungskapsel herrschte eine unerträgliche Hitze. Er griff zu einem Tank. Schluck um Schluck rann ihm die warme Brühe die Kehle hinunter.
Gleich darauf zwang er sich dazu die Wassertanks in den Schatten nach draußen zu schleifen. Dann sah er sich das Display am Eingang an, durchgeschnittene Kabel hingen daran. Die gegenüberliegenden Enden fehlten, nur eine lose Halterung zeigte an, wo sie normalerweise in den Boden der Kapsel führten. Er hoffte, dass trotzdem ein automatisches Notsignal nach der Landung ausgesendet wurde.
„Hallo! Ist da jemand?“, rief eine helle Stimme.
Kadân hastete nach draußen. Ein geländegängiges, offenes Fahrzeug stand zwischen den Felsen. Solide Streben bildeten eine geräumige Kabine. Solarpaneele bedeckten den hinteren Teil wie ein Dach. Die Fahrerin war in graue Tücher gekleidet, die ihren Körper komplett umhüllten. Nur die schwarzen Augen lagen frei. Ungefähr hundert Meter weiter entdeckte er eine Reihe von Kamelen. Die Reiterinnen lenkten sie direkt zur Rettungskapsel.
Die Fremde löste den Schleier vom Gesicht. „Oh, wen haben wir denn da.“ Tiefe Falten zogen sich entlang des schmallippigen Mundes und der breiten Nase. Sie verrieten, dass die Frau oft lachte.
„Guten Tag Madame, ich bin Kadân von Aquin, von der dritten Insel, aus der Familie der altehrwürdigen Verchan.“
Sie lächelte. „Freut mich. Mein Name ist Azenia“, antwortete sie freundlich. „Manieren sind selten auf diesem Planeten.“

Unverhohlen musterte sie den jungen Mann, so dass er sich unwohl fühlte.
Er deutete eine Verbeugung an, unwillkürlich zupfte er am Saum der Ärmel, um die Wunden zu verbergen. „Ich benötige Hilfe."
„Das sehe ich." Ihr Blick fiel auf die Wassertanks. „Ich nehme dich gerne mit. Was tust du in deiner Heimat, Kadân von Aquin."
„Ich bin Seefahrer und Farmer."
Die Fremde gluckste. „Interessant. Das könnten schöne Geschichten werden."
Kadân runzelte die Stirn. „Ich muss in die nächste Stadt, eine Nachricht senden."
„Das wird nicht möglich sein."
„Wieso nicht?"
Bevor Kadân eine Antwort erhielt, traf die restliche Karawane ein. Zehn der Kamele besaßen einen Reiter. Die anderen wurden geführt, gut verschnürte Päckchen bedeckten ihre Rücken. Die Fahrerin brüllte Befehle in unverständlichen Abkürzungen. Drei Tiere knieten sich hin, zwei Männer und eine Frau sprangen auf den felsigen Untergrund. Sie alle trugen weite Gewänder, die sich nur in der Farbigkeit unterschieden.
„Wir nehmen dich mit und geben dir angemessene Kleidung." Azenia deutete auf die Wassertanks. "Du erlaubst?"
Dem Aquiner blieb keine Zeit für eine Erwiderung. Auf ihren Wink hin hasteten die abgestiegenen Helfer heran. Sie schoben sich an Kadân vorbei und er ließ sie gewähren. Er war auf Hilfe angewiesen, ein Kampf brachte ihm nichts.
Die Männer packten je einen der Kanister. Nach und nach luden sie sie unter das Solarpaneel des Autos. Die Frau unter ihnen betrat die Rettungskapsel. Als sie wieder heraus kam, hielt sie

mehrere Packungen der eingeschweißten Lebensmittel in den Händen. Als sie am Aquiner vorbeiging, zwinkerte sie ihm zu. Eine eindeutige Aufforderung lag in ihrem Blick.
„Bist du des Lesens und Schreibens fähig?“, fragte die Fahrerin. Eine unmissverständliche Geste bedeutete ihm, näher zu kommen.
Kadân zögerte. „Welche Rolle spielt das?“
Sie zeigte eine Reihe perlweißer Zähne. „Wenn du neben der stattlichen Figur und der außergewöhnlich exotischen Schönheit noch andere Attribute aufweist, erhöht das den Preis.“
Er wich einen Schritt zurück. „Ich habe kein Geld, das ich Ihnen überlassen kann.“ Fieberhaft dachte er nach, wo er das Brecheisen liegen gelassen hatte.
Die ältere Frau lachte fröhlich. „Du verstehst mich schon richtig.“
„Ich bin ein freier Mann.“
„Nein, du bist auf Delta XT325. Du hast aufgehört frei zu sein, als du auf dem Planeten gelandet bist“, rief sie kühl.
„Die Tanks und die Lebensmittel sollten als Bezahlung ausreichen.“
„Ohne das Zeichen einer Familie oder eines Händlers hast du weder Recht auf Schutz noch auf Eigentum. Du gehörst dem Finder, mit allem, was dazu gehört.“
Kadân rannte ins Innere der Rettungskapsel. Die Brechstange lag hinter dem Sitz geklemmt, so wie er sie zurückgelassen hatte. Sein erster Gedanke war, die Schleuse zu schließen und sich zu verbarrikadieren. Doch mangels Wasser würde er schneller umkippen, als die Karawane weiterreisen konnte.

Das Werkzeug, wie eine Waffe vor sich haltend ging er wieder raus. Draußen hatte sich keiner geregt. Niemand machte Anstalten ihm zu folgen.
Azenia betrachtete ihn wie ein ungezogenes Kind. „Du scheinst nicht zu begreifen, welch ein Glück du hast, mir begegnet zu sein.“ Willkommen heißend streckte sie die Arme aus. „Ich kann dich in die besten Familien verkaufen. In ein gutes Leben.“
„Die große Mutter verbietet Sklaverei.“
Die Händlerin schnalzte mit der Zunge. „Dieser Planet gehört nicht zu den vereinten Welten. Wir bieten der Priesterschaft nicht genug, als das sie sich unserer annehmen.“
Kadân blieb regungslos stehen, das Brecheisen mit beiden Händen umklammert.
Die Entscheidung fiel ihm schwer. Bei einem Kampf rechnete er sich geringe Chancen aus, doch ohne Vorräte stand ihm unvermeidbar der Tod bevor. Verließe er aber die Rettungskapsel, würde sich seine Spur zwischen den Felsen, dem Sand und der unerbittlichen Sonne verlieren. Wie sollte ihn da jemand finden? Wenn er als Sklave weiterlebte, könnte sich für ihn ein Weg auftun, der Wüste zu entkommen.
„Du bist weit weg von jedem Lager. Der nächste Ort ist zwei Tagesmärsche von hier. Auf einem Kamel.“ Sie seufzte. „Willst du hier draußen krepieren? Ist dir die Freiheit lieber als ein sinnloser Tod.“
Die Vernunft sagte ihm, dass die Händlerin Recht hatte, aber Kadân brachte es nicht über sich, aufzugeben. Noch hatte er Hoffnung. Er hob die Brechstange, um sich gegen einen Angriff zu wappnen.
Diesmal lachte Azenia schallend. Ihre Begleiterinnen stimmten mit ein. „Wir kämpfen nicht mit dir!“ Sie gab der Karawane

einen Wink weiterzuziehen. „Ich habe einen Ruf zu verlieren. Ich verkaufe nur die, die sich ihres Wertes bewusst sind. Stolze Männer, die mir helfen den besten Preis, im besten Haus zu erzielen. Wenn du es vorziehst zu sterben. Bitte.“ Die Frau startete den Motor, der leise schnurrte.
Kadân sah die Chancen auf sein Überleben schwinden. „Lasst mir wenigstens einen Kanister Wasser da. „Bitte“, rief er flehentlich.
Die Fahrerin verzog den Mundwinkel zu einem wehmütigen Lächeln. Sie ließ den Blick über den Aquiner gleiten. „Auch wenn es schade um dich ist. Nein. Wer in der Wüste bestehen will, verschwendet niemals Ressourcen.“
„Meine Leute suchen nach mir. Sie werden mich finden.“
„Dafür ist es schon zu spät. Sieh dort!“ Sie zeigte zum Horizont, wo aufgewirbelter Sand in der Luft lag. „Ich bin nicht die Einzige, die auf die Rettungskapsel aufmerksam geworden ist.“
Er kniff die Augen zusammen und folgte dem Fingerzeig. „Wer ist das?“
„Das werden Mitglieder einer Bande sein, die sich auf diesem Planeten eingenistet haben. Nur Fremde wirbeln so viel Staub auf“, sagte die Händlerin abfällig. Sie streckte Kadân die offene Hand hin. „Du bist wunderschön, werfe dich bitte nicht selbst weg. Ich finde ein zu Hause für dich, indem du vergöttert wirst.“
„Als Sklave.“
„Ja, nichts anderes ist möglich.“
„Nein. Dann kämpfe ich und sterbe, wenn es sein muss.“
Sie zog ihr Angebot zurück. Ihr Gesicht zeigte Mitgefühl. „Bei denen dauert der Tod. Sie haben keine Kontakte zu wohlhabenden Familien, kein Benehmen, kein Ehrgefühl. Erst wenn nichts mehr von dir übrig ist, das es zu bezahlen lohnt,

beenden sie dein Leid. Ich fürchte, bei dir wird das eine Weile dauern. Viel Glück, Kadân von Aquin.“ Mit dem letzten Wort gab sie Gas und verschwand, ohne sich umzudrehen.

Wenig später, die Sonne stand eine Handbreit über dem Horizont, umkreisten drei offen gebaute Fahrzeuge die Rettungskapsel. Kadân versteckte sich zwischen dem Felsen und der Schleusentür. Das Brecheisen hielt er fest in der Hand.
Hinter den Streben der Karosserien machte er fünf Personen aus, die Tücher ihrer Kopfbedeckungen flatterten im Wind. Anders als die Mitglieder der Karawane trugen sie eng anliegende Kleidung, wie auf Raumschiffen. Eine Frau grölte Unverständliches. Ihre Begleitung zeigte mit einem länglichen Gegenstand in Kadâns Richtung.
Ein Stück vom Felsgestein splitterte ab, gleichzeitig ertönte ein ohrenbetäubender Knall. Sand sprenkelte seine Füße, als die nächste Kugel vor ihm einschlug.
„Scheiße“, fluchte der Seefahrer, das war knapp. Mechanische Gewehre, dachte er. Davon hatte er gelesen. Um niemanden zu töten, erlaubte die Priesterschaft der großen Mutter nur Betäubungswaffen.
Er schmiegte sich näher an den Felsen. Offensichtlich starb er schneller, als die Händlerin es vermutete.
„Gib auf Kleiner! Wir wollen nur den Schrott mitnehmen.“ Sie wieherten und brüllten. Kadân schnaubte, er glaubte ihnen kein Wort. Freiwillig würde er sich nicht ausliefern.

Mit einem Sprung hechtete er in die Rettungskapsel, die sicherste Deckung, die er hatte. Er keuchte vor Schmerzen und hielt sich den Bauch. Die Kugeln durchdrangen das Metall nicht, aber bei jedem Einschlag dröhnte es ohrenbetäubend. Trotz der tief stehenden Sonne war es noch sehr warm. Kadâns Mund fühlte sich trocken an.

„Wenn du nicht aufgibst, knallen wir dich ab." Mehrere Schüsse hämmerten auf den Außenmantel. An einen Sitz gekauert, das Brecheisen in der Hand, versuchte er, die Ohren zu bedecken.

Nachdem der Lärm verstummte, zog sich der Seefahrer ächzend auf die Füße. Durch das winzige Fenster sah er, wie die Frauen aus ihren Maschinen ausstiegen. Sie lachten lauthals. Drei von ihnen näherten sich vergnügt schwatzend, während zwei andere mit Gewehren auf die Kapsel zielten.

Plötzlich schrie eine der Angreiferinnen auf und zeigte wild gestikulierend in den Himmel. Donner hallte, aber keine der Kugeln traf die Rettungskapsel. Durch die dick eingefassten Öffnungen sah Kadân, wie sich die Frauen zurückzogen. Leicht gekrümmt hastete er zur Schleuse und lugte vorsichtig hervor.

Er erblickte eine Raumfähre, die abdrehte und außerhalb seines Sichtfeldes landete. Er erkannte sie, Mitri hatte ihn gefunden.

Bevor der Aquiner den Mut aufbrachte loszurennen, sprang Shiran aus der sich öffnenden Ladeluke. Er traute seinen Augen nicht. Geschmeidig wie ein Fisch im Wasser huschte sie von Fels zu Fels. Jede noch so kleine Deckung ausnutzend, arbeitete sie sich zu ihm vor. Die Drehungen, das Abrollen und das Prüfen der Lage wirkten absolut kontrolliert, wie in langwierigem Drill antrainiert.

Kadân blieb vor Überraschung der Mund offen stehen. Er war überglücklich Shiran zu sehen, aber sein Verstand konnte die Bilder nicht einordnen.
Sie erreichte die Schleuse und warf ihm eine Betäubungswaffe zu. „Kannst du damit umgehen?“, fragte sie. Ihr Blick haftete einen Moment zu lange auf seinen zerschundenen Handgelenken.
„Ja, äh. Das werden wir gleich herausfinden.“ Der Aquiner wog die Waffe in den Händen.
Shiran zeigte neben die Schleusentür, dorthin wo er sich stellen sollte. „Schieß, wann immer du eine siehst.“
Die Worte und ihr Verhalten passten nicht zu der Frau, die er kennen gelernt hatte. Die gesamte Szene kam ihm vor wie ein seltsamer Alptraum. „Was ist das hier?“
„Ich rette dich, wenn es genehm ist. Soll ich wieder abhauen?“
Eine Kugel schlug zu Kadâns Füßen ein.
„Pass auf“, fauchte sie ihn an.
Er wich zurück, tiefer hinter die Deckung.
„Vier Schützen“, stellte Shiran fest. „Eine lädt nach. Profis mit tödlichen Gewehren. Rein mechanisch, um den Wetterbedingungen standzuhalten. Eine gute Wahl.“
„Eine Vermutung?“
„Militärische Ausbildung.“
„Keine Forscherin?“
Shiran warf Kadân einen Blick zu, abschätzend und unsicher. Einen der nicht zu ihrem selbstbewussten Auftreten passte. „Nein, keine Forscherin“, antwortete sie knapp.
Er musste erstmal durchatmen. Wo eine Lüge war, vermutete er noch mehr. Aber warum täuschte sie einen Beruf vor? Eine Salve hämmerte gegen die Schleuse. Er fühlte die Vibrationen und

richtete die Aufmerksamkeit wieder auf die Angreiferinnen. Ich sollte froh sein, dass sie mich gesucht und gefunden hat, schalt er sich.
„Danke, dass Sie und Mitri dem Notsignal gefolgt seid. Das hätten Sie nicht tun müssen“, sagte er über den Lärm einschlagender Kugeln hinweg.
„Es gab kein Notsignal. Ich musste dich holen, du bist mein Auftrag.“
Kadân drehte sich um und starrte auf Shirans Rücken. „Ich bin was?“ Er vergaß die Gewehre, die auf sie zielten und die Schmerzen, die ihn quälten. Ihre erste Begegnung fiel ihm ein. „Wie meinst du das?“
„Dein Ernst? Das willst du jetzt wissen?“, rief sie ohne ihn anzusehen. „Könnten wir erstmal lebend hier raus kommen?“
Die Antwort, die ihm auf der Zunge lag, schluckte er hinunter. Verbissen lugte er um die Schleusentür und schoss auf die Angreiferinnen. Kaum hatte er sich heraus gewagt, pfiff eine Kugel dicht an ihm vorbei. Eilig zog er sich zurück.
„Bleib in Deckung“, schrie Shiran. Ihre Augen funkelten ihn an. Aus Sorge oder Wut, er wusste es nicht.
Nein, dachte Kadân, sie hat Recht, es war nicht die richtige Situation zum Reden. Doch wenn er heute draufging, wollte er wenigstens den Grund dafür erfahren.
Er betrachtete die Kämpferin, die zwei Schritte neben ihm hockte. Eine Frau, die ihm vollkommen fremd erschien. „In den letzten Stunden wurde ich gefesselt, zusammengeschlagen, ins All gefeuert und werde gerade von einer Übermacht Irrer beschossen. Warum?“, rief er.
Shiran schenkte ihm einen kurzen Blick. „Übermacht? Quatsch, die schaffe ich.“ Mehrere Schüsse trafen die Kapsel. Kadân

zuckte bei dem Lärm zusammen, Shiran grinste und zwinkerte ihm zu: „Mit den unpräzisen Waffen treffen die uns höchstens aus Versehen. Mach dir keine Sorgen, ich erklär es dir später.“
„Nein, verdammt! Was geht hier vor sich?“
Ihre Miene wurde streng, als ob sie einem störrischen Kind Einhalt gebieten wollte. Wortlos widmete sie ihre Aufmerksamkeit wieder den Angreiferinnen. Das Surren ihrer Betäubungswaffe durchdrang die Hitze des Abends.
Kadân fühlte, wie ohnmächtige Wut in ihm hochkochte. Tief sog er die Luft ein, um sich selbst zu beruhigen. „Was geht hier vor?“, fragte er noch einmal, mittlerweile mühsam beherrscht.
Ein kehliger Aufschrei entschlüpfte Shiran. Leicht drehte sie den Kopf in seine Richtung. „Du bist der Kandidat der ersten Priesterin für das Ritual auf dem Zentralplaneten. Reicht das? Bist du jetzt zufrieden?“
Die Antwort traf ihn, wie ein Schlag ins Gesicht. „Große Mutter, nein“, murmelte er. Eine Kugel streifte den Felsen neben ihm, kleine Splitter platzen ab. Es kümmerte ihn nicht, seine Gedanken arbeiteten.
Kadân wusste, wovon sie sprach. Die öffentlichen Videowände hatten ständig junge Männer gezeigt, Kandidaten für das Ritual. Obwohl er es kaum glaubte, ergab es einen Sinn. Die Frau in seinen Träumen. Er schloss die Augen und lehnte sich an die Schleusentür. All der Schmerz, nur dafür? Weil die erste Priesterin ihn zu sich rief.
„Was ist deine Rolle bei dem Ganzen?“, fragte Kadân nach einem Moment.
Shiran sah ihn nicht an. „Ich sollte dich finden und beschützen.“
Er ächzte abfällig: „Das ist dir nicht besonders gut gelungen.“

„Es war alles gut, bis du auf dem Raumschiff die Priesterin besucht hast. Wie konntest du so blöd sein?“ Sie schoss mehrfach hintereinander. Eine Frau kreischte schrill.
„Wie bitte? Du hättest mir auch einfach die Wahrheit verraten können.“
Die Gewehre verstummten. Shiran sah zu Kadân. War das wirklich ein schlechtes Gewissen in ihrer Miene, fragte er sich.
„Verdammt, ich durfte es nicht. Klare Anweisung.“
„Nein, du ziehst es vor zu lügen. Warum ich? Warum hast du dich an mich rangeschmissen?“
„Bild dir bloß nichts ein. Die Magie der großen Mutter hat dich ausgesucht. Nicht ich.“ Shiran drehte sich zu ihm um und bedeutete Kadân, wieder auf die Angreifer zu achten.
Er schnaubte.
„Glaub mir“, blaffte sie in höher werdender Tonlage, „ich hätte einen vorgezogen der gehorcht, wie es sich gehört. Einen der sich nicht mitten in einem Gefecht mit mir unterhalten will.“
Ein Geräusch fesselte ihre Aufmerksamkeit. Shirans Finger zeigten an, dass die Feinde wegrannten. Widerwillig umfasste der Aquiner die Waffe und schaute um den Rand der Tür.
„Wo kann ich mich bei der großen Mutter beschweren“, sprach er seine Gedanken aus. Ein naher Treffer ließ ihn zurückzucken.
Shiran huschte an Kadâns Seite. Sie stieß gegen sein Handgelenk, als sie sich vor ihn drängte. „Au“, entfuhr ihm, er presste den Arm vor die Brust.
„Reiß dich zusammen“, schimpfte sie. „Wenn du nicht aufpasst, hast du schneller Gelegenheit dazu, als du denkst.“
„Du bist eine verdammte Lügnerin, Shiran“, zischte er.

Sie starrte ihn an. „Nenn mich, wie du willst“, sagte die Kämpferin kühl. „Könnten wir uns endlich auf das Wesentliche konzentrieren? Wie zum Beispiel überleben.“

Der Seefahrer nickte zähneknirschend und packte die Betäubungswaffe fest mit beiden Händen. Er schob sich dichter an sie heran, so dass er ihren Rücken berührte.

„Zwei sind noch übrig. Sie wollen uns umrunden. Auf keinen Fall dürfen sie den Raumtransporter erreichen.“

Der Aquiner roch die Überbleibsel ihres Parfums. Die Nähe, nach der er sich gesehnt hatte, war ihm unangenehm. Diese Frau, die ihn getäuscht und benutzt hatte, kannte er nicht.

Als sie den Kopf zu ihm drehte, fiel ihr Blick auf die Verletzung an seinen Handgelenken. Die Härte in ihrer Miene verschwand. Sie schien über die Wunden streichen zu wollen. Kadân wich zurück, um der Berührung zu entgehen.

Zwischen den Felsen ertönten Schüsse. Shiran erspähte eine Feindin und schoss. Ein empörter Aufschrei aus einer anderen Richtung bestätigte den Treffer. „Nur noch eine.“

„Shiran, auch wenn wir entkommen, ich vertraue dir nicht mehr.“

„Willst du reden oder hier rauskommen?“, schnauzte sie. „Im Übrigen habe ich dir nicht erlaubt, mich zu duzen.“ Sie zielte und setzte gleich darauf wieder ab. „Ich schalte die Letzte aus. Du wartest hier, bis es sicher ist.“

„Nein. Bestimmt nicht“, antwortete er in überschäumender Wut. Diese Frau gab ihm keine Befehle. Was maßte sich diese Lügnerin an?

„Es ist zu gefährlich für dich. Außerdem bist du verletzt.“

„Das ist verdammt noch mal meine Entscheidung“, blaffte Kadân sie an. Wie ein Kieselstein in den Gezeiten fühlte er sich,

ohne eigene Initiative, willkürlich hin und hergeworfen. Er hatte es satt. Trotz der Schmerzen, die ihm bei jeder Bewegung durch den Körper schossen, hechtete er hinter eine angrenzende Gesteinsformation.
„Idiot“, fluchte Shiran und blieb ihm auf den Fersen.
Mehrere Schüsse fielen aus der Richtung der Raumfähre.
„Ohne die Fähre stranden wir hier“, rief Shiran. Sie schob sich an Kadân vorbei. Leichtfüßig sprintete sie von einer Deckung zur nächsten. Er schaute ihr hinterher, atmete schwer. Der Wassermangel machte sich durch Schwindel und ein begrenztes Blickfeld bemerkbar. Er blinzelte und schleppte sich mit äußerster Konzentration weiter.
Der Aquiner sah, wie Shiran einen Felsen dicht an der Raumfähre erreichte und sich umsah. Schwerfällig schloss er zu ihr auf.
„Ich knall euch alle ab“, kreischte eine Frau. Sand spritzte auf Kadâns Füße. Donner hallte.
Eine Salve folgte. Kugeln zischten um den Seefahrer. Ein stechender Schmerz durchfuhr sein Bein, als eine ihn streifte. Er knickte weg und stürzte.
Shiran brüllte etwas, das er durch den Nebel der Benommenheit nicht verstand. Sie rannte auf ihn zu und warf sich vor seinen Körper. Einen Schuss nach dem anderen feuerte sie in Richtung der Angreiferin.
Die Betäubungswaffe im Anschlag, lauerte sie auf eine verräterische Bewegung zwischen den Felsen. „Ich glaube, ich hab sie erwischt.“
Der Aquiner versuchte aufzustehen. „Bleib liegen, verdammt!“, schrie die Kämpferin und lief davon.

Diesmal gehorchte er. Ächzend ließ er sich in den Sand zurückfallen. Dumpf quälten ihn die Prellungen im Bauch, Blut sickerte ihm am Bein herunter und die Wunden an den Handgelenken pulsierten heiß. Er fühlte sich unendlich müde und zerschlagen.
Als Shiran ihn rief, kämpfte er gegen das Flimmern vor den Augen und stand auf. Er humpelte auf sie zu. Zu ihren Füßen lag die verbliebende Angreiferin, betäubt.
„Das war die Letzte, lass uns von hier verschwinden", sagte sie. Ihr prüfender Blick traf ihn. „Wie geht's dir?"
Ein abgehackter Laut, wie ein Husten, drang über seine Lippen. „Alles gut", ächzte er und klammerte sich an sein Bewusstsein. „Warum hat uns die Pilotin nicht geholfen?"
„Äh", zögerte sie, „die bin ich."
„Militärische Ausbildung", sagte er langgezogen. Kadân drehte sich von ihr weg, als er ein kaum wahrnehmbares Brummen hörte.
„Ich erkläre es dir. Okay?"
Kadân hielt sich den Finger vor die Lippen. Jedes Wort war ihm zu anstrengend.
„Was?", fragte Shiran.
„Hörst du das?"
„Nein. Was meinst du?"
Er zapfte seine letzten Kräfte an und bückte sich zu der Fremden. Aus ihrer offenen Hosentasche zupfte er einen Kommunikator. Bei Berührung leuchtete das Display auf. Eine rauchige Stimme sprach: „He, was ist los? Habt ihr ihn? Ihr dürft ihn auf keinen Fall töten. Er gehört mir, also wartet bis ich eintreffe."
Kadân drehte das Gerät so, dass er das Gesicht darin erkennen konnte. Baramees Augen blitzten, als sie ihn erkannte. „Du? In

dir steckt mehr, als ich dachte, bis ..." Der Seefahrer schaltete das Gerät aus.
Ihm war kotzübel. „Große Mutter“, murmelte er. Er schloss die Lider und schüttelte den Kopf.
„Wer war das?“, fragte Shiran.
„Baramee, die Anführerin der Söldner. Wir müssen hier verschwinden.“

Der rettende Hebel befand sich über ihm. Unerreichbar weit weg. Die Luft war zu heiß zum Atmen, versengte die Nasenschleimhaut. Die Hitze kochte sein Blut und warf Blasen auf seiner Haut. Qualen fraßen sich in jede Faser seines Körpers. Kadân kämpfte sich auf die Füße. Ohne zu wissen wie schoben sich seine Hände dem Hebel entgegen. Bevor er ihn drücken konnte, verwandelte sich der Ausgang in ein Gesicht. Ein blaues und ein braunes Augen schauten ihn belustigt an, hielten ihn gefangen. „Du gehörst mir“, flüsterte eine rauchige Stimme. Ein dunkles Lachen ließ sein Herz gefrieren.
Ein Schrei, laut und durchdringend.
Kadân fand sich hechelnd in dem Cockpit der Raumfähre wieder. Seine Handgelenke brannten, die angeschossene Wade pochte und der Bauch glich einer Grube aus Schmerz.
„Schlecht geträumt?“, fragte Shiran und drehte sich mit ihrem Pilotensitz zu ihm.
Er schluckte und schüttelte den Kopf. „Nein.“ Mit ihr wollte er nicht darüber reden.

„Wenn du magst, gebe ich dir nachher auf dem Transporter etwas zum Schlafen."
„Nein. Schon gut", sagte der Seefahrer. Ihm war heiß und kalt zur gleichen Zeit. Die eigenen Gedanken verschwammen ineinander wie Wolken an einem Regentag.
Noch auf dem Wüstenplaneten, trotz der notwendigen Eile, hatte Shiran seine Wunden notdürftig versorgt. „Ich muss wenigstens den Blutfluss stillen", waren ihre Worte, nachdem sie die wertvollen MedPacs mit Verbandsmaterial aus den Fahrzeugen geklaut hatte. Mehrere davon lagen nun achtlos hingeworfen auf der leeren Ladefläche.
Kadân fühlte den Luftstrom auf der klammen Haut. Dort, wo sie ihm mit einer scharfen Klinge das Hosenbein aufgeschlitzt hatte. Während sie es tat, redete sie nur in abgehackten Befehlen. Drehen, wenden und irgendwann durfte er sich endlich auf den Sitz des Co-Piloten setzen. Einen bequemen Sessel umgeben von blinkenden Lichtern. Er musste bald darauf eingeschlafen sein.
„Wie geht es dir?", fragte die Gardistin sanft.
Der Seefahrer wollte ihr nicht antworten, überhaupt nicht mit ihr reden. Je mehr er nachdachte, desto mehr fraßen sich Erschöpfung, Wut und Scham in ihn hinein. Sie hat nur gespielt, dachte er, wollte mich, egal wie, manipulieren und an sich binden. Ich bin ein Ziel, ein Auftrag, ein naiver Idiot.
Shiran seufzte und klopfte geräuschvoll auf den Touchscreen. „Ich schalte den Autopiloten ein. Wir müssten jetzt weit genug von der Söldnerin entfernt sein."
Er nickte stumm. Auch an Baramee wollte er nicht denken, wenn möglich sie für immer aus der Erinnerung verbannen. Unwillkürlich wischte Kadân sich den Schweiß von der Stirn und zuckte beim Schmerz, der ihm durch das Handgelenk fuhr,

zusammen. Durch den notdürftigen Verband suppte Wundflüssigkeit.
„Ich muss deine Verletzungen desinfizieren und richtig verbinden.“
„Das kann auch Mitri machen“, murmelte er. Ihm war heiß und schummerig.
Das unwirkliche Bild von Shiran, wie sie aus der Raumfähre in den Wüstensand sprang, schob sich in seine Gedanken. So glücklich er über die Rettung an sich war, im Nachhinein erkannte er, dass es ihr Anblick war, der ihn verzaubert und geschockt hatte. Knapp eine Woche lang kreiste sein Denken nun unentwegt um sie. Jedes ihrer Worte hatte er abgeklopft, gewendet und sich deren Bedeutung erneut durch den Kopf gehen lassen. Rundherum, immer weiter hatte er sich an dieser Frau festgebissen.
„Sei nicht albern“, antwortete Shiran. „Wir brauchen noch mindestens eine Standardstunde zu Mitris Koordinaten.“ Sie warf einen kritischen Blick auf die Bandage. „Und wir haben schon genug Zeit verloren.“
Kadân öffnete den Mund, um ihr zu widersprechen. Aber ihm fehlte die Kraft, er ließ sich gegen die Lehne sinken und schaute hinaus auf die Sterne.
Er fühlte eine Berührung an der Stirn und zuckte zurück. Nachdem Shiran nicht von ihm abließ, schlug er ihre Hand fort. „Lass mich.“ Seine Stimme klang erbärmlich schwach. Kaum ernst zu nehmen, selbst in seinen eigenen Ohren.
„Du hast Fieber, ich darf nicht länger warten.“
Natürlich nicht, kommentierte er im Stillen, wer will schon kranke, beschädigte Ware abliefern. Erschöpft schüttelte er den Kopf. „Ich warte lieber.“

Die ersten Minuten nach dem Abflug fühlte der Seefahrer sich noch stark. Die gerechte Empörung und das Adrenalin hielten ihn aufrecht. Er stellte Fragen und Shiran antwortete. Sie hatte ihm erzählt, wer sie und ihre Auftraggeberinnen waren. Auch vom Kompass, diesem kleinen Gerät, welches ihn überall aufspüren konnte, berichtete sie. Über seine Rolle als Kandidat und das folgende Ritual wusste sie nicht viel, angeblich weil sie sich dafür nicht interessierte.
„Nein, Kadân. Ich arbeite im Auftrag der Regierung und bin für deine Sicherheit verantwortlich“, die Stimme der Kämpferin verriet Leidenschaft. „Du bist wichtiger, als du dir vorstellen kannst. Dein Leben entscheidet über das Schicksal der vereinten Welten.“
Er schaute in die leuchtend grünen Augen, entsetzt, starr und fiebrig. „Und was hat die Regierung mit mir vor?“, fragte er leise mit einer Spur von Hohn.
„Es war geplant“, erzählte Shiran, „dass ich dich in zwei Standardtagen übergebe. Dann ...“
„Wärst du mich endlich losgewesen“, brach es lauter aus ihm heraus, als beabsichtigt.
Der Seefahrer stellte sich vor, wie sie sich von einem Moment zum anderen die Maske heruntergerissen und ihn abgeliefert hätte. Ein beendetes Schauspiel, danach hätte sie ihn einfach aus ihrer Erinnerung gestrichen. Der Gedanke schmerzte. Kadân traute sich nicht zu fragen, ob auch dieser eine besondere Augenblick im Hangar gespielt war.
„Nein“, fauchte sie, „dort solltest du in Sicherheit sein. Aber in unseren Reihen gibt es eine Verräterin und deshalb werden wir vorerst mit Mitri weitereisen. Er hat zugestimmt uns im

schlimmsten Fall zum Zentralplaneten zu bringen. Aber ich muss es noch mit der ersten Priesterin abklären."
„Persönlich. Ja?"
„Ja."
„Hat sie mich ausgesucht? Führst du mich deshalb zu ihr, wie zu einer Schlachtbank. In ihrem Auftrag?" Sein inneres Beben versuchte er nicht nach außen dringen zu lassen. Jeder Atemzug, jedes Wort, selbst das Zittern seines Körpers bereitete ihm Schmerzen.
Ihre Miene wurde hart. „Es war die Magie der großen Mutter. Wie gesagt."
Kadân ächzte. „Ja. Na klar." Er wollte schlafen, aber die Erinnerung an den Traum schreckte ihn ab. Trotzdem schloss er die Augen, um der Frau neben ihm zu entgehen.
„Es reicht", rief Shiran, „ich werde deine Wunden versorgen. Und zwar jetzt."
Immerhin verstehe ich nun den Sinn ihrer widersprüchlichen Geschichten, dachte er. Er wusste endlich, was sie wirklich von ihm wollte und warum sie so anders wirkte. Den Blick in ihre grünen Augen mied er, zu sehr erinnerten sie ihn an die Heimat und an ein dummes naives Gefühl.
„Kadân?", fragte sie so messerscharf wie eine Klinge. „Hast du mich verstanden?"
„Ja", flüsterte er. Es kümmert dich nicht, was ich will, fügte er stumm hinzu. Wie konnte ich je glauben, dass zwischen uns eine Verbindung ist. Der Seefahrer fühlte sich von ihr benutzt und schuldig für seine eigene Arroganz. Gegen die vor vielen Jahren getroffene Entscheidung wäre er bereit gewesen, sich auf sie einzulassen. Einer Fremden, die er kaum kannte, hatte er sogar die abfälligen Worte in der Bar verziehen.

„Ich erwarte, dass du mir gehorchst“, sagte sie in einer eiskalten Stimme. Kadân hörte wie sie aufstand. Die Augen hielt er geschlossen. „Die Wunden entzünden sich. Ich muss sie so schnell wie möglich versorgen.“ Diesmal klang sie fast schon flehentlich.

Er wusste, sie hatte Recht. Aber er wollte nicht.

Ein harter Tritt auf den Boden, begleitet von einem wütenden Schnauben. „Ich sehe dir nicht dabei zu, wie du dich selbst gefährdest“, fauchte sie. Dann packten harte Hände seinen linken Unterarm knapp oberhalb der Bandage. Shiran zerrte rücksichtslos an ihm.

Der Seefahrer schrie auf. Sterne tanzten in seinem Blickfeld, mühsam blinzelte er sie weg. Vor ihr würde er nicht zusammenbrechen, damit sie ihn, den dummen Idioten, auch noch bemitleidete.

Die Kämpferin stand vor ihm, stützte die Hände auf die Hüften und schaute ihn herausfordernd an. „Ich will dir nicht unnötig wehtun.“

Meine Leibwächterin, dachte er abfällig, sie muss mir helfen und mich sogar vor mir selbst beschützen. Hass brannte ihm bitter in der Kehle. „Zu Befehl, Madame.“ Etwas anderes blieb ihm nicht übrig, wollte er sich nicht von ihr gewaltsam in den Laderaum schleifen lassen.

Shiran nickte und ging vor.

Stück für Stück, die Zähne zusammengebissen und die rechte Hand auf seinen Bauch gepresst, erhob er sich. Leicht gekrümmt schleppte er sich ihr hinterher.

Shiran klappte eine Sitzfläche runter, welche in die Bordwand eingelassen war. Es knirschte metallisch beim Einrasten. „Setz dich!“

Kadân gehorchte. Immerhin hatte er die gewünschten Antworten. Er tröstete sich damit, dass die Magie ihn auf diesen Weg zwang und er wenigstens die Ungereimtheiten durchschaut hatte. Die Erinnerung daran, wie er die verpasste Gelegenheit mir ihr bedauert hatte, fuhr ihm wie eine eisige Böe in die Eingeweide. Sie wird sich gefreut haben, wie leicht ich zu manipulieren bin.

„Zieh den Pullover aus, so wie du dich bewegst, hast du ordentlich was abbekommen."

Er wollte sich nicht vor ihr entblößen und schüttelte den Kopf. Innere Kälte ließ ihn zittern. Schweiß versammelte sich zu kleinen Rinnsalen auf seiner Stirn.

„Sofort", forderte die Gardistin bestimmt. Sie kramte in einem der MedPacs.

Langsam und qualvoll schob er sich den Pullover hoch. Shiran half ihm dabei ihn über den Kopf zu bekommen.

Zischend sog sie die Luft ein. Ihr Blick blieb auf den großflächigen bläulichen Verfärbungen haften. „Warum sagst du nichts?", fragte sie vorwurfsvoll. Zwei Wimpernschläge später kniete sie zwischen seinen Beinen und ihre sanften Fingerspitzen verteilten eine kühlende Paste auf den Prellungen. Augenblicklich linderte es die Schmerzen.

Diese Hände auf seiner Haut, ihr Körper so berauschend nahe, das Kadân sie riechen konnte und die Wärme an den Schenkeln spürte. Er wollte sie von sich schubsen und gleichzeitig in die Arme ziehen.

Kaum fertig wickelte sie behutsam einen Verband um seinen Bauch. „Zum Schutz", sagte sie.

„Okay." Der kalte Luftzug, der seinen nackten Oberkörper streifte, setzte ihm zu. Kadân zitterte, senkte den Kopf und hoffte, dass sie die verräterische Gänsehaut nicht sah.

„Sieh mich an“, bat sie leise. Shirans Fingerspitzen fuhren unter sein Kinn. Doch er wollte nicht, am liebsten nie wieder. Zu viele Lügen lagen zwischen ihnen.
„Ein Befehl, Madame?“, flüsterte er.
„Kadân, bitte.“
Der Seefahrer sah sie an. Ihre Augen strahlten in diesem unvergleichlichen Grün. Es bedeutete ihm Heimat und heimtückische Sympathie. Wie eine brechende Welle durchlief ihn ein Schauer, leise, aber spürbar im Vergleich zu den Schmerzen im Fleisch.
In seinem Geist befand er sich auf dem Wüstenplaneten. Sie war so wunderschön anzusehen, geschmeidig wie ein Fisch. Das Fieber, dachte er, ich kann nicht mehr klar Denken.
„Kadân“, sagte sie zögerlich. Sie hob ihre Hand. Bevor sie wieder hinabsank, ließ sie sie kurz vor seiner Wange in der Luft stehen. „Ich werde deine Verbände öffnen und die Wunden sorgfältig säubern. Es wird wehtun.“
Der Platz zwischen seinen Beinen wurde kalt, nachdem sich Shiran dem MedPac zuwandte. Kadân fror. Er starrte auf die Flasche Desinfektionsmittel. Dazu legte sie irgendein Spray und eingeschweißte Bandagen. Ich bin ein Kandidat, dachte er, meine einzige Aufgabe ist es ein Kind zu zeugen. Ihm wurde flau bei dem Gedanken.
„Außer Schmerzmittel ist alles da“, berichtete Shiran sachlich, „aber die gehören auch nicht zur Standardausstattung. Diese Söldnerin ist sehr vorbildlich.“
An Baramee wollte Kadân nicht denken, auch nicht an Shiran. An niemanden.
Die Kämpferin rückte seitlich an ihn heran, nahm seine rechte Hand und öffnete den Verband. Ihre Berührung sandte kleine

Blitze durch seine Nervenzellen. Sie ließ die nach Alkohol stinkende Flüssigkeit über die Verletzung laufen. Es brannte. Erst als sie auf die Wunde tupfte, stöhnte er auf.
„Das wird Narben hinterlassen“, erklärte sie.
Nein, antwortete er ihr im Stillen. Ein Bad im Becken der Moquas würde ausreichen, um ihn wieder vollständig zu heilen. Aber was ging sie das an? Er war nur ein Auftrag, mehr nicht. Wichtig nur, um abgeliefert zu werden.
Mit geschickten Handgriffen arbeitete sich Shiran vor. Vermutlich war auch das ein Teil ihrer Ausbildung. In einer anderen Situation hätte Kadân sie dafür bewundert.
„Ich habe Befehle befolgt“, sprach sie. In ihrer Stimme hörte er den Wunsch auf Vergebung.
Schweigen.
Nach der Säuberung trug sie ein Spray auf, welche sich wie ein gallertartiges Netz auf seine Haut legte und sich damit verband.
„Ich hätte dir gerne die Wahrheit gesagt“, begann sie erneut. „Ich wollte es, gleich nach unserer Ankunft auf dem Raumschiff. Aber ich bekam einen gegenlautenden Befehl. Ich musste den befolgen.“ Sie seufzte. „Das hier, das Ganze hätte nie passieren dürfen.“
„Stimmt“, flüsterte er. Ist das echtes Bedauern in ihrer Stimme, fragte sich Kadân. Echtes Mitgefühl, für ihn das beauftragte Paket. Er zitterte, spürte den Schweiß am Rücken hinablaufen. Nein, ein Irrtum, das Fieber.
„Es tut mir leid, dass du verletzt und verschleppt wurdest. Es tut mir leid, dass du wegen diesen Befehlen leiden musstest.“ Sie schien zu beben, genau wie er selbst. „Und es tut mir leid, dass ich nicht früher mit dir vom Raumschiff verschwunden bin.“

Den Verband um sein Handgelenk befestigte sie mit dem Klebverschluss. „Ich erfülle Aufträge, ich erfülle Befehle."
Kadân hörte ihr zu und nickte. All die Worte ergaben für ihn Sinn, aber ob sie die aussprach oder nicht war ihm egal. Ich bin ein Auftrag, wiederholte er ständig, ein verdammter Auftrag. Er wollte sie vergessen.
Shiran nahm sich das andere Handgelenk vor und hinterließ am rechten Arm einen festen Verband. Der Seefahrer drehte ihn vor sich. „Militärische Ausbildung?", fragte er leise. „Damit ihr besser verletzen könnt?"
„Ja, und um zu helfen."
Kadân schnaubte. Als sie die Wunde desinfizierte, presste er die Kiefer zusammen.
„Ich bin keine Söldnerin und halte mich an die Gebote der großen Mutter. Ich arbeite im Auftrag der Regierung, sowie der ersten Priesterin. Ich habe alles gelernt, was es braucht, um erfolgreich zu sein."
„Wie Lügen?"
Shirans Hand rutschte ab, tat ihm weh.
Unwillkürlich schrie er auf. Den zurückzuckenden Arm packte sie fest am Ellenbogen.
„Ja", sagte sie kalt, ihre dunkle Haut war unnatürlich grau, „auch das. Aber ich habe es nicht gern getan."
Schon bei ihrer der ersten Begegnung hatte Kadân ein seltsames Gefühl bei ihr. Zu viele Widersprüche. Ich hätte es ahnen sollen, warf er sich vor. Er fragte sich, ob sie nur aus Pflichtgefühl mit ihm geschlafen, ihn gestreichelt und berührt hätte. Wieder fühlte er sich dreckig. Hätte ich es bemerkt?
„Es", Shiran hüstelte, „tut mir leid. Alles. Bitte verstehe, dass ich keine andere Wahl hatte. Weißt du, ich", sie senkte den Kopf

und griff gleichzeitig nach dem Spray. „Ich habe dir von meiner Familie erzählt. Auch wenn ich die meisten von ihnen verabscheue, auf dem dritten Planeten sind sie auf mein Gehalt angewiesen. Sie brauchen jede Einheit, um zu überleben oder sie schicken die Kinder in die Fabriken."

Eine Pause. Kadân schwieg, versucht die Ohren vor ihr zu verschließen. Ein Verband legte sich um seine Wunde.

„Meine kleine Schwester, Nadina", ihre Stimme wirkte zerbrechlich, „die Luft dort macht sie krank. Ich zahle ihre Therapie. Ohne mich lebt sie nicht mehr lange."

Ihre Worte und der Tonfall klangen unsicher, so anders als sonst. Dies hier schien dem Seefahrer echt zu sein. Er sagte nichts dazu, ließ sie reden. Was sollte er denn auch auf ihre Entschuldigung antworten. Es änderte nichts. Sobald sie beim Zentralplaneten ankamen, trennten sich ihre Wege.

Flüchtige Affären und kurzlebige Leidenschaft hasste Kadân. Er mochte es Frauen näher kennenzulernen, auch wenn es verpönt war. Zu viele Menschen hatte er in seinem Leben schon verloren. Deshalb vermied er es sein Herz an jemanden zu hängen, der ihn bald verlassen würde.

„Ich habe", Shiran riss ihn aus den Gedanken, „mir Sorgen um dich gemacht. Ich hatte Angst du wärst tot."

Sein Mundwinkel zuckte nach unten und er presste die Lippen aufeinander. Na klar, stimmte er ihr insgeheim zu, weil du dann deinen Auftrag versaut hättest und deine Familie kein Geld mehr bekommen hätte. Da würde ich mir auch sorgen machen. „Ich verstehe das", sagt er und betrachtete den zweiten Verband um sein Handgelenk, „es ist okay."

Mit leuchtenden Augen und einem hoffnungsfrohen Lächeln, welches ihm unpassend erschien, starrte sie ihn an. „Wirklich? Ich hatte den Eindruck ...“
„Nein, alles okay.“ Er nickte und zog die Schultern ein, um der zunehmenden Kälte zu entgehen.
Kadân verstand es. Er hätte alles für seine Mutter getan oder für seine Familie. Trotzdem hatte er geglaubt, dass ihr an ihm etwas lag, wenigstens ein bisschen. Sie war so anders. Ja, grübelte er, weil sie nichts empfand. Im Moment wünschte er sich nur zurück, nach Hause. Einfach weg.
„Ich wollte dich nicht anlügen, auch nicht manipulieren. Es tut mir so leid.“
Einfach ankommen und dann wieder zurück, mehr nicht. „Es ist okay, Shiran.“ Er dachte, sie würde einander verstehen. Das Fieber fraß sich in ihn. Er zitterte heftiger.
„Können wir einen neuen Anfang finden?“, fragte die Gardistin unsicher.
„Ja“, sagte er leise, „ja, natürlich.“ Eine ehrliche Beziehung zwischen Besitzer und Ware oder Ziel und Jäger, ohne Spielchen, schien ihm auch am sinnvollsten. Er verdrängte das dumpfe Gefühl in sich, welches ihre Bitte auslöste. Verdammter Mist, fluchte er innerlich und starrte sie finster an. Warum stört es mich überhaupt? Am Ende würde sie ihn abliefern und den nächsten Auftrag annehmen. Kapier es einfach, rief er sich selbst zu, sie hat gespielt, vom ersten Treffen an.
Shiran lächelte zaghaft. „Gut, das freut mich.“ Sie griff nach dem Pullover und half ihm beim Anziehen. „Kommen wir zum schmerzhaftesten Teil.“
Kadân lehnte sich an die Bordwand, verstand kaum was sie sagte, weil seine Zähne aufeinander klapperten. Ihr fürsorglicher

Blick rührte und ärgerte ihn sofort, als er das Gefühl wahrnahm. Ich bin ihr Auftrag, mehr nicht. Warum entschuldigt sie sich und will Ehrlichkeit, wenn sie die Besorgte spielte? Dieses vorgetäuschte Interesse tat ihm im Innersten weh.
Sie sagte irgendwas, ihre Hände glitten an seinem Bein hinunter zur Wade und legten die Verletzung frei. Dabei berührte sie, wie zufällig, empfindliche Haut. Unbedacht. Die verpasste Gelegenheit mit ihr hatte er wirklich bedauert.
Nein, schrie er innerlich, vergiss das. Ein Auftrag, nicht mehr. Keinen Raum sollte sie in ihm bekommen. Egal, wie es schmerzte, egal was er auch in ihr gesehen hatte. Er beschloss sie zu vergessen und nur noch mit Gleichgültigkeit zu behandeln. So gut es eben ging.
Shiran atmete tief ein. „Also ist zwischen uns alles okay. Kannst du verstehen, was ich meine.“
„Ja.“ Bis zum Zentralplaneten war es nicht mehr lange hin und er tröstete sich damit unter Freunden zu sein, zumindest bei Mitri.
Der erste Schwall Desinfektionsmittel ließ ihn aufschreien. Ihr Tupfen in der Wunde brachte ihn an den Rand eines erträglichen Dämmerzustands.

3. Kapitel

3.1 Shiran

„Einer aus unseren Reihen muss Magaja und ihre angeheuerten Söldner informiert haben. Sonst hätten sie mich nicht überfallen, um den Kandidaten auf dem Raumschiff zu finden“, erläuterte Shiran.

Vor ihr, oberhalb der silberfarben eingefassten Armaturen des Raumtransporters, schwebte das Hologramm von Wierans Gesicht. Seitlich daneben, außerhalb des Einzugsbereiches der Kamera, saß Mitri. Er lauschte gespannt. Am anderen Ende des geräumigen Steuerungsraumes fläzte sich Kadân auf einer Couch, Vedran hockte am Kopfende auf der Lehne. Zwei Standardtage waren seit der Abreise von Delta XT325 vergangen.

„Eine schreckliche Nachricht“, antwortete die Beraterin. Sie seufzte hörbar. „Das Gerät kannten nur wenige Frauen, die wie du über sämtliches Misstrauen erhaben sind. Ich werde jede Einzelne überprüfen.“

„Ich weiß, das ist eine schwere Anschuldigung. Vielleicht wurden auch nur Botschaften abgefangen, irgendwo muss es ein Leck geben.“

„Wir werden es finden. Wann erreicht ihr den Treffpunkt?“

Shiran zögerte. „Nun. Wir haben einen anderen Kurs eingeschlagen.“

Wierans Züge zeigten keine Regung. „Warum missachtest du meine Anordnungen?“, fragte sie rau.

„Janaija hat mich persönlich angewiesen, alles zu tun, um den Kandidaten zum Zentralplaneten zu bringen. In Anbetracht der unzähligen Risiken, halte ich es für sinnvoll, mit einem unabhängigen Transportmittel zu reisen, dessen

Routenparameter nicht der Kontrolle der Priesterschaft unterliegen." Jedes Wort hatte sie sich vorab zurechtgelegt, um es mit der größten Selbstsicherheit vorzutragen. Zum ersten Mal widersprach sie dieser Frau, und dann noch gegen ihre eigene Überzeugung.

„Ich habe eine Elitetruppe geschickt, um euch abzuholen. Sie würden mehr Schutz bieten, als ein Schmugglerschiff."

Mitri runzelte die Stirn und starrte auf Shiran. Entsprechend ihrer Bedingung im Vorfeld hielt er sich raus. An Bord seines Transporters forderte er, beim Gespräch anwesend zu sein. Die Auqiner haben ihr zwar geholfen, Kadân zu finden. Doch sie erkannte darin nur die Loyalität füreinander und keinesfalls ein Vertrauen zu ihr.

„Es ist eher", sie suchte das richtige Wort, „private Personenbeförderung mit Erfahrung bei anonymen Reisen."

Wieran schwieg einen Moment. „Gut, du warst meine beste Schülerin. Ich zähle auf dich und deine Entscheidung."

„Danke, das weiß ich zu schätzen", erwiderte Shiran. Was geht in ihrem Kopf vor, fragte sie sich. „Eine Bitte hätte ich noch."

„Ja?"

„Im Rahmen der Ereignisse ist der Transporter gestartet, bevor die Vorräte vollständig eingeladen werden konnten. Wir brauchen ein paar Dinge."

„Wir?", wiederholte die Beraterin dumpf. „Wahre Distanz, Shiran. Emotionale Beteiligung macht angreifbar und schwach."

„Ja, du hast es mich gelehrt und ich beachte es."

Die Augen der alten Frau richteten sich auf etwas, das vor ihr lag. Sie seufzte deutlich hörbar. „Fliegt zur Raumstation des vierten Planeten. Die Priesterschaft vor Ort steht auf unserer Seite und wird tun, was ich sage. Schick mir eine Liste mit den

benötigten Sachen. Ich besorge dir eine falsche Kennung zum Andocken."
„Danke, Wieran. Ich weiß deine Hilfe sehr zu schätzen. Ich hoffe nur, dass sich dort keine Spitzel eingeschlichen haben."
„Ein Restrisiko bleibt immer. Deshalb wäre es besser, ihr würdet euch zum Treffpunkt begeben."
Das erneute Drängen überraschte Shiran nicht. Im Gegenteil, wenn die Beraterin nicht versucht hätte sie umzustimmen, hätte sie sich Sorgen gemacht. „Solange wir den Verräter nicht kennen, sehe ich das anders", sagte sie selbstsicher.
Insgeheim gab sie ihrer Vorgesetzten Recht, aber die Aquiner weigerten sich ihrem Vorschlag zu folgen. Also fügte sie sich. Wäre sie fähig einen Moquas zu steuern, läge die Kontrolle des Transporters längst in ihrer Hand.
„Wie geht es dem Kandidaten nach dem unerfreulichen Zwischenfall?"
Shiran hörte ein unterdrücktes Kichern von der Couch. Im Augenwinkel sah sie Vedran, der Kadân einen Klaps gegen die Schulter gab. Sie ignorierte die unangemessenen Albernheiten.
„Nur ein paar leichte Blessuren. Wir haben Glück gehabt. Die Wahrheit hat er überraschend gut aufgenommen."
„Wie schätzt du ihn ein?"
Shiran schabte unsicher mit den Füßen über den weichen Teppich. „Mmh", murmelte sie, um Zeit zu gewinnen. Sie fühlte drei neugierige Augenpaare auf sich ruhen. „Kontrollierbar."
Wieran lächelte schmallippig. „Sehr gut. Wir sehen uns auf dem Zentralplaneten. Pass auf dich auf. Und Shiran, wahre Distanz."
„Danke, das werde ich", bestätigte die Kämpferin. Die Übertragung endete. Sie vermied es, in Kadâns Richtung zu schauen.

„Warum trauen Sie ausgerechnet dieser Frau?“, fragte Mitri. Shiran drehte sich zu ihm hin. Mit der Frage hatte sie gerechnet, die Antwort lag ihr bereits auf der Zunge. „Sie war eine Ausbilderin an der Militärakademie. Meine Mentorin. Sie steht schon seit Jahrzehnten im Dienste von Janaijas Familie. Ich würde ihr mein Leben anvertrauen.“

Mitri nickte. „Genau das haben Sie gerade getan, aber nicht nur ihres“, sagte er mit einem Blick auf die beiden jungen Männer.

„Was willst du? Ohne Sauerstoffvorräte erreichen wir den Zentralplaneten nicht. Und ohne Hilfe dauert der Einkauf zu lange. Deine Worte“, betonte sie, „wir haben nicht mehr viel Zeit zu verlieren.“

„Warum sollte mich euer Regierungsgeschacher interessieren?“ Er schnaubte abfällig. „Ich mache das nur, weil Kadân mich darum gebeten hat.“ Mitri schloss die Augen. Shiran wusste, dass er Kontakt zu dem Moquas aufnahm, um dem Wesen ein neues Ziel mitzuteilen.

„Woher weiß es den Weg?“, fragte sie, als er die Lider wieder öffnete.

„Es kennt die vereinten Welten mittlerweile besser, als Sie glauben. In fünf Zentraltagen werden wir dort sein“, informierte sie der Aquiner und lächelte. Er stand auf und verließ den Raum. Ratlos sah Shiran ihm hinterher. Seit sie seinen Raumtransporter betrat, sah sie ihn aus einer anderen Perspektive. Der ärmlich wirkende Raumfahrer offenbarte sich als wohlhabender Mann. Vor dreißig Standardjahren gehörte er zu denen, die als erstes die Nutzbarkeit der Mondwesen zur Beförderung zwischen den Planeten entdeckten. Aus dem spartanischen Anhänger von damals entwickelte sich ein luxuriös eingerichteter Transporter, der sogar über eine kleine Raumfähre verfügte. Sechs Kabinen

konnten reiche Passagiere aufnehmen und ein Laderaum bot ausreichend Platz für Handelswaren.
Shiran glaubte kaum, dass Mitri bei all seinem Vermögen den üblichen Satz des Einkommens an seine Inselgemeinschaft auf Aquin abführte.
Solch ein Weg zum Reichtum stand den Jüngeren nicht mehr offen. Unternehmen hatten das Geschäft des anonymen und günstigeren Reisens auf kurzen Strecken an sich gerissen. Es boomte. Moquas samt aquinischen Piloten wurden angestellt. Seit einiger Zeit versuchte die Priesterschaft den Geschäftszweig unter ihre Kontrolle zu bringen.
„Shiran“, plärrte Vedran ihren Namen. „Shiran, hören Sie mir zu?“
Sie richtete die Aufmerksamkeit auf den Aquiner, der in ihr hauptsächlich Abneigung hervorrief. Impulsiv und aufgeblasen hörte er sich für ihren Geschmack, zu gerne selbst reden. „Was ist?“
„Ich wollte wissen, ob Sie verstehen können, warum sich Kadân nicht einfach freut.“
Der Genannte bedeckte sein Gesicht mit den Händen, die Frage war ihm offensichtlich peinlich. „Oh Mann, lass es gut sein“, presste er zwischen den Fingern hervor.
Vedran knuffte ihm mit der Faust spielerisch gegen die Schulter. „Nein, mal ehrlich. Hast du dir mal ein Bild von dieser Janaija angesehen. Du wirst mit großer Wahrscheinlichkeit mit einer attraktiven und extrem mächtigen Priesterin ficken dürfen.“
„Juchu“, antwortete Kadân deutlich genervt. „Das hat mir in meinem Leben noch gefehlt.“
„Hören Sie Shiran, ich melde mich freiwillig. Ich an seiner Stelle würde fröhlich die erhabene Pflicht erfüllen.“

Kadân lehnte den Kopf nach hinten, so dass er den Landsmann ansehen konnte. Er winkte ihm mit einer Hand zu. „Bitte, viel Spaß."

Lautes Gelächter erfüllte den Raum. „Ich, der engagierteste Kandidat seit Ewigkeiten", jodelte Vedran.

Zu Shirans Entsetzen stieg der Seefahrer auf die Worte ein. „Super! Sagt dann einer den irren Söldnerinnen Bescheid, dass sie bitte jemanden anderen suchen sollen. Ich schick denen auch dein Bild."

Der hitzköpfige Aquiner griff sich in den Schritt: „Die müssen sich aber hinten anstellen. Zuerst die Priesterin."

„Haben dir die Damen gefallen?"

„Ich bin nicht wählerisch, Ich liebe alle Frauen und die meisten Männer. Und außerdem, so wie die saufen konnten, haben die Ausdauer." Vedran lachte dreckig und Kadân stimmte verhalten mit ein.

Die Kämpferin kochte innerlich. Das dumme Gerede machte ihr wieder bewusst, warum es Lokalitäten nur für Frauen gab. „Spinner", schimpfte sie, „das hier ist kein Spaß."

„Da haben Sie recht, Madame." Der Lockenkopf versuchte eine finstere Miene aufzusetzen, was ihm schwerlich gelang. „Aber ich würde wirklich mehr Enthusiasmus zeigen als der hier."

Kadân setzte sich auf. Dabei verzog er das Gesicht. „Genau, dich hätte sie bestimmt nicht belügen müssen", keuchte er.

„Das hatte damit ...", fuhr Shiran dazwischen.

Vedran unterbrach sie sofort: „Nö, ich wäre freiwillig mitgekommen. Weil ich nicht so ein Schisser bin wie der Kleine hier."

„Doch, mach dir keinerlei Hoffnung", Kadâns spöttischer Ton bekam einen bitteren Beiklang. „Einem Mann kann man die

Information allgemein nicht zumuten, dass er in Gefahr ist und verfolgt wird. Madame liebt das Geschichtenerzählen mit sich selbst als Heldin."

„Ich hätte ihr längst bewiesen, wie viel Mann in mir steckt", sagte Vedran. Diesmal knuffte er Kadân in den Bauch.

Dieser zuckte zusammen. „Au! Verdammt, lass das", presste er heraus.

„Wie wärs Madame? Wenn der Jammerlappen hier nicht will, ich stehe bereit." Vedran zwinkerte der jungen Frau zu.

Sie fletschte die Zähne. „Möchtest du nochmal niedergeschlagen werden?"

„Als Vorspiel? Sofort."

Shiran übte sich in Beherrschung. Sie holte tief Luft und ließ sich mit der Antwort Zeit: „Nein, danke." Die Worte des Kandidaten trafen sie mehr, als sie jemals zugeben würde.

Auf der Raumfähre, als sie unter sich waren und sie seine Wunden verband, hatte sie ihm die Hintergründe erklärt, sich für die Lügen und Manipulationen entschuldigt. Er hatte ihr zugehört und auch Fragen gestellt. Alles schien geklärt. Doch sobald sie den Transporter erreicht hatten, behandelte er sie mit kühler Höflichkeit und mied es mit ihr allein zu sein.

Shiran hasste die derzeitige Situation. Wieso begriff er nicht, dass sie für seine Sicherheit die wichtigsten Regeln brach? Sie handelte entgegen der Vorschriften und ihre eigenen Überzeugungen. Verstand er nicht die Gefahr der Nähe, die sie bereits zugelassen hatte? Bemerkte er denn nicht, wie sehr sie sich um ihn gesorgt hatte.

„Was meinst du, hab ich sie jetzt verschreckt?", wisperte Vedran laut hörbar.

Bevor die Antwort kam, fuhr sie dazwischen: „Das reicht. Kadân, komm mit. Ich will deine Verbände prüfen.“
Die beiden Aquiner sahen sich an. Spott zeichnete sich in ihren Mienen ab. „Eure Fürsorglichkeit ist fast schon erschreckend, Madame“, wagte Vedran zu äußern. Er rutschte von der Lehne auf die Füße und half seinem Landsmann beim Aufstehen.
Shiran hatte Kadân nach dem Versorgen seiner Verletzungen befohlen, jegliche Anstrengung zu vermeiden. Er tat es ohne Widerrede oder einer einzigen Ausflucht. Sein übertriebener Gehorsam wirkte unheimlich.
Mit einer ausladenden Handbewegung wies sie den Seefahrer an, den Raum zu verlassen. Sie durchquerten einen langen Gang, der von Schleusentüren in fünf Einzelabschnitte geteilt wurde. Jeder Abschnitt war mit silbrigem Teppich ausgelegt und die Wände mit beigem Stoff verkleidet. Zwei gegenüberliegende Türen führten pro Einheit ab.
Shirans Kabine lag am hinteren Ende, vor den Zugängen zum Laderaum und der Raumfähre. Die weißen Bandagen unter Kadâns Hemd blitzten hervor, wenn er eine Schleuse öffnete. Er humpelte über die Absätze der Rahmen.
Die Ärmel und ein Hosenbein hochgekrempelt, saß der Aquiner auf einem geschwungenen Stuhl aus schwarzem Holz. Shiran nahm die Verbände ab und trug ein Spray auf die Verletzungen auf, das die Wundheilung beschleunigte. Zwischen ihnen herrschte Schweigen.
„Noch ein paar Tage und wir können hierauf verzichten“, versicherte sie ihm. „Die Prellungen am Bauch heilen ebenfalls ab.“
„Okay.“

„Du hast sehr gute Heilkräfte.“ Shiran suchte irgendetwas, um ein Gespräch zu beginnen, aber ihr wollte kein Thema einfallen.
„Danke“, antwortete er einsilbig.
„Liegt das bei dir in der Familie?“
Kadân runzelte die Stirn und schüttelte den Kopf. „Keine Ahnung. Sie sind tot“, sagte er ungehalten.
Wie dumm von mir. Warum macht er es mir so schwer, fragte sie sich. Grob legte sie neue Bandagen an. Ihr Patient ertrug es schweigend.
Kaum hatte sie ihre Arbeit abgeschlossen, stand er auf und eilte zur Kabinentür. „Ich habe dir nicht erlaubt zu gehen“, rief sie ihm, im vollen Bewusstsein ihn damit zu provozieren, hinterher. Wenn sie kein anderes Gefühl außer Wut von ihm bekam, dann nahm sie auch das.
Kadâns Hand, die den Schaltknopf zum Öffnen der Tür fast erreicht hatte, stoppte. „Darf ich gehen, Madame?“, sagte er, ohne sie anzusehen.
Ein wütendes Knurren brach aus ihr heraus. „Du kannst mich nicht ewig ignorieren.“
Er drehte sich zu ihr um. „Nun, das werden wir herausfinden.“
„Verdammt noch mal.“ Shiran hastete zu ihm und schob sich vorbei, um die Tür zu versperren. „Du störrischer Idiot.“
Wortlos wollte Kadân zum Öffner greifen.
Shiran packte sein Handgelenk oberhalb der Verletzung und drückte es hinunter. „Nein, du sollst mit mir reden.“
„Ich denke nicht, dass Sie diese Art von Gehorsam von mir einfordern können.“ Er legte mehr Kraft in den Arm, um den Schalter zu erreichen.
Die Bewegung schubste die Frau leicht zurück. „Vorsicht, ich kann ihn dir brechen“, drohte sie. Mit erhöhtem Druck rutschten

ihre Finger näher an den Verband. Sie bemerkte, dass er einen Schmerzenslaut unterdrückte.
„Militärische Kampfausbildung. Ich weiß“, presste Kadân hervor. „Vielleicht brauche ich jemanden, der mich vor Ihnen beschützt.“ Er langte mit dem anderen Arm zum Türöffner.
„Es reicht“, schimpfte sie. Die Gefühle, die in ihr brodelten, verhinderten eine rationale Handlung. Sein Handgelenk noch immer gepackt, duckte sie sich seitlich an Kadân vorbei und drehte ihm den Arm auf den Rücken. Ein leises Zischen kam ihm über die Lippen.
„Möchtest du mich einsperren bis du hast, was du willst?“
„Das sollte ich“, blaffte sie zurück. Sie schubste ihn nach vorne, von sich weg, so dass er gegen die Schleusentür stieß. „Ich suche eine Lösung.“
Der Seefahrer wandte sich ihr zu. Den Kopf an die Tür gelehnt, holte er tief Luft. „Die gibt es nicht.“
„Doch. Wir klären die Angelegenheit. Jetzt!“
„Es gibt nichts zu klären.“
Shiran fühlte die Wut, die in ihr hochstieg. Sie wusste nicht, wem sie eigentlich galt. Sich selbst und ihrem eigenen amateurhaften Verhalten oder dem Mann, der einfach nicht gehorchen wollte. „Weißt du, warum Männer keine Verantwortung tragen dürfen?“, schrie sie. „Weil ihr Probleme nicht löst, sie stattdessen totschweigt. Damit ist niemanden geholfen.“
Der Aquiner schaute skeptisch, vollkommen ruhig antwortete er: „Ich habe kein Problem mit dir.“
„Tatsächlich? Dann rede mit mir.“
Er zuckte mit den Schultern. „Nein, wozu?“

Shiran grollte, legte ihren gesamten Frust hinein. Sie hob den Zeigefinger und bewegte ihn im Takt ihrer Worte. „Ich habe mich entschuldigt, ich habe es dir erklärt."
Kadân nickte. „Ja, das hast du."
„Was willst du dann noch?"
„Nichts, nur meine Ruhe." Er beugte sich nach vorne, um endlich den Schalter für die Tür zu drücken.
„Kannst du mir nicht verzeihen? Versuch wenigstens, mich zu verstehen", flehte sie. Egal, ob sie Gefühle zeigte oder nicht, es war eh zu spät sie zu leugnen.
Der Seefahrer hielt inne. Seine blau-violetten Augen sahen sie offen an. „Verzeih dir selbst."
„Kadân, bitte."
„Was willst du von mir? Warum willst du unbedingt mit mir reden?" In seinem Blick blitzte Hoffnung auf. Zumindest glaubte sie das.
Statt einer Antwort, die ihre diffusen Gedanken in Worte fasste, schüttelte sie den Kopf und verschränkte die Arme vor der Brust.
„Also. Dann wurde alles gesagt." In seiner harten Stimme schwang Enttäuschung mit. „Es gibt nichts zu verzeihen. Ich kann dein Handeln nachvollziehen. Okay? Sogar das du meine Vergangenheit ausgenutzt hast, um mich zu manipulieren. Ja, deine Ausbildung ist fantastisch. Du hast meine Schwächen erkannt und genutzt. Danke, dass du sie mir bewusst gemacht hast."
Shiran seufzte. „Ich ..."
„Dein Auftrag ist es, den aquinischen Kandidaten zum Zentralplaneten zu bringen. Tue das und widme dich danach einer neuen Aufgabe. Ich komme mit, lasse mich beschützen und friedlich zu Janaija führen. Du musst mir keine Gefühle oder

irgendein anderes Zeug mehr vorspielen, um mich zu überzeugen. Das sollte als Klärung genügen.“

Die Worte trafen sie tief in den Eingeweiden. Unfähig zu einer Antwort schwieg sie.

„Shiran, es ist okay. Ich akzeptiere das und gut.“ Er öffnete den Ausgang und schloss ihn hinter sich.

Die junge Frau schlug mit der Faust gegen die Tür. Dann trat sie dagegen, wütend auf sich selbst, wütend auf die ganze Welt. Eine einzelne Träne lief ihr die Wange hinunter. Erschöpft lehnte sie sich mit dem Rücken an die Tür und sank auf den Boden.

Sie fühlte sich einsam. Er wird mir nichts glauben, dachte sie, egal was ich sage. Wahrscheinlich würde ich es selbst nicht, fügte sie in Gedanken hinzu. Wie konnte ausgerechnet mir dieser Mist passieren? Vorher hat mich nie etwas berührt. Warum musste Kadân auch so aussehen. Es ist so erschreckend oberflächlich.

Während sie an ihn dachte, erinnerte sie sich an das erste Lachen, dass sie von ihm hörte und sah seinen schelmischen Blick vor sich. Spätestens seit sie seinen Mut entdeckte, ging er ihr nicht mehr aus dem Kopf. Und seit dem Gespräch im Hangar. Es ist nicht das Aussehen, gestand sich Shiran ein. Da war etwas zwischen ihnen. Eine seltsame Verbundenheit, die ihr ein Gefühl der Nähe gab, welches sie vorher nicht kannte. Und ich habe es verloren, dachte sie resigniert, ihn.

3.2 Kadân

Kadân lehnte sich entspannt im Pilotensitz der Raumfähre zurück und wartete ab. Während er zurückblieb, erledigte Shiran die Besorgungen auf der Raumstation. Vedran befand sich ebenfalls auf Tour. Er hatte ihnen nichts über seine Pläne berichtet.

Über die Armaturen hinweg genoss der Seefahrer die Aussicht auf die Sterne und den vierten Planeten. Die letzten Tage verliefen ruhig, auf dem Weg hier her geschahen keine Zwischenfälle.

Ein Pullover aus samtigem Stoff wärmte ihn. Das Garn stammte angeblich von Riesenraupen des zehnten Planeten. Er zupfte daran. Es sah normal aus. Dann schmunzelte er über den eigenen Unglauben und kuschelte sich ein.

Trotz der vielen erstaunlichen Informationen und der Vielfalt, die er kennenlernte, sehnte er sich nach Aquin, nach dem Meer und in die Wärme. In das einfache Leben, welches er selbst bestimmen konnte.

Er dachte an Shiran und fragte sich, warum diese Frau immer noch in seinen Träumen herumspukte, obwohl er verbissen darum kämpfte sie daraus zu vertreiben. Sie überlagerte sogar das Bild von Janaija, deren magischen Ruf zum Zentralplanet er jede Nacht vernahm.

Da war Etwas zwischen ihnen, als sie von ihrer Familie erzählte, als sie gemeinsam lachten. Oder doch nicht? Kadân versuchte, ihr Handeln zu verstehen, suchte Ausreden für sie. Als Shiran seine Wunden verband, sie allein in der Kabine des Transporters waren, stand ein ungewohnter Mensch vor ihm. Verzweifelt und

gefühlvoll, ganz anders als die harte Kämpferin, die mal eben fünf Angreiferinnen mit Gewehren ausschaltete.
Gegen seinen Willen fühlte er sich selbst jetzt noch von Shirans Stärke beeindruckt. Er hätte sie gerne kennengelernt, über Jahre hinweg, genauso wie seine Liebhaberinnen. Egal, ob das irgendwem nicht passte.
Ich Idiot, schalt Kadân sich, was mache ich hier? Wieder und wieder rief er sich in Erinnerung, dass er nur einen Auftrag darstellte. Die Momente der Nähe, nur eine Täuschung bedeutete.
Nach dem letzten Gespräch hatte sie mit den Spielchen aufgehört. Endlich ließ sie ihn in Ruhe. Im Gegenzug mied er den Kontakt zu ihr nicht mehr. Unterhaltungen beschränkten sich auf das Notwendige. Und trotzdem blieb die Frau in seinen Gedanken. Wahrscheinlich hatte Vedran Recht, dachte er, mir fehlt Sex zur Ablenkung.
Die Schleuse zur Raumstation schob sich mit einem Surren zur Seite. Es öffnete sich nur ein türbreiter Spalt, obwohl sie an die Außenhaut mit der offenen Ladeluke andockten. Der Rest der Öffnung war durch schwarze Isolierung abgedichtet. Unpraktisch zum Beladen, aber einen anderen Zugang hatten sie nicht erhalten.
Kadân reckte den Hals und schaute durch die Zwischentür in den Laderaum. Vedran, eingehüllt in die luftige, grünliche Kleidung der Aquiner, betrat die Raumfähre. „Hast du alles bekommen?“, rief der Seefahrer.
„Jep, und dazu das beste Stöffchen in den vereinten Welten.“ Der Lockenkopf hielt eine Flasche in den Händen und kam mit aufgeregten Tippelschritten herangehüpft. Er steckte den Kopf

ins Cockpit. Langsam zog er seine Beute in Kadâns Blickfeld, bis dieser das Etikett lesen konnte.
„Den edelsten Single Malt, den man hier für Geld kaufen kann. Dreißig Jahre alt, aus den unberührten Quellen des Hochlandes."
Kadân verdrehte die Augen und lehnte sich wieder zurück. Der Ankömmling stolzierte in den engen Raum. Mit einem erleichterten Ächzen ließ er sich auf den Sitz des Copiloten fallen. „Und, ich hab noch zwei nachbestellt. Mitri wird sich freuen."
Eine Alkoholfahne schlug dem Seefahrer ins Gesicht. Er rümpfte die Nase. „Du hast nicht ernsthaft gesoffen?"
Vedran lächelte glückselig. „Nein, du Einfaltspinsel. Ich habe genossen, nur das Beste für mich." Er kicherte schrill.
Mit Dummheiten hatte Kadân gerechnet. Shiran ebenfalls. Andernfalls hätte sie darauf beharrt, dass er auf dem Transporter fern der Station blieb, in Sicherheit. Aber Mitri wollte seinen Assistenten mitschicken, um persönliche Besorgungen zu machen.
Die Kämpferin entschied sich daraufhin, äußerst widerwillig, Kadân als mäßigenden Einfluss mitzunehmen. Laut ihren Worten sollte wenigstens einer dafür sorgen, dass die Raumfähre startklar sein würde. Jemand, dem sie vertraute.
„Was denn?", fragte der Lockenkopf. „Ich musste die Neuheiten probieren." Er streichelte liebevoll die Flasche. „So gut wie eine willige Frau."
Kadân beobachtete den Landsmann stirnrunzelnd. Shiran sprach tatsächlich von Vertrauen, fiel ihm plötzlich ein. Er erinnerte sich, wie er auf dem öden Planeten festsaß. Daran, wie er an sie dachte und hoffte, dass sie ihn suchte, obwohl es keinen Grund dafür gab. Dann die Freude, als er ihrer ansichtig wurde, gefolgt

von der Enttäuschung. Eine Ware, er war für sie nichts weiter als eine wertvolle Ware, kaum mehr als ein Spielball.

„He", Vedran trat ihn vors Schienbein. „Hörst du mir zu?"

Kadân keilte zurück. „Lass das!"

Sein Landsmann drehte sich mit dem Sitz weg. „Spinnst du? Nicht wenn ich einen edlen Tropfen im Arm halte."

„Wie kannst du dich jetzt abschießen?"

„Quatsch abgeschossen. Das waren nur diverse kleine Schlückchen." Vedran deponierte die Flasche in einem Schubfach im Fußraum. Sorgfältig zurrte er sie mit einem Haltegurt fest. „Für später." Mit einem giftigen Blick auf Kadân fügte er hinzu: „Damit du mal was Besseres bekommst als vergorenen Burbasaft."

„Mann. Reiß dich zusammen." Obwohl der andere weder lallte, noch schwankte, empörte derartiger Leichtsinn den Seefahrer. „Nur ein paar Standardtage und wir sind da. Dann kannst du saufen, so viel du willst."

Vedran grinste und schwieg. Er rutschte tiefer in den Drehstuhl und legte die Beine auf den Armaturen ab.

„Shiran ist bestimmt noch etwas beschäftigt", sagte er kurz darauf. „Wenn du Lust hast, zeig ich dir den Laden. Mmh, feine Tröpfchen erwarten uns dort."

„Vergiss es! Wir bleiben hier." Die Gardistin hatte Kadân den strikten Befehl gegeben nicht von Bord zu gehen und jedes Risiko zu vermeiden. In diesem Fall war er mit ihr einer Meinung.

„Langweiler."

Kadân ignorierte es.

Nach einer Weile begann Vedran sich abwechselnd auf die Oberschenkel zu klopfen. Dann stieß er sich mit den Füßen ab und drehte sich im Kreis.

„Was?“, fragte der Kandidat genervt. Diskussionen mit Betrunkenen endeten selten sinnvoll.

„Komm, ich zeige dir die Station. Bitte“, bettelte Vedran. „Die haben hier einen genialen Club, eine herrliche Aussicht auf die Sterne und viele Frauen. Vielleicht bleibt noch etwas Zeit für ein bisschen Spaß.“ Ein eindeutiges Zwinkern folgte.

„Nein. Wir müssen jederzeit startbereit sein.“

„Ich muss gar nichts.“ Vedran stoppte den Sitz. „Soweit es mich betrifft, gilt das Ausgehverbot nur für dich.“

„Sollen wir dich zurücklassen, wenn wir verfolgt werden?“, schimpfte Kadân.

Der Lockenkopf rollte mit den Augen. „Quatsch, verfolgt. Die übertreibt.“

„Wurdest du niedergeschlagen und ins Weltall geschossen?“

Vedran lachte. Die Vorstellung schien ihm zu gefallen. „Ach, dir ist doch nichts passiert. Wäre es dir lieber gewesen Baramee hätte dich in ihre Kabine gezerrt?“

Die Worte beunruhigten Kadân, ließen ihn an die verschiedenfarbigen Iriden denken und an den gierigen Ausdruck darin. „Nein!“ Er drehte sich weg und schaute wieder hinaus.

„He, komm schon. Niemand weiß, dass wir hier sind.“

„Nein“, sagte der Seefahrer kurz angebunden. Es nervte. Vedran hatte seinen Ruf, ein unvorsichtiger Hitzkopf zu sein, oft genug bewiesen. Warum Mitri ihn als zweiten Mann mitnahm und darauf bestand, dass er mit zur Raumstation reiste, blieb Kadân ein Rätsel.

Der angeheiterte Whiskyliebhaber erhob sich. Er schlenderte hinter die Sitzlehne seines Landsmannes. „Stell dir vor, außerhalb von Aquin umschwärmen uns die Frauen, uns alle.“ Ausufernde Handbewegungen begleiteten die Ausführungen. „Wir sind so schön groß und kräftig, wild und exotisch. Wo immer wir hinkommen, umzingeln sie uns. Ein Tausendschönchen wie du, würde ihnen besonders gefallen.“

„Trägst du deshalb die traditionelle Kleidung, obwohl sie für die klimatisierten Räume viel zu kalt ist?“

Vedran lachte schallend. „Erwischt. Das unterstreicht meine Exotik. Abgesehen davon hab ich mich an das Klima gewöhnt und war nie so ein verfrorenes Muttersöhnchen wie du. Na, was ist jetzt?“

„Nein.“

„Verdammt, du bist der verwegenste Langweiler, den ich kenne.“ Er stieß mit der flachen Hand von hinten gegen die Lehne. „Was ist aus dem Mann geworden, der den wilden Ozean auf einer Nussschale bezwingt, der tiefer taucht als jeder andere? Seit Tagen scharwenzelt Shiran um dich herum, macht dich das nicht scharf?“

„Ich kann mich grad noch beherrschen“, antwortete der Seefahrer trocken. Mit ihm würde er ganz sicher nicht über Shiran diskutieren.

„Kein Wunder, dass du dich auf dem öden Mond wohlfühlst.“ Vedran beugte sich zu Kadân und flüsterte ihm ins Ohr: „Uns erwartet viel Spaß.“

„Aber nicht jetzt, wir könnten entdeckt werden.“ Der Seefahrer fragte sich insgeheim, wie er diesem Idioten das Maul stopfen konnte. Natürlich wollte er sich lieber die Station ansehen, als in der Raumfähre herumzuhocken. Selbstverständlich hätte er gerne

mehr erlebt und gesehen. Die Versuchung war stark, doch die Furcht davor der Söldnerin in die Hände zu fallen, war ungleich größer.
Baramee gab nicht auf, das sagte ihm sein Bauchgefühl und ihre Worte, die ihn für sich gefordert hatten. Ihr Gesichtsausdruck im Display zeigte die unverhohlene Erregung auf eine kommende Jagd.
Der Lockenkopf schnalzte mit der Zunge. „Okay, du bleibst. Ich gehe. Melde dich, wenn wir abreisen." Er drehte sich um und stapfte in den Laderaum.
„Warte!" Der Seefahrer hastete an ihm vorbei, versperrte ihm den Weg. „Shiran hat uns gewarnt." Die beiden standen sich gegenüber, gleich groß und gleich stark.
„Shiran sagt. Shiran befiehlt", äffte Vedran nach. „Oh, Mann. Bist du ihr gehorsamer Sklave? Hab ich was nicht mitbekommen?"
„Ich bin niemandes Sklave", fauchte Kadân. Er fühlte die Wut wie eine versengende Hitze in sich hochsteigen. Sie zu kontrollieren kostete ihn viel Beherrschung.
„Anstatt sie zu ignorieren, solltest du Rückgrat zeigen und mitnehmen, was du kriegen kannst." Vedran lachte höhnisch. „Immerhin ist sie die einzige Frau an Bord und mich will sie nicht."
„Ich halte Abstand, das ist alles."
„Warte", der Jüngere schlug sich mit der flachen Hand gegen die Stirn. „Du bist in sie verschossen. Das ist es!"
„Nein, das bin ich nicht."
„Klar doch, ich sehe, wie du rot wirst. Hahaha." Wiehernd klopfte sich der Aquiner auf die Oberschenkel. „Ich glaube es

nicht. Dem pflichtbewussten Kandidaten auf dem Weg zum Superfick hat es erwischt. Ich lach mich tot."

„Vedran", zischte der Seefahrer.

„Sie hat dich angemacht, manipuliert und bettelt dich jetzt um Verzeihung an. Und du bist ihr auf den Leim gegangen. Wie süß. Die Handkante hat dich voll erwischt."

„Wer?"

Vedran imitierte Shirans Kampfstil. „Die Frau schlägt einen schneller nieder, als du gucken kannst. Beängstigend."

„Dann solltest du hierbleiben, bevor sie dir den Arsch versohlt."

„Ach nee, ich vertraue darauf, dass du dich schützend vor mich wirfst. Dir darf sie ja nichts tun." Vedran lief im Raum auf und ab. Während Kadân ihn beobachtete. „Die Handkante, ich schmeiß mich weg. Echt von dir hätt ich das nicht erwartet."

„So einfach ist das nicht."

„Ach, hab dich nicht so. Dieser kindische Fluch hat uns alle schon mal getroffen. Ich denke da an eine vom einundzwanzigsten Planeten. Die hatte vielleicht Kraft in den Schenkeln." Vedran seufzte hingebungsvoll.

„Ich bin nicht ..."

„Streite es nicht ab, ich glaub dir eh nicht. Weißt du, am besten hilft dagegen Abwechslung." Der junge Mann strich sich durch die braunen Locken, im Versuch sie zu bändigen. Dann griff er Kadâns Oberarm, um ihn mit sich nach draußen zu ziehen.

Der Aquiner riss sich los. „Wir müssen hierbleiben. Shiran hat recht, es ist ein zu hohes Risiko."

„Feigling", spuckte Vedran aus. Das letzte Wort ließ er sich nicht nehmen. „Vielleicht bin ich gnädig und bring dir eine mit. Deinen Typ kenn ich jetzt, hinterhältig und gefährlich."

„Du kannst niemanden herbringen“, sagte Kadân in aufkeimender Panik. Der angetrunkene Hitzkopf würde sich nicht aufhalten lassen.
„Jaha, das war ein Witz. Denn im Gegensatz zu dir“, Vedran tippte seinem Gegenüber auf die Brust, „offenbare ich Frauen keine Geheimnisse oder stell sie meinen Freunden vor.“
Kadân schluckte. „Das war etwas anderes.“
„Hör zu, du Tausendschönchen. Schlaf mit ihnen, hab Spaß und verschwinde wieder. Nur so sollte es sein. Nicht so, wie du es machst mit deinen drei Geliebten. Wenn du unbedingt jemanden zum Ausheulen brauchst, dann such dir einen von uns.“ Vedran redete sich in Rage. Er führte sein Gesicht so nahe an das von Kadân, dass sie sich fast an der Stirn berührten. „Es gibt verdammt gute Gründe, warum die Frauen und wir in getrennten Gemeinschaften leben. Es funktioniert einfach nicht.“
Der Seefahrer schubste ihn weg. „Du solltest dich auf deinen Arsch setzen und die Klappe halten.“
„Du denkst, du bist was Besseres. Dass du über den Regeln und Traditionen stehst. Was?“ Vedran zupfte sich das tief ausgeschnittene Hemd zurecht. „Also, ich verpiss mich jetzt. Du kannst mitkommen oder bleiben.“ Er betätigte die Schleuse. Die Tür schob sich mit einem leisen Surren zur Seite. Nach einem angedeuteten Winken verschwand er im Gang.
„Mist“, zischte Kadân. Er holte den Kommunikator aus der Hosentasche und tippte auf die Schnellwahltaste.
Shirans Stimme antwortete sofort auf den Ruf. „Probleme?“
„Wie lange brauchst du noch?“ Sie hatte ihm vor zwei Tagen offiziell erlaubt, sie zu duzen.
„Ich bin in wenigen Minuten mit der Ladung da. Warum?“

„Fliegen wir dann gleich?“ Der Seefahrer guckte auf den Korridor.
„Ja, ich muss nur kurz zurück und mit den Priesterinnen reden, irgendwelche Daten fehlen. Wieso?“
„Vedran hat sich zugedröhnt und will unbedingt in einem Club.“ Sie ächzte. „Dieser Idiot. Halt ihn auf!“
„Okay. Ich hole ihn.“ Kadân schlüpfte auf den Gang und schloss die Schleuse hinter sich.
„Was? War ...“, er drückte Shiran weg.
Noch hielt sich Vedran in Sichtweite auf. Er stand vor der Schleuse, die zum Panoramadeck führte und winkte dem Seefahrer zu. Kaum hatte sich der Abstand zwischen ihnen verringert, öffnete er den Ausgang und schlenderte betont langsam hindurch.

Auf dem Panoramadeck wimmelte es von Menschen. Die transparente Außenhaut der Raumstation zog sich wie ein Triumphbogen über eine Einkaufspassage. Als Kadân die Schleuse passierte, nahm der Anblick ihn gefangen. Hoch oben schwebte der grüne Planet, gesprenkelt mit blauen Tupfen. Die Sonne tauchte die Hälfte der Kugel ins Licht. Einer der drei Monde lugte über die Schattenseite.
Er schüttelte die Eindrücke ab und suchte in der Menge nach Vedran. Zum Glück gab es außerhalb von Aquin nur wenige, die fast zwei Meter Größe aufwiesen. Der Gesuchte ragte aus der Masse, wie eine Insel im Ozean. Der Seefahrer folgte ihm hastig.

Etwa hundert Meter weiter erreichte er ihn. Er passte die Geschwindigkeit an und lief nebenher. „Shiran ist bereits auf dem Rückweg, wir starten gleich.“
„Siehst du, du bist hier und lebst noch. Nichts als Panikmache. Drei oder vier Stunden können wir uns nehmen.“
Kadân stellte sich seinem Landsmann in den Weg, so dass dieser stehenbleiben musste. „Komm jetzt!“
„Zwei Riesen in seltsamer Kleidung stehen sich an einem friedlichen Ort feindselig gegenüber. Meinst du nicht, dass dein Verhalten mehr Aufmerksamkeit erregt, als wir ohnehin schon haben“, sagte Vedran in sarkastischen Tonfall. Dicht an Kadâns Ohr gebeugt, flüsterte er: „Bist du nicht auffällig genug?“
Der Seefahrer schaute sich um. Die Menschen im Umfeld, zumeist Frauen, warfen ihnen neugierige Blicke zu. Ein paar lächelten ihm einladend zu. Immer der gleiche Mist, dachte er. Widerwillig gab er dem anderen Recht. Seite an Seite schlenderten sie weiter.
„Ach“, seufzte Vedran, „Was würde ich darum geben, wenn die mich derart mit den Augen verschlängen. Nicht dass ich es nicht nachvollziehen könnte“, schob er mit einem Zwinkern hinterher.
Er deutete auf ein Restaurant mit aufwändig gestalteter Fassade. Tische und Stühle luden zum Verweilen an, Frauen jeder Altersklasse genossen den Ausblick auf die Sterne. „Sieh, wie sie gaffen. Leider sind wir nicht willkommen, geschlossene Gesellschaft, Männer verboten. Wahrscheinlich bedauern sie es selbst.“
Sie erreichten das Ende des Panoramadecks. Dort führte ein halbbogenförmiger Gang in einen ungepflegten Bereich. In vierzig Meter Entfernung wartete eine ungeordnete Schlange vor einer zweiflügeligen Tür.

Darüber blinkte, bunt und aufdringlich, ein Display. Eine Videowand daneben zeigte einen Mann, der sich an einem palmengesäumten Strand rekelte. Schön anzusehen, jung und charmant, schmachtete eine Reporterin ihn an. Einige der weiblichen Wartenden schauten wie gebannt auf die Bilder des Kandidaten.
Ungefähr in der Mitte zwischen den Aquinern und dem Eingang befanden sich öffentliche Toiletten. Eine Frau mit schwarzem Haar stand davor, wandte ihnen den Rücken zu. Vedran deutete auf die Menschentraube. „Die haben Ahnung. Der Schuppen hier ist genau mein Ding."
Der Kommunikator piepste in Kadâns Hosentasche. Er blieb stehen. Shirans Name erschien. Er nahm den Ruf an.
„Wo seid ihr?", fragte sie.
„Vor irgendeinem Club, wir kommen gleich."
Vedran riss ihm das Gerät aus der Hand. „He du Sklaventreiberin, vergiss es. Lass deinen Süßen wenigstens etwas Spaß", brüllte er hinein. Die Lautstärke zog die Aufmerksamkeit von Wartenden aus der Schlange an. Ein paar Männer grinsten. Der Lockenkopf winkte ihnen zu.
„Versoffener Idiot", blaffte Kadân und wollte es ihm entreißen. Sein Landsmann wehrte sich und hielt den Kommunikator außerhalb der Reichweite. Keckerndes Lachen hallte im Gang wieder.
Aus der Toilette trat eine Frau heraus und gesellte sich zu der anderen. Kadân erkannte sie. Sein Herz setzte aus. Mitten im Handgemenge erstarrte er. Banda. Sie nestelte an ihrem Gürtel herum, noch hatte sie ihn nicht gesehen.
„Was ist?", fragte Vedran.

Kadân kämpfte gegen die lähmende Panik. Gerade als er sich in den Griff bekam, sah die Söldnerin auf. Ihre Blicke begegneten sich. Hass sprach aus ihrer Miene, sie fasste sich unter die Lederjacke.

Gleichzeitig drehte sich die Schwarzhaarige um. Metall blitzte. Baramee drückte den vorschnellenden Arm weg. Ein Knall donnerte ohrenbetäubend. „Spinnst du“, brüllte sie und schlug Banda die Faust ins Gesicht.

Menschen schrien. „Weg hier“, rief Kadân.

Er zerrte Vedran mit sich zurück zur Einkaufspassage. Der Sicherheitsalarm wurde aktiviert, ein schriller Ton klang an- und abschwellend über das Panoramadeck. Sicherheitsleute strömten aus einer Seitentür in Richtung des Clubs.

Die aufgeschreckte Menschenmenge geriet in Bewegung. Die Aquiner schwammen mit dem Strom. Kadân fluchte. „Komm, verdammt“, schrie er den anderen an, der sich mitschleifen ließ.

Vom Deck führten unzählige Ausgänge zu den Andockarmen der Raumstation. Der Seefahrer suchte die richtige Schleuse. Er war froh, dass er sich die Kennung gemerkt hatte.

Kaum blieb er stehen, um sich umzusehen, rempelten ihn Flüchtende an. „Da drüben“, sagte er. Während er an Vedran zerrte, fühlte er, wie dieser stürzte.

Der junge Mann landete bäuchlings auf dem Boden. Ein Schimpfwort schon auf den Lippen beugte sich der Seefahrer über ihn. Eine vorbeilaufende Frau trat gegen den bewegungslosen Körper und hastete weiter.

Kadân kniete sich neben dem Besinnungslosen nieder. Er drehte ihn auf die Seite. Die Bewegung offenbarte eine kleine Blutlache auf den grauen Steinplatten. Blut sickerte aus einer Wunde am Oberschenkel. „Verdammt!“

Das Deck leerte sich. Der Aquiner sah sich um. „Wir müssen weiter“, flüsterte er. Mit bebenden Händen zog er sich den Pullover aus und knotete ihn um die Verletzung.
Kräftig rüttelte er Vedran. „Scheiße Mann. Wach auf!“
Die Lider flatterten. Der Angeschossene streckte die Finger aus und krallte sie in Kadâns ärmelloses Unterhemd. „Ich schaff das“, keuchte er, die Augen aufgerissen.
Der Seefahrer zog den Verletzten in eine Sitzposition. Dann legte er sich den erschlafften Arm um die Schulter und schleppte Vedran zur Schleuse. Mit der Last an seiner Seite öffnete er die Tür zu dem Korridor. Die letzten Schritte zum Ziel wähnten ihm endlos. Er atmete schwer, zweimal machte er eine kurze Pause, um Kraft zu schöpfen. Er hoffte auf Shiran. Sie würde wissen, was zu tun war.
Die Ladeluke zur Raumfähre stand offen. Kadân schleifte den massigen Körper seitlich durch die schmale Öffnung. Im Innenraum war die vordere Hälfte mit angegurteten Kisten vollgestellt. Shiran musste in der Nähe sein. Ein breiter Durchgang führte zum Cockpit. Im hinteren Bereich ließ er Vedran zu Boden gleiten. Von ihr keine Spur.
Eine rote Lache sammelte sich auf dem Untergrund. Der notdürftig angebrachte Verband hing auf der Höhe des Knies. Kadân wickelte den durchtränkten Pullover ab. Dann schob er das weit geschnittene Hosenbein hoch, bis er das blutverschmierte Einschussloch freilegte.
Seine Hände zitterten, nie zuvor hatte er eine solche Verletzung gesehen, geschweige denn versorgt. Erleichtert nahm er wahr, dass kein Blut mehr aus der Wunde sickerte. Er knüllte den Stoff zusammen und presste ihn darauf. Vedran stöhnte vor Schmerz auf, jegliche Anspannung verließ seinen Körper.

Unter dem Oberschenkel bildete sich eine zunehmende Blutlache. Ungläubig tastete Kadân um das Bein herum. Er fühlte ein Loch im Fleisch, größer als das vordere. „Nein, nein, nein." Ihm war speiübel. Wo blieb Shiran, dachte er verzweifelt. Er versuchte den blutdurchtränkten Pullover als Wickel zu verwenden. Die Finger glitschten ihm weg.

Schritte näherten sich. „Shiran, hilf mir. Schnell", rief er, ohne sich umzudrehen.

„Nein, ich denke nicht daran", antwortete die Reibeisenstimme von Baramee. Der Aquiner spürte kaltes Metall im Nacken. „Aufstehen und mitkommen."

Kadân überwand den ersten Schrecken, mit fahrigen Bewegungen legte er den Stoff um die offene Wunde. „Vergiss es", gab er zurück. „Ich lasse ihn nicht krepieren."

„Komm, Junge", sagte sie unvermutet sanft, „ich will nicht auf dich schießen."

Er erinnerte sich an ihre Verhaltensweise vor dem Club. „Das wirst du müssen", erklärte er. Der Verband ließ sich einfach nicht um Vedrans Oberschenkel festziehen. „Scheiße", schluchzte er.

Der Hahn der Waffe knackte. Er schenkte der Söldnerin keine Beachtung. Der erwartete Schlag im Nacken blieb aus.

Stattdessen fühlte der Aquiner, wie der Lauf verschwand. „Ich helfe dir, ihn zu verbinden", sagte sie nüchtern.

„Was?", fragte er irritiert.

Baramee hastete um die beiden Männer herum. Kadân gegenüber begab sie sich in die Hocke. Sie fasste ihm unter das Kinn und drückte es hoch, so dass er sie ansehen musste.

„Ich werde dir helfen. Ich habe Erfahrung in sowas." Er riss den Kopf nach hinten, um sich aus ihrem Griff zu befreien. „Dafür lässt du dir das hier anlegen.“ Sie hielt ihm Handschellen vor die Augen.

Der Seefahrer starrte bewusst hinunter auf den Verletzten. „Spinnst du?“

„Kadân von Aquin. Ich kann ihn retten“, beschwor sie ihn eindringlich.

Er schenkte ihr keine Beachtung.

„Mein Wort ist etwas wert. Durch deine Stümperei verliert er weiterhin Blut. Sein Leben, gegen ein kleines Entgegenkommen. Ist das zu viel verlangt?“

Kadân zögerte. Er blickte unverwandt auf seine zittrigen Finger, der Verband gelang ihm einfach nicht. Ein tiefer Atemzug und er traf eine Entscheidung, setzte sein Vertrauen in Shiran. Er glaubte daran, dass sie für ihn da sein würde, unabhängig vom Risiko und allen Konsequenzen.

„Auch wenn die Gebote der großen Mutter für mich nicht gelten, töte ich nicht aus Spaß“, erklärte Baramee.

Er ließ das blutgetränkte Stück Stoff los und streckte ihr die Hände entgegen. „Hilf ihm“, presste er hervor.

Baramee nahm sich die Zeit, eine Flasche aus der Jackentasche zu ziehen, ein Tuch mit Flüssigkeit zu benetzen und einen Teil des Blutes von seiner Haut zu wischen. Scharfer Geruch von Alkohol stieg ihm in die Nase, ungeduldig wartete er ab. Sie legte ihm die Handfesseln an. Dann stand sie auf und sah sich um.

„Was tust du?“, rief er im Glauben sich umsonst ausgeliefert zu haben.

„Jede Raumfähre hat eine erste Hilfe Ausrüstung. Vorschrift.“ Sie hastete zielgerichtet auf das Cockpit zu. Ein kurzes Klappern und sie kam mit einem Päckchen heraus.

Die Söldnerin riss es auf, entnahm Verbandsmaterial und eine kleine Spraydose. Sie hob den zerschundenen Oberschenkel an und brachte das Bein in eine angewinkelte Position. „Halt es gebeugt“, befahl sie.
Baramee untersuchte die Verletzung. „Durchschuss. Keine Knochensplitter. Eine Vene ist verletzt, aber nicht durchtrennt. Wenn die Wunde sich nicht entzündet, wird er es mit großer Wahrscheinlichkeit schaffen.“ Kadân war erleichtert über die Einschätzung. Er sah dem Landsmann ins Gesicht, gemocht hatte er ihn nie.
Das Spray kam zum Einsatz. „Das Zeug tötet Keime ab“, sagte die Frau. Einen der bereitgelegten Druckverbände platzierte sie oben auf die Wunde, den anderen hielt sie darunter fest.
„Bitte glaub mir, Kadân. Das hier ist ein Versehen. Ich wollte weder ihn noch dich verletzen. Aber ändern lässt es sich nicht mehr“, erklärte Baramee.
Sein Name aus ihrem Mund jagte ihm einen Schauer über den Rücken. Sie hätte ihn niemals kennen dürfen. Er fragte sich, was sie von ihm wusste und was sie mit ihm vorhatte. Nichts Gutes, dessen war er sich sicher.
Sie nahm einen Verband, setzte ihn an und wickelte ihn geschickt um das Bein. Die Söldnerin zog das Material stramm und knotete es zu. „Mehr kann ich auf die Schnelle nicht machen.“
Kadân senkte den Blick. Er mied ihre Augen, die ihn bei ihrer ersten Begegnung in den Bann gezogen hatten. Unter den Wimpern hindurch beobachtete er die Anführerin. Er lauerte auf einen Moment der Unachtsamkeit. In einem direkten Angriff, dazu gefesselt, sah er keine Chance. Selbst wenn sie nur halb so gut ausgebildet war wie Shiran.

Die Söldnerin erhob sich. Sie schüttete sich Desinfektionsmittel über die Unterarme. Die restliche Flüssigkeit wischte sie an frischem Verbandsmaterial ab.
Danach faltete sie den faserigen Stoff auseinander und hielt ihn wie ein Seil zwischen den Fingern. Sie sah auf ihn hinunter, wie er neben Vedran kniete. „Jetzt du“, sagte sie in scharfem Befehlston. Kadân musterte sie. „Hände hinter den Kopf!“
Der Aquiner wich unwillkürlich mit dem Oberkörper zurück. Er erkannte, was sie vorhatte. Sein Puls beschleunigte sich, als pure Angst jeden Gedanken verdrängte.
„Sofort“, blaffte Baramee, „ich unterschätze dich nicht.“
Er verharrte bewegungslos.
Sie tippte den Druckverband des Verletzten mit dem Fuß an. „Das nächste Mal trete ich richtig zu.“
Als er nicht reagierte, griff sie zu der Pistole in dem Innenholster ihrer Jacke. Den Lauf richtete sie auf Vedrans Schulter. „Du bist mein Ziel, um ihn schert sich niemand. Glaubst du, er verträgt noch mehr Blutverlust? Also nochmal: Hände hinter den Kopf!“
Kadân starrte ihr in die Augen. Beide schauten kalt und unnahbar, zeigten eine gänzlich andere Person als die, die soeben die Wunde versorgt hatte. Sie wird abdrücken, dachte er. Zögerlich befolgte er ihren Befehl. Eine eisige Klammer legte sich unerbittlich um seine Brust. Wo ist Shiran, fragte er sich und vermied zur Heckluke zu schauen.
„Wirklich, ich mag deine Opferbereitschaft“, kommentierte Baramee. Sie trat in einem großen Schritt über den am Boden Liegenden hinweg. Die Waffe hielt sie schussbereit vor den Körper.
Sobald sie hinter seinem Rücken stand, spürte er, wie sie den Stoff dicht am Nacken um die Oberarme fädelte. Es kitzelte, als

sie seine kupferroten Haare zur Seite pustete. Ruckartig zurrte sie den Verband fest. Er ächzte und prüfte unwillkürlich die Fessel.
„Ich weiß, was ich tue, mein Schöner“, flüsterte die Söldnerin, „aber dass wirst du noch früh genug herausfinden.“
Kadân kniff die Lider zusammen und fühlte die Wärme ihres Atems am Ohr. Ihre Finger streichelten sanft entlang der frischen Narben an den Handgelenken. Sein Körper versteifte sich. Er biss sich auf die Zunge, schwieg. In sich ließ er nichts außer Abscheu für sie zu.
„Du gehörst mir“, schnurrte sie, „für dich investiere ich sogar in eine Heilerin, die das wieder hinbekommt.“
Der Aquiner beugte sich vor, um Abstand zu gewinnen. Diese Frau löste ungeahnte Ängste in ihm aus und etwas anderes für das er keine Worte fand. „Wertsteigerung?“ Er legte so viel Verachtung in den Ton, wie er aufbringen konnte.
Baramee packte ihn grob an den Schultern und riss ihn zurück, so dass er gegen sie stieß. Ihre Hände glitten abwärts, von seinen Ellenbogen zu den Achseln bis hinunter zu seiner Hüfte. Kadân schluckte und ballte die Fäuste zusammen.
„Nein, reiner Eigennutz“, hauchte sie mit einem Lächeln in der Stimme. „Ich habe beschlossen, dich für mich zu behalten. An dir ist etwas Besonderes, etwas hinter dem schönen Gesicht und dem perfekt geformten Leib. Und ich will herausfinden, was es ist.“
Der Seefahrer spürte einen hauchzarten Kuss auf den Hals, dicht unter dem Ohr. Er zitterte.
„Meinen Auftraggeberinnen ist es egal, was aus dir wird. Die wollen sich nur keine Todsünde aufladen.“

Ihr schneller werdender Atem strich ihm den Nacken entlang. Er fühlte ihre Nasenspitze über die Haut gleiten. Hörbar sog sie die Luft ein. „Schweiß und Blut, vermischt mit dir. Ein herrlicher Duft.“ Sie leckte sich die Lippen. „Ich kann es kaum erwarten deinen verschwitzten Körper unter meinem zu spüren. Dazu dein lustvolles Stöhnen, dein Betteln um mehr.“

Die Kiefer aufeinandergepresst, drehte Kadân den Kopf weg. Er hasste die Hilflosigkeit, genauso wie die Gänsehaut, die ihn überzog. „Nein“, zischte er, „so wird es niemals sein.“

„Doch“, hauchte sie und streichelte seine Brust, „nachher.“

Der Seefahrer zerrte an der Fessel.

„Na. Bleib ruhig.“ Als er nicht auf sie hörte, schnalzte die Söldnerin mit der Zunge und nahm Abstand. „Erschreckend, was du mir zutraust. Als ob ich den kleinen Dieb hier sterben lassen würde.“ Sie kicherte rau. „Steh auf! Meine Leute sollten bald hier sein.“

Baramee griff Kadân unter die Ellenbeuge, um ihm zu helfen. Er versuchte vergebens sie abzuschütteln. Ein leichter Klaps traf sein Schulterblatt. „Du kniest also gerne vor mir, ja?“, fragte sie belustigt. „Keine Sorge. Ich verspreche dir, dass du es noch oft tun darfst.“

Er ließ ihre Hilfe zu und funkelte sie dabei wütend an. Vedran rührte sich in der Bewusstlosigkeit. Der Seefahrer musterte ihn. Shiran, flehte er still, komm endlich.

„Der wird wieder, ihr Aquiner seid zäh“, sagte Baramee. Sie schubste ihn an, in Richtung Tür.

Kadân weigerte sich, nur einen Schritt zu tun. Soweit wie es mit den gefesselten Händen möglich war, streckte er sich durch. Shiran wird bald eintreffen, an den Gedanken klammerte er sich. Zeit, ich muss ihr mehr davon verschaffen. „Da du eh nur bluffst

und mich lebend willst, kann ich hier auch stehen bleiben.“ Wider Erwarten, schaffte er die Worte ohne ein Zittern in der Stimme.
Die Söldnerin lachte vergnügt. Sie taxierte ihn aufmerksam. Zu seinem Entsetzen sprach aus ihrer Miene pure Freude. „Trotz deiner Angst leistest du Widerstand. Junger Mann, du gefällst mir immer besser.“
Kadân starrte sie an. Er fühlte sich erwischt.
„Was? Glaubst du, ich sehe dir das nicht an?“, sie zeigte ein für ihn erschreckend liebevolles Lächeln, welches die Furcht vor dem Kommenden verstärkte. „Ich lese in dir, mein Schöner. Mehr als du dir selbst eingestehst.“ Ihr Mund verzog sich zu einem schiefen Strich. „Wir werden gemeinsam viel Spaß haben.“ Sie tippelte mit den Fingerspitzen über seine Wange.
Ein inneres Beben erschütterte ihn, aus Angst, Hass und Widerwillen. Kadân warf den Kopf zur Seite. „Super, dass sich wenigstens eine von uns gut unterhält.“
Ein schallendes Lachen erfüllte den Raum. „Endlich. Ich habe mich bereits gefragt, wo der provokante Mann vom Raumschiff geblieben ist.“
Die Söldnerin rückte von ihm ab. Lässig lehnte sie sich an die Bordwand und beobachtete ihn. Kadân fühlte sich nackt unter ihren Blicken. „Wir warten. Meine Leute werden dich mit Vergnügen rausschleifen. Und bald“, Baramee grinste wölfisch, „wirst du meine Aufmerksamkeit zu genießen wissen.“
Niemals, dachte der Aquiner, werde ich es genießen ein Gefangener zu sein. Er versuchte ihre Worte zu ignorieren, sie nicht in seinen Verstand zu lassen. Vorhin stand die Ladeluke offen, die Vorräte waren eingeladen. Shiran musste hier gewesen sein. Wo bist du, fragte er sich fieberhaft.

Der Seefahrer vermied es, zur Tür zu gucken. Als Baramee mit der Waffe schussbereit zum Ausgang zielte, erkannte er den Fehler. „Du erwartest jemanden. Shiran, nehme ich an, deine persönliche Gardistin.“ Er spürte, wie ihm die Röte ins Gesicht stieg.

Sie stieß ein Lachen aus, das tief aus ihrer Kehle rollte. „Du bist süß, so unverdorben ehrlich.“

Kadâns Zuversicht auf Rettung erfuhr einen empfindlichen Dämpfer. Die Söldnerin spielte mit ihm, wie es ihr beliebte und er konnte dem nichts entgegensetzen, außer bewegungslos herumzustehen. Trotz der weichen Knie hielt er sich aufrecht. Vor ihr würde er nicht einknicken. Nicht jetzt. Auch wenn er wusste, dass es später, allein mit ihr, nur eine Frage der Zeit sein würde.

„Ich erkenne Verstehen in dir. Gut, den letzten Rest Hoffnung bekommen wir ebenfalls weg“, sagte sie zufrieden. „Shiran kommt nicht. Die Priesterschaft hat Anweisung sie aufzuhalten.“

Er atmete schwer, aus feuchten Augen fixierte er sie. Nein, schrie er innerlich auf, große Mutter, bitte nicht.

Baramees Körper spannte sich an, während sie horchte und ihr linkes Ohr zur Tür drehte.

Der Tritt in die Magenkuhle traf ihn unvorbereitet. Er schrie auf und klappte zusammen. Mit verbundenen Armen konnte er den Sturz nicht abfangen. Ein scharfer Schmerz an der Schläfe drohte ihm das Bewusstsein zu rauben.

Benommen beobachtete Kadân, wie die Söldnerin zur Türöffnung stürmte. Durch das Blut verschwamm seine Sicht. Der Knall einer Pistole übertönte alle Geräusche. Shiran.

Stille folgte. Der Aquiner hoffte, dass gleich die richtige Frau durch die Tür kam.

„Verdammt, du solltest in der Raumfähre bleiben“, rief die Kämpferin von draußen, „ich hab die Schnauze voll davon, dich zu retten.“
Der Seefahrer legte den Kopf ab und atmete erleichtert auf. Nie zuvor hatte er sich derart gefreut, angeschrien zu werden. „Große Mutter“, flüsterte er.
Wutschnaubend schleifte Shiran Baramees betäubten Körper ins Innere. Als sie Kadân am Boden liegen sah, ließ sie die Söldnerin los und eilte zu ihm. Ihr besorgter Blick traf ihn wie ein Stich ins Herz.
„Das ist Vedrans Blut“, antwortete er auf die unausgesprochene Frage.
Sie löste die Fesseln. Dann schaute sie nach dem anderen Aquiner.
Kadân setzte sich auf, eine Hand presste er auf den Bauch. Schon wieder die gleiche Stelle, dachte er, dabei waren die Prellungen fast abgeheilt. Vorsichtig schüttelte er die Arme aus. Er griff zu dem Verband neben sich und tupfte sich das Blut vom Auge.
„Baramee hat ihn verbunden“, erklärte er Shiran, die den Verletzten untersuchte. „Sie war überzeugt, dass er es schafft.“
Sie nickte. „Ja, wenn wir es schnell zu einer Heilerin schaffen.“
Umständlich rappelte er sich auf. „Kennst du eine?“, fragte er mit schmerzverzerrtem Gesicht.
„Ja.“
„Ist es weit?“
„Nein.“
Die einsilbigen Antworten machten Kadân die Gefahr bewusst. „Wir müssen hier weg. Ihre Leute sollten gleich ankommen.“
„Nein. Das Sicherheitspersonal hat die Hauptzugänge gesperrt.“ Shiran nahm eine Wärmedecke aus dem Verbandskasten und

breitete sie über Vedran aus. Dann desinfizierte sie sich die Hände.
„Was hast du mit ihr vor?“, fragte Kadân, er wollte Baramee nicht anschauen.
„Wir sollten sie mitnehmen und den Namen des Verräters aus ihr herauspressen“, sagte die Kämpferin bitter.
„Shiran, bitte nicht. Sie ist gefährlich und wir wüssten nicht, wohin mit ihr. Wir sind zu wenige für eine ständige Wache. Und“, er zögerte und sprach leise weiter, „ich will sie nicht in meiner Nähe.“ Die Wahrheit zu gestehen kostete ihn Überwindung.
„Ich weiß.“ Sie packte die Anführerin an den Füßen und schleifte sie auf den Gang hinaus. Danach schloss sie die Ladeluke und koppelte die Schleusenöffnung des Raumschiffes ab. „Sie wird uns weiterjagen. Jetzt erst recht. Wegen dir.“
Kadân lachte freudlos. „Nein, nur wegen des Geldes. Ansonsten bin ich für die nur ein beliebiges Stück Fleisch.“
Shiran ging an ihm und Vedran vorbei ins Cockpit. „Täusche dich nicht“, rief sie. „Eine erfahrene Söldnerin hat dich trotz Fesseln als ernstzunehmende Gefahr eingestuft. Herzlichen Glückwunsch, du hast ihre Wertschätzung erlangt.“
Der Antrieb surrte leise. Kadân hockte sich neben den Verletzten. „Wie das?“
„Sonst hätte sie dich nicht niedergeschlagen und sich selbst Reaktionszeit genommen.“ Ein Klackern in der Bordwand. Shiran trennte die Energieverbindung von der Raumstation.
„Das war ein Kompliment? Ganz toll.“
„Wie man es sieht. Warum hast du dich nicht vor ihre Füße geworfen und um Gnade gewinselt. Das wäre logisch gewesen. Logisch! Aber nein, du musstest sie provozieren und reizen.

Wenn du nur ein bisschen weniger du gewesen wärst, hätte sie sich nicht herausgefordert gefühlt."
Kadân schüttelte den Kopf. „Das meinst du nicht ernsthaft?"
„Männlicher Stolz, das Dümmste was es gibt. Du hast ihren Jagdtrieb befeuert und eine lohnende Trophäe aus dir gemacht. Verdammt!"

3.3 Janaija

Janaijas Gedanken schweiften von der Arbeit ab. Schon wieder, ärgerte sie sich. Sie blickte in die prächtige Gartenanlage unter ihrem Fenster, ohne sie wirklich wahrzunehmen.
Die Priesterin machte sich Sorgen, etwas das sie bislang nicht kannte. Ihr Vertrauen in die große Mutter war tief und unerschütterlich. Doch der Widerstand ihrer Kontrahentinnen erwies sich als hartnäckig. Obwohl sie die mächtigste Magierin der vereinten Welten war, konnte sie den Kandidaten nicht beschützen. Selbst das Ausschalten der Feinde war ihr mittels Magie nicht erlaubt. Sie schimpfte auf die unnützen Regeln, die die Grenzen sehr eng steckten.
Sofort entschuldigte sie sich für den anmaßenden Impuls. Natürlich erfüllten die Gesetze zur Magieanwendung einen Zweck. Selbstverständlich, wie es sein sollte, behandelten sie jeden gleich. Die Angst, dass eine Verfehlung den Verlust der Fähigkeiten bedeutete, hatte sich in sie hinein gefressen.
Das Wissen darum lernten Magiebegabte in der ersten Übungsstunde. Die übermenschliche Macht entstammte der großen Mutter, sie galt es in allem zu ehren.
Egal um welchen Preis, Janaija musste den Verlockungen widerstehen. Sie nutzte die Verbindung zu dem Kandidaten nur, um herauszufinden, ob er wenigstens lebte. Für die Sorge um das Wohl eines Menschen würde die Göttin Verständnis haben.
Der Kommunikator piepte. Kein gutes Zeichen, dachte die Priesterin. Eine Kontaktaufnahme erlaubte sie nur in wirklich dringenden Fällen. Sie schielte auf das Display und seufzte.
Nur noch wenige Tage hieß es bis zum Ritual zu überstehen. Danach endete dieser emotionale Alptraum endlich und sie

konnte sich wieder den wichtigen Dingen widmen. „Annehmen“, sprach sie deutlich in den Raum.
Ein Hologramm von Shirans Kopf erschien schwebend über dem Tisch. „Seid gegrüßt, Madame.“
„Sprich“, forderte Janaija. Sie hielt sich aus dem Sichtfeld der Kamera. Die Dienerin musste nicht ihr müdes, ungeschminktes Gesicht sehen.
„Söldner haben uns auf der Raumstation aufgelauert, anscheinend erhielt die Priesterschaft Anweisungen von einer mir unbekannten Person“, sagte Shiran kurz und knapp. „Die Verräterin befindet sich im engsten Kreis.“
Janaija schätzte die direkte Art der ausgezeichnet ausgebildeten Frau, die Informationen schnell auf den Punkt brachte. Nur zwei Sätze und sie wusste, dass Shiran und der Kandidat trotz der unglücklichen Umstände entkommen waren. „Ist er unversehrt?“
„Ja, Madame.“
Janaija seufzte zufrieden. Wenigstens auf die Mitglieder ihrer persönlichen Garde konnte sie sich verlassen. „Werdet ihr rechtzeitig ankommen?“
„Ja, Madame.“
„Gibt es Probleme, von denen ich wissen müsste?“, fragte die Priesterin.
„Nein, Madame.“
„Gut.“ Die Erste beendete die Kommunikation ohne ein weiteres Wort. Je weniger Informationen über einen Kanal von außen besprochen wurden, desto besser.
Auch wenn sie es nicht offen zeigte, Janaija ärgerte sich maßlos. Ihr handverlesener Kreis infiltriert von einem Feind. Unvorstellbar, trotz all ihrer Macht und Großzügigkeit wandte sich eine enge Vertraute gegen sie.

„Kontakt zu Wieran“, sagte sie in die Stille.
„Seid gegrüßt, ehrenwerte Priesterin“, antwortete eine pikierte Stimme.
Die Beraterin besaß weder Freundlichkeit noch ausreichend Ehrerbietung, um Wertschätzung vorzutäuschen. Janaija konnte nicht anders als den Befehl zu bellen. „Ich will dich sofort in meinem Arbeitszimmer sehen.“
Fünf Standardminuten später stieß Wieran die Tür auf. Die erste Priesterin erkannte bereits in diesem großspurigen Auftritt mangelnden Respekt. Die ergraute und unflexible Frau weckte Widerwillen in ihr. Allein die langjährigen Verdienste für die Familie hielten sie im Amt. Noch.
„Ich erwarte ein Klopfen“, fuhr Janaija die Beraterin an. „Hast du nicht gelernt, wie du hochgestellten Persönlichkeiten zu begegnen hast?“
„Entschuldigen Sie, Madame“, antwortete Wieran beherrscht. Nicht das kleinste Anzeichen von Unmut kräuselte ihre Gesichtszüge. „Eure Stimme klang aufgewühlt. Ich wollte so schnell wie möglich zu euch gelangen.“
„Aufgewühlt? Steht es dir zu meine Befehle zu interpretieren?“
Solche Gefühle belasteten Janaija seit Ewigkeiten nicht mehr.
Sie fühlte sich in ihre Kindheit zurückversetzt. Damals als Wieran an der Seite ihrer Tante stand und sie ein Mädchen war, das ihre Macht gerade entdeckte. Der sauertöpfischen Miene ist die Beraterin ein Leben lang treu geblieben, dachte sie hämisch.
„Shiran hat sich bei mir gemeldet“, sprach sie mit dem Blick zum Fenster. Erst dann drehte sie sich um und ging der Dienerin entgegen. „Anscheinend war die von dir vorgeschlagene Raumstation nicht so sicher wie gedacht. Söldner warteten bei ihrer Ankunft und die Priesterschaft erhielt angeblich

Anweisungen von einer Verräterin. Wann präsentierst du mir den Feind in unseren Reihen, Wieran?“
Die ältere Frau kniff die Augen zusammen. „Ich kann mir das nicht erklären. Die falsche Kennung hat ihre Identität verschleiert. Wer weiß, ob sie wiedererkannt wurden. Vielleicht war das nur ein großer Zufall.“
„Heißt das, du gestehst mir deine Unfähigkeit? Abgesehen davon fragte ich nach der Verräterin“, sagte Janaija.
Auf Wierans Stirn perlten einzelne Schweißtropfen. „Woher hat Shiran die Information über die Anweisungen an die Priesterschaft? Wir haben alle in Frage kommenden Personen bei uns überprüft, niemand ist verdächtig. Derzeit gehen wir von einer undichten Stelle in der Kommunikation aus. Wir überprüfen sämtliche Systeme.“
„Aha“, kommentierte die Priesterin kühl.
„Die Raumstation war eine von vielen auf dem Weg“, erklärte die Beraterin. „Shiran reist auf einem Schmugglerschiff, wir wissen nicht wer dort noch mitreist oder ob sie überhaupt gesicherte Verbindungen besitzen.“
„Also ist es die Schuld deiner Schülerin?“ Die Erste umrundete die Frau, wie ein am Himmel kreisender Adler.
„Madame, sie wird unprofessionell. Ich fürchte, sie hat sich zu sehr auf diese Aquiner eingelassen.“
„Mmh“, schnurrte Janaija, „Ich wundere mich, wie du über sie sprichst. Soweit ich mich erinnere, bist du ihre Mentorin, die ihr alles beigebracht hat. Sie ist eine unserer Besten, wenn nicht gar die Beste. Jeden Auftrag hat sie bisher zur vollsten Zufriedenheit ausgeführt. Dank ihr ist der Kandidat in Sicherheit.“
„Ich bin ihre Vorgesetzte. Ich koordiniere die Einsätze.“ Wieran blieb sachlich, nur ihre verschränkten Arme verrieten den Druck,

dem sie sich ausgesetzt fühlte. „Und trotzdem behielt sie den Vorfall auf der Raumstation für sich. Das zeugt von …“
„Gehorsam“, unterbrach die Priesterin. „Ich habe ihr eine Kontaktsperre zu jedem außer mir auferlegt.“
Die Augen der Beraterin blitzten auf. „Das hätte ich wissen müssen“, sagte sie eine Spur zu laut. „Ich schickte ihr zusätzlichen Schutz entgegen. Es wäre angebracht gewesen zum Treffpunkt zu kommen. Wie soll ich meine Arbeit zu eurer Zufriedenheit ausführen, wenn ich keine Informationen erhalte?“
„Kritisierst du mich?“, fragte Janaija scharf.
Wieran schwieg. Es schien, als würde sie die Worte auf sich einwirken lassen. „Niemals gab ich Anlass an meiner Loyalität zu zweifeln“, betonte sie. „Seit Jahrzehnten diene ich eurer Familie.“
„Dann tue das, wozu du da bist. Finde die Verräterin oder die undichte Stelle.“ Janaija blieb hinter der Beraterin stehen. Sie rückte nahe an Wierans Ohr heran. „Ich mache deine zukünftige Stellung vom Erfolg abhängig“, zischte sie.
Endlich eine Reaktion, stellte Janaija zufrieden fest. Die ältere Frau konnte ihre Wut nicht vollständig verbergen. „Ihr entscheidet das nicht. Ich bin ebenfalls die Beraterin eurer Tante und eurer Cousine, der zukünftigen Kan´ya.“
Janaija belustigte die Unverfrorenheit, legte aber ihre Miene in glaubwürdiges Entsetzen. Glaubte die wirklich, was sie da von sich gab?
„Wie sieht dein weiteres Vorgehen aus?“ Die Priesterin empfand es als unter ihrer Würde, auf die unverschämten Worte einzugehen.

„Ich werde veranlassen, die gesamte Priesterschaft der Raumstation zu verhören. Wenn es eine Spur zu einer angeblichen Verräterin gibt, finde ich sie.“

Die Priesterin lächelte. „Gut“, sagte sie in honigsüßem Ton. „Du darfst gehen.“

3.4 Shiran

Shiran entfernte den Verband um Vedrans Oberschenkel. Sie schluckte. Der Patient lag auf dem luxuriösen Doppelbett in seiner Kabine, starkes Fieber schwächte ihn.
„Das sieht nicht gut aus“, entwich Kadân unwillkürlich. Mit kreidebleichem Teint bot er dem Verletzten einen Becher Wasser an. Shiran warf ihm einen finsteren Blick zu und bedeutete ihm zu schweigen oder zu verschwinden.
„Was?“, keuchte Vedran, „Oh große Mutter, verlier ich es?“ Tränen liefen ihm über die Wange. Panisch versuchte er sich aufzusetzen, um die Wunde zu sehen.
Die Kämpferin drückte ihn sanft in die Kissen. „Du behältst dein Bein. Beruhige dich.“ Die ausgeprägte Angst konnte sie nachvollziehen, denn selbst Magie ersetzte keine fehlenden Gliedmaßen.
Vedran nickte heftig, biss sich auf die Lippen. „Was ist es dann?“ Er starrte auf den Seefahrer.
Die junge Frau schob Kadân vom Bett weg. „Sieh mich an.“
Der Patient sah ihr in die Augen.
„Es hat sich ein bisschen entzündet. Ich gebe dir etwas zum Schlafen. Du brauchst Ruhe.“
Wenn alles nach Plan lief, erreichten sie in sechzehn Stunden den dritten Planeten, ihre Heimat. Durch die Behandlung einer fähigen Heilerin könnte der Verletzte vollständig genesen. Sofern die Blutvergiftung, die sich durch seinen Körper fraß, ihn bis dahin am Leben ließ. Die Zeit rann ihnen durch die Finger.
Shiran mischte einen Cocktail aus Schmerzmittel und Antibiotika, der viel zu schwach war. Es würde nicht helfen, das

wusste sie, aber vielleicht verlangsamte es die Reaktion. Etwas anderes stand ihr nicht zur Verfügung.
Noch während sie den Verband erneuerte, schlief Vedran ein. Sie war froh, dass es ihn von den beiden erwischt hatte. Es war knapp gewesen, viel zu knapp. Schon wieder.
Sie dachte daran, wie sie Kadân auf der Raumfähre vorgefunden hatte, blutbesudelt am Boden liegend. In dem Moment schien sein Schmerz ihr eigener zu sein. Sie hatte ihn für sein Verhalten gegenüber Baramee gescholten. Wenn sie ehrlich zu sich selbst blieb, mochte sie ihn, genauso wie er war. Shiran schloss ihre Gefühle tief in sich ein. Der Mann wollte Distanz? Die sollte er haben.
Die Kämpferin verließ die Kabine, draußen wartete Kadân. „Wird er es schaffen? Es sind nur ein paar Stunden bis zum Mond des dritten Planeten."
Ihr Herzschlag beschleunigte sich in seiner Gegenwart, ohne dass sie es ändern konnte. Den Fakt akzeptierte sie und hörte auf sich selbst dafür zu martern. „Ja, ich denke schon", sagte sie kühl.
Der Aquiner wirkte zufrieden mit der Antwort. „Und von dort brauchen wir mit der Raumfähre nur eine Stunde auf die Oberfläche?"
„Ja", sagte sie knapp und sah ihn dann ungläubig an. „Wir?"
Er zuckte mit den Achseln, als hätte es daran nicht den geringsten Zweifel gegeben. „Sicher. Oder werden wir direkt neben der Heilerin landen?"
„Nein, natürlich nicht", blaffte sie.
„Mitri bleibt auf dem Transporter und irgendwer muss Vedran tragen. Ja", warf er schnell ein, bevor sie ein weiteres Wort

sagen konnte, „du kannst hervorragend kämpfen, aber ich habe mehr Kraft.“
„Du bist verletzt“, sprach Shiran hastig. Sie drehte sich zur Seite weg, um das Gespräch zu beenden. Noch einmal ließ sie nicht zu, dass er sich in Gefahr brachte. Nicht dort, nicht in ihrer Heimatwelt.
Kadân stellte sich ihr in den Weg. „Dank dir sind meine Verletzungen verheilt. Nur ein paar harmlose blaue Flecken sind noch übrig.“
Stumm schüttelte sie den Kopf.
„Shiran, ich begleite dich und helfe.“
Sie verschränkte die Arme. Alles an ihr sagte nein. Das Verlangen ihn niederzuschlagen und irgendwo anzuketten bis sie am Ziel ankamen, wuchs mit jedem seiner Worte. Sie wollte ihn beschützen, aber gleichzeitig auch sich selbst.
„Ich werde auf mich aufpassen, mit niemandem Streit suchen und wegrennen, wenn es sein muss.“
„Ach ja? Das hat beim letzten Mal nicht geholfen“, schnauzte sie ihn an. Sie merkte, wie die unnützen Emotionen aus ihr hervorzubrechen drohten. Dann hatte sie eine Idee. „Komm mit“, befahl sie.
Zielstrebig durchquerte Shiran den langen Gang bis zum Ende. Dort öffnete sie die Schleuse zum Laderaum.
Flink suchte sie Schaumstoffmatten zusammen, die sonst zum Abfedern von Ware genutzt wurden. Einen Teil davon drückte sie dem Seefahrer in die Arme. Die fragenden Blicke ignorierte sie. Gemeinsam betraten sie die Raumfähre durch die offene Ladeluke. Shiran breitete die Matten auf dem Boden aus. „So, das sollte reichen.“

Sie bat ihn sich in die Mitte zu stellen. „Du willst mitkommen?“, fragte sie, als sie sich gegenüberstanden.
Kadân schien zu ahnen, was sie vorhatte, er schaute skeptisch. „Ja.“
„Ich verbiete es.“
Der Seefahrer besaß die Vermessenheit zu seufzen, als ob sie hier die Unvernunft in Person darstellte. Sie schäumte innerlich und wartete ab.
„Shiran, ich verstehe, dass du dir Sorgen machst“, begann er auf sie einzureden. „Ich weiß, du möchtest mich beschützen. Glaubst du, ich habe keine Angst? Aber Vedran muss versorgt werden und die Wahrscheinlichkeit, dass uns da jemand findet, ist gering. Nimm meine Hilfe an. Bitte.“
„Nicht solange du wehrlos bist“, bellte sie. Das letzte Wort war kaum verklungen, da griff sie ihn an. Ein geschickt platziertes Bein, eine qualifizierte Krafteinwirkung auf seinen Oberkörper und Kadân landete auf der Matte. „Wie oft soll ich dich noch retten?“
Der junge Mann lag auf dem Rücken, schaute sie verdutzt an. Und dann, wider Erwarten, lachte er. „Okay. Verstehe.“
„Der dritte Planet ist ein gefährlicher Ort.“ Sie reichte ihm die Hand, um ihm beim Aufstehen zu helfen.
„Glaubst du, dass die Söldnerinnen uns dort finden?“, fragte er.
„Nein, niemand weiß, dass wir da sind.“
„Dann komme ich mit.“
Shiran kaute auf ihrer Oberlippe. Sie schüttelte den Kopf. Dieser Mann ist unbelehrbar, dachte sie. Gleichzeitig bewunderte sie seine Hartnäckigkeit und den Mut.
„Bitte, nimm meine Hilfe an.“

Sie schnaubte. „Du willst es nicht begreifen? Oder?“ Erneut griff sie ihn an. Seine stümperhafte Verteidigung hielt sie keinen Moment auf. Sie schickte ihn auf die Matte. Einmal, zweimal und ein fünftes Mal.

Irgendwann blieb er im Schneidersitz auf dem Boden sitzen. Er atmete schwer. Sie sah ihm an, dass er das Ganze nicht mehr lustig fand. „Sind meine Argumente endlich zu dir durchgedrungen?“, erkundigte sie sich freundlich und lächelte.

„Das ändert nichts an meiner Entscheidung.“

Sie sprang auf ihn zu, kickte ihren Fuß knapp über seinen Kopf hinweg.

„Halt“, rief er, die Arme abwehrend erhoben. Sie zog sich zurück. Kadân verbarg sein Gesicht unter den Handflächen, holte tief Luft. „Vielleicht muss ich es sehen“, gestand er leise.

„Was?“

„Deine Heimat. Ich will wissen, woher du kommst, es mit eigenen Augen sehen. Weil“, er stockte, „weil, ich es mir nicht vorstellen kann. Du willst, dass ich dir deine Lügen verzeihe, also erlaub mir dich besser kennenzulernen.“ Er stand auf.

Die Kämpferin war sprachlos, die mühsam aufgebaute Schutzschicht blätterte von ihr ab wie spröder Lack. Ihr Herz fühlte sich an wie ein schmerzhafter Klumpen in der Brust.

Die schäbigen Bauten, die stickige Atmosphäre, die abgerissenen Gestalten, sie schämte sich für ihre Welt. Er sollte nicht sehen, was sie war, bevor sie zu dem wurde, was sie ist. Zu persönlich war der Blick auf die Dunkelheit in ihrer Seele.

„Nein“, rief sie und fegte seine Worte beiseite. „Mach dich bereit!“ Nachdem er zögerlich aufstand, griff sie abermals an. Diesmal verpasste sie ihm einen gedämpften Faustschlag in die Magenkuhle, bevor sie ihn auf die Matte schickte.

Stoisch erhob sich Kadân, schaute sie an. „Ich weiß was Verlust bedeutet. Ich weiß, dass es weh tut."
„Ich kann nichts verlieren, was ich nie hatte", antwortete sie kalt. Shiran litt allein unter dem Grinsen in ihrem Gesicht. „Möchtest du gequält werden?", zischte sie, in der Absicht ihn zu verletzen. „Dann hättest du bei Baramee bleiben sollen."
„Nein", fauchte Kadân. „Ich will selbst über mein Leben entscheiden. Ich bin niemandes Sklave."
„Ich habe einen Auftrag, und den werde ich erfüllen. Du hast zu gehorchen." Sie stellte sich vor, wie er ihr den Rücken zukehrte, sobald sie den Zentralplaneten erreichten. Diese entsetzliche Farce würde dort enden.
Er wird nach Aquin zurückkehren und mir blieben nur die Loyalität und meine raffgierige Verwandtschaft, dachte sie verbittert. Ein Bild von Heimat und Glück blitzte vor ihrem inneren Auge auf. Zu kurz, um es festzuhalten, aber lang genug, um die eigene Leere zu spüren.
„Scheiß auf deinen Auftrag", rief er grimmig. „Du klammerst dich daran fest, als gäbe es nichts anderes."
Shiran musterte Kadân, wie ein lästiges Insekt. Gefühle sind eine dumme Ausrede das Notwendige nicht zu tun, hörte sie ihre Mentorin dozieren. Sie hatte schon zu lang gezögert. Erneut nahm sie die Angriffshaltung ein.
Den ersten Schlag parierte er. „Ich bin nicht wehrlos", sagte er scharf und wich einen Schritt zurück.
Ein Lächeln umspielte Shirans Lippen. Dieser Aquiner wollte einfach nicht dazu lernen. „Okay. Du willst es so."
Sie täuschte einen Faustschlag an. Der Nächste traf Kadân seitlich auf die Rippen. Ein Fußkick zielte auf die gleiche Stelle. Sie verzichtete auf die volle Krafteinwirkung, trotzdem sog er

zischend die Luft ein. Die Kämpferin umkreiste ihn wie ein Raubtier, das die Beute fest im Blick hatte. Der Seefahrer beobachtete sie.
Wieder griff Shiran an. Diesmal gelang es Kadân, ihr Handgelenk zu fassen. Er zog sie mit einem Ruck an sich heran. Sein Arm umschlang ihren Brustkorb. Die unerwartet starke Kraft drückte ihr die Luft aus den Lungen.
Sie fühlte sich eingesperrt, überrumpelt und hilflos. Es war, als legte sich ein Schalter in ihrem Kopf um. Was sie wahrnahm, war ein Angreifer, der zu siegen drohte. Das jahrelange Training wischte alles weg, reduzierte sie auf das nackte Sein. Sie drosch mit dem Hinterkopf gegen Kadâns Kinn.
Er jaulte auf und ließ sie los. Shiran drehte sich um, zielte auf Nervenpunkte, die einen Feind sofort kampfunfähig machten.
Der Seefahrer prallte auf dem Boden auf. Sie trat nach und traf seine Rippen. Erschrocken über ihr eigenes Handeln sank sie vor ihm auf die Knie. Diesen Kampf würde sie niemals mit Kraft oder Schnelligkeit gewinnen. Im Gegenteil, sie erkannte ihren wahren Gegner in sich selbst.
„Vielleicht will ich nicht, dass du diesen Teil von mir siehst, nicht du“, schluchzte sie. „Du aus deiner schönen Welt, wo es so ganz anders ist. Du wirst mich verachten. Mich und mein Leben. Hörst du?“ Sie rüttelte ihn.
Kadâns Lider flatterten. „Au“, stöhnte er.
„Oh große Mutter, es tut mir so unglaublich leid.“ Shiran fühlte seinen Puls und suchte seinen Blick.
„Ich kann mich kaum bewegen“, wisperte er.
„Das geht gleich vorbei.“ Sie half ihm sich aufzurichten.
„Danke.“ Er zog die Nase kraus. „Die blauen Flecken haben mir in meiner Sammlung noch gefehlt.“

Shirans Mundwinkel zuckten nach oben. Sie stützte ihn sanft, damit er nicht wegkippte. „Es tut mir leid. Ich.“ Sie hielt inne. „Es. Also als. Ich. Verdammt, es tut mir einfach leid.“
„Ist okay. Ich glaube, ich verstehe es. Es gab Zeiten, in denen stieß ich jeden weg, der mir zu nahe kam.“ Kadân behielt ihre Hand in der seinen und ließ sich auf die Matte fallen. Er starrte an die Decke. „Ich will nicht erleben, was du mit echten Feinden machst.“
Die Kämpferin schaute auf ihn runter. „Ist wirklich alles in Ordnung?“ Die anhaltende Berührung fühlte sich angenehm an. Da war es wieder, das Gefühl einen Menschen getroffen zu haben, der sie verstand.
„Ja, ich denke schon“, antwortete der Aquiner. Shiran versank in den blau-violetten Augen. Sie wollte sie so lange ansehen, wie es ihr gefiel. „Wie viele Frauen mit militärischer Ausbildung erwartest du da unten?“
Shiran lachte, innerlich erschöpft. „Es tut mir leid.“ Sie entzog ihm ihre Hand. Ihre Fingerspitzen strichen langsam über Kadâns muskulösen Oberarm. Als sie an der Schulter ankam, zögerte sie. „Du darfst mitkommen.“
„Danke“, sagte er ruhig.
„Aber du tust genau das, was ich dir sage.“
„Zu Befehl, Madame.“
Shiran gab ihm einen Klaps auf die Brust.
„Aua“, rief er übertrieben und grinste. „Vielleicht lässt die Heilerin den einen oder anderen blauen Fleck verschwinden.“
„Das ist zu gefährlich. Auch wenn du die Auswirkungen nicht mehr spürst, befindet sich noch starke Magie in dir. Sie könnte sie genauso zurückwerfen, wie die Priesterin auf dem Raumschiff.“

„Wie schade“, brummte Kadân.
„Warum setzt du keine Magie ein? Du hättest Baramee ausschalten können oder wenigstens die Fessel lösen.“
Der Aquiner sah sie scheu an. „Ich kann kaum damit umgehen. Wie du weißt, wird Männern die Anwendung von Magie nicht gelehrt. Es liegt mir einfach fern.“ Er richtete den Blick wieder zur Decke. „Ob mit oder ohne Fesseln, diese Frau hätte mich fertig gemacht, genau wie du.“
Shiran seufzte. Sie kannte keinen anderen, der seine ehrlichen Gefühle und Gedanken so dicht unter der Oberfläche trug. „Vermutlich.“ Ihre Finger streichelten über seinen Arm und fuhren dann zurück zum Handgelenk. Beim Anblick der aufgestellten Härchen lächelte sie.
„Ich hab mich noch nicht bedankt. Du hast mich zweimal aus der Scheiße geholt.“
Sie fühlte die Wärme auf ihren Wangen. „Kein Problem, es war doch ...“
„Deine Aufgabe?“, unterbrach sie Kadân und runzelte die Stirn. Schlagartig wirkte er angespannt.
„Nein, es war selbstverständlich.“ Shiran schüttelte sich. „Weißt du, ich hab euch gehört. Ich meine, als Baramee mit dir sprach. Nach deiner Nachricht habe ich die Ladung verstaut und euch gesucht. Die Priesterschaft befahl mir zurückzukommen. Aber das war mir egal, ich konnte nur daran denken, dass.“ Shiran holte tief Luft. „Naja. Ich hörte zu. Wartete auf den richtigen Augenblick. Dein Leid tat mir in der Seele weh.“
Kadân drehte sich auf die Seite und sah sie an. „Ich war mir sicher, dass du kommst. Jede Sekunde glaubte ich daran. Ich dachte“, er schmunzelte verlegen. „Egal. Dieses Biest

durchschaute mich von Anfang an. Als sie ihr Wissen preisgab, verlor ich die Hoffnung."

Shiran lächelte freudlos. „Sie hat mit dir gespielt." Mit dem Zeigefinger berührte sie seine Wange und strich ihm eine Strähne aus dem Gesicht. Sie fragte sich, wann sie aufgehört hatte, nur seine äußerliche Schönheit wahrzunehmen.

„Ich fühle noch ihren Atem im Nacken und ihre Worte. Die. Die." Er schauderte und brach ab. „Ich wusste, dass sie es schaffen würde."

Sie zog die Stirn kraus. „Was schaffen?"

„Dass." Kadân schwieg und fixierte irgendetwas hinter ihr. Die Worte fielen ihm sichtlich schwer. „Dass ich mich eines Tages ergebe, mich irgendwann mit diesem Schicksal abfinden könnte. Mit ihr. Sie wusste es und ich auch. Der Gedanke lässt mich nicht mehr los." Er sah sie aufrichtig an. „Ich bin ein Idiot."

„Nein, bist du nicht. Niemand könnte sich auf Dauer entziehen." Shiran schämte sich für den Neid, den sie plötzlich empfand. Neid auf die Söldnerin, die ihr Verlangen offen auslebte, so wie sie es selbst nicht konnte. Diese Frau, so selbstsicher und von sich überzeugt, würde ihn sich einfach nehmen, wenn sie wollte.

Ihre Finger streichelten ihm über den Hals, blieben auf seiner Schulter liegen. Ihre Hand glitt bis auf seine Hüfte. Warme Haut empfing sie unter dem Saum des Seidenhemds, Härchen kitzelten.

Seine Bauchmuskeln spannten sich bei der Berührung an. Kadân hielt ihr Handgelenk fest und entzog sich. Eine eisige Kälte überfiel sie, ein Pochen in ihren Ohren übertönte jedes Geräusch. Sie stand auf und nickte unaufhörlich, unterdrückte ein Schluchzen.

„Shiran, ich", flüsterte Kadân.

„Nein", sagte sie. „Schon okay. Es ist besser so. Sobald wir den Zentralplaneten erreichen, trennen sich unsere Wege." Hastig eilte sie davon. Es ist wirklich besser so, wiederholte sie vor sich.

Shiran steuerte die Raumfähre auf den dunklen Teil des dritten Planeten. Neben ihr, auf dem Sitz der Copilotin saß Kadân. Mit großen Augen bestaunte er die Raumstationen in der Umlaufbahn. Frachtschiffe dockten an oder ab. Unzählige Schiffe umschwärmten die Stationen wie Bienen ihr Nest. „Wie gesagt, wir werden nicht auffallen", sagte sie.

„Was ist das alles?"

„Rohstoffe, fertige Waren und arme Schweine, die glauben hier Arbeit zu finden." Sie schnaubte verächtlich. „Idioten."

Kadân sah sie verständnislos an.

„Meine Heimat ist sozusagen die Fabrik der vereinten Welten. Hier wird produziert, was den anderen zu schmutzig in der Herstellung ist. Vor Jahrhunderten begann die Produktion auf Grund der immensen Menge an natürlichen Ressourcen. Jetzt bleibt sie, weil hier nichts mehr zu retten ist. Und wegen der perfekten Infrastruktur. Der Priesterschaft sei Dank."

Der Aquiner schaute sie ungläubig an und beließ es dabei.

Die Raumfähre landete vor einer fünf Meter hohen Mauer, die ein breites Flussbett begrenzte. Eine seitlich angeklatschte Treppe führte auf die gegenüberliegende Seite. Stellenweise bröckelte der Beton, Rost bedeckte die nackten Metallstreben.

Darüber ragten Schornsteine auf, dessen rote Lichter in der Nacht blinkten.
Shiran öffnete die Heckluke. Beißender Gestank und Kälte strömten herein. Kadân rümpfte die Nase und zog sich einen knielangen Mantel über.
„Der Geruch von Scheiße und Abfällen. Wie hab ich das vermisst“, murmelte sie.
„Aber es gibt doch Technologien“, begann der junge Mann unsicher, „dachte ich zumindest.“
„Kennen und Einsetzen sind zwei verschiedene Dinge. Lass uns gehen“, antwortete die Kämpferin schroff.
Kadân löste die Gurte, die Vedran auf einer Liege im Frachtraum festschnallten. Vorsichtig legte er ihn sich über die Schulter. Vor einer Stunde hatte der Verletzte das Bewusstsein verloren. Sein Herz raste und der Puls war schwach.
Shiran führte sie durch eng zusammenstehende Häuserschluchten. Kein Baum, kein Strauch, es gab nur Kälte und Gestank. Eine Betonwüste, die durch angrenzende Fabrikanlagen und deren Stellflächen aufgebrochen wurde. Hohe Zäune und hochentwickelte Überwachungskameras hielten unerwünschte Besucher fern.
Im Mauerwerk der Mietskasernen klafften Risse. Aus gekippten Fenstern drang Husten und vereinzelt ein jammerndes Kind. Einzig die Straßen wirkten frisch geteert, befreit vom abbröckelnden Putz der Fassaden. Hier werden nur die wichtigen Dinge in Schuß gehalten, dachte Shiran verbittert.
Kadân folgte ihr, japsend unter der Last. „Auf der Raumstation war er leichter“, keuchte er.

„Nein, die höhere Schwerkraft im Vergleich zu Aquin strengt dich zusätzlich an.“ Ein zerknirschter Blick traf sie. „Daran hätte ich denken sollen.“

„Ein oder zwei Pausen mehr und ich schaff das.“

„Komm“, sagte Shiran, „die Heilerin erwartet uns.“

Sie hielt auf ein turmartiges Gebäude zu, das aus der farblosen Masse herausragte. Schreiend bunte Leuchtreklamen erstreckten sich über die gesamte Fläche, erfüllten das umliegende Grau mit flirrendem Schimmer. Bevor sie es erreichten, bog Shiran in eine schmale Gasse ab.

Drei grelle Lampen tauchten einen Innenhof in bläuliches Licht. Der Aquiner blieb wie erstarrt stehen. Er schluckte, als er die schief zusammengeklopften Wellblechhütten sah, die sich in jeder freien Lücke an die Hauswände klammerten.

„In den Dingern landen die armen Schweine. Ohne eine Familie bleibt ihnen nur noch das“, erklärte Shiran.

Eine Tür öffnete sich. Der gelbliche Schein aus dem Inneren umhüllte eine weibliche Silhouette. Die Besucher liefen ihr entgegen.

Als sich die zwei Frauen begegneten, umarmten sie sich schweigend. Mit ihren schwarzen Haaren, den blitzenden Augen und der dunklen Haut, ähnelten sie sich so sehr, dass sie Schwestern hätten sein können.

„Ich bin Namar, eine Heilerin“, sagte die Fremde an den Seefahrer gewandt. „Kommt.“ Sie winkte Kadân, damit er ihr zu folgte.

Durch einen engen Gang gelangten sie in ein warmes Zimmer, bunte Tücher bedeckten die holzvertäfelten Wände. Ein Tisch mit drei Stühlen stand in der Ecke. Dezentes Licht beleuchtete eine Liege in der Mitte des Raumes. „Leg ihn hier ab.“

Mit einem erleichterten Aufseufzen legte Kadân den Verletzten ab. Namar ertastete den Puls, hob die Augenlider an und fühlte die Stirn. „Wo ist die Wunde?“ Der Seemann zeigte auf den linken Oberschenkel. Die Heilerin nahm eine Schere und schlitzte die weite Hose bis in den Schritt auf. „Du hast gute Arbeit geleistet“, lobte sie Shiran, die im Türrahmen wartete.
„Das war ich nicht.“
Ein überraschter Blick traf Kadân. „Ich auch nicht“, beantwortete er die stumme Frage.
„Nun, egal.“ Die Heilerin berührte Vedran an der Schläfe und schloss die Augen. „Er wird wieder genesen“, sagte sie nach ein paar Standardsekunden, „aber es wird einige Tage dauern. Meine Macht ist begrenzt.“
Kadân ließ sich auf den Stuhl in der Ecke plumpsen. „Der großen Mutter sei Dank.“
„Namar, wir müssen weiter. Können wir ihn bei dir lassen?“, fragte Shiran. Der Zeitpuffer für die Reise zum Zentralplaneten war längst aufgebraucht. Sie vertraute ihrer Freundin, wenn auch nicht den anderen Menschen in ihrem Umfeld.
„Ja“, die Heilerin lächelte. „Wollt ihr euch nicht erstmal ausruhen? Ich habe Tee gekocht.“
Die Kämpferin rieb sich die Augenbrauen. „Nein. Nein.“ Sie sah sich um. Laut stieß sie den Atem aus. „Hast du meine Mutter in letzter Zeit gesehen?“
Namar holte eine Kanne mit roter Flüssigkeit und ein Glas aus einer Kommode an der Wand. Mit einem Lächeln reichte sie es Kadân, der es dankbar annahm. „Nein, sie kommt nicht mehr.“
„Was?“, fragte Shiran in anschwellender Tonlage. „Ich schicke jede Woche extra Geld, damit du Nadina behandeln kannst.“ Im

Grunde war sie froh weit weg von ihrer Familie zu leben, um so wenig wie möglich an sie erinnert zu werden.
Trotzdem fühlte sie sich einer Person nahe. Mit ihrer neun Jahre jüngeren Schwester teilte sie den gleichen Erzeuger. Ihre Mutter hatte damals denselben Mann für die Zeugung bezahlt. Die Ähnlichkeiten in Aussehen und Verhalten zwischen diesem Mädchen und ihr selbst waren verblüffend.
Gegen ihren Willen fühlte sie sich diesem einen Familienmitglied verbunden und kümmerte sich um sie. Doch das änderte nichts daran, das der Planet wie Gift auf Nadina wirkte. Regelmäßig benötigte sie eine Heilerin.
„Es tut mir leid, sie waren seit Wochen nicht hier. Als ich das letzte Mal zu Besuch war, scheuchte Paisan mich weg." Namars sachliche Stimme wurde von tief empfundenem Mitgefühl erfüllt. Sie schlug die Augen nieder. „Sie hat sogar abgelehnt, dass ich sie zu mir in die Ausbildung aufnehme."
Shiran wippte mit den Füßen auf und ab. Für meine Familie versage ich mir seit Jahren ein angenehmes Leben, dachte sie. Damit sie ein Besseres haben als es mir selbst vergönnt war, fern von den Fabriken, dem Schmutz und der Gefahr.
Ihre Mutter und die Tanten versprachen für Nadina zu sorgen. Als sie mehr Geld für ihre kleine Schwester forderten, gab sie es ihnen sofort. Doch die eigene Verwandtschaft betrog sie. „Ich gehe zu ihnen und werde sie zur Rede stellen", verkündete sie entschlossen.
„Wohin willst du?", fragte Kadân.
„Nach Hause. Es ist nicht weit von hier." Shiran haderte mit der Entscheidung, da die Zeit knapp wurde. „Ich kann nicht anders", sagte sie bestimmt, um sich selbst zu überzeugen.

Er nickte. „Okay.“ Die Kämpferin starrte ihn an, holte Luft zum Reden. „Ja, ich bleibe lieb und brav hier und warte“, versicherte er.
Widerwillig lächelte sie. „Gut“, sie wandte sich an ihre Freundin, „sind die Sicherheitskameras noch vorhanden?“
„Ja, Flur und Innenhof sind aktiv“, teilte Namar mit, „Der Zugangscode ist dein Geburtstag.“
„Danke. Ich hab dich im Blick“, sagte sie in drohendem Tonfall zu Kadân. Sie hielt den Kommunikator hoch.
Er verdrehte die Augen. „Jetzt geh schon.“
Shiran kehrte ihnen den Rücken zu. Auf dem schnellsten Weg hastete sie zu dem großzügigen Haus, das ihre Familie vor drei Jahren bezogen hatte. Ihr Gehalt im Dienste Janaijas machte es möglich, hievte sie aus dem Elend der überfüllten Mietskasernen und der Arbeit in den Fabriken.
Ein trister Wohnblock kauerte neben dem anderen. Shiran hasste den Anblick, die Luft, den Gestank. Die doppelspurige Straße, die sie erreichte, führte schnurgerade durch den Bezirk. Die Schneise, die sie durch das Häusermeer schlug, ließ die Aussicht auf einen Tempel der Priesterschaft frei. Wie ein strahlender Leuchtturm ragte er aus der grauen Ödnis. Drumherum gab es die einzige grüne Wiese, den einzigen sauberen Teich und Bäume, die tagsüber prachtvoll in der durch Smog verschleierten Sonne standen.
Als Kind sehnte sich Shiran danach, mit nackten Füßen durch das Gras zu laufen. Seit damals liebte sie es grüne Planeten zu besuchen.
Die Verwaltung hätte längst gegen die Verschmutzung vorgehen können, aber die bereicherte sich lieber selbst. Das wird sich mit Janaija ändern, dachte sie grimmig.

Eine Katze schrie in der Nacht. Sie waren angesiedelt worden, um die Ratten zu fangen, die mit den Transportern kamen. Die Luft machte krank. Auf ihrem Weg begleitete sie beständig ein Husten aus unzähligen Kehlen.
Shirans letzter Besuch war vier Standardjahre her. Wie früher fühlte sie Beklemmung, sobald sie auf der Oberfläche ankam. Ihre eigene Sippschaft ekelte sie an. Die Geldgier und der maßlose Fatalismus stießen sie ab. Das letzte Gespräch mit ihrer Mutter hatte sich nur um Nadina gedreht.
Das dreistöckige Domizil der Familie Penn stand frei, ein schmaler Streifen aus Erde mit welkem Unkraut umgab es. Das gesamte Untergeschoss bestand aus einer Halle. Oberlichter sorgten tagsüber für Helligkeit darin. Gelbliches Licht drang durch sie in die Nacht und mischte sich mit den flackernden Straßenlaternen. Neben dem Bau türmten sich abbruchreife Mietshäuser auf.
Shiran wartete vor der Eingangstür. Das war ihr erster Besuch in dem Haus, das ihre Familie von ihrem Verdienst gekauft hatte. Die ältesten Frauen trafen damals die Entscheidung. Es kostete sie Überwindung, die Klinke herunterzudrücken.
Als sie eintrat, blieb sie wie versteinert im Türrahmen stehen. Das untere Stockwerk erfüllte seinen ursprünglichen Zweck. Ungefähr zwanzig Mädchen und Frauen unterschiedlichen Alters arbeiteten an verdreckten Maschinen. Bei schlechter Beleuchtung setzten sie irgendwelche Kleinteile zusammen. Shiran entdeckte Schniefnasen und tränende Augen. Einige gähnten, andere husteten.
Bis auf die Arbeitsgeräte gab es keine Einrichtung, die Wände zeigten nackten Beton. Schaler Zigarettendunst waberte in der Luft. Durch das breite Fenster eines erhöht gelegenen Büros

erkannte Shiran zwei ihrer älteren Tanten, die mit strengem Blick die Arbeiterinnen kontrollierten. Aus dem Obergeschoss tönte das Geschrei eines Säuglings.
Eine junge Frau, klein und sehr mager, schleppte einen Eimer zwischen den Maschinen entlang. Ihr Rücken beugte sich unter dem Gewicht. An jeden Platz schöpfte sie eine rötliche Flüssigkeit in bereitgestellte Becher. Shiran identifiziert Nadina.
„Seht, wer uns besucht“, kreischte eine heisere Stimme. Eine korpulente Frau, gehüllt in ein bodenlanges, grünes Seidenkleid, erschien auf dem Treppenabsatz im ersten Stock. Ihr glattes braunes Haar klatschte kraftlos am Kopf, einzelne Strähnen hingen in das knittrige Gesicht mit tiefen Falten um Nase und Mund.
Der aschfahle Teint der Schwester hellte sich auf.
Die Aufmerksamkeit aller Anwesenden widmete sich Shiran. Sie kämpfte um Fassung. „Hallo Mutter“, antwortete sie mechanisch. Sie trat ein und schloss die Tür hinter sich.
In kleinen Trippelschritten stelzte Paisan Penn die Stufen hinab. Die Arbeiterinnen in der Halle warfen ihr verstohlene Blicke zu. Wenige Schritte vor der Tochter blieb sie stehen.
„Schönes Kleid, Mutter.“ Der abfällige Tonfall nahm dem Kompliment die Bedeutung.
Paisan, die Familienvorsteherin, überhörte die Tonlage. „Danke, Tochter. Es ist einer Priesterin würdig.“ Stolz schwang in der Stimme mit. Die selbstgefällige Antwort entfachte Shirans Zorn. Dafür riskierte sie ihr Leben und verleugnete sich? Vergessen war die Absicht auf ein sachliches Gespräch. „Was ist das hier?“, rief sie empört.
„Oh, ist das nicht fantastisch“, antwortete ihre Mutter verzückt, „Unsere Familie, die Familie Penn, hat endlich die Armut

abgeschüttelt.“ Eine ausladende Handbewegung umfasste die Halle. „Wir haben in eine eigene Produktion investiert. Erst ein Anwesen, nun das. Shiran, du musst uns öfter besuchen und dir anschauen, was meine Schwestern und ich aus deinem Geld geschaffen haben. Ein echtes Heim.“

Die Besucherin runzelte die Stirn. „Es ist später Abend und selbst die Jüngsten schuften noch.“

Die ältere Frau schaute verdutzt. „Selbstverständlich arbeiten sie, dafür sind sie da. Was sollten sie sonst tun?“

„Schlafen zum Beispiel.“

Ein schiefes Lächeln umspielte Paisans Lippen. „Verstehe. Also. Genau wie du, tragen sie zu dem Familieneinkommen bei. Jeder in seinem Rahmen natürlich.“ Ihr Blick traf Nadina, die versuchte über den Lärm hinweg, der Unterhaltung zu folgen. Mit einer Handbewegung bedeutete sie dem Mädchen, sich nützlich zu machen.

Die Geste schnürte Shiran den Hals zu. „Das Gesetz verbietet Kinderarbeit und Schichten länger als zwölf Standardstunden.“

Paisan Penn schüttelte unwirsch den Kopf. „Wir sind dir keine Rechenschaft schuldig. Abgesehen davon, ist das keine Arbeit. Sie helfen im Haushalt. Gehorchen, so wie das in einer harmonischen Familie üblich ist.“

„Mein Verdienst verschafft dir viel Geld. Du solltest sie damit versorgen, ihre Bildung finanzieren. Stattdessen lässt du sie schuften.“

Die braunen Augen der Mutter blitzten auf. „Maß dir keine Kritik an, Tochter“, zischte sie. „Du entscheidest nicht über die Familienangelegenheiten. Wir haben dich auf die Schule geschickt, damit du später viel einbringst.“

„Ich habe mich ohne Euer Wissen dem Aufnahmetest unterzogen. Mein Stipendium habe ich mir selbst erarbeitet."
Paisan tippte mit dem Zeigefinger auf Shirans Brust. „Komm mir nicht mit hochtrabenden Ausdrücken", brüllte sie. „Du erfüllst deinen Zweck, mehr nicht. Für die Familie."
Shiran ballte die Fäuste und schwieg. Sie nahm die verstohlenen Blicke wahr, die dem Gespräch folgten. Niemand wagte es von der Arbeit aufzusehen, vermutlich verstanden sie kaum ein Wort neben dem Krach der Maschinen.
„Wir haben dir erlaubt zu gehen", sprach die ältere Frau weiter. Schimmernde Seide umwallte ihren massigen Körper. „Dafür verdienen wir Dankbarkeit."
Bitterkeit, wie Galle, stieg in Shiran hoch. „Ich riskiere alles dafür, dass meine Schwestern und Cousinen ein gutes Leben haben."
„Das haben sie, sie arbeiten für die Familie, für uns alle. Das ist viel besser als für ein mickriges Gehalt in den seelenlosen Fabriken."
„Für ein groteskes grünes Kleid", fauchte sie.
Das Gesicht der Mutter verzog sich in eine Maske aus Zorn. „Untersteh dich", brüllte sie, „Du hast zu gehorchen! Niemanden interessiert deine Meinung."
Shiran schluckte. Sie starrte auf die Frau, die sie geboren hatte. Für einen kurzen Moment sah sie sich selbst in der verbrauchten, unförmigen Hülle. Es war kaum sechzehn Stunden her, da hatte sie ähnliche Worte gewählt, um ihren Willen durchzusetzen. Sie wählte den Weg der Gewalt und hielt es für eine passende Idee.
Ein Gefühl, als würde sie fallen, ließ sie nicht mehr los. Sie war aus ihrer Heimat geflohen und dem Milieu entkommen. Glaubte sie. Doch es war nur eine Illusion. Einen Teil dieses Elends trug

sie mit sich, egal wie weit sie rannte. Sie gab es weiter, ohne es zu hinterfragen, nur weil sie nichts anderes kannte. Es tut mir leid Kadân, sagte sie still für sich.
Eine ihrer Tanten kam die Treppe herunter. Blonde Locken wippten über dem eingefallenen Gesicht. „Shiran, was streitest du schon wieder. Ihr weckt noch die Kleinen auf."
Shiran schnaubte abfällig. „Klar, bei dem Krach, bin ich es. Die Kinder, die hier arbeiten, muss niemand aufwecken", schrie sie.
Aus Paisans Kehle rollte ein höhnisches Lachen. „Meine Güte, du bist echt verrückt geworden. Die sind älter, als du damals warst."
Ein Zittern erfasste Shiran, die Wut ließ sich schwer beherrschen. „Verdammt, was fällt euch ein?"
„Ich dachte, du hast etwas gelernt", kopfschüttelnd musterte Paisan ihre Tochter von oben bis unten, „Stattdessen hast du nur Flausen im Kopf."
Nadina schlich sich hinter der Mutter vorbei, schenkte der Schwester ein scheues Lächeln.
Die Tante scheuchte sie weiter. „Steh hier nicht rum, du unnützer Fresser."
Das Mädchen verschwand in einem Nebenraum. Nur ihr bellender Husten blieb in den Ohren haften.
Shiran biss die Zähne zusammen. „Was ist mit der Vereinbarung?", zischte sie. „Du solltest mit ihr zur Heilerin. Dafür hast du zusätzliches Geld, von meinem Selbstbehalt bekommen."
„Tze", tönte Paisan, „für ein unbrauchbares Kind gebe ich nichts aus, wenn Maschinen gewartet werden müssen."
Die Kämpferin trat näher an ihre Mutter heran. „Dazu hattest du kein Recht."

Mit unerwarteter Kraft schubste die ältere Frau sie weg. Mit erhobenem Zeigefinger verdeutlichte sie ihre Worte. „Du und auch sie, seid Teil dieser Familie, dein Geld ist unser Geld. Du bist was du bist, weil wir es dir erlaubt haben. Merk dir das!"
Shiran blieb ruhig. „Ich habe mich selbst aus dem Dreck gezogen."
Das Doppelkinn vorgereckt setzte Paisan nach. „Undankbares Stück. Du wolltest schon immer mehr als dir zustand. Konntest dich nie mit deinem Schicksal abfinden. Du widerst mich an."
„Das hat ein Ende, das verspreche ich dir." Unkontrollierbare Wut sprach aus Shiran.
„Willst du dich lossagen?", ein verächtliches Lachen schlug Wellen im ausladenden Bauch. „Von den einzigen Menschen, die dich freiwillig ertragen? Das wird teuer, Kind."
„Ja, und Nadina kommt mit mir." Die Entscheidung traf Shiran spontan. Es fühlte sich richtig an, auch wenn sie zuvor nie daran gedacht hatte. Damit würde sie alles, was sie besaß, an ihre Familie verlieren. Die Bedingungen waren hart, die Gesellschaft verurteilte solche Schritte. Danach, ohne Familienverbund im Rücken, würde die Priesterschaft Anspruch auf achtzig Prozent ihres Verdienstes erheben.
Paisan runzelte die Stirn, das Grinsen erlosch. „Du spinnst!"
„Nein. Ich werde dich nie wieder belästigen. Und Nadina nehme ich mit."
„Scher dich weg, bis du zur Vernunft kommst." Ein Winken bedeute ihr zu gehen.
Die junge Frau blieb entschlossen. „Ich kaufe sie euch ab."
„Von was?", fragten Mutter und Tante gleichzeitig.
„Interessiert dich das ernsthaft?"

„Nein." Paisan leckte sich die Lippen. „Nun, denn. Die ist eh nicht für richtige Arbeit zu gebrauchen. Wie vi …"

Der Kommunikator piepste in Shirans Hüfttasche. Sie sah auf das Display. „Verdammte Scheiße", keuchte sie.

Die Mutter stand mit verschränkten Armen da. „Nun?"

Shiran lief bereits zur offenen Tür. Sie drehte sich um. „In ein paar Tagen komme ich zurück. Denk daran, gesund ist sie mehr wert." Sie hetzte durch die Straßen, die sie für immer hinter sich lassen wollte.

3.5 Kadân

Kadân saß auf einem Stuhl neben Vedran. Die Heilmagie wirkte bereits, dem Verletzten auf der Liege ging es besser. „Danke. Ich kann Ihnen im Moment nicht viel zahlen. Später, vielleicht", sagte der Seefahrer.

„Später? Du meinst wenn du als Kandidat ausgewählt und mit Reichtum überschüttet wirst?" Namar lächelte. Geschickt erneuerte sie den Verband um Vedrans Oberschenkel.

Der Aquiner hielt den Atem an. Mit dieser Antwort hatte er nicht gerechnet.

„Shiran hat es mir erzählt. Ich glaube, ich bin eine der wenigen Personen, denen sie vertraut." Sie warf dem jungen Mann ein spitzbübisches Lachen zu. „Erstick mir nicht. Das würde sie mir nie verzeihen."

„Okay." Ein Lächeln huschte über Kadâns Züge, ihr Humor gefiel ihm. „Woher kennen Sie sich?"

„Von der gemeinsamen Arbeit in den Fabriken, aus der Kindheit. Eine harte Existenz." Sie schien in Gedanken versunken.

„Ich kann mir nicht vorstellen hier zu leben, es wirkt alles tot und kalt und trostlos."

„Ja, die große Mutter ist weit weg von hier." Namar stieß einen Seufzer aus. „Als Shiran und ich die Möglichkeit hatten zu verschwinden, gingen wir nur zu gern."

Kadân legte den Kopf schief. Das weckte seine Neugierde. „Warum sind Sie zurückgekommen? Als Heilerin könnten Sie sich überall niederlassen."

„Wenn alle gehen, ändert sich nie etwas", sprach sie mit Nachdruck. „Hier werde ich gebraucht. Irgendwer muss den Menschen ihre Rechte bewusst machen."

Er betrachtete die Frau. Als Kämpferin hatte er sie bisher nicht gesehen. Zu sehr durchdrang Freundlichkeit ihre Handlungen.
„Es ist die Priesterschaft“, berichtete sie, „und die alteingesessenen Familien. Sie beuten den Planeten aus, die Einwohner degradieren sie zu billigen Arbeitskräften. Halten sie in Armut, so dass sie sich wie Tiere um einen Knochen balgen.“ Namars samtige Stimme zeigte Bitterkeit.
„Aber es gelten doch Gesetze“, sagte der Aquiner verständnislos.
„Gesetze bringen nichts, wenn es keinen gibt, der sie durchsetzt.“ Die Heilerin zog den Verband fest. „Hier profitieren alle davon, dass es ganz genau so bleibt, wie es ist.“ Sie holte eine Decke aus der Kommode und hüllte den Patienten damit ein.
Ihre Blicke trafen sich. „Janaija will traditionelle Strukturen aufbrechen. Zumindest ist es das, was man sich erzählt.“
„Erzählt man das?“ Kadân fragte sich, was sie verschwieg.
„Ja. Einige wollen dieses Risiko um jeden Preis verhindern.“ Sie sah zu ihm auf, die braunen Augen fixierten sein Gesicht. „Ohne dich wird sie niemals die nächste Whaea.“
„Kennen Sie sie?“
„Janaija?“
Er nickte.
„Einmal sah ich sie von weitem. Die Priesterinnen im Palast haben wenig Kontakt zu den einfachen Menschen.“
„Hört sich abgehoben an. Warum unterstützten Sie sie?“
Namar lächelte. „Hoffnung. Das Ungewisse ist besser, als das was ist. Wenn ich enttäuscht werde, habe ich es immerhin versucht.“ Sie sammelte die unverbrauchten Reste des Verbandmaterials auf und legte sie zurück in die Kommode.

„Jeder von uns tut das, was er kann. Shiran kämpft mit ihrem Körper und ich mit dem Wort."
„Ich weiß", murmelte Kadân und spürte den frischen Prellungen nach. Er stand auf, um sich ein Glas Tee einzugießen. Beim Aufstehen zuckte er zusammen und presste den Arm an den Bauch.
Die Heilerin schaute ihn fragend an.
„Nur ein paar blaue Flecken, nichts was Magie benötigt", wiegelte er hastig ab.
„Heiler lernen mehr als nur den Einsatz von Magie." Namar trat an den Schrank und kramte in einem der Fächer. „Mach dich frei, ich sehe mir das mal an", sagte sie, ohne ihn weiter zu beachten.
Kadân zögerte. Nicht schon wieder, dachte er. Seit er Aquin verlassen hatte, wurde er zu oft begafft, bedrängt und kaum als Mensch wahrgenommen. Bis eben hatte er die Unterhaltung genossen, einfach nur reden.
„Was ist?", fragte die Heilerin, „Ich beiße nicht."
Zögerlich entblößte er den Oberkörper.
„Ah, da ist es." Namar hielt eine weiße Plastikdose in der Hand. „Lindert die Schmerzen und hilft beim Abbau der Hämatome. Auf natürlicher Basis." Sie winkte ihn heran.
Zielstrebig trug sie die kühlende Creme auf, ein muffiger Geruch stieg ihm in die Nase. „Du hast ganz schön was abbekommen." Vorsichtig strich sie über die Haut am Rücken, Brust und Bauch.
„Wie geht das?", fragte sie erstaunt.
„Was meinen Sie?"
„Du besitzt nicht die geringste Narbe, die älter ist als ein paar Wochen. Nicht mal die kleinste Hautirritation."

Kadân war sich dessen bisher nicht bewusst. Er erklärte es sich mit den Heilkräften des magischen Wassers im Becken der Moquas. „Aquins gute Luft“, er zögerte, „ich passe auf mich auf.“
„Wenn du meinst. Ich kenne das nicht. Keiner kommt hier ohne Verletzungen aus der Kindheit. Wer Glück hat, übersteht sie mit harmlosen Kratzern. So, fertig“, sie gab ihm einen Klaps auf den Rücken und wandte sich ab. „Zieh dich wieder an.“
„Sie sind seit langem die erste Frau, bei der ich nicht das Gefühl habe, ein Stück Fleisch zu sein.“ Die Worte rutschten ihm raus.
Ein glockenhelles Lachen erfüllte den Raum. „Ich verstehe, warum Shiran dich mag.“
Kadân schnaubte. „Ich bin und bleibe ein Auftrag für sie. Manipulieren, Lügen und Herumkommandieren scheinen da selbstverständlich zu sein.“
„Ich weiß nicht, was zwischen euch geschehen ist, aber das stimmt nicht. Nicht ganz. Ich kenne diese störrische Eigenbrötlerin. Glaub mir, so wie sie dich ansieht, mag sie dich, sehr sogar.“
„Ich …“, begann der Aquiner, die Ablehnung schien ihm im Gesicht zu stehen.
„Manipulieren und Lügen? Mann! Natürlich bist du auch ein Auftrag, ein extrem Wichtiger. Für uns alle“, Namar sprach mit Leidenschaft. „Sie hat Auftraggeberinnen, sie hat Befehle, sie versorgt eine Familie. Glaubst du, sie schmeißt das mal eben für einen sympathischen Jungen weg?“
Kadân wusste nicht, was er darauf erwidern sollte.
„Shiran wurde auf Gehorchen gedrillt, ein Leben lang. Weißt du, dass sie“, eine Klingel schrillte durch den Flur. Namar ging zur

Kommode und sah auf ein Display, das sie dort achtlos abgelegt hatte.
„Shiran?“, fragte der Seefahrer.
„Ich fürchte nicht.“ Die Heilerin zeigte ihm das Bild.
Er wurde kreidebleich.
„Dacht ich mir´s. Schnell, komm.“ Die Frau winkte ihn zu sich an die Wand. Eines der dort hängenden Tücher hob sie an. Die Holzvertäfelung dahinter ließ sich nach außen klappen. Ein schmaler Gang tat sich auf, der zu einer steilen Treppe führte. Eine nackte Birne beschien den Aufgang. „Verschwinde. Ich werde sie ablenken.“
Ein Hämmern erschütterte die Eingangstür.
„Was wird aus Ihnen und Vedran?“
„Wir kommen klar. Geh!“, beschwor ihn Namar.
Kadân schlüpfte hinaus. Hinter ihm klappte die Heilerin die Vertäfelung zurück. Stoff raschelte. Der Aquiner hörte, wie sich Schritte entfernten. Weglaufen und Vedran zurückzulassen widerstrebte seinem Sein. Doch Shiran hatte ihm das Versprechen abgenommen genau das zu tun.
Die Treppe war für kleinere Menschen gedacht. In geduckter Haltung kroch er sie hoch. Oben angekommen umschlossen seine Finger den Türknauf. Fahrig versuchte er, ihn zu drehen oder zu drücken. Nichts. Er presste sich mit seinem Gewicht gegen die Tür. Vergeblich.
Eingelassen im Türrahmen entdeckte er Nummerntasten unter einem lichtlosen Display. „Verdammt“, zischte er. Panisch rüttelte er an der Tür, die sich keinen Millimeter rührte. Wie konnte die Heilerin das vergessen, fragte er sich. Hatte sie ihn und ihre eigene Freundin verraten? Er wollte es nicht glauben.

Auf Zehenspitzen schlich er die Treppe hinunter. Gedämpfte Stimmen, drangen aus dem Gang. Nach wenigen Schritten stand er an der verborgenen Öffnung. Er horchte angestrengt.
„Ihr dürft hier nicht rein“, sagte Namar. Der Seefahrer hörte ein Rumpeln, dann klangen schwere Stiefelschritte aus dem Zimmer.
„Illegal praktizierende Heiler haben keine Rechte.“ Kadân erkannte die Stimmlage. Sie hatte sich in sein Gedächtnis eingebrannt. Lähmende Angst fraß sich durch seinen Körper. Er erwartete, dass seine Gastgeberin das Versteck verriet. Kaum wagte er den nächsten Atemzug.
„Hier, die Lizenz der regionalen Priesterschaft. Jetzt geht.“
Ein ohrenbetäubender Knall hallte in dem Raum wieder. Namar schrie.
„Verschwende nicht meine Zeit. Wo sind die anderen beiden?“, brüllte Baramee. Sie stand nur wenige Schritte von Kadân entfernt. Ein Schlag, gefolgt von einem Keuchen. Der Aquiner schloss die Augen.
„Shiran war hier“, Namars Stimme klang schmerzverzerrt. „Sie ist vor einer Stunde gegangen.“ Kadân erkannte, dass die Worte der Heilerin der Wahrheit entsprachen. Sie wusste, was sie tat.
„Verdammt“, fluchte die Anführerin.
Eine Frau rief etwas. Schüsse fielen und Stiefel polterten. „Wir werden angegriffen“, kreischte jemand.
„Wer ist so dumm?“, fragte eine Unbekannte.
„Shiran. Wir sind doch nicht zu spät.“ Baramees Tonlage verriet Triumph. „Eine Ablenkung. Und sie würde es nicht tun, wenn er nicht hier wäre.“
Kadân lief ein Schauer über den Rücken. Etwas Schweres traf die Vertäfelung vor dem Gang. Die Tür schob sich gegen seinen Körper, geistesgegenwärtig lehnte er sich dagegen. Namar

schluchzte herzerweichend, gleichzeitig drückte er die Klappe zurück in die Ausgangsposition.

„Wo ist er? Wo ist der rothaarige Aquiner?“, donnerte die Söldnerin.

Stille.

„Durchsucht das Haus!“, befahl sie. „Er muss hier sein.“

Schritte entfernten sich. Kadân hörte, wie etwas an der verborgenen Öffnung entlang schabte. „Mach deinen Job, Heilerin.“ Eine Tür fiel ins Schloss.

„Normalerweise steht sie offen“, flüsterte Namar. „Der Code lautet vier, drei, fünf, fünf. Geh!“

3.6 Shiran

Shiran schoss. Eines der Lichter zerbarst unter der Energieladung ihrer Betäubungswaffe. Der Angriff zeigte Wirkung. Die letzte Wache im Hof floh in den Haupteingang. Ihre Köpfe tauchten als flüchtige Schatten vor den Gardinen der Fenster, links und rechts der Tür, auf.

Von innen schlugen sie die Scheiben ein. Splitter schepperten auf den Boden. Mechanische Waffen feuerten, Putz bröckelte von den Wänden. Die Bewohner der Wellblechhütten krochen tiefer in ihre Behausungen. Die letzten Lampen, deren Schein aus vereinzelten Wohnungen drang, erloschen. Allein der aufgegangene Mond beschien den abbruchreifen Hinterhof.

Die Hausecke der engen Gasse, die zum Innenhof führte, bot Shiran die nötige Deckung und einen ausreichenden Überblick. Der Ausgang, bei dem der Geheimgang aus Namars Behandlungszimmer endete, lag ihrem Standpunkt gegenüber. Sie wartete auf Kadân, denn so wie sie ihre Freundin einschätzte, hatte sie ihn schnell genug in Sicherheit gebracht.

Mehrfach schoss sie. Die Energieladungen verpufften an der Hauswand unter einem maroden Fensterbrett. Reine Verschwendung, das wusste sie. Trotzdem fühlte es sich gut an einfach draufzuhalten. Es milderte die Wut im Bauch. Wenn nur die Verantwortung für Nadina nicht wäre.

„Wo bleibt er?“, zischte Shiran. Ihr Zorn auf die eigene Mutter wandelte sich in Selbstvorwürfe. Bestimmt griffen die Söldner auf ihre Akte zu. Namar tauchte darin auf, vermerkt als Notfallkontakt. Zu allem Überfluss lag der dritte Planet nahe dem direkten Weg zum Zentralplanet.

Ich hätte es ahnen müssen, marterte sie sich selbst. Woher sonst wusste Baramee ihren Namen, als sie auf dem Raumschiff mit Kadân gesprochen hatte. Die Sorge um diesen Mann vernebelt meinen Verstand.
Bei ihrer Dummheit brauchte es nicht mal eine Verräterin, um sie aufzuspüren. Das einzig Gute war, dass sie jetzt sicher sein konnte, dass sie in den höchsten Reihen saß. Denn als Mitglied der persönlichen Garde Janaijas unterlag jedwede Information über Shiran der Geheimhaltung.
„He, Shiran! Wenn du nicht willst, dass ich deinem Schätzchen das Hirn wegpuste, dann gib auf", rief eine tiefe Frauenstimme.
Ein Bluff, dachte die Kämpferin. Ein Versuch, den sie an Baramees Stelle ebenfalls gewagt hätte. Scheiterte er, war nichts verloren.
Obwohl allein die Drohung ein Tabu brach, fühlte sie Anerkennung. Die Söldnerin musste ahnen, wer angriff und warum. Doch solange Shiran sich nicht selbst verriet, fehlte die absolute Gewissheit. Die Antwort bestand aus einem gut platzierten Schuss auf einen der Schatten hinter der Gardine.
Hinter den Fenstern blitzte Mündungsfeuer auf. An der gegenüberliegenden Hauswand platzte der Putz ab. Das war Bestätigung genug, dass der Kandidat entkommen konnte.
In der engen Gasse, nur wenige Meter von Shiran entfernt, öffnete sich in der dunklen Wand eine Tür. Vor schummerigem Hintergrundlicht erschien die Silhouette einer ungewöhnlich großen Person. Die Kämpferin atmete erleichtert auf.
„Warte dort, bis ich schieße", sagte Shiran und er blieb im Türrahmen stehen.
Mehrere Schüsse aus der Betäubungswaffe trafen den Eingang und die zersplitterten Öffnungen von Namars Haus. Kadân

sprang zu ihr in die Deckung. Ein lauter undefinierbarer Fluch drang von den Söldnerinnen herüber. Den Rücken dicht an die Mauer gepresst, tastete sich der junge Mann zu Shiran vor.
„Alles okay?“, flüsterte sie.
„Ja“, antwortete er knapp.
Wieder schoss Shiran. „Sie wissen, dass du hier bist. Sobald ich aufhöre, testen sie, ob wir noch da sind. Folgt keine Reaktion werden sie uns verfolgen.“
Schemenhaft sah sie, wie er sich mit den Fingern durch die Haare fuhr. „Was schlägst du vor?“, fragte er beherrscht.
„Findest du den Weg zur Raumfähre allein?“ Shiran sah kaum eine andere Möglichkeit. Sie würde sich lieber selbst opfern, als zuzulassen, dass Kadân in die Hände der Söldnerin fiel. Ein abfälliges Ächzen entfuhr ihr. Eigentlich sollte ihr die Erfüllung des Auftrages wichtiger sein als der Kandidat selbst.
Der Seefahrer zögerte mit der Antwort. „Ja, ich denke schon.“
„Gut, ich halte sie auf.“ Laut knallten die Waffen der Söldner durch die Nacht. „Mach die Raumfähre startbereit. Wenn ich nicht innerhalb von fünf Minuten da bin, flieg ohne mich“, sprach Shiran weiter. Sie lugte um die Ecke und schoss.
„Nein, das geht nicht“, sagte er kurz angebunden.
Sie stöhnte auf. Dieser Sturkopf lernte einfach nicht dazu. „Jetzt ist nicht der richtige Moment für Diskussionen. Du musst entkommen. Das ist das Einzige, was zählt“, fuhr sie ihn an.
Kadân versuchte sie zu unterbrechen. „Aber, ich ...“
„Nein. Ich lasse nicht zu, dass sie dich gefangen nehmen.“ Ein tiefer Schluchzer entrang sich ihrer Kehle. „Nicht nochmal.“
„Shiran.“
Die Kämpferin drehte sich zu ihm um. In der Dunkelheit nahm sie sein Gesicht nur flüchtig wahr. „Bitte tue einmal, was ich dir

sage“, flehte sie ihn an. „Wenn du weg bist, haben sie keinen Grund mehr mich zu verfolgen. Sie werden mich irgendwann gehen lassen.“

Kadân tastete nach ihren Händen. Er fand sie und drückte sie an seine Brust. „Shiran, ja damit hast du recht.“

„Dann hau ab!“

„Hör mir zu“, unterbrach er sie. „Ich kann die Raumfähre nicht fliegen.“ Jedes einzelne Wort sprach er überdeutlich aus.

Ihr Mund stand einen Moment offen. „Was?“, kreischte sie lauter als beabsichtigt, „Wie das? Die anderen beiden können das doch auch.“

„Die leben seit Jahren im All. Ich bin Seefahrer, meistens ein Fischer und Burbapflücker. Ich habe es nie gelernt. Ich kann das Ding betriebsbereit halten, mehr nicht.“

Schüsse schlugen dicht an der Hausecke ein. Sie fühlte, wie Kadân zusammenzuckte. Sie pressten sich mit dem Rücken an die Wand.

„Scheiße“, zischte Shiran in anschwellender Tonlage. Dann zielte sie auf die Söldnerinnen und schoss. Wie hätte sie damit rechnen sollen? „Wenn wir hier lebend rauskommen, bring ich dir das bei. Scheiße.“ Also blieb ihnen nur wegrennen und hoffen.

„Nun, denn“, Shiran zog sich von der Ecke zurück, bis ihre Schulter seinen Oberarm berührte. „Wir laufen weg, bleib hinter mir.“

Sie schob sich nah an ihm vorbei. Gemeinsam schlichen sie zügig zur Straße. Vor dem Eingang der Gasse stach ein blitzsauberer Pick-up Transporter aus der Autoschlange am Straßenrand heraus. Das Symbol der Priesterschaft prangte

darauf. Shiran wurde klar, dass egal was hier noch geschah, nie eine Offizielle käme, um Fragen zu stellen.
Im Innenhof fielen Schüsse. Die junge Frau lief voraus, den Weg entlang Richtung Fluss. Hinter sich hörte sie Kadâns schwere Schritte, er japste nach Luft. Die hohe Schwerkraft setzte ihm zu. Trotzdem hielt er besser durch, als sie erwartet hatte.
Als sie den nächsten Block erreichte, ließ sie ihn zu sich aufschließen.
Lautes Gegröle erhob sich in der Stille, gefolgt vom Knallen der Handfeuerwaffen. Aus den Fenstern der Wohnungen drangen kaum noch Geräusche, als würden sich die Bewohner tiefer in ihren ärmlichen Höhlen verkriechen. Unverständliche Worte, gebrüllt wie abgehackte Befehle durchschnitten die Nacht. Ein Auto fuhr mit quietschenden Reifen an.
„Weiter, wir müssen weg hier“, sagte Shiran und zog den Kandidaten mit sich, der versuchte die Erschöpfung herunterzuspielen. Sie rüttelte an jeder Haustür, die sie passierten. Alle waren fest verrammelt.
Die Flüchtenden erreichten einen eingedellten Zaun, der die Überreste einer Fabrik umschloss. Straßenlaternen, die Überbleibsel früherer Investitionen, beleuchteten den freien Vorplatz.
Kein Wagen parkte am Straßenrand davor. Wenn sie daran vorbeiliefen, fehlte jedwede Deckung. Die Rufe näherten sich und der Motor des Transporters heulte in den Straßen auf. Der Weg war weit, gemeinsam könnten sie zu langsam sein.
Soweit Shiran es erkannte, verschloss eine dicke Kette das Tor zur Ruine. Das marode Gitter war hoch, aber sie würden es schaffen. Sie tippte Kadân an und zeigte auf die Umzäunung. Er nickte.

Überraschend geschickt überkletterte der Aquiner das Hindernis. Die Kämpferin verschluckte die anerkennende Bemerkung, die ihr auf der Zunge lag. Schnell folgte sie ihm.
Sie liefen auf das Gebäude zu. Das große Tor zu der Produktionshalle war aufgebrochen, ein Flügel stand offen. Die Flüchtenden schlüpften hinein. Von dem Licht der Straßenlaternen drang wenig ins Innere, sie lieferten kaum mehr als flüchtige Schatten in der Dunkelheit. Der Aquiner stellte sich hinter den geschlossenen Türflügel. Durch die Ritzen im verrosteten Metall beobachtete er die Straße.
„Die hält keine Kugel ab", flüsterte Shiran. Sie führte ihn tiefer in den Raum zu einem Betonpfeiler nahe der Tür. „Hier warten wir."
„Okay."
Draußen hörten sie Rufe. Die Söldnerinnen passierten den Zaun vor der Fabrik. Shirans Herz klopfte bis zum Hals. Sie atmete möglichst flach, egal wie bescheuert ihr das vorkam.
Leises Tapsen auf dem rissigen Beton näherte sich aus der Dunkelheit. Dann ein quiekendes Maunzen. Im verschwindend geringen Licht der Straßenlaternen leuchteten gelbe Augen auf.
Eine grau-schwarz getigerte Katze schlich um ihre Beine, rieb die Schnauze an ihrem Knöchel. Shiran schubste sie mit der Fußspitze weg. Ein lautstarkes Jammern und Betteln erhob sich daraufhin.
„Lass", flüsterte Kadân. Er bückte sich, streckte die Arme nach dem Tier aus, so dass es auf ihn zusprang. Vorsichtig streichelte er den flauschigen Kopf und erntete ein zufriedenes Schnurren.
Ein scheppernder Knall erschütterte die eingetretene Stille. Etwas Schweres fiel krachend zu Boden. Die Katze erschrak. Mit einem empörten Maunzen verschwand sie in der Dunkelheit.

„Dieses verdammte Vieh“, zischte Shiran. Mit einem ganz miesen Gefühl im Magen, lugte sie um die Säule.
Reflexartig packte sie Kadâns Handgelenk und zog ihn weiter. „Sie kommen.“ Entlang einer Wand, nahezu blind, bewegten sie sich tiefer hinein in den Raum.
Plötzlich griff Shiran ins Leere. „Hier rein“, wisperte sie und setzte vorsichtig tastend einen Fuß vor den anderen.
„Bee, hier ist nichts“, tönte eine unbekannte Frau in der Halle. Morsches Holz splitterte. „Nur ein rolliges Katzenvieh.“
„Moment“, antwortete eine rauchige Stimme.
Ein hohles Klicken durchdrang die Dunkelheit. Grelles Licht flackerte. Unvermutet viele der alten Lampen funktionierten noch.
Die Kämpferin kniff die Augen zusammen. Prüfend musterte sie den Ort, an dem sie sich aufhielten. Das Zimmer in dem sie sich befanden war in der Mitte abgetrennt. Wie ein überdimensionierter Tresen durchzog es eine Mauer mit einer türbreiten Lücke. Schrott aus Rohren, Scherben und Pappe sammelte sich auf kleinen Häufchen.
Die beiden hetzten hinter die Deckung. Shiran blieb am Durchgang hocken. Als sie zurückschaute, zerstob die Hoffnung auf Entkommen. Fußspuren, die sie in dem Staub auf dem Boden hinterlassen hatten, würden die Söldnerinnen unweigerlich zu ihnen führen. Schweiß rann ihr aus allen Poren. Ihr Hals war trocken. Sie können gar nicht anders, als uns zu finden, dachte sie. Die Kämpferin traute sich nicht, Kadân die unausweichliche Tatsache mitzuteilen.
Schritte näherten sich. Im offenen Türrahmen zeigte sich der Lauf einer Handfeuerwaffe. Zwei Schüsse entluden sich in den Raum. Ein Querschläger zischte an Shirans Kopf vorbei. Der

Lärm war ohrenbetäubend. Sie zielte sorgfältig mit ihrer Betäubungswaffe und schoss. Die Söldnerin prallte getroffen auf den Untergrund, quer vor die Türschwelle.
„Shiran, wie du bestimmt festgestellt hast, gibt es für Euch keinen Ausweg“, rief Baramee.
Der jungen Frau war zum Heulen zu Mute. Sie suchte den Blickkontakt zu Kadân. Dieser lehnte sich mit dem Rücken an die Mauer, die Augen geschlossen. Mit seiner linken Faust hämmerte er auf den Boden. Ihre Hand griff nach ihm, hielt sie fest. „Wir finden einen Weg“, flüsterte die Kämpferin.
„Wir bleiben bis ihr aufgebt.“
Shiran schwieg. Die Anführerin traf mitten in den wunden Punkt, null Vorräte und die Zeit lief davon. Es blieben ihnen nur wenige Tage bis zum Ritual. Und die benötigten sie für den Weg zum Zentralplaneten. Es musste etwas geschehen.
„Hör zu, ich mache dir ein Angebot“, rief die Söldnerin.
Verhandlungen waren der einzige Ausweg, das wusste Shiran. Leider hatten sie nichts anderes zum Tausch als die Situation selbst zu verkürzen. „Was kannst du mir schon anbieten?“, brüllte sie.
Kadân schaute sie fragend an.
„Irgendetwas müssen wir tun. Vertrau mir. Bitte“, flüsterte sie ihm zu.
Baramee lachte. „Jemanden mit deiner Ausbildung kann ich immer gebrauchen. Außerdem denken wir ähnlich. Du erinnerst dich an Delta X325. Das ist meine Heimat. Wir sind beide aus elenden Löchern gekrochen.“
„Komm zum Punkt“, warf Shiran ein.

„Okay. Ich schätze wahre Kämpfernaturen. Werde Teil meiner Crew. Faire Beteiligungen. Da bleibt genug für die raffgierige Verwandtschaft."
Shiran zog die Stirn kraus. Das Angebot überraschte sie. Obwohl diese Frau einiges über sie wusste, durchschaute sie nicht ihre Persönlichkeit, die Loyalität als das höchste Gut betrachtete. Trotzdem, es bot einen Ausweg.
„Nur mal so am Rande. Der Junge bringt uns eine Menge Geld ein. Wir können unzählige Standardwochen im Luxus schwelgen." Baramee gurrte genüsslich. „Kadân, mein Schöner, ich habe dann ganz viel Zeit für dich. Unser kleines Vorspiel hat dir hoffentlich gefallen."
Der Aquiner ballte die Fäuste.
„Bleib ruhig, sie reizt dich nur", wisperte Shiran ihm ins Ohr.
„Nein", murmelte er, „die meint es genauso, wie sie es sagt." Sie erkannte Hoffnungslosigkeit in seinem Gesicht.
„Shiran, was will eine wie du noch bei denen?", fragte Baramee. „Verräter in den eigenen Reihen, relativ miese Bezahlung und die Heimat bedeutet dir wenig."
Shiran schwieg, sollte die Söldnerin reden. Ginge sie zu früh darauf ein, machte sie das nur unglaubwürdig.
„Was? Keine Antwort. Wollt ihr lieber ausgehungert werden?" Ein Schwall Wasser platschte seitlich gegen den Türrahmen am Eingang, als braune Brühe rann es über den Boden. „Also, wir haben genug davon. Und ihr?"
„Woher soll ich wissen, ob das Angebot ernst gemeint ist?"
„Beleidige mich nicht! Ich habe bereits bewiesen, dass mein Wort etwas wert ist."
Shiran bewahrte das Stillschweigen.

„Ich habe deine Eroberung vom Raumschiff ausprobiert“, begann die Anführerin, „wirklich, ein fader Abklatsch.“
Die junge Frau erschrak.
Kadâns intensiver Blick traf sie. „Wovon redet die?“, flüsterte er.
„Sag mir, was ist an dem Aquiner so besonders, dass jemand ein Vermögen ausgibt, um ihn loszuwerden. Ich meine neben der Tatsache, dass er unglaublich anziehend und schön ist. Immerhin ist meine Crew die Beste, die man für Geld kaufen kann.“
Shiran konnte kaum glauben, dass die Söldnerin die Hintergründe nicht kannte. Wahrscheinlich stellte sie grundsätzlich wenig Fragen. Für sie war Kadân ein Auftrag. Einer, der viel einbrachte, nichts Persönliches. Wieder zog sie es vor zu schweigen.
„Ich brauche eine Antwort“, tönte die rauchige Stimme aus der Produktionshalle. „Ich habe keine Lust länger als notwendig auf diesem Drecksplaneten festzuhängen.“
Shiran und Kadân verharrten bewegungslos in der Deckung. Abwarten war das Einzige, was ihnen blieb.
Mehrere Standardminuten vergingen. „Wenn es dir um den Jungen geht, mache ich dir ein Zugeständnis“, hakte Baramee nach. „Ich hätte ihn gerne für mich allein. Doch ich schenke ihn dir. Nie wieder ein müder Abklatsch. Aber ein paar Mal musst du ihn mir schon leihen“, sie lachte dunkel, „vielleicht schaffe ich es ja, ein bisschen Gehorsam in ihm zu wecken.“
Ein wütendes Grollen brach aus Kadân heraus. „Da krepier ich lieber!“
„Pssst“, zischte Shiran, „provozier sie nicht.“
Ein vielstimmiges Gelächter erfüllte die Halle.

„Abwarten, mein Schöner“, stimmte die Anführerin mit ein. „Shiran, gib mir endlich eine Antwort. Ein besseres Angebot bekommst du nicht.“

Die Kämpferin betrachtete den Seefahrer. Sein Teint war aschfahl. „Vertraust du mir?“, flüsterte sie.

Er sah ihr fest in die Augen: „Ja.“

„Sie hat Recht. Wir kommen hier nicht weg.“

Der Aquiner wiegte den Kopf hin und her, kniff die Lider zusammen. Er sah sich nach allen Seiten um und fischte ein rostiges Rohr aus einem Abfallhaufen. „Ich weiß, aber ich ziehe es vor zu kämpfen.“

Dann wirst du sterben, dachte Shiran und begriff, dass dies sein Ziel wäre. „Vertrau mir“, wisperte sie und griff zu der provisorischen Waffe in seiner Hand. „Gib sie mir. Bitte, Kadân.“

Widerwillig ließ er sie los.

„Nein? Ich biete dir Freiheit, Geld, Spaß und einen schönen Sklaven. Was willst du denn noch?“ Baramee hielt inne. „Keine Sorge. Er wird sich daran gewöhnen, Männer finden sich irgendwann mit ihrem Schicksal ab. Glaub mir.“

Schweigen.

„Wir können auch einfach warten bis ihr vor Durst und Müdigkeit umfallt.“

Die Söldnerin schnaufte ungehalten. „Wirklich, da habe ich keine Lust drauf. Du solltest für meine Großzügigkeit dankbar sein.“

Dankbarkeit, dachte Shiran, das hatte sie heute schon oft genug gehört. „Eine Bedingung“, rief sie. Kadân schloss die Augen und lehnte den Kopf an die Wand.

„Lass hören!“

„Ich will wissen, wer die Verräterin ist.“
Baramee lachte. „Okay, in ein paar Tagen gebe ich dir die Information. Darauf hast du mein Wort, vor allen Anwesenden.“
Shiran überprüfte ihre Betäubungswaffe und drückte einen der eingelassenen Buttons. „Geh zu Namar“, flüsterte sie dem Seefahrer ins Ohr.
„Ich bin bereit.“ Sie stand auf, beide Hände vor sich gestreckt.
Die Anführerin lugte durch die Türöffnung und zog sich sofort zurück. „Wirf die Waffe weg!“
Entgegen der Anweisung richtete Shiran sie auf Kadân. „Steh auf.“
Er reagierte nicht.
“Steh auf“, forderte sie mit Nachdruck.
Schwerfällig, wie ein altersschwacher Greis, erhob sich der Aquiner. Aus den blitzenden Augen sprach Hass, gemischt mit Unglauben. Shiran war sich nicht sicher, ob es gespielt war. Wenn, dann wirkte es echt.
Baramee schielte in den Raum. „Gute Entscheidung“, lobte sie. Die Pistole auf Shiran gerichtet, kam sie näher.
„Verdammte Verräterin“, fauchte Kadân. Die Kämpferin drückte ab.
Als der Energiestoß ihn traf, fiel er nach vorne. Sie lehnte sich gegen den fallenden Körper. Ihr fehlte die Kraft, ihn aufrecht zu halten, deshalb ließ sie ihn halbwegs kontrolliert zu Boden gleiten. „Das wollte ich schon lange machen“, keuchte sie angestrengt und meinte es so.
„Kann ich mir vorstellen, er ist ziemlich frech.“ Baramee hatte den Raum betreten und streckte ihr die offene Hand hin. Shiran übergab ihr die Betäubungswaffe. Zum ersten Mal stand sie der Gegnerin gegenüber. Ein blaues und ein braunes Auge funkelten

sie belustigt an. Die wulstige Narbe ließ das ebenmäßige Gesicht verwegen und brutal aussehen. Rote Strähnen verwandelten die schwarzen Haare in züngelnde Flammen.
Die beiden Frauen waren gleich groß, etwa fünfzehn Jahre Altersunterschied trennten sie. Das Leder von Baramees enganliegender Jacke trug das Muster von Schlangen.

Eine blonde Söldnerin betrat den Raum. Shiran erinnerte sich an sie, ihr hatte sie die Maske vom Kopf gerissen. Baramee zielte auf Banda, welche die Handflächen abwehrend vor sich hob. Eine grelle Energieladung und sie krachte wie ein gefällter Baum zu Boden.
Die Anführerin nickte gefällig. Erst jetzt steckte sie ihre eigene Waffe in das Holster. „Sie hat es verdient", antwortete Baramee auf die stumme Frage. „An meiner Seite wurde gerade ein Platz frei."
Dann schlenderte sie an Shiran vorbei, um hinter die hüfthohe Mauer zu gelangen. Neben Kadân ging sie in die Hocke und drehte ihn auf den Rücken. Ihr Zeigefinger suchte seinen Puls am Hals. Mit einer sanften Geste strich sie ihm eine kupferrote Strähne aus der Stirn. Von den Augenbrauen über die Schläfe zog sie die Linien in seinem Gesicht nach. „Wie lange wird er bewusstlos sein?"
Shiran unterdrückte das Zittern, das ihren Körper überkam. „Vier Stunden, ungefähr."
Baramees linker Mundwinkel zuckte. Sie beugte sich hinab und küsste den Aquiner auf die Lippen. Erst jetzt schien sie mit der Untersuchung zufrieden zu sein und sah zur Kämpferin hoch. „Du wirst ihn mir hin und wieder leihen", sagte sie bestimmt.

„Wir werden sehen“, antwortete Shiran. Ihr Fuß juckte bei dem Bedürfnis, die Söldnerin wegzutreten.
„Das war keine Bitte“, bemerkte die Anführerin scharf. „Ich muss etwas herausfinden.“
Die Gardistin starrte sie wütend an.
„Keine Sorge, ich halte mein Wort. Erst, wenn du so weit bist. Irgendwann musst du doch genug haben.“ Baramee grinste. „Sofern sich dann meine Vermutung bestätigt, werde ich dir so viel für ihn bieten, dass du nicht widerstehen kannst.“ Sie stand auf. Betont lässig legte sie den Arm um Shirans Schulter und führte sie mit sich.
Draußen warteten mehrere Söldnerinnen auf Befehle. „Holt den Transporter. Schafft den Mann und das faule Stück Fleisch da auf die Ladefläche. Seid vorsichtig mit ihm“, befahl sie. „Zwei Wachen, rund um die Uhr.“

Sie ließ Shiran los. „So“, sagte sie und zeigte auf ein Büro hinten in der Halle, „kommen wir zu den wirklich wichtigen Dingen. Wir werden uns jetzt in aller Ruhe unterhalten.“

3.7 Kadân

Die Kälte fuhr Kadân in die Knochen. Wie viel Zeit er schon bewegungslos auf der Ladefläche verbrachte, wusste er nicht. Zwei Wachen saßen in der Fahrerkabine. Er belauschte sie beim Karten spielen, sie achteten nicht auf ihn. Banda lag neben ihm, er sah ihr ins Gesicht. Selbst bewusstlos strahlte sie noch Grausamkeit aus.

Schritte erklangen in geringer Entfernung des Transporters. Die Söldnerinnen liefen kreuz und quer über das Gelände. Aus ihren Worten schloss er, dass sie alles Brennbare zusammensuchten. Rufe ertönten, als weitere Frauen das Fabrikgelände erreichten. Er wartete auf einen günstigen Augenblick.

Der Aquiner dachte an Shiran. Er vertraute ihr. Als der wirkungslose Energiestoß seinen Körper getroffen hatte, hatte er sich kraftlos gegen sie kippen lassen.

Was vorher zwischen ihnen geschah, war in dem Moment egal. Mit ihrem eigenen Leben zahlte sie einen hohen Preis, um die ausweglose Situation aufzulösen und ihm die Flucht zu ermöglichen.

Denn Baramee würde sie nicht aus den Augen lassen. Während die Anführerin in ihm, keine Gefahr mehr sah. Nicht einmal Fesseln hielt sie für nötig.

Mit Hilfe von Magie spielte Kadân täuschend echt den Betäubten. In seinem Leben erhielt er nur einen Tag lang Unterricht darin. Heimlich. Eine der ersten Übungen beinhaltete die vollständige Entspannung, sich komplett vom Ich zu lösen.

Als Baramee ihn berührte, schaute er sich selbst dabei zu. Es hatte ihn Kraft gekostet, den Zustand aufrechtzuhalten und es ohne ein Wimpernzucken zu ertragen.

Vor der Fabrik kehrte Ruhe ein. Aus der Halle schien das Licht eines flackernden Feuers. Unterhaltungen drangen als leises Wispern durch die Nacht. Flaschen klangen aneinander, als würde der Alkohol in Strömen fließen.

Kadân hob langsam den Kopf, um über die Kante der Ladefläche hinwegzusehen. Eine große Holzkiste verdeckte zum Teil die Sicht.

Bei flüchtiger Aufmerksamkeit sehen die Wachen wahrscheinlich nur meinen Unterkörper, dachte er. Ich muss es wagen. Shiran sollte sich nicht für ihn opfern.

Vorsichtig pellte er sich aus dem warmen Mantel. Dabei schaute er immer wieder auf die Karten spielenden Frauen. Rückwärts robbte er zum Ende des Transporters. Den dunklen Stoff drapierte er so, dass es aussah, als ob er schief neben der Kiste lag. Die Beine jenseits des Sichtfeldes.

Ein letztes Mal schaute Kadân auf die abgelenkten Wachtposten. Er prüfte den Einzugsbereich ihres Blickfeldes. Nach wie vor lag das Tor außerhalb.

Der Hof vor der Fabrik war menschenleer. Bis auf eine Wache am Tor, die ihm den Rücken zudrehte. Lautlos kletterte er über die Kante der Ladefläche. Vom Auto aus huschte er in die Deckung eines rostigen Containers.

Von der Frau am Tor trennten ihn knapp vierzig Meter. Zu seinen Füßen fand er Einzelteile einer zersplitterten Bodenplatte. Kadân hob einen der scharfkantigen Stücke auf und wog es in der Hand. Mit etwas Kraft und Glück funktioniert es, dachte er.

Leise, wie ein Moquas unter Wasser, schlich er sich im Rücken der Torwache an. Der Aquiner hob den Arm und schlug den Stein gegen ihren Hinterkopf. Es gelang ihm, den stürzenden Körper aufzufangen. Dabei stieß er aus Versehen die Pistole aus

ihrem Hüftholster. Mit einem metallischen Klackern rumste sie auf dem rissigen Beton auf.
In banger Zuversicht sah Kadân sich um. Niemand hatte den Angriff oder das Geräusch bemerkt. Er schleifte die Bewusstlose hinter einen flachen Abfallhaufen, der sich ein paar Schritte entfernt aufschichtete. Auf dem Weg zum Ausgang hob er die Waffe auf.
So schnell er konnte, rannte er am Zaun entlang zu den angrenzenden Häusern. Die Bewegung trieb die Wärme zurück in seine Glieder. Nach wenigen Minuten erreichte er keuchend die Gasse, die zur Heilerin führte. Entgegen den Erwartungen entdeckte er dort keine Wache. Baramee musste sich sehr siegessicher fühlen.
Zur Sicherheit nahm er trotzdem den Seiteneingang in das Behandlungszimmer. Die mit einem Codeschloss gesicherte Tür stand offen. Kaum hatte Kadân die Vertäfelung zur Seite geklappt und das Tuch weggeschoben, sah er die Heilerin. Sie zielte mit einer Betäubungswaffe auf ihn.
„Du solltest nicht mehr hier sein“, sagte sie besorgt und senkte die Arme.
Vedran, der noch immer auf der Liege lag, zog Kadâns Aufmerksamkeit an. Der Gesichtsfarbe zu folge ging es ihm deutlich besser. Wenigstens war ihre Reise zu diesem Planeten nicht umsonst gewesen.
„Was ist passiert?“, fragte Namar ungehalten.
„Shiran braucht Hilfe.“ In einem knappen Bericht schilderte der Seefahrer die Erlebnisse.
Die Heilerin hörte schweigend zu. Ohne weitere Erklärung griff sie zum Kommunikator auf der Kommode. Sie drückte eine Taste, sprach ein unverständliches Wort.

„Setz dich und trink etwas“, forderte sie, „es dauert nicht lang.“
Kadân blieb stehen. Er konnte sich nicht hinsetzen und abwarten. „Wir müssen los. Wenn mein Verschwinden entdeckt wird, dann …“

„Ich weiß“, unterbrach die Frau. „Sollen wir zwei alleine eine Fabrik stürmen? Verstärkung ist unterwegs.“ Sie deutete mit der Hand auf einen Stuhl.

Widerwillig nahm er Platz. Selbstverständlich hatte sie Recht. Die Pistole bohrte sich ihm am Bund der Hose in den Rücken. Umständlich zog er sie heraus. Mit einem dunklen Poltern legte er sie vor sich auf den Tisch.

Namar beobachtete das Ding entsetzt. „Egal, wie tief die anderen sinken. Wir werden uns nicht auf die gleiche niedere Stufe mit ihnen stellen“, empörte sie sich. Sie wickelte die Waffe in ein Tuch und brachte es aus dem Zimmer.

Kadân scharte mit den Füßen, mit den Fingerspitzen trommelte er auf die Tischplatte. „Wann kommen sie?“, fragte er, als sie zurückkehrte und sprang auf. „Ich kehre zu der Fabrik zurück, das verschafft uns Zeit.“

Namar stellte sich ihm in den Weg. Sanft drückte sie seine Schultern nach unten, so dass er sich wieder setzte. „Vertraue mir, ebenso wie Shiran es tut.“

„Ich kann hier nicht untätig hocken bleiben.“

Die Heilerin stieß einen Seufzer aus. Sie zog sich den zweiten Stuhl heran und nahm ihm gegenüber Platz. Sie faltete ihre Hände um seine.

„Kadân, ich fühle die tiefe Sorge in dir und schätze deinen Mut. Aber egal was heute noch geschieht, du wirst auf jeden Fall hierbleiben und abwarten.“ Ihre Stimme floss süß wie Honig aus ihrem Mund.

„Ich werde sie nicht zurücklassen“, antwortete er bestimmt.
„Das erwarte ich auch nicht von dir. Du hast Hilfe geholt, das muss reichen. Du bist wichtig. Wichtiger als alle anderen, selbst als Shiran.“
Er entzog sich ihr und lief kurz darauf im Raum auf und ab. Irgendetwas musste er tun. „Dieses beschissene Ritual“, brach es aus ihm heraus. Er wurde behandelt wie eine Handelsware, gekarrt von einem Ort zum anderen. Es widerte ihn an.
„Ich weiß, du verabscheust deine Lage. Mir ginge es an deiner Stelle genauso“, erwiderte Namar mitfühlend.
„Ja, weil ich keine verdammte Puppe bin, die nur zum Sex gebraucht wird.“ Er mied den Blickkontakt zur Heilerin.
„Kandidat zu sein ist eine Ehre“, rief sie empört. „Unzählige Bewerber wären stolz darauf sie zu erfüllen. Auf jedem der vereinten Planeten konkurrieren Tausende darum. Verstehst du nicht, welchen Einfluss du hast.“
Die Worte schürten Kadâns Wut. „Ich bin nicht die.“
„Das Ritual ist Jahrtausende alt. Im Namen der großen Mutter unterstreicht es den hohen Wert, den Männer trotz allem haben. Das hat mit dir als Person nichts zu tun. Das ist reine Tradition!“
„Ich scheiß auf die Tradition. Bisher konnte ich mir wenigstens aussuchen, mit wem ich schlafe.“
„So kann nur ein Aquiner reden“, spuckte Namar aus.
„Können wir endlich los?“ Der Seefahrer wandte sich dem Geheimgang zu.
„Hör zu. Du bist nicht irgendeiner. Du bist Janaijas Kandidat. Akzeptiere das. Dein Überleben könnte Millionen von Menschen ein besseres Leben eröffnen.“
Kadân schwieg. Er wollte das nicht hören.

„Dir darf nichts passieren.“ Namars Ton wurde weicher „Shiran weiß das, verrate nicht ihr Opfer, indem du dich in Gefahr bringst.“
Die Klappe vor der Öffnung wurde zurückgerissen, das Tuch zur Seite gezogen. Zwei blonde Frauen, gehüllt in dunkle Kleidung aus enganliegender Jacke und Hose, schlüpften in den Raum. Eine musterte Kadân, anerkennend hob sie die Augenbraue. „Hallo“, sagte sie gekünstelt, „wen haben wir denn da?“
Der Aquiner stöhnte entnervt auf. „Das kann doch nicht wahr sein.“ Hilflos hob er die Hände und ließ sie wieder fallen.
Namar verdrehte die Augen. „Lasst das, dafür haben wir keine Zeit.“ Die Neuankömmlinge grinsten sich an. „Die beiden eskortieren dich zur Raumfähre und warten dort mit dir.“

Der Gestank am Fluss wirkte weniger ekelhaft als vorher. Gewöhnung, dachte Kadân abfällig. Er konnte es kaum erwarten diesen verseuchten Planeten zu verlassen, mit Shiran. Er hatte sich Namars Willen gefügt, um nicht noch mehr Zeit zu verlieren. Der Heilerin traute er zu, dass sie die gesamte Rettungsaktion abblies, um ihn nicht in Gefahr zu bringen.
Die Wachen beobachteten aufmerksam jede seiner Bewegungen. Als er die Raumfähre betrat, blieben sie draußen vor der offenen Ladeluke stehen. Sie musterten ihn ab und zu voller Neugierde, aber vermieden jegliches Gespräch.
Kadân hörte schnelle Schritte im Laderaum, nachdem er im Cockpit verschwand. Eine der Frauen streckte ihren Kopf herein

und starrte ihn schweigend an. Er hob die Hände und griff sich eine warme Jacke. „Mir ist nur kalt."
„Komm raus", blaffte sie. „Bitte", schob sie nach einer kurzen Denkpause hinterher. Ihre Finger umschlossen eine Betäubungswaffe. Auch wenn sie nicht auf den Aquiner zielte, schienen Namars Anweisungen an die Wachen unmissverständlich.
Der junge Mann zog sich betont langsam an. „Wie lange dauert es noch?", fragte er.
Seine blonde Wache schaute auf ihr Display. „Es müsste gleich losgehen."
Sie gingen wieder nach draußen. Es fiel kein weiteres Wort. Träge plätscherte der Fluss dahin und gelblicher Schaum sammelte sich am Ufer.
Jedes Geräusch nahm Kadân überlaut wahr. Selbst das kleinste Plätschern außerhalb der gewohnten Kulisse zog seine Aufmerksamkeit an. Das Warten hielt er kaum aus.
Gebrüll und lautes Knallen erfüllte plötzlich die Nacht. Kadân lauschte angestrengt. Er konnte nicht stillstehen und lief von einer Seite zur anderen. Verdammt zur Untätigkeit, verabscheute er die aufgezwungene Hilflosigkeit.
Die Kampfgeräusche verklangen. Die innere Unruhe ließ Kadâns Herz schneller klopfen. Er starrte auf die Mauer. Würde sich jemand an der Treppe zeigen?
„Wo bleiben sie?", fragte er die Wachen. Die Frauen zuckten mit den Schultern. Ihr Display hatte keine neue Nachricht verkündet.
Ein schwaches Vibrieren des Treppengeländers verriet Menschen, die hinaufstiegen.

„Rein da“, zischte eine der Aufpasserinnen und zeigte auf die Ladeluke. Kadân gehorchte. Die Betäubungswaffen auf die Mauer gerichtet, warteten die Frauen ab.

Namars Kopf erschien zuerst. Sie winkte den Wachen, die sich sofort entspannten. Gleich hinter ihr folgte, leicht gebückt, Shiran. Ein Verband hielt ihren linken Arm an den Körper gepresst. Auch wenn sie aufrecht lief, jede Bewegung wirkte erzwungen.

Erleichtert atmete Kadân auf. Der großen Mutter sei Dank, sie lebt.

Er schob sich an seinen Wachen vorbei zum Fuß der steilen Treppe. Namar betrachtete seine als Hilfestellung ausgestreckte Hand mit einem Stirnrunzeln. „Ich bin weder alt noch krank“, sagte sie erbost.

Für Shiran, die den letzten Meter vor sich hatte, behielt er die Geste bei. Ohne ein Zögern akzeptierte sie die Unterstützung. Auf der untersten Stufe, wo die rostigen Kanten abbröckelten, rutschte sie ab. Kadân fing sie auf und nahm sie hoch. Wider Erwarten, schlang sie den Arm um ihn und lehnte den Kopf an seine Brust.

Unter den verdutzten Blicken der Anwesenden trug er sie in den Laderaum. „Bist du in der Lage zu fliegen?“, fragte er leise.

„Darauf kannst du dich verlassen“, antwortete Shiran mit einem gequälten Lächeln.

Vor dem Eingang zum Cockpit setzte er sie auf den Boden ab. Sie ließ sich in den Pilotensitz plumpsen. Ein paar Handgriffe später war die Raumfähre startbereit.

„Passt auf euch auf. Und jetzt verschwindet endlich“, rief Namar und winkte.

Kadân schloss die Schleuse vor ihr. Kaum hatte er den Platz des Copiloten eingenommen, hoben die beiden ab. Frische Luft drang durch die Filteranlage ins Innere. Kadân atmete tief durch. „Ich freue mich auf eine Dusche, der Dreck sitzt mir in allen Poren."

Ein erschöpftes Lachen bekam er als Antwort. „Ich hatte dich gewarnt."

„Ich weiß."

Die zugebaute Oberfläche verschwamm unter ihnen zu einem Schachbrettmuster. Die ersten Sonnenstrahlen leckten über die Krümmung am Horizont.

„Lebt sie noch?", fragte Kadân in die bedrückende Stille hinein. Er hoffte, dass Shiran verstand, wen er meinte. Den Namen der Söldnerin wollte er nicht in den Mund nehmen.

„Selbstverständlich, wir halten uns an die Gebote der großen Mutter."

Der Aquiner betrachtete ihr sanftes Profil im spärlichen Licht der Armaturen.

Shiran erwiderte offen seinen Blick. „Danke", hauchte sie.

„Wofür?"

„Für dein Vertrauen."

Kadân lehnte sich zurück. „Gern geschehen."

„Im ersten Moment war ich mir nicht sicher, ob du wusstest, was ich vorhatte", erklärte sie. „Es musste schnell gehen, ohne Absprachen. Ich wollte nur, dass du entkommst."

Er dachte an die Situation in der Halle. „Was ist mit dem Auftrag?"

Die Kämpferin drehte sich zu ihm hin, suchte den Blickkontakt. „Nein, du warst mir wichtiger."

„Es wirkte echt."

„Baramee musste es mir abkaufen“, sagte sie und widmete sich der Steuerung.
Entgegen Kadâns Erwartung redete sie nicht weiter. Er wollte wissen, was in seiner Abwesenheit geschah. Mit den Fingern tippte er auf die Lehne, die Augen blieben an ihrem Profil haften.
Ein angestrengtes Lächeln prangte in Shirans Gesicht. „Ach! Du, als mein gehorsamer Sklave“, witzelte sie mit einem unnatürlichen Kichern.
Der Aquiner runzelte die Stirn.
„Also, der Gedanke daran gefällt mir immer besser.“ Die zur guten Laune gequälte Stimme passte nicht zu den Worten.
„Shiran.“
„Ja?“ Sie kniff die Lippen aufeinander.
„Erzähl mir einfach, was da unten geschehen ist.“
Sie sah ihn an, als müsste sie sich vergewissern, wer dort sitzt. Nach einem Moment des Schweigens fiel die affektierte Ungezwungenheit von ihr ab. „Wir haben uns unterhalten. Baramee und ich. Sie will mich wirklich in ihrer Crew. Sie hat mir einiges aus dem Leben als Söldnerin erzählt.“
Sie stockte, Kadân wartete ab. „Es unterscheidet sich kaum von dem, was ich jetzt mache, nur“, sie unterbrach sich mit einem tiefen Seufzer. „Nur, mit einer Heimat innerhalb einer Gemeinschaft und dazu Mitspracherecht.“ Sie schüttelte den Kopf.
„Sie brechen die Tabus der großen Mutter. Ich weiß“, sagte sie mit Nachdruck, als würde sie mit sich selbst diskutieren. Sie schaute ihn an. „Und doch ist es verlockend.“
Der Seefahrer mühte sich um Beherrschung, um einen abfälligen Kommentar zu vermeiden. Die beginnende Vertrautheit zwischen ihnen erschien ihm zu zerbrechlich.

„Wir sind uns tatsächlich sehr ähnlich, Baramee und ich. Wahrscheinlich könntest du sie sogar schätzen lernen“, schob Shiran hinterher, „es gibt auch andere Männer in ihrer Crew.“
„Was?“, rief er entsetzt. Die Anführerin hatte also über die ihm zugedachte Rolle gesprochen. Auf ihn wirkte das nicht wie ein wünschenswertes Leben. Schon gar nicht bei den Bedingungen, die Baramees Heimatplanet mit sich brachte.
„Das heißt nicht, dass ich je darauf eingegangen wäre“, versicherte sie. „Niemals würde ich Wieran verraten. Sie hat mich zu dem gemacht, was ich bin.“ Sie schwieg zwei Atemzüge lang. „Aber auch dieser Auftrag ist irgendwann vorbei.“
„Wie bist du entkommen?“, hakte Kadân nach. Er wollte sich nicht mit der Bedeutung ihrer Worte auseinandersetzen. Nicht jetzt. Stellte sie sich eine gemeinsame Zukunft bei den Söldnerinnen vor? Mit ihm? Das musste er falsch aufgefasst haben.
„Namars Leute schalteten die angetrunkenen Wachen aus und schlichen sich lautlos an“, beantwortete Shiran die Frage. „Die meisten Söldnerinnen waren betäubt, bevor es anfing. Baramee war irritiert, mit einem Angriff hatte sie nicht gerechnet. Als sie mich allein ließ, nutzte ich die Gelegenheit, um zu fliehen. Ich hangelte mich von Deckung zu Deckung. Es war schnell vorüber.“
Kadân deutete auf die Bandage um die Schulter. „Bist du schwer verletzt?“
„Ein glatter Durchschuss, mehr nicht. Von einem Querschläger. Der Verband lässt es schlimmer aussehen, als es ist.“

„Und die anderen?“, fragte er zögerlich.

„Nichts was Namar nicht wieder hinbekommen könnte. Da bin ich mir sicher."
„Das war Zufall, Shiran. Wer solche Waffen einsetzt, ist bereit zu töten", warf Kadân ein. Irgendwie musste er ihr bewusst machen, was diese Söldnerinnen wirklich taten und das er sich nie in Baramees Reichweite aufhalten sollte.
„Ich weiß", schnauzte Shiran. „Denkst du, das weiß ich nicht?"
Schweigen breitete sich zwischen ihnen aus. Die Raumfähre verließ die Atmosphäre des Planeten. Die Raumstationen und unzähligen Schiffe leuchteten vor den Sternen.
„Ich bin froh, dass es dir gut geht", traute er sich auszusprechen. Nach dem Wechselbad der Gefühle, das er in den letzten Stunden durchlebt hatte, sollte sie es wissen. Egal wie komisch das selbst in den eigenen Ohren klang. „Ich hatte Angst um dich."
„Seltsam." Shiran lächelte wehmütig, schenkte ihm einen liebevollen Blick. „Das hat noch nie jemand zu mir gesagt."
„Ehrlich?", antwortete er, „Meine Mutter sagt das ständig."
Ein Glucksen drang aus ihrer Kehle, steigerte sich zu einem schallenden Lachen. „Immerhin weißt du jetzt, wie sich das anfühlt", brachte sie einigermaßen verständlich hervor.
„Mmmm, naja." Kadân konnte seine Irritation nicht verbergen. Ihre Reaktion kam vollkommen unerwartet. Er vertiefte sich in den Anblick die Sterne. „Von wem hat Baramee gesprochen? Ein Typ auf dem Raumschiff?"
„Ach, vergiss das", versetzte Shiran auf der Stelle. „Ein Missverständnis." Sie winkte ab und sprach sofort weiter: „Wenn alles gut geht, erreichen wir in ungefähr dreißig Stunden den Zentralplaneten."

In Kadân vermischte sich Wehmut mit Erleichterung. Einerseits freute er sich darauf, dass die Reise ein Ende fand und er bald wieder den Weg nach Hause antreten konnte. Auf der anderen Seite würde er die Frau an seiner Seite vermissen.

Er wünschte sich, dass ihre schwammige Bemerkung über eine gemeinsame Zukunft eine Bedeutung hatte. „Ja“, sagte er ernüchtert, „die erste Priesterin wartet.“

3.8 **Shiran**

Er ist fürsorglich, dachte Shiran und lehnte ihren Kopf an Kadâns Brust, und stark. Auf seinen Armen trug er sie durch den langen Gang des Transporters. Mitris bohrender Blick verfolgte sie.

Behutsam legte der Seefahrer sie auf dem Bett in ihrer Kabine ab und setzte sich neben sie. Die kühlen Kissen anstatt seiner Körperwärme empfand sie als schmerzlichen Verlust. Sie sahen sich nur an, zu vieles schwang ungesagt zwischen ihnen. Offenbar wusste er genauso wenig wie sie selbst, was als Nächstes geschehen sollte.

Der ältere Aquiner stand im Türrahmen, sein Fuß tippte ungeduldig auf den Boden. „Kad“, sagte er in gepressten Tonfall, „ich will wissen, was passiert ist. Lass Shiran schlafen und komm mit.“

Kadân nickte, sah die Kämpferin mit Bedauern an. „Kann ich noch irgendetwas für dich tun?“

Ja, dachte sie, leg dich neben mich. „Ein Glas Wasser, damit ich Namars Medikamente runter bekomme und sich die Wunde nicht entzündet.“ Für diese Antwort wollte sie sich selbst ohrfeigen.

Ist das Enttäuschung in seiner Miene, fragte sie sich und fühlte eine unangenehme Enge in ihrer Brust. Er stand auf und holte ihr das Gewünschte, stellte es auf den Beistelltisch am Kopfende. Wieder trafen sich ihre Blicke in erwartungsvollem Schweigen.

„Kad, bitte“, drängelte Mitri.

Kaum mehr als ein Zucken der Mundwinkel glitt über Kadâns Züge. „Bis später“, sagte er leise und seufzte.

Ohne auf die Schmerzen in ihrer Schulter zu achten oder überhaupt einen Gedanken zuzulassen, schnellte Shiran vor und packte sein Handgelenk. „Ich warte.“ Sie schluckte, ignorierte ihren plötzlich rasenden Pulsschlag und die Zweifel. „Ich meine, komm bitte so schnell wie möglich zu mir zurück. Ich warte bis dahin.“

Diesmal leuchteten seine Augen auf, als wäre ein Licht in seinem Inneren angegangen. Er lächelte breit, seine weißen Zähne blitzten. „Okay. Ich beeile mich.“

Die Gardistin sah ihm hinterher. Beobachtete die Tür, die sich hinter ihm zuschob. Dann raufte sie sich die Haare und schloss die Lider. „Was tue ich hier?“, murmelte sie. Das Falsche, was sich unglaublich richtig anfühlt, antwortete sie still für sich.

Sie schluckte eine von den Tabletten, die ihr Namar gegeben hatte und wartete ab. Ihre Gedanken schweiften zu Kadân und seinem seltsamen Gesichtsausdruck, als sie ihm in der Raumfähre erzählte, dass sie sich von ihrer Familie lossagen wollte. War es Hoffnung, Erwartung oder stumme Ablehnung? Letzteres hatte sie erwartet.

Erschöpfung griff nach Shiran, sie kämpfte damit ihre Lider offenzuhalten. Was sie ihm in der Raumfähre sagte, meinte sie ehrlich. Seine Sicherheit und sein Leben bedeuteten ihr mehr als der Auftrag, auch wenn es sich nicht voneinander trennen ließ. Sein Vertrauen in sie und die Bereitschaft die eigene Freiheit für sie zu riskieren, sah sie als Beweis, dass er ihr die Lügen verziehen hatte.

Ihre Wimpern glichen Gewichten, die ihre Aufmerksamkeit ins Dunkel rissen. Die Kissen unter ihr betteten sie verlockend warm und weich.

Die Tür fuhr surrend zur Seite. Shiran durchzuckte das Geräusch wie ein Stromstoß, der ihre Sinne einschaltete.

„Entschuldige die Verspätung. Mitri, wollte alles wissen, bis ins letzte Detail“, berichtete Kadân hastig. Während er sprach, näherte er sich zaghaft dem Bett. „Langsam glaube ich, er liebt

ihn.“ Er hüstelte, blieb eine Armlänge von Shiran entfernt stehen. „Ich meine Vedran. Der muss das nur noch kapieren.“
Liebe, dachte Shiran. Wenn sie untereinander entstand, klang sie harmlos und selbstverständlich. Doch zwischen Frau und Mann stellte sie einen Fluch dar, eine finstere unaussprechliche Gefahr. Sie sah den Seefahrer an. „Dich liebt er auch“, sagte sie. Über andere zu reden, fiel ihr leichter als über sich selbst.
„Ja, wie einen Sohn.“ Kadân gluckste und schien sich zu entspannen. „Mitri vergisst manchmal, dass er nicht meine Mutter ist.“ Er gab sich sichtlich einen Ruck und setzte sich neben Shiran auf die Bettkante. So weit entfernt, dass sie sich nicht berührten, aber dicht genug um die Wärme zu spüren. Sein Blick war auf seine im Schoß verschränkten Hände gerichtet.
Die aufkommende Stille legte sich wie ein lähmender Schleier um sie. „Darf ich dich Kad nennen?“, fragte Shiran leise. Sie wollte irgendetwas sagen, um das Schweigen zu durchbrechen.
Der Seefahrer blickte ihr offen ins Gesicht. „Ja“, hauchte er. Beide sahen sich an, konnten die Augen nicht vom anderen lösen. Unmerklich näherten sie sich an. Die Gardistin dankte den Schmerzmitteln, die bereits wirkten.
Shiran blinzelte, unterdrückte ein Gähnen.
„Entschuldige“, sagte Kadân und rückte deutlich von ihr ab, „ich hätte dich schlafen lassen sollen.“
Nein, schrie sie innerlich, ihr Herz pochte wild gegen die Rippen. Sie setzte sich auf und schlang ihm ihren gesunden Arm um den Nacken. Kraftvoll zog sie ihn zu sich heran und drückte ihren Mund auf seinen. Für einen Moment fürchtete sie, die Zeichen falsch gedeutet zu haben. Doch dann öffnete er sich ihr.
Mit geschlossenen Augen spürte sie nur ihn. Die kratzigen Stoppeln auf seinem Kinn, die weichen geschwungenen Lippen auf den ihren. Sie genoss den Geruch, die feuchte Hitze seines

Atems und schmeckte Namars Tee. Ihre Zungenspitzen erkundeten sich. Er umfasste ihren Hinterkopf und schob sie enger zusammen, seine andere Hand glitt ihren Rücken hinab.
Shiran ließ sich auf die Kissen fallen, umschlang ihn, so dass er mit ihr hinabsank. Der Gedanke an die verschwindend geringe Zeit, die ihnen noch blieb, trieb sie vorwärts. Sein Gewicht, die Härte der Muskeln, presste sie nieder. Der Schmerz der frischen Wunde entlockte ihr ein unbeabsichtigtes Zischen.
Schwer atmend versuchte Kadân sich von ihr zu lösen. Doch ihre Finger verkrallten sich in seinem Pullover und ihre Lippen saugten sich an ihm fest. Vorsichtig, aber konsequent richtete er sich auf. Er griff nach ihren Handgelenken, drückte sie behutsam zurück auf die Kissen.
„Ich will dich", keuchte sie und sah hinauf in sein Gesicht. Flehend, bettelnd um mehr. Ihre Fingerspitzen kribbelten beim Wunsch, ihn endlich zu berühren, und ihr Schoß lechzte danach ihn in sich aufzunehmen. Die Ausbeulung seiner Hose zeigte, dass es ihm genauso gehen musste.
„Nein, Shiran", sagt er und atmete tief durch, „nein."
Tränen schossen ihr in die Augen, die Kehle war wie zugeschnürt. Er lehnt mich ab, dachte sie, schon wieder. „Aber. Wir", sie schluckte und presste die Lippen aufeinander. „Ich glaubte, wir", sie brach ab. Diese blau-violetten Iriden, erfüllt mit unterdrückter Leidenschaft, betrachteten sie liebevoll.
„Du bist verletzt", flüsterte er heiser, „und müde."
„Das ist mir egal." Die Gardistin kämpfte gegen die Kraft, die sie hielt. Schmerzen durchzuckten sie. Sie stöhnte auf und blieb danach ruhig liegen.
„Mir nicht." Große, sanfte Hände streichelten ihre Wange.
Shiran ertrug seinen Anblick nicht, sah zur Seite. Noch nie wollte sie einen Menschen einfach nur um sich haben, stach ihr

ein Lächeln direkt ins Herz. Allein der Gedanke anzukommen und für immer von ihm getrennt zu sein, bereitete Shiran schlimmere Qualen als diese erneute Ablehnung.
„Ist es, weil“, sie richtete ihre Aufmerksamkeit zurück auf Kadân, „du mich nicht willst? Weil du mir noch böse bist?“
Zu ihrem Ärger schmunzelte er, als wären ihre Worte vollkommen abwegig. „Natürlich nicht.“
„Kad“, sagte sie leise. Der Name auf ihren Lippen fühlte sich gut an. „Ich will deine Rücksicht nicht. Sondern“, sie stockte, „ich will dich. Und uns bleibt nur so wenig Zeit.“
„Warum?“ Der Seefahrer legte den Kopf schief und runzelte die Stirn. „Dürfen wir uns danach nicht sehen?“
„Danach?“, wisperte Shiran. Ihr Mund blieb offen stehen. An ein danach hatte sie nie gedacht, sich nicht mal vorgestellt und er sprach es aus, wie das Selbstverständlichste der Welt. „Willst du das?“
„Ja?“, antwortete er in einem fragenden Tonfall. Seine Haut färbte sich aschfahl, mit weit aufgerissenen Lidern starrte er sie an. „Du, du“, stammelte er, „du nicht?“
Die Gedanken der Gardistin reichten bis zum Abschluss des Auftrages, eine Existenz ausgerichtet auf ein Ziel. Sie wusste nicht, wo sie als Nächstes hingeschickt werden oder wie lange es dauern würde. Zukunftspläne fühlten sich unwirklich an. Ihre Bemerkung über ein Leben als Söldnerin entsprang einem fiebrigen Wunschdenken, geboren aus einem adrenalingeschwängerten Augenblick.
„Doch“, antwortete sie überrascht über seinen offensichtlichen Schock, „wir dürfen uns sehen. Es ist nur.“ Sie schloss kurz die Augen und schnaubte. „Ich habe nie an ein Danach gedacht.“

Kadâns Mund formte er stummes O. „Verstehe.“ Er nickte in schneller Abfolge hintereinander und wich zurück. „Dann habe ich etwas missverstanden.“
Der Schmerz, der aus jeder seiner Poren triefte, bereitete der Kämpferin Übelkeit und Freude zur gleichen Zeit. Sie ignorierte ihre Verletzung und schnellte vor. Wie zuvor packte sie ihn am Handgelenk. „Kad. Warte!“, rief sie. „Ich stehe im Dienst der ersten Priesterin. Ich entscheide nicht selbst, wo ich eingesetzt werde. Für mich gab es nie einen Grund darüber nachzudenken. Bitte Kad“, flehte sie, „du hast nichts missverstanden.“
Er blieb bei ihr sitzen, schaute sie mit feucht glänzenden Augen an. „Hast du nie frei?“
Ein Lächeln erhellte Shirans Züge. „Mir steht Diensturlaub zu. Ich hab ihn seit Jahren nicht in Anspruch genommen. Es müssten mittlerweile viele Wochen sein.“
Sein hoffnungsvoller Blick streifte sie. „Heißt das, du würdest ihn nehmen. Für uns, für mich?“
„Ja“, die Kämpferin streichelte seinen Handrücken, „und für meine Schwester, Nadina. Ich muss sie vom dritten Planeten holen.“
„Wenn du nach der Lossagung Geld brauchst, ich erhalte angeblich eine riesige Summe Einheiten allein für das Antreten als Kandidat.“
Dieser Mann, dachte Shiran und musterte ihn kopfschüttelnd, so wunderschön und großzügig. „Danke, aber das wird nicht nötig sein. Ich verdiene einiges. Meine Mutter wird mein beträchtliches Vermögen bekommen und sich bestimmt mit einer Ratenzahlung begnügen.“
„Heißt das, du bist reich?“
Die Gardistin grinste. „Ein bisschen.“ Durch illegalen Wettkampf fügte sie in Gedanken hinzu. Sie hatte nicht vor ihm

Details von ihren Aufträgen zu erzählen, jedenfalls nicht, wenn es nicht sein musste. „Bald nicht mehr. Ein Problem?“

„Shiran“, rief er vorwurfsvoll mit einem kaum unterdrückten Schmunzeln im Gesicht. „Wir fliegen sowieso zum dritten Planeten, um Vedran abzuholen.“

Beide sahen sich an. Die Kämpferin streichelte seine Hand und versuchte das Gähnen zu kontrollieren. Die Aufregung hatte sie wachgehalten, nun zerrte die Müdigkeit mit voller Macht an ihr. „Wir fliegen gemeinsam.“

Kadân lächelte. „Dann ist das ein Versprechen?“

„Ja“, sagte sie getragen, wie bei einem Schwur, „ich werde auf dich warten. Egal, wie das Ritual ausgeht.“

„Und was ist nach deinen Diensturlaub?“, erkundigte sich Kadân. „Also, wenn wir uns danach noch verstehen.“ Er grinste bei den letzten Worten und zuckte mit den Achseln.

Shiran ließ sich davon nicht anstecken, sie kämpfte damit ihre Rührung hinunterzuschlucken. Hatte sie das richtig verstanden? Fragte er sie nach einer Zukunft, obwohl er eigentlich kaum etwas über sie wusste. Sein erwartungsvoller Blick bestätigte es ihr. „Meist habe ich zwischendurch frei“, antwortete sie unschlüssig. „Wir könnten uns treffen, hin und wieder.“ Unglaublich, dachte sie, wir planen.

„Okay.“ Der Seefahrer nickte.

Wieder begegneten sich ihre Blicke, diesmal blieb das unangenehme Gefühl im Schweigen aus. Sie lächelten sich an. Shiran spürte die Wärme, die sich von ihrer Brust bis in ihren Unterleib ausbreitete. Trotz ihrer bleiernen Erschöpfung wollte sie ihn sehnlicher als je zuvor.

Ihre Finger glitten seinen Arm hinauf, die kleinen Härchen kitzelten sie. Der Zeigefinger stahl sich auf seinen Oberschenkel und versank sanft streichelnd zwischen den Beinen.

Kadân beobachtete sie, ohne einzuschreiten. Der harte Druck unter ihrer Berührung zeigte deutlich, dass er es genoss. Er rückte eng an sie heran, stellte links und rechts von ihr seine Arme auf. Dann beugte er sich zu ihr und hauchte einen Kuss auf ihre Lippen. „Du machst es mir wirklich schwer."
Seine Nähe war berauschend. Die Kämpferin schloss die Augen, presste ihn mit ihren gesunden Arm an sich. Die Wunde machte sich qualvoll bemerkbar. Trotzdem forderte ihre Zunge mehr, aber er verweigerte sich ihr.
„Bei unserem ersten Mal möchte ich nicht, dass du vor Schmerzen stöhnst", sagte Kadân leise, nachdem er sich ein Stück von ihr gelöst hatte. „Und ich glaube, ich würde es dir übelnehmen, wenn du unter mir einschläfst."
Ihr Mund verzog sich zu einem schiefen Schmunzeln. „Das wäre schrecklich", murmelte sie.
„Laut Mitri kommen wir früher an als geplant. Wir haben dann noch einen ganzen Standardtag Zeit auf dem Zentralplaneten."
„Den werden wir nutzen", versprach sie. Wenn Wieran uns lässt, fügte Shiran in Gedanken hinzu. „Bleibst du bei mir? Ich meine, jetzt. Beim Schlafen. Auch", sie konnte die Augen kaum noch richtig öffnen, „ohne Sex."
Kadân sog die Luft ein. „Was denkst du von mir?", fragte er. Die im Ton mitschwingende Empörung verscheuchte das watteartige Gefühl in ihrem Kopf.
Kuscheln kostet Extra, oft mehr das Doppelte als der Fick selbst. Shiran war nie bereit gewesen, den Preis bei Professionellen zu zahlen. Bei den meisten die sie abschleppte, war sie froh, wenn sie eher früher als später verschwanden. Aber sie hatte nicht vor ihm das zu sagen. „Ich bin noch nie bei einem Mann eingeschlafen." Das war die Wahrheit.

Sie hörte ihn schlucken. „Okay.“ Es wird nicht leicht, dieser Gedanke hing fast greifbar zwischen ihnen.

Shiran rutschte unter ihm weg in die Mitte des Bettes.

Kadân legte sich neben sie. „Schlaf“, sagte er.

Sie kuschelte sich an ihn, drückte ihr Ohr auf seine Brust und lauschte dem Takt des Herzens, das so schnell schlug wie ihr eigenes. Wie soll ich denn einschlafen, dachte sie, wenn du so nahe bist?

Auf der Suche nach einer bequemeren Position glitt ihr Bein höher, ihr Knie berührte unbeabsichtigt seine abklingende Erektion.

Kaum spürte sie es, grinste sie verstohlen. Die Versuchung ihn zu necken war größer als die Müdigkeit. Sie bewegte ihre Schenkel in einem langsamen Rhythmus über ihn hinweg.

„Du bist fies“, ächzte er.

„Meine Rache“, sie gähnte, schmiegte sich enger an seine Wärme. „Für deine erneute Zurückweisung“, flüsterte sie, „du sollst leiden. Genau wie ich.“

Er lachte dumpf. „Ich wusste nicht, dass du so gemein bist.“ In sein spielerisches Schimpfen mischte sich ein Stöhnen.

„Du scheinst es zu mögen.“

„Manchmal, kann das ganz nett sein“, antwortete er atemlos.

Sie erhöhte den Druck, so dass er nach Luft schnappte.

„Bitte Shiran.“ Er packte ihr Bein, hielt es fest. „Ich kann nicht mehr. Bitte, ruh dich aus.“

Sie kicherte leise, schläfrig.

„Später“, sagte er, „okay? Später.“

Die Gardistin blieb still liegen. Lauschte Kadâns stürmischen Herzschlag, während sie sich eine wohlige Dunkelheit um sie legte.

4. Kapitel

4.1 Kadân

Kadân saß als einziger Passagier in den hinteren Sitzreihen einer Raumfähre. Breite Fenster ermöglichten ihm die Sicht auf den Zentralplaneten. Zwischen den Wolken schimmerte das Grün unzähliger künstlicher Parkanlagen, die die Oberfläche bedeckten. Shiran hatte ihm erzählt, dass da unten kaum etwas natürlichen Ursprungs war.

Die Tür zum Cockpit stand offen. Gleich dahinter hockten zwei aufmerksame Wachen, die Wieran mitgebracht hatte. Die Beraterin hatte die Reisenden auf der überdimensionalen Raumstation empfangen, dort wo Mitri sie abgesetzt hatte.

Die ältere, verkniffen wirkende Frau flog die Raumfähre. Shiran diente ihr als Co-Pilotin. Auch wenn er kein Wort verstand, hörte er, wie die beiden sich unterhielten.

Das helle Lachen der Kämpferin hallte bis in den Innenraum. Kadâns Laune hob sich. Das Ziel war in greifbarer Nähe. Etliche Male hatte er daran gezweifelt es je zu erreichen.

Allein die abfälligen Bemerkungen Wierans trübten seine Stimmung und holten ihn in die Realität zurück. Klappe halten, gehorchen und gefällig aussehen, mehr wurde von ihm hier nicht erwartet.

Namar hatte ihn nachhaltig überzeugt, die erste Priesterin zu unterstützen. Kadân fühlte, dass er etwas Gutes tat, etwas das zahlreichen Menschen Hoffnung schenkte. Trotzdem wünschte er sich weit weg, zusammen mit Shiran. Im Transporter, auf der letzten Etappe der Reise, hatte sie sich weitgehend von der Verletzung erholt.

Während er bei ihr wachte, dachte er an ihre weiche Haut unter dem Anzug. Wie es sich anfühlen würde sie zu berühren, sie zu erkunden. Die erneute Zurückweisung, selbst zu ihrem Besten und entgegen seinem eigenen Wunsch, fiel ihm schwer. Wir haben noch so viel Zeit, sagte er sich, genug um alle verpassten Gelegenheiten aufzuwiegen.

Wolken umnebelten die Raumfähre. Als sie daraus hervorstießen, flogen sie nur wenige hundert Meter über der Oberfläche. Am Boden machte der Aquiner einen runden Platz aus, auf den sie zuhielten. Ein längliches Gefährt stand daneben, das Ähnlichkeit mit den stinkenden Autos in Shirans Heimat hatte. Paneele auf dem Dach schienen jedes Licht in sich aufzusaugen.

Neugierig betrachtete Kadân das Umfeld. Er entdeckte weder Städte noch Dörfer. Einzelne Anwesen schmiegten sich in die hügelige Landschaft, Straßen schlängelten sich durch die weitläufigen Anlagen. Am Horizont ragten die spitzen Türme eines riesigen Palastes auf.

Kaum gelandet, öffnete sich geräuschlos eine Tür an der Seite der Innenkabine. Shiran tänzelte aus dem Cockpit. Sie lachte ihn an. Seit er sie auf dem dritten Planeten in die Arme geschlossen hatte, hatte sie sich verändert, war fröhlicher und entspannter.

„Kommst du?", rief sie unbeschwert und hüpfte nach draußen. Er sah sie auf den Platz laufen und lächelte. Genau wie sie konnte er es nicht erwarten mit ihr allein zu sein.

Laut Wieran sollten sie die kommende Nacht gemeinsam in einer nahe gelegenen Unterkunft verbringen, in Sicherheit. Von dort würde er morgen zum Ritual aufbrechen.

Während dieser Ankündigung hatten sie sich beide im gegenseitigen Einverständnis angesehen und gegrinst. Besser hätte es nicht kommen können. Die Zeit bis zu seinem Aufbruch am nächsten Tag gehörte ihnen.

Wieran wartete vor der Cockpittür, Missfallen zeichnete ihre Züge. Der Aquiner fragte sich, ob es ihm galt oder ihrem ehemaligen Schützling. „Beweg dich, Junge“, befahl sie.
„Zu Befehl, Madame“, erwiderte er in einem zackigen Tonfall. Betont gemütlich stand er auf und hangelte sich durch die Sitzreihen zum Hauptgang in der Mitte.
„Heute noch.“
Kadân grinste die ältere Frau in der grau-blauen Uniform an. Bunte Verzierungen schmückten ihre Schultern. Das unhöfliche Verhalten stieß ihn ab, so dass er der Versuchung sie zu provozieren nicht widerstehen konnte. „Ich denke, ohne mich werden Sie hier nicht wegfahren“, sagte er honigsüß.
Für einen Moment entglitten Wieran die Gesichtszüge zu offenkundiger Abscheu. Stumm zeigte sie auf den Ausgang.
„Danke sehr“, säuselte er, als er an ihr, provokant langsam, vorbei in den strahlenden Sonnenschein schlenderte. Er atmete tief ein. Die Luft roch würzig nach Wald. Eine sanfte Brise wehte ihm ein paar Strähnen ins Gesicht. Es war warm, warm genug, um sich der dicken Jacke zu entledigen.
Die Türen des wartenden Fahrzeugs, ausgestattet mit dunkel getönten Scheiben, wurden zur Seite geschoben. Zwei Frauen, wie Wieran in dunkle Stiefel und Uniform gekleidet, stiegen aus. Mit strengem Ausdruck sahen sie den Ankömmlingen entgegen.
Nicht gerade einladend, grübelte Kadân. Aus einem Bauchgefühl heraus blieb er zwischen der Raumfähre und dem Transportwagen stehen. Die Beraterin starrte ihn im Vorbeigehen grimmig an.
Shiran grüßte die Wachen und drehte sich um. Beschwingt spazierte sie zum Aquiner zurück. Sie reichte ihm die Hand. „Komm schon, lass uns die wenige Zeit nutzen, die wir bis zum

Ritual haben.“ Ihr Lachen klang tief, die Zähne blitzten. Röte schoss ihm in die Wangen. Sie kicherte und zog ihn mit den Augen aus. Er genoss die Vorfreude und ihre gelöste Stimmung.
Wieran räusperte sich auffallend laut. Wenn Blicke töten könnten, dachte Kadân belustigt, würde ich auf der Stelle umfallen.
Das Innere des Gefährts bot Platz für fünf weit auseinanderstehende Sitzreihen, mit je vier bequemen Sitzen. Einen Fahrer gab es nicht. Der Seefahrer setzte sich neben Shiran. Immer wieder lächelten sie sich an. Er riss sich zusammen, um seine Hände bei sich zu behalten. Die Beraterin saß eine Reihe hinter ihnen und schnaubte verächtlich.
Die Wachen vom Bus verstauten das Gepäck aus der Raumfähre und stiegen ein. „Villa“, sagte eine knapp. Sie fuhren an und verließen den Landeplatz. Die Frauen blieben stehen, während sie die Fahrgäste beobachteten, hielten sie sich an den Sitzlehnen fest.
Lichte Wälder säumten die Straße, hohe Bäume spendeten Schatten. An einer Kreuzung bogen sie links ab. Shirans Lächeln gefror ihr auf den Lippen. Ihre Finger glitten zur Schnalle des Sitzgurtes.
Bevor sie handeln konnte, bedrohten zwei Betäubungswaffen die Passagiere.
Kadân erschrak. „Scheiße“, murmelte er.
„Keine Bewegung“, rief eine der Uniformierten.
Die Kämpferin hob die Hände. Sie wiegte den Kopf hin und her. „Nein“, flüsterte sie.
„Bleibt ruhig“, sagte eine der Frauen sachlich. „Ihr habt nichts zu befürchten. Ihr werdet ein paar Tage unsere Gäste sein. Danach lassen wir euch wieder gehen.“

Kadân hörte Stoff hinter sich rascheln, ein Verschluss knackte. Wieran schien sich nicht an die Anweisung zu halten. Eine Wache näherte sich, um über die vorderen Plätze zu schauen. Ohne zu zögern, schoss sie auf die Beraterin. Etwas Schweres schlug dumpf auf den Boden zwischen den Sitzreihen auf.

„Ihr wolltet es so", kommentierte eine Entführerin. Sie zielte auf Shiran und drückte unverzüglich ab. Der Körper der Kämpferin erschlaffte und kippte gegen Kadân. Er legte ihren Kopf auf seine Schulter. In Erwartung der Nächste zu sein schloss er die Augen.

„Sieh mich an", forderte eine der Uniformierten.

Der Seefahrer starrte die Frau an, die ihn begaffte, wie ein exotisches Tier. Reichte es nicht, dass sie die Reise zum Scheitern brachten, mussten sie ihn jetzt quälen?

„Blau-violett, eine solche Augenfarbe habe ich noch nie in echt gesehen."

„Kein Wunder, die haben nur solche wie er. Von denen gibt´s nicht viele", antwortete lässig die, die bisher geschwiegen hatte. „Jedenfalls bei uns."

„Müssen wir ihn auch betäuben? Er ist doch nur ein Mann."

In Kadân stieg Hass auf. Vielleicht sollte er sie angreifen, damit sie ihn ernst nahmen. Er fühlte die Wärme Shirans an seiner Seite, ihr klopfendes Herz und entschied sich dagegen. Seine Aufmerksamkeit richtete er nur auf sie.

„Jenna, du kennst die Befehle."

Die Wache seufzte. „Schade."

„Jetzt mach!"

Dunkelheit umfing ihn.

4.2 Janaija

Hoch erhobenen Hauptes thronte Janaija inmitten der Priesterinnen. Seit einer gefühlten Ewigkeit besprachen sie die letzten Details für das morgige Ritual. Die schnatternden Stimmen der Frauen zogen ungehört an ihr vorbei. Stoisch ertrug sie die forschenden Blicke, die jede noch so kleine Bewegung von ihr registrierten. Durch die offenen Rundfenster wehte ein warmer Hauch, die Sonne berührte die sanften Hügel am Horizont.

Die Erste konzentrierte sich auf den Kommunikator, der fest umschlossen in ihrer Hand lag. Eine weitere Nachricht hätte sie längst erreichen müssen. Vor fünf Stunden meldete Wieran den Empfang des Kandidaten. Seitdem wartete sie vergeblich auf Rückmeldung. Sie musste handeln, aber die Konventionen zwangen sie zu bleiben.

Es war die letzte Zusammenkunft der neunundvierzig Anwärterinnen. Für sie alle bedeutete das Ritual das Ende ihres bisherigen Lebens. Ab Morgen bezogen junge Mädchen, ihre Nachfolgerinnen im Wettstreit um den Titel der Whaea, die prunkvollen Gemächer des Palastes. Die zukünftige Regentin entschied, wer aus der scheidenden Generation als Lehrmeisterin angestellt wurde. Eine heiß begehrte Aufgabe.

Was ist geschehen, grübelte die Priesterin, wo ist der Aquiner? Die Anspannung in ihrem Inneren entzog sich zunehmend ihrer Kontrolle. Auch wenn ich verliere, dachte sie, niemand wird mich verzweifeln sehen. Bis zum Moment des Scheiterns würde sie Haltung bewahren.

Erschrocken stellte sie fest, dass ihr einst unerschütterlicher Glaube in das Schicksal und in die große Mutter wankte. Der Gedanke ans Scheitern, war wie das Scheitern selbst.
„Janaija. Janaija!“, wie durch dicken Nebel drang die Stimme einer unbedeutenden Priesterin an ihr Ohr.
„Ja?“, fragte die Erste gefasst.
„Bist du mit dem Beschluss einverstanden?“
Sie wusste nicht, worum es ging, aber allein die Frage glich einer boshaften Provokation. „Selbstverständlich, er ist aus einer gemeinsamen Diskussion erwachsen.“
„Entschuldigung, ich vermutete, dass du über den Umgang mit den Unglücklichen unter uns, mitreden willst.“ Ein höhnisches Grinsen begleitete die Worte der unscheinbaren Frau.
Der ödeste Felsbrocken im All, wird gerade gut genug für dich sein, dachte Janaija. Sie lächelte freundlich. „Kommen wir zum nächsten Punkt: der Aufstellung auf der Bühne. Ich freue mich, endlich eine Freiwillige für den hintersten Rand gefunden zu haben.“
Der vorherigen Rednerin entgleisten die Züge, andere gluckst en vergnügt. Als Unglückliche werden die bezeichnet, die vorzeitig ohne Kandidat das Ritual verließen. Eine Schande für die Betroffene und für ihre gesamte Familie. Da dies in der Vergangenheit nur zweimal vorkam, war es normalerweise kein Thema.
Die Erste musterte ihre ärgste Konkurrentin. Magaja sonnte sich in der Aufmerksamkeit der Priesterinnen, die sie umschwirrten. Ihre Blicke trafen sich.
Mitgefühl war das Letzte, was Janaija sehen wollte. Ein tiefer Riss spaltete ihren Panzer des Glaubens an die große Mutter.

Die Halle der Begegnung leerte sich. Janaija wartete ab, bis auch die letzte Priesterin durch die Tür verschwand. Ihre Fingerspitzen strichen über die kühle Oberfläche der Tribüne.
In einer fließenden Bewegung stand sie auf. Der Saum ihres Kleides wischte knapp über den rosafarbenen Marmor. Der Kommunikator blieb stumm. Shiran und Wieran antworteten nicht auf ihre verzweifelten Rufe. Andere Diener hatte sie in dieser Angelegenheit nicht ins Vertrauen gezogen.
Gemessenen Schrittes erreichte sie eines der geöffneten Fenster. Der verzierte Rundbogen umrahmte die Aussicht in den Garten. Wehmut erfasste Janaija. Das würde sie vermissen. Wer weiß, welches Schicksal ihr bevorstand, auf die Gnade der neuen Whaea hoffte sie nicht.
„Hast du Zeit?“, fragte hinter ihr eine bekannte Stimme.
Die Erste reagierte nicht. Magajas triumphierende Miene ertrug sie nicht.
Ein Klicken verriet, dass die Tür zur Halle geschlossen wurde. Klackernde Absätze näherten sich. Janaija stöhnte auf, sie wollte sich in Ruhe von ihrer Heimat verabschieden. „Es ist schön hier“, sagte sie und wandte sich um.
Die großgewachsene zweite Priesterin nickte. Ihre langen blonden Haare fielen ihr über die Schulter, umspielten die üppigen Kurven, die sie durch ein enges Kleid betonte. „Ja, ich erinnere mich daran, wie wir uns dort unten kennenlernten“, begann Magaja, „am Tag nach der Zeremonie. Früher waren wir Freunde. Viele Jahre.“

Janaija grübelte, was dieser Unsinn sollte. Erinnerungen aufzuwärmen änderte die jetzige Situation nicht. Still wartete sie ab.

Ein Räuspern durchschnitt das bleierne Schweigen. „Bitte, rede mit mir."

„Was willst du?", fragte die Erste und musterte die ineinander verwirbelten Muster der Blumenbeete.

„Glaubst du, ich sehe es nicht?", antwortete Magaja.

Dic erste Priesterin schnaubte. „Was?"

„Die Probleme innerhalb der vereinten Welten. Du warst immer die Beste von uns. Deine magischen Fähigkeiten und dein scharfer Verstand übertreffen alles, was wir anderen zu bieten haben. Die Gemeinschaft braucht dich, es gibt so vieles, was getan werden muss."

Diese Unverfrorenheit, schäumte Janaija innerlich. Ruckartig wandte sie sich ihrer Gegnerin zu. „Gut, dann lass den Aquiner frei."

„Nein, das kann ich nicht."

Sie riss die Augen auf. Mit einer solch offenen Bestätigung hatte sie nicht gerechnet. Die Worte blieben ihr im Halse stecken.

„Aber, wenn ich morgen als neue Whaea erwählt werden sollte", führte Magaja weiter aus, „hätte ich dich danach gerne an meiner Seite."

Janaija runzelte die Stirn. „Nein", fauchte sie empört, „ich eigne mich nicht als ehrerbietige Dienerin."

„Wie wäre es mit Beraterin auf Augenhöhe?"

„Nenn es, wie du willst, die Tatsache bleibt die Gleiche."

Die beiden Frauen schätzten sich schweigend ab. Ein Prickeln durchlief Janaijas Körper. Es verriet den unkontrollierbaren Zorn. Sie konzentrierte sich, um die Gegnerin nicht aus Versehen

mit Magie niederzustrecken. „Ich habe nie einen Hehl daraus gemacht, dass ich als Whaea Reformen anstrebe. Wir haben oft darüber diskutiert."
„Ich habe nicht mal alles davon weitergegeben und trotzdem bringt das wenige jeden gegen dich auf. Die Pläne führen zu Eskalation und unlösbaren Konflikten." Magaja redete mit erhobenem Zeigefinger.
Die Erste presste die Lippen aufeinander. „Aus dir sprechen Angst und Gleichgültigkeit", antwortete sie. „Die Probleme sind machbar, aber die Lösungen sind unbequem."
Die Zweite schnalzte mit der Zunge. „Wir vertreten Interessen. Deshalb wurden wir schon als kleine Kinder hergeschickt. Unsere Familien sind mit der Priesterschaft in jeglichen Ebenen verwoben. Willst du deiner eigenen Schaden zufügen?"
„Ich dachte tatsächlich, dass wir hier sind, um den Weg der großen Mutter umzusetzen."
Magaja sah die Gegnerin abschätzig an. „Spiel dich nicht als Heilsbringerin auf. Die Rolle steht dir nicht."
Janaija verschränkte die Arme vor der Brust.
„Der Weg zu den Allianzen stand dir immer offen. Du hast alle Angebote ablehnen lassen."
„Eben warst du voll des Lobes über meinen Verstand." Der Anblick der blasierten Miene machte die Erste rasend. Sie stapfte in den Raum hinein, drehte der Konkurrentin den Rücken zu. „Du kommst her, weidest dich an meiner Niederlage und glaubst ernsthaft mich plötzlich umstimmen zu können. Hältst du mich für so schwach?"
„Du hast mit Widerstand rechnen müssen", zischte Magaja.
Die Erste atmete tief ein, bevor sie sprach. „Damit habe ich gerechnet, aber nicht mit diesem Los." Die letzten Worte

brachen ihr fast in einem Schluchzen weg. Reiß dich zusammen, ermahnte sie sich.
Sie kreuzte die Arme vor ihrer Brust, als würde sie sich selbst umarmen wollen. „Leben sie noch?“, fragte sie zaghaft.
„Was denkst du von mir?“, rief Magaja. Ihre Absätze klackerten auf dem Marmorboden. „Ich ehre die große Mutter.“
In einer eleganten Drehung wandte sich Janaija um. „Ist das so? Es sieht nicht danach aus.“
„Was unterstellst du mir?“, empörte sich die Zweite.
„Mein Kandidat wäre fast ermordet worden. Ist das der Weg deiner Familie und dir Konflikte zu lösen sowie Eskalationen zu vermeiden?“
Magaja schaute auf den Boden. „Unfälle passieren“, murmelte sie prompt, als würde sie etwas nachsprechen.
“Du bezeichnest eine Jagd mit scharfen Waffen als Unfall?“, brüllte Janaija die Worte heraus. Ihre Gegnerin schien in sich zusammenzufallen, der Stolz verschwand aus ihrem Gesicht.
„Wir haben explizit angeordnet, dass niemand getötet werden darf“, verteidigte sie sich.
„Du hast den Tod von Menschen in Kauf genommen, so wie die planetaren Priesterschaften einiges in Kauf nehmen, wenn es um ihre Interessen geht. Genauso wie ich ein kalkuliertes Risiko akzeptiere.“ Janaija schöpfte Luft für den nächsten Satz: „Du bist nicht besser als ich.“
Magaja wich zurück. „Nein“, flüsterte sie, „so ist es nicht.“
„Wer ist der Verräter in meinen Reihen?“, fragte die Erste. Die Schwäche ihrer Gegnerin musste sie nutzen.
Die Zweite schien in ihren eigenen Gedanken gefangen zu sein. Sie wiegte den Kopf hin und her. Leise murmelte sie etwas Unverständliches.

„Ich unterstütze dich nicht“, schleuderte Janaija ihr zu.
Magajas Blick bohrte sich in ihre Augen. „Die Gemeinschaft steht über allem. Egal was, den Frieden gilt es zu schützen. Er ist die eine Säule auf der die Gesellschaft, das Leben unter der großen Mutter, aufgebaut ist.“
Der Text hörte sich an wie abgelesen, wie tausendfach vorgebetet und mechanisch nachgesprochen. „Glaubst du, mir ist das egal?“, antwortete Janaija leidenschaftlich, „aber er ist bedroht, weil zu vielen der eigene Machtanspruch wichtiger ist.“
„Wir profitieren voneinander und miteinander.“
„Quatsch! Wir ersticken in Stillstand und Korruption. Seit wann lernst du lieber Sprüche auswendig, als selbstständig zu denken?“
Magaja atmete schwer. Sie schien sich zu sammeln. „Du willst die Grundfesten der Regierung erschüttern“, sagte sie sachlich. „Niemandem steht diese Macht zu. Das können wir nicht zulassen.“
„Lässt du endlich die Ausreden weg?“, spuckte Janaija aus. „Ja, ich und meine Cousine hätten die Möglichkeit Veränderungen durchzusetzen.“
„Die große Mutter schrieb fest, dass zwei Frauen, bestenfalls aus verschiedenen Familien, herrschen sollen.“
„Vorhin wolltest du selbst noch etwas ändern“, setzte die Erste nach.
Magaja stöhnte auf. „Du könntest an meiner Seite, die Zukunft mitgestalten.“
Ein abfälliges Lachen war die Antwort.
„Ein Weg mit kleinen Schritten, dafür begehbar. Wir könnten viel erreichen.“ Die Handfläche bewegte sie in einer flehenden Geste.

Janaija winkte ab. „Das hast du dir schön ausgedacht“, fauchte sie mit gefletschten Zähnen. „Noch bist du nicht die Whaea.“
„Ja, aber du wirst es ganz sicher auch nicht werden“, keifte die Zweite.
Die erste Priesterin hob die rechte Hand über den Kopf. Flammen züngelten daraus hervor und leckten den Arm hinab. Ihre Konkurrentin wich zurück, bis sie an die Fensterfront anstieß. Die Finger formte sie zu einem Ball, die hervorstechende Energie umgab sie wie ein Schild.
„Hörst du dir selbst zu?“, schrie Janaija.
„Zeig endlich Einsicht!“
Die erste Priesterin ballte die Hand zu einer Faust. Das Feuer erlosch. „Seit Jahrtausenden entscheidet die große Mutter selbst, wer der Auserwählte sein soll.“
Magaja hielt das magische Schild aufrecht und schwieg.
„Dieses Mal wählst du für sie. Bist du so anmaßend, ihr die Entscheidung zu nehmen?“
Die blauen Augen der Gegnerin füllten sich mit Tränen. „Du ...“
„Du hast recht“, unterbrach sie Janaija inbrünstig, „Ich will die Macht nutzen, anstatt sie zu bewahren. Ich stehe für Veränderung, für ausgedehnte Reformen. Ja, es ist nicht ohne Risiko.“ Sie ging auf die Konkurrentin zu. „Du stehst für die Tradition des weiter so, der Vergangenheit. Warum lässt du nicht der großen Mutter die Wahl, welchen Weg sie für uns sieht?“
„Ich habe es versucht“, sprach Magaja zu sich selbst.
Janaija gab nicht auf: „Versteh doch. Es rumort, die Vorzeichen sind deutlich. Wir steuern langfristig auf einen Bürgerkrieg zu, wenn sich nichts ändert. Der Aufstand auf dem dritten Planeten war nur ein frühes Warnzeichen.“
„Du spinnst.“

„Wir haben das gleiche Ziel“, beschwor die Erste, „Ich kenne die Zahlen und mehr Details als du dir jemals merken könntest.“

Magaja ließ den Schild erlöschen. Sie schüttelte den Kopf. „Nein“, rief sie.

„Wenn du mir schon nicht glaubst, dann vertraue der Entscheidung der großen Mutter.“

Die zweite Priesterin schwieg. „Bis Morgen“, sagte sie endlich. Sie stapfte zur Tür und riss sie auf. Ohne sich umzuschauen, verließ sie den Raum.

Janaija blieb allein zurück.

4.3 Shiran

Shiran schloss die Augen. Das heiße Pochen in ihrer Schulter verriet, dass die Wunde heilte und gleichzeitig die Schmerzmittel ihre Wirkung verloren. Eine bleierne Trägheit griff nach ihr, aber trotzdem konnte sie nicht schlafen. Die lange, gefährliche Reise endete im Versagen. Sie fragte sich, wo die Verzweiflung blieb, wo der Unmut über das eigene Scheitern. Tatsächlich fühlte sie einen Hauch Zufriedenheit.

Alle Möglichkeiten, um den Zentralplanet zu erreichen, hatte sie ausgeschöpft. Sogar Befehle verweigert und sich selbst als Opfer angeboten. Nun war es vorbei, der Auftrag abgeschlossen.

Ob Kadân der Auserwählte wurde oder nicht, welche Rolle spielte es? Hauptsache sie beide kamen lebend aus der Sache raus und konnten die kommenden Wochen genießen.

Die müde Kämpferin freute sich auf die folgende Zeit, ohne Verletzungen, ausgeschlafen und befreit von Missverständnissen. Nur noch ein oder zwei Tage mussten sie in dem kahlen, fensterlosen Raum ausharren. Laut den Entführerinnen durften sie danach unbehelligt von dannen ziehen.

Shiran öffnete die Augen und sah sich um. Fliegendreck sprenkelte den Lampenschirm, der mittig von der hohen Decke hing. Die Einrichtung bestand aus einer abgenutzten Schlafcouch und einem dazu passenden, ausladenden Sessel. Ein kleiner Tisch trennte die Möbelstücke. Ein trostloser Ort.

Die Wachen hatten zusätzlich eine Klappliege aufgestellt, als sie Shirans Verwundung bemerkt hatten. Sie rückten sie an die weiß getünchte Wand. Die junge Frau nahm das Angebot dankbar an. Ihre Gedanken schweiften zu den Erlebnissen der vergangenen

Wochen. Sie glaubte selbst nicht, dass sie gerade einfach herumlag und keine Pläne schmiedete.
„Shiran, schläfst du?“, hörte sie Kadân fragen. Er hatte sich in den Sessel gekuschelt, seine langen Beine ruhten auf der Tischkante.
„Junge, zeig Respekt“, forderte Wieran in einem belehrenden Tonfall.
Das Missfallen der Mentorin spürte Shiran bis in die letzte Faser ihres Körpers. „Schon gut“, antwortete sie sachlich, „ich habe ihm das Duzen erlaubt.“
„Genau, ich darf das“, warf der Aquiner ein. Ein Lächeln färbte seine Stimme. So wie sie ihn einschätzte, machte es ihm auch noch Spaß die ältliche Beraterin zu provozieren. Sie grinste in sich hinein. Mittlerweile fand sie sogar Gefallen an dieser Eigenschaft.
„Ist es nicht schade, dass du die weite Reise umsonst angetreten hast?“, begann Wieran ein Gespräch. Offensichtlich beruhte die Abneigung auf Gegenseitigkeit.
„Mmh“, blockte er ab.
„Normalerweise kämpfen auf jedem Planeten tausende Kandidaten um diese Ehre und werden nicht widerwillig mitgeschleppt. Du musst doch froh sein unverrichteter Dinge nach Hause zu dürfen.“
„Nein.“ Kadân schien sich die folgenden Worte genau zu überlegen: „Seitdem ich weiß, in welchen Bedingungen manche Menschen leben müssen, bin ich bereit Janaija zu unterstützen. Ich denke, sie hätte einiges bewirken können. Sie brachte Hoffnung auf Veränderung.“
Die Aussage überraschte Shiran. Bislang dachte sie, es wäre ihm egal. Er hatte sich mehr verändert, als sie vermutet hatte.

„Was weißt du schon, Junge? Benutze dein hübsches Köpfchen lieber nicht zum Denken“, sagte Wieran. Typisch, fand Shiran, selbst ein Kompliment nutzte diese Frau zum Zubeißen.
„Wie bitte?“, brummte er.
„Nun, es scheint nicht viel dabei herauszukommen“, fügte die Beraterin hinzu.
Stoff rieb über Stoff. Vermutlich hatte sich der Seefahrer im Sessel aufgesetzt. „Sie sollten unbedingt den dritten Planeten besuchen. Dort stinkt es überall, nach Scheiße und Abfällen.“
„Nicht jeder kann zu den Gewinnern gehören. Irgendwo muss der Luxus herkommen, den wir alle genießen.“
Die Aussage schmerzte Shiran. Auch wenn sie ihrer Heimat nichts abgewinnen konnte, ihre Landsleute verdienten Anteilnahme.
„Sagen sie das den Menschen, die in diesem Drecksloch langsam verrecken“, sagte Kadân aufgebracht.
Die Kämpferin frohlockte innerlich. Eine solche Antwort hätte sie sich nie getraut, dafür hatte sie zu viel Respekt.
Sie stellte sich vor, wie die Beraterin ihn mit finsterer Miene musterte.
„Hat dir keiner beigebracht, wie sich einer wie du, in der Gesellschaft von Frauen zu benehmen hat?“
„Ist mir spontan entfallen“, konterte er trocken.
Shiran gönnte ihrer Mentorin den streitbaren Aquiner. Aber mehr als je zuvor wünschte sie sich, mit ihm allein zu sein.
„Nun, Junge“, führte Wieran wider Erwarten das Gespräch fort, „irgendeinen Preis müssen wir zahlen. So ist das nun mal im wahren Leben. Im Gegenzug genießen alle Welten seit Jahrhunderten den Frieden.“

Eine seltsame Ansicht, dachte Shiran. Eigentlich hatte sie ihre Mentorin anders in Erinnerung, als einen Menschen, der Unrecht erkannte.
„Die Bevölkerung eines ganzen Planeten als Preis? Klingt für mich nicht nach einem gerechten Geschäft."
„Für den Frieden müssen Opfer gebracht werden", antwortete Wieran mechanisch.
„Der Nachbarmond von Aquin wird von der Priesterschaft ausgebeutet. Auf Aquin selbst nimmt die Verschmutzung des Ozeans zu. Ist meine Heimat auch irgendwann ein angemessenes Opfer?"
„Dieser Pfuhl?" Shiran hörte tiefe Abscheu heraus. „Wenn es da tatsächlich etwas Wertvolles gäbe, ja."
„So ein Schwachsinn", brauste Kadân auf.
Na toll, seufzte sie innerlich. Eine Eskalation half ihnen nicht die kommenden Tage zu überstehen.
„Unverschämtheit! So redest du nicht mit mir", forderte die ältere Frau.
Shiran öffnete die Augen. Das Kadân sich nicht um die Warnung scherte, ahnte sie schon, bevor er anfing zu sprechen.
„Frieden?", spuckte er aus. „Ein seltsamer Frieden. Eine Schießerei zwischen Wohnhäusern und niemanden interessiert es. Selbst auf einer Raumstation kümmert es am Ende keinen. Anstatt die Söldnerinnen zur Verantwortung zu ziehen, dürfen sie uns sofort verfolgen. Und hier auf dem Zentralplaneten ist eine Entführung auf offener Straßc möglich. Hört sich für mich nicht nach einem behaglichen Frieden an."
„Ausnahmefälle", sagte Wieran kalt.
Shiran setzte sich auf und betrachtete die Beiden. Die Frau saß mit verschränkten Armen, erhobenem Kinn und überschlagenen

Beinen auf dem Sofa. Dagegen zeigte Kadân ehrliche Empörung, aufrichtige Gesten begleiteten seine Worte.

„Ich wurde auf einem ihrer Raumschiffe zusammengeschlagen und ins All befördert. Auch eine Ausnahme?"

Die Beraterin schüttelt entnervt den Kopf. „Eine Diskussion mit einem dummen Jungen. Lächerlich. Die Unterhaltung ist beendet." Wie ein Igel, der sich einrollte, quetschte sie sich in die hintere Ecke des Sofas.

„Was?", die Verwirrung war dem Seefahrer deutlich ins Gesicht geschrieben. Er schaute Shiran an. „Ist das ihr ernst?"

Wieran drehte sich weg und ignorierte den Aquiner demonstrativ. Die Kämpferin zuckte mit den Schultern. Ja, offensichtlich meinte sie das ernst. In ihren Erinnerungen stellte diese Frau einen vollkommen anderen Menschen dar.

Nachdem die Ältere ihn keines Blickes mehr würdigte, ließ sich Kadân kopfschüttelnd in die Sessellehne zurückfallen.

Die aufgezählten Ausnahmefälle brachten Shiran ins Grübeln. Sie dachte an die Abläufe im Raumschiff. An einem blieb sie hängen und starrte entsetzt auf ihre ehemalige Weggefährtin.

Ankommen, die nächsten Schritte planen. Das war in den vergangenen Tagen ihr einziges Ziel gewesen. Es musste weiter gehen, immer weiter. Sie fragte sich, warum ihr das nicht schon früher aufgefallen war. Meine Gefühle müssen mir den Verstand umnebelt haben.

Nicht alle Angriffe erklärten sich mit einer korrumpierten Priesterschaft, denen von einem hochrangigen Verräter Informationen zugespielt worden waren.

Wer besaß so viel Einfluss, dass sie in die exakt definierten Prozesse eines Raumschiffes eingreifen durfte. Plötzlich sah sie ihre Mentorin mit anderen Augen. Aber das konnte nicht sein.

„Sag mal, Wieran. Ist die Sektion mit den Rettungskapseln nicht gesichert und vollständig überwacht?“
Die Angesprochene stöhnte auf. „Ja, selbstverständlich. Das weißt du doch.“
„Woher hatten die Söldnerinnen den Zugangscode? Wieso wurde dem unplanmäßigen Abkoppeln einer Rettungskapsel in einem Sicherheitsbereich nicht nachgegangen?“
„Kein Ahnung.“ Die Beraterin setzte sich auf. Ihre Miene zeigte ein lauerndes Abwarten. Kadân schaute fragend zwischen den Frauen hin und her.
„Solche Vorfälle werden gemeldet, immer. Die Kommandantin des Raumschiffes hat dich nicht informiert?“ Shiran erinnerte sich nicht daran, jemals diese Information bekommen zu haben. Sie stand von der Liege auf, in kleinen Schritten bewegte sie sich auf die Ältere zu. „Wieran?“
Die Beraterin griff blitzschnell in den Schaft ihrer Stiefel. Während Kadân reagierte, zog sie eine schmale Waffe heraus, die aussah wie ein zu dick geratener Stift. Das obere Ende richtete sie auf den jungen Mann, der es gerade mal auf die Füße geschafft hatte. „Wag es“, drohte sie. Genau wie Shiran verharrte er in der Bewegung.
Schweigen beherrschte den Raum.
„Die betäubt nicht nur“, sagte Wieran dem Aquiner. „Hinsetzen!“
Sehr langsam ließ sich der Seefahrer in den Sessel sinken, die Augen auf die Uniformierte gegenüber gerichtet.
„Seit wann hintergehst du uns und stehst gegen mich?“, fragte Shiran. Ihr Verstand weigerte sich, die Wahrheit zu akzeptieren. Hätte jemand einen solchen Verdacht geäußert, sie hätte

diejenige eine Lügnerin genannt. Aber diese Frau mit angeblich unverrückbaren Prinzipien gehörte zu den Verräterinnen.

Wieran schüttelte den Kopf. „Dir sollte nichts geschehen. Warum musstest du dich mit diesem verlausten Pack verbünden?“

„Wir sind …“, schaltete sich Kadân ein.

„Schweig!“, donnerte die Alte und hob die Waffe auf seine Augenhöhe. Sie musterte den um Beherrschung bemühten Aquiner, der diesmal gehorchte. „Wieso der? Jeder Palastdiener könnte dir mehr bieten als dieser ungehobelte Wilde.“

Shiran antwortete nicht.

„Ich habe dir Gehorsam beigebracht“, schrie Wieran, die Augen weiter auf Kadân gerichtet. „Wärst du auf dem Raumschiff geblieben, wäre dir nichts passiert. Auf der Station hättest du bei der Priesterschaft bleiben sollen. Wieso hast du ihn nicht der Söldnerin überlassen?“

Die Kämpferin ging zwei Schritte auf ihre ehemalige Mentorin zu. „Warum? Wieran, warum tust du das?“, fragte sie flehentlich. Sie wollte das Unmögliche irgendwie begreifen.

„Halt!“, blaffte die Verräterin nach einem kurzen Seitenblick. „Oder er stirbt.“

Shiran wagte nicht ihn anzusehen. Jede Ablenkung würde ihr Urteilsvermögen trüben.

„Es ist deine eigene Schuld“, jammerte die ältere Frau, die ihrer Schülerin kein einziges Mal ins Gesicht blickte, „jetzt muss ich euch beide töten lassen.“

„Wieran. Sieh mich an“, schrie Shiran. Doch die Beraterin schien sie nicht wahrzunehmen.

„Du mieses Stück Scheiße. Du hast unsere Regeln und Traditionen immer verteidigt. Nun willst du selbst morden?“, die

Kämpferin wollte eine Reaktion provozieren. Sie musste den Hass auf sich ziehen und sie zu einem Fehler verleiten. Wenn sie auf mich schießt, könnte Kadân den Moment nutzen, dachte sie. Dann wäre wenigstens er gerettet.
Wieran lachte freudlos. In Gedanken wirkte sie weit weg. Trotzdem hielt sie den Seefahrer ständig im Visier. „Ich mache das bestimmt nicht. Es gibt da eine, die würde das nur zu gerne tun“, sprach sie mehr zu sich als zu ihrem Gegenüber.
„Lächerlich“, sagte Shiran kalt, „Baramee wird uns nicht töten.“
Die alte Frau grinste. „Stimmt, aber es gibt andere. Der da“, sie beugte den Kopf zu Kadân, „hat sich eine rachsüchtige Feindin gemacht.“
Shiran ahnte, wen sie meinte. Der Aquiner blieb ungewöhnlich still, aber sie traute sich nicht, ihn anzusehen. „Du warst meine Mentorin. Wie kannst du nur?“ Wieder rückte sie ein paar Schritte heran, bis sie an den Tisch gelangte.
Endlich schaute Wieran ihr direkt in die Augen. „Willst du unbedingt in der Schusslinie stehen. Für den da?“, fragte die Verräterin verächtlich. „Du hast die Distanz nicht gewahrt! Ich habe dir alles beigebracht. Ich! Wärst du zum Treffpunkt gekommen, dann hätte sein Tod wie ein Unfall ausgesehen. Es ist deine eigene Schuld.“
„Sag mir wenigstens warum“, flehte Shiran, sie erreichte die Armlehne des Sessels.
„Das zerbrechliche Gleichgewicht der Gesellschaft muss gewahrt werden. Das ist der einzige Grund. Vielleicht tröstet dich das, ihr sterbt für einen guten Zweck.“
„Blödsinn“, giftete Kadân, „du sorgst dich nur um deinen eigenen Arsch.“
„Kein Mann redet so mit mir.“ Wierans Stimme klang eiskalt.

Der erfahrenen Kämpferin gefror das Blut in den Adern, sie kannte diesen Ton. „Psst“, zischte sie.
„Ach, bin ich jetzt kein Junge mehr?“, fragte er, die Warnung ignorierend.
Noch bevor er den Satz vollendete, sprang Shiran nach vorne und stellte sich vor ihn. Sie hatte die hemmungslose Mordlust in der Miene ihrer Gegnerin gesehen.
Wieran ballte die freie Hand zur Faust. Ihr Atem beschleunigte sich, die Augen blitzten vor Hass. Die Beherrschung fiel ihr sichtlich schwer. Es schien, als würde sie nur zu gerne abdrücken. In einer steifen Bewegung stand sie auf, die schmale Waffe auf ihre ehemalige Schülerin gerichtet. „Nein, das ginge zu schnell. Ich übergebe euch den Söldnerinnen.“
Sie klopfte mit der Handfläche gegen die Tür. „Und du. Junge! Auf dich wartet ein langsamer qualvoller Tod. Dafür werde ich sorgen.“
Shiran blieb wie angewurzelt stehen.
„Wache“, schrie Wieran ungeduldig.
Die Tür öffnete sich. Shiran registrierte eine elegant gekleidete Frau, die ihre langen blonden Haare zu einem Zopf zusammengebunden hatte. Sie kam ihr seltsam bekannt vor.
Wieran steckte unauffällig die Waffe weg. „Was wollen Sie denn hier?“

4.4 Janaija

Ein Kandidat nach dem anderen durchschritt das überdimensionierte Glitzertor, das in der Mitte der Bühne thronte. Das alles nur, um in der Umarmung einer Priesterin zu landen. Eine Farce, dachte Janaija verächtlich. Sie überspielte ihren Brechreiz mit einem unbekümmerten Lächeln.

Winken, Lachen und frenetisches Feiern. Dazu die ewig gleichen, austauschbaren Gesichter der attraktiven jungen Männer, bestaunt wie possierliche Tierchen und angetan mit hautengen Anzügen. In den breit strahlenden Mündern blitzten weiße Zähne, wie bei fröhlichen Clowns. Nichts weiter als eine stromlinienförmige Projektionsfläche für die Begierde der Zuschauerinnen.

Ein männlicher Moderator, genauso jung, strotzend vor Kraft und Schönheit, führte durch das Ritual. Er hätte einer der ihren sein können.

Tausende Zuschauer bevölkerten die voll besetzten Ränge, die sich bis unters Dach türmten. Sie zeigten sich empfänglich für die charmant liebäugelnden Mienen der Kandidaten, die von der Aussicht auf kommende Verehrung, wie berauscht wirkten.

Unzählige Kameras, durch die Luft schwirrend, sowie stationär angebracht in unterschiedlichsten Perspektiven, fingen die Details ein. Die Bilder saugten sich fest an den Männern, die sich ein Leben lang auf diese Rolle vorbereitet hatten.

Riesige Videowände, installiert über der freien Fläche der Bühne, gaben das Geschehen in hochaufgelöster Vergrößerung wieder. Die Kandidaten füllten sie mit perfektem Auftreten und einer makellosen Erscheinung.

Das große Ereignis, das nur alle zwanzig Standardjahre stattfand, wurde live übertragen. Frauen in den gesamten vereinten Welten, die auch nur die geringste Möglichkeit dazu hatten, sahen es sich an.
Sie sind satt, dachte Janaija, und gleichzeitig gierig auf mehr. Der Auserwählte eines Planeten zu sein, stellte bereits einen beträchtlichen Erfolg dar. Ein Kandidat, ob aussichtsreich oder nicht, avancierte in der Heimat zum Idol. Reich beschenkt kehrten sie alle heim. Ein luxuriöses Leben in der Öffentlichkeit erwartete sie. Für einen winzigen Moment war sie froh, nicht mit so einem ein Kind zeugen zu müssen.
Die prunkvoll verzierte Sitztribüne mit den neunundvierzig Priesterinnen leerte sich nach und nach. Beim Ritual entschied die Reihenfolge der Planetennummern. Der Mond Aquin bildete das Schlusslicht.
Die erste Priesterin wartete. Aufrecht saß sie in der Mitte, den Blick auf die Masse der Menschen gerichtet, die ihrem Scheitern beiwohnen würden. Ein strahlendes Lächeln schmückte ihr Antlitz. Sie suchte einzelne Gesichter in der Menge, erkannte ihre Mutter, die nichts von dem bevorstehenden Desaster ahnte. Dazu Tanten, Schwestern und Cousinen, alle waren sie gekommen.
Auch ihre Gegner entdeckte sie im Publikum. Reiche Familienverbände, die wie Fürsten über eine der Welten herrschten. Egal ob Wirtschaft, Gesellschaft oder Priesterschaft, sie dominierten durch loyale Angehörige. Die reale Macht lag mehr bei ihnen als bei der Regierung. Trotzdem, gefangen in eitler Selbstbeweihräucherung, liebten sie die schillernde Atmosphäre des Zentralplaneten.

Wenn sich das große Tor ein letztes Mal öffnete und niemand hindurchging, jubelten vermutlich viele. Innerlich versteht sich, denn offen werden sie es nicht zeigen. Mitgefühl und Bedauern würde dann aus ihren Mienen triefen. Die Vorstellung des Kommenden widerte Janaija an.

Die eine Priesterin, die noch mit ihr auf der Tribüne saß, warf ihr verstohlene Blicke zu. Ein Lauern auf Anzeichen von Schwäche. Niemals, sagte sich Janaija. Blieb ihr Kandidat aus, würde sie aufstehen, dem Publikum winken und gemessenen Schrittes die Bühne verlassen. Zumindest war das ihr Plan.

Trotz des Wissens um die Fakten mischte sich ein irrationaler Funken Hoffnung in ihr Denken. Der Glaube erwies sich mächtiger als die Vernunft, die große Mutter wähnte die Erste auf ihrer Seite. Die Göttin allein hatte den Aquiner ausgewählt und beschützt.

Was auch immer in wenigen Augenblicken geschehen sollte, sie hielt an ihren Ansichten fest. Weitreichende Veränderungen benötigen eine Frau mit starkem Charakter. Keine Kompromisse, selbst wenn das ein Scheitern nach sich ziehen mochte. Janaija stand zu ihren Entscheidungen.

Der Moderator schwafelte etwas von einem neuen Teilnehmer in der Gemeinschaft der vereinten Welten. Es fiel ihr schwer, den Ausführungen über den Mond Aquin zu lauschen. Sie hoffte, dass niemand ihre Nervosität bemerkte. Den Triumph, sie in diesem Zustand zu sehen, missgönnte sie ihren Feinden. Das Publikum wurde unruhig, ein Raunen erfasste die Menge. Die verdammte Tür soll sich endlich öffnen, dachte sie.

Wie bei jedem Kandidaten waberte Nebel durch das überdimensionale Tor hindurch. Janaija hielt den Atem an, es

kostete sie Kraft, den Blick nicht abzuwenden und stolz das Unausweichliche zu ertragen.
Eine dunkle Silhouette erschien im sich lichtenden Dunst. Die große Mutter ist mit mir!
Kaum unterdrückte Ausrufe der Überraschung und Empörung tönten von den Zuschauerrängen. Die Anspannung glitt von Janaija, wie eine zweite Haut, die zur Gewohnheit geworden war.
Die erste Priesterin erhob sich und schwebte fast auf Kadân zu. Ihr gefiel, was sie sah. Eine außergewöhnliche Schönheit mit markantem Kinn, blau-violetten Augen und kupferroten Haaren, von dem ihm eine Strähne ins Gesicht fiel. Seine Gestalt hüllte er in grün schimmernde Kleidung, die über der Hüfte durch ein breites Tuch zusammengehalten wurde. Der tiefe Ausschnitt reichte bis zum Bauchnabel und offenbarte einen durchtrainierten Körper.
Im Gegensatz zu den attraktiven Männern, die vor ihm durch das Tor kamen, starrte Kadân wie hypnotisiert in die Zuschauermenge. Wie zuvor ihre Konkurrentinnen umarmte Janaija ihren Kandidaten. Er reagierte hölzern und steif. Sie fühlte sein Herz wild in der Brust pochen, hörte die flachen Atemzüge. Alles an ihm schien leicht zu zittern.
Die erste Priesterin vermutete, dass es jeder erkannte, die mangelnde Bühnenerfahrung und den fehlenden Wunsch irgendeine Sympathie zu wecken. Der Kontrast zu den anderen Männern hätte kaum größer sein können.
Die greifbare Aufregung des bildschönen Aquiners erschien überlebensgroß und in Nahaufnahme auf den Videowänden. Er entzückte die Frauen auf den Rängen. Die ungezwungene

Natürlichkeit schaffte es, die Stimmung im Saal kurzzeitig zu Janaijas Gunsten zu kippen. Seine Nahbarkeit färbte auf sie ab.
Nie hätte sie es für möglich gehalten, dass der Auftritt eines unbedeutenden Mannes, einen solchen Effekt erzielte. Auch wenn die frisch gewonnenen Sympathiewerte ihren Stand bei den Anwesenden nicht langfristig veränderten, da draußen, bei den Milliarden von Zuschauern, ließ Kadân sie glänzen. Ein unschätzbar wertvoller Vorteil für die Zukunft, die sich nun für sie auftat. Jedenfalls dann, wenn die große Mutter weiterhin an ihrer Seite blieb.
Janaija stellte sich auf die Zehenspitzen. „Fall mir bitte nicht um", flüsterte sie ihm ins Ohr. Wie vermutet, schlug er die Augen nieder und lächelte verlegen. Sie harkte sich bei ihm ein. Mit leichten Druck führte sie ihn vom Tor weg zu den anderen Priesterinnen und deren Kandidaten.
Das Publikum klatschte. Die erwarteten Unmutsäußerungen blieben aus.

4.5 Shiran

Shiran saß unter den Zuschauern, eingequetscht zwischen zwei kräftigen Leibern. „Ach, wie reizend“, seufzte eine ältere Frau mit überschminkten Gesicht.

„In meinen Armen müsste der Süße nicht so leiden“, kicherte eine andere und leckte sich die Lippen. Von allen Seiten flogen Kadân die Herzen zu. Einige Zuschauerinnen zeigten ihre Bewunderung durch leise Pfiffe.

Während die restlichen Kandidaten ins Scheinwerferlicht drängten, wollte er daraus verschwinden. So verloren und überfordert wirkte er, dass es in Shiran den Beschützerinstinkt hervorrief.

Dieser diskussionsfreudige Mann, bislang um keine Provokation verlegen, will nur weg, dachte sie mit einem Anflug von Schadenfreude. Es geschah ihm recht.

Er sah aus, wie bei ihrer ersten Begegnung. Es schien vor einer Ewigkeit gewesen zu sein, nur fehlte damals das Kribbeln im Bauch. Das Anlegen der typischen Kleidung eines Aquiners beruhte auf Shirans Idee. Wenn exotisch, dann richtig, auffallen wirst du in jedem Fall, redete sie auf ihn ein.

Ohne ihr Wissen hatte er das Algenzeug vom Transporter mitgenommen. Im Bus auf dem Weg zum Ritual zog er es kommentarlos an. Shiran fragte sich, ob er fror. Sie lächelte, als sie an seine Abneigung gegenüber der Kälte dachte.

Es tat weh, ihn zu sehen, im selben Raum zu sein und doch unerreichbar weit weg.

Ein Gähnen, ihr gelang es nicht, es zu unterdrücken. Von Verzweiflung über Freude zur Sehnsucht und wieder zurück, das Wechselbad der Gefühle erschöpfte sie. Der Verrat ihrer

Mentorin traf Shiran tief in ihrer Seele. Die Frage nach dem warum blieb unbeantwortet.
Vor wenigen Stunden entpuppte sich die unbekannte blonde Frau als die zweite Priesterin. Unter Wierans Protest ließ sie die Gefangenen frei. Erst auf den frostigen Hinweis hin, dass es für sie besser sei zu verschwinden und die verbliebene Zeit zum Ritual als Vorsprung zu nutzen, schwieg die Beraterin.
Magaja veranlasste den Transport zur Halle, die Kontaktaufnahme zu Janaija verhinderte sie. Gegen den Willen der eigenen Familie zu handeln, kostete Mut. Shiran fragte sich, wie sie ihnen die Entscheidung erklärte, und war froh nicht in der Haut der Zweiten zu stecken.
Bevor Kadân die Bühne betreten hatte, dauerte es eine gefühlte Ewigkeit. Wieso müssen offizielle Ereignisse derart langweilig sein, jammerte sie innerlich. Sie verstand nicht, wie sich Milliarden von Menschen dieses dämliche Schaulaufen freiwillig antun konnten.
Shiran stöhnte auf. Der Moderator schwafelte. Die Kameras schwebten wiederholt an den Kandidaten entlang. Auffällig lange blieben sie am Aquiner hängen, schienen fast an ihm festzukleben. Oberflächliches Pack, regte sie sich auf und kam doch nicht umhin die vielen Nahaufnahmen zu genießen.
Die restlichen Männer bemühten sich verstärkt um Aufmerksamkeit. Kecke Frisuren wirkten plötzlich verwuschelt, der Perfektion beraubt. Die Reißverschlüsse der Anzüge rutschten tiefer, ernste Gesichter schauten scheu auf die Zuschauer.
Die scheidende Whaea betrat die Spielfläche. Dann folgten ihr die Priesterinnen mit den Kandidaten durch das Tor aus dem Scheinwerferlicht hinaus. Kadâns Blick schweifte dabei suchend

über die Zuschauermenge. Shiran glaubte fest daran, dass es ihr galt.
Sie blätterte im Begleitheft zum Ritual. Laut dem warteten hinter der Bühne komplexe Aufgaben, welche die Fähigkeiten der jungen Frauen prüften. Erst die Kandidaten der besten Drei stellten sich am Ende der Wahl der großen Mutter. Das dauert noch Stunden, dachte Shiran entsetzt und gähnte herzhaft.
Unter bombastischer Musik erschienen die zwei Regentinnen, die Whaea und die Kan´ya, wieder vor den Zuschauern. Das Publikum jubelte frenetisch. Der Gardistin fielen fast die Augen zu.
Der Saal wurde abgedunkelt, bis auf einen einzelnen Scheinwerfer, der die beiden Frauen in gleißend hellem Licht erstrahlen ließ. Weiße Ziffern liefen hintereinander auf der Videowand ab. Unkommentiert, bis eine Sprecherin begann die Regierungserfolge der vergangenen Jahre aufzuzählen.
Eingekeilt zwischen den korpulenten Körpern neben sich, lehnte sich Shiran im Sitz zurück und schlief ein.
Jubelrufe rissen sie aus dem Schlaf. „Wir haben soeben erfahren, dass die Prüfungen abgeschlossen sind“, verkündete eine angenehme Stimme. Ausgelassenes Klatschten brandete auf.
Vermutlich freuen sie sich, dass das Ritual bald vorbei ist. „Wer werden diejenigen sein, die sich dem Urteil der großen Mutter stellen?“, rief der Moderator effektvoll überspitzt ins Mikrofon.
Das Tor leuchtete unter einer Flut aus Scheinwerfern. Wabernder Nebel umfloss es und bedeckte die Oberfläche der Bühne. Die Zuschauerinnen verharrten in gespannter Erwartung.
„Verehrte Damen, haltet den Atem an.“ Dramatische Pause. „Hier kommen sie, die letzten Kandidaten.“
Drei Männer durchschritten das Tor. Kadân war einer von ihnen.

Das Publikum jubelte, doch ein dumpfes Raunen ließ sich nicht überhören. Shiran wusste nicht, ob sie sich freuen oder in Tränen ausbrechen sollte. Die Großaufnahmen vom Aquiner zogen sie magisch an. Auch die anderen gafften ungeniert.
Der Seefahrer wirkte selbstsicherer. Janaijas Einfluss, vermutete Shiran. Sie rechnete damit, dass die beiden sich gut verstanden.
Erwählte ihn die große Mutter, würde er reich sein. Er könnte alles haben, unzählige Verehrerinnen scharten sich ohnehin um ihn.
Kurz bevor sie sich vor der Halle trennten, bat er sie erneut, auf ihn zu warten. Sie versprach es, wie zuvor auf dem Raumtransporter. Aber warum sollte er es jetzt noch wollen? Eine mittellose Frau, die ihn angriff und mit Vorurteilen überschüttete. Eine Kämpferin aus einem dreckigen Loch. Was bot sie, außer ihn mit dem eigenen Leben schützen zu können? Was ist, wenn seine Anziehung nur durch die Macht der Magie und des Kompasses bestanden?
Uns verbindet etwas und wir teilen Gefühle füreinander, sagte sie sich, um die Zweifel zu verscheuchen. Aber jede wusste, dass Männer sprunghaft waren. Denkt er noch an mich, wenn er erstmal in den Armen der zukünftigen Whaea liegt? Shiran glaubte nicht daran. Die Emotionen, die sie bis eben auf einer Welle des Glücks schweben ließen, rissen ihr Herz entzwei. Nach den gemeinsamen Tagen schien der Abschied wie besiegelt.
Janaija, diese attraktive und mächtige Frau, die Ziele kompromisslos verfolgte, würde bekommen, was ihr selbst verwehrt blieb. Eifersucht, die Shiran bislang völlig fremd war, fraß sich wie Säure in ihre Eingeweide. Insgeheim wünschte sie

sich, dass die große Mutter den Aquiner verschmähte. Aber warum sollte sie? Ausgerechnet ihn.
Die drei Männer warteten im Zentrum der Bühne nebeneinander im Scheinwerferlicht. Kadân stand ruhig und schüchtern abwartend in der Mitte, während die anderen beiden mit den Zuschauern kokettierten. Die Kameras umschwirrten ihn, seine blau-violetten Augen leuchteten.
Shiran stellte sich vor, wie sie mit den Fingern zuerst in diese weichen kupferroten Haare eintauchte und sie dann über seinen muskulösen Körper gleiten ließ. Er ist eindeutig zu schön für mich. Sie fragte sich, ob sie sich etwas vormachte. Mochte er sie wirklich oder saß sie einem dummen Missverständnis auf.
Plötzlich fühlte sich die Kämpferin wie eingesperrt. Die kräftigen Frauen auf den Nachbarsitzen schienen ihr die Luft abzudrücken. Ihr Atem ging schneller, Schweiß brach ihr auf der Stirn aus. Sie wollte raus aus der aussichtslosen Situation. Irgendwohin fliehen, wo sie sich nicht mit diesem Gefühlsmist auseinandersetzen musste.
Die Arme um die eigene Brust geschlungen, verharrte Shiran auf dem engen Sitz. Wie sie es gelernt hatte, atmete sie kontrolliert ein und aus. Alle Gedanken schob sie von sich. Kein Wunder, das Liebe als Fluch bezeichnet wird, dachte sie verächtlich, das Hirn wird matschig.
Janaija wies er bestimmt nicht zurück, schoss ihr plötzlich in den Kopf. Nicht so wie mich. Wut wallte in ihr auf. Die Priesterin würde er nicht zurückstoßen.
Ich habe mich unter Kontrolle, sagte sie sich immer wieder selbst. Funktionieren bei Schlafentzug hatte sie trainiert, aber das hier war viel schlimmer. Konzentriert beobachtete sie die Show, ignorierte das Gefühl der Hoffnungslosigkeit.

Eine kleine Frau, die ihre üppigen Kurven in ein schillerndes Kleid hüllte, schritt auf die Bühne. Die lange Schleppe wischte auf den Boden hinter ihr her, wallende braune Haare wippten. In den weit vorgestreckten Armen hielt sie einen großen durchsichtigen Kelch. Eine silberfarben fluorisierende Flüssigkeit schwappte darin hin und her.
Die Priesterin blieb vor Kadân stehen. Würdevoll reichte sie ihm das Gefäß hoch. Der Aquiner erschien auf den Videowänden. Skeptisch betrachtete er den Inhalt und dann die Überbringerin. Er drehte den Kelch in den Händen. Offensichtlich wusste er nicht, was er damit anfangen sollte. Das Gesicht der Frau fand sich in der Totalen der Kamera wieder. „Trink“, formten ihre Lippen.
Die Bilder zeigten die schockierte Miene des Aquiners in Großaufnahme. Misstrauisch starrte er auf die Flüssigkeit. „Alles?“, sagte seine Mundbewegung unmissverständlich.
Die Reaktion des Kandidaten traf den Nerv des Publikums. Einige Frauen lachten. Auch Shiran konnte sich nicht dagegen wehren. Ein Kichern entlud sich aus ihrer Kehle, steigerte sich zu einem unkontrollierbaren Gackern. An das letzte Ritual erinnerte sie sich nicht, vermutlich war sie damals zu müde und erschöpft nach der Arbeit ins Bett gefallen. Vielleicht hätte sie vorab recherchieren sollen, was auf ihn zukam.
Die kleine Priesterin auf der Bühne stellte sich auf die Zehenspitzen. Bemüht nichts zu verschütten, beugte sich Kadân zu ihr hinunter. Irgendetwas flüsterte sie ihm ins Ohr. Er nickte.
Ein zu komischer Anblick. Shiran lachte und lachte, bar jeder Beherrschung. Es war so unglaublich befreiend. „Psst“, zischten einige in ihrem unmittelbaren Umfeld.

Der Seefahrer trank einen winzigen Schluck. Dann reichte er den Kelch mit einer angedeuteten Verbeugung zurück. Die belustigten Zuschauer klatschten. Shiran versuchte, das Lachen unter Kontrolle zu bekommen, aber es gelang ihr nicht. In der wieder eingekehrten Stille des Saals reckten sich unzählige Hälse in ihre Richtung.

„Madame, wenn Ihr nicht aufhört, müssen wir Sie aus dem Publikum entfernen", sprach eine sachliche Stimme über Shirans Schulter direkt in ihr Ohr. Ein stummes Nicken und sie kniff die Lippen aufeinander.

Nachdem alle drei Kandidaten an der Flüssigkeit genippt hatten, erlosch das Licht in der gesamten Halle. Selbst die Videoleinwand verdunkelte sich. Vereinzeltes Räuspern durchdrang das erwartungsvolle Stillschweigen.

Zarte Streichmusik erfüllte die Halle, entführte die Zuhörer in eine Welt der Magie. Auch der skeptisch veranlagten Shiran gelang es nicht sich zu entziehen. Im vorderen Teil der Bühne öffnete sich ein tiefes Loch. Gleißendes Licht durchschnitt die Finsternis, wie eine bis zur Decke ragenden Säule. Dem Boden enthob sich eine Plattform beschaffen aus silbrig marmorierten Kristall. Aus dessen Mitte entsprang ein hüfthoher Dorn, das Endstück geformt zu einer Kugel.

Die Kandidaten traten im selben Augenblick aus der Dunkelheit ins Licht. Nach vier gemeinsamen Schritten in den Mittelpunkt blieben sie stehen. Die Hintergrundmusik verstummte. Allein das Blinken der Kameras störte das reine Strahlen des Kristalls, das die Kandidaten in einen gespenstigen Schimmer tauchte. Gleichzeitig berührten sie die Oberfläche der Kugel.

Der Saal schien kollektiv die Luft anzuhalten. Vorerst passierte nichts.

Der Kristall veränderte die Lichtintensität, erst heller, dann pulsierte er. Gleich ist es soweit, dachte Shiran, die nicht wusste, was sie sich wirklich wünschte. Denn trotz der ihr eigenen, ohnehin von der Gesellschaft verpönten, Eifersucht, brachte Janaija vielen Menschen Hoffnung.
Die silbrigen Fäden, die wie Adern das Gestein durchzogen, saugten die Helligkeit in sich auf. In ihnen kroch das Licht über die Plattform zur Mitte. Es bündelte sich im Dorn und stieg quälend langsam hoch. Als es die Fingerspitzen der Kandidaten erreichte, nahm die Intensität zu.
Die Zuschauer reckten die Hälse, um mehr zu erkennen. Die Frauen um Shiran verstellten ihr die Sicht. Plötzlich schalteten sich die Videowände ein. In Nahaufnahme zog sich der Silberschein über den Arm eines Kandidaten, spannte ein feinmaschiges Netz und verwob sich mit der Haut.
Die Kamera folgte den Lichtfäden, die begannen den Körper einzuhüllen. Ein Gesicht erschien in Großaufnahme, aus der staunenden Miene leuchteten blau-violette Augen. Ein stechender Schmerz fuhr Shiran in die Brust. Ich sollte einfach gehen und aufhören mich selbst zu quälen, dachte sie.
Das Publikum reagierte zwiegespalten. Einige ließen ihrer Begeisterung freien Lauf, viele zeigten nur eine Andeutung von Applaus.
Im Zentrum der Aufmerksamkeit umhüllte das silbrige Licht den Aquiner vollständig. Janaija betrat die Plattform, die Kameras fingen ihr Lächeln auf, als sie zielstrebig auf den Auserwählten zuging.
Sie berührte Kadâns Finger, die aussahen, als wären sie mit der Kugel verbunden. Das silbrige Netz brach auf, so dass er die

Hand wegziehen konnte. Kopf und Schulter durchgestreckt, stellte sie sich neben ihn, den Arm um seinen Rücken gelegt.
Die Scheinwerfer in der Halle sprangen wieder an. Shiran kniff die Augen zusammen, die Helligkeit tat weh.
Auf der Bühne schaute Kadân in die Menge der Zuschauer, als würde er jemanden suchen. Das silbrige Leuchten umgab ihn. Er trifft nicht mal grob meine Richtung, grummelte Shiran enttäuscht. Nur, um sich dann bewusst zu werden, dass er in diesem Moment an sie dachte. Ihre Bedenken schmolzen in einem Hochgefühl dahin. Ich bin so dumm, ärgerte sie sich, natürlich bleibe ich. Was waren denn schon ein paar weitere Tage?

4.6 Kadân

Kadân betrat das prunkvolle Gemach, von dem zwei Türen abgingen. Blass rosa Seidentapete bestickt mit leuchtend grünen Farnwedeln bedeckte die Wände. Ein Himmelbett beherrschte den Raum, wie der Tisch vor dem offenen Fenster war es in dunklem Holz gehalten. Er zog die Augenbrauen hoch und nickte anerkennend.

„Geschafft“, jauchzte Janaija, die dahinter eintrat. Eine Wache schloss von außen die Tür. Eine riesige Last schien der zukünftigen Whaea wie von der Seele genommen. Vollkommen unbefangen setzte sie sich auf die Bettkante und ließ sich nach hinten fallen.

Draußen zwitscherten Vögel, untermalt vom Plätschern eines Brunnens. Kadân stand in der Mitte des Zimmers und wusste nicht wohin mit sich selbst. Aus Verlegenheit, um irgendetwas zu tun, lehnte er sich an die Tischkante und blickte hinaus in den blühenden Garten.

Die Sonne, die den Horizont fast berührte, sandte ihre Strahlen aus. Sie fielen auf das silbrige Netz, das seine Haut feinmaschig überzog. Mit dem Daumen rieb er sich über den Unterarm und das Handgelenk. „Geht das irgendwann ab?“

Janaija drehte den Kopf zu ihm. „Mit der Zeit sollte es verblassen und nur noch bei direkter Sonneneinstrahlung zu sehen sein.“

Ein ungläubiges Schnauben entfuhr ihm. „Es bleibt?“ Als sich ihm die Fäden ins Fleisch bohrten, hatte er es kaum gespürt. Bestimmt die Aufregung, dachte er und betrachtete das Gitter auf seinem Arm von allen Seiten.

„Nur sehr, sehr schwach“, antwortete sie.

Kadân schluckte, ändern ließ es sich nicht mehr. Immerhin verflüchtigten sich die weichen Knie und das flaue Gefühl im Magen mit dem Verlassen der Bühne. Schauderhaft, vor so vielen Menschen zu stehen, mit dem Wissen, dass die gesamten vereinten Welten zuschauten.
Nach dem ersten Auftritt gab Janaija ihm ein Stück Sicherheit zurück. Er war dankbar für ihre Stärke und die beherrschte Art. Trotzdem beruhigte es ihn, dass seine einzige Aufgabe darin bestand vor Ort zu sein.
„Du hast dich gut geschlagen. Wirklich, außergewöhnlich gut“, sagte die Priesterin hinter ihm.
Kadân verzog die Mundwinkel und drehte sich zu ihr um. „Wie ein verwirrter Trottel.“
„Nein, wie einer der die Zuschauerinnen verzaubert“, summte sie selig. „Besser hättest du mir nicht dienen können.“
Dienen war nicht seine Absicht gewesen. Er schaute wieder auf den Garten. „Was geschieht jetzt, Madame?“
Janaija grinste. „Sex.“
„Sofort?“, gab er ungläubig zurück.
„Willst du?“
Kadân musterte die Priesterin, die ihm zuzwinkerte. Ihre Haare breiteten sich wie ein Fächer auf dem Bett aus, umrahmten ihre zarten Gesichtszüge. Das lange Kleid betonte die Kurven des zierlichen Körpers.
„Ähh“, begann er zögerlich, „eine Dusche und etwas Schlaf täten mir gut.“ Er dachte an die Frau, die ihn die letzten beiden Wochen begleitet hatte, an die gemeinsame Zeit, die ihnen genommen wurde. Bald sahen sie sich wieder, er vertraute ihrem Versprechen. Auf der Bühne hielt er vergeblich Ausschau nach ihr.

„Wir hatten eine anstrengende Nacht“, fügte er hinzu und wünschte sich, dass er Janaija damit nicht verletzte. Er fühlte sich emotional an Shiran gebunden, die unverhohlene Aufforderung überforderte ihn.
„Auch gut“, die Priesterin seufzte. Genüsslich streckte sie die Glieder aus. Auf Kadân wirkte es, wie bewusst inszeniert. „Wir können uns so viele Tage nehmen, wie wir wollen.“
Der Aquiner sah sich um, am Ende blieb er mit den Augen am Bett hängen. Er hoffte, dass es nicht das Einzige war.
Ein lautes Lachen brandete ihm entgegen. „Wir haben jeder ein eigenes Zimmer mit allen Annehmlichkeiten. Das da ist deins.“ Sie zeigte auf die rechte Tür. „Dieses monströse Ding hier soll für die extrem wichtige und vollkommene Tradition der Vereinigung sein.“
„Gut zu wissen, Madame.“ Ihr spöttelnder Tonfall überraschte ihn, weckte seine Sympathie.
Die junge Frau rollte sich auf die Seite. „Eigentlich ist es egal, wo wir miteinander schlafen“, sagte sie betont schelmisch. „Ich habe das Zeugungsritual vollzogen, die große Mutter hat meinen Willen vernommen und akzeptiert. Ich bin bereit, meine Tochter zu empfangen.“
„Klingt gut, Madame.“ Die Priesterin schien brennend auf den Vollzug zu warten. Gleichzeitig wirkten ihre Worte aufgesetzt, als würde sie eine einstudierte Rolle spielen. „Aber ich würde mich wirklich vorher gerne ausruhen.“
„Nenn mich Janaija. Förmlichkeiten brauche ich hier nicht.“
Kadân sehnte sich nach Ruhe, kämpfte damit seine Lider offenzuhalten. „Danke, das ist sehr freundlich von Ihnen“, antwortete er aus Höflichkeit, da er das Angebot nicht

unkommentiert lassen wollte. Er ging auf das angewiesene Zimmer zu.
„Ich weiß, ihr hattet Probleme bei der Anreise“, begann sie erneut ein Gespräch.
Der Seefahrer hatte die Tür erreicht, aber zögerte sie zu öffnen. Stattdessen schaute er sie an. Die erzwungene Fröhlichkeit schwand aus ihrer Haltung, ihr Lächeln zeigte Spuren von Erschöpfung. „Ja, das stimmt. Ich erzähle es Ihnen gerne. Später.“
„Ich hoffe, meine Dienerin war nett zu dir.“
„Dienerin?“
„Shiran.“
Als er den Namen hörte, verkrampften sich seine Eingeweide. Widerwillig hielt er den Blickkontakt aufrecht. Was immer in diesen Räumen geschah, es hatte nichts mit dem zu tun, was Shiran und ihn verband. „Ja, freundlich, und engagiert“, antwortete er betont sachlich.
Ihre Miene gefror. „Freundlich und engagiert?“
„Ja.“
„Sehr gut“, sagte die Priesterin kühl.
„Janaija, wenn es Ihnen nichts ausmacht, würde ich mich gerne ausruhen.“
Sie winkte mit der Hand, als wollte sie ihn wegwischen.

Kadân öffnete die Augen. Dunkelheit umgab ihn, es musste tief in der Nacht sein. Hinter ihm lag der erste Schlaf, in dem

Janaijas magischer Ruf ihn nicht verfolgte. Die Träume gehörten wieder ihm.
Vorhin hatte er sich schlicht auf das Bett fallen lassen. In der Kleidung klebte der schale Gestank von Parfum und Make-up.
Das heiße Wasser der Dusche prasselte auf seine breiten Schultern. Die Stirn auf die übereinanderliegenden Hände gelegt, lehnte er an der golden gefliesten Wand. Er genoss die Wärme, die ihm in kleinen Bächen über die Haut rann. Shiran, dachte er, schlief sie oder war sie wach, wie er selbst.
Im Badezimmer türmten sich Handtücher in allen Größen. Er wickelte sich eines um die Hüfte und rubbelte sich mit einem anderen die Haare trocken. Bis auf die traditionelle Kleidung, die verdreckt in der Ecke lag, stand ihm keine zur Verfügung. Vermutlich ist sein Gepäck irgendwo verschollen, dachte er, eigentlich kein Wunder.
Im Spalt unter der Tür zum gemeinsamen Zimmer schimmerte Licht. Lautlos drückte er die Klinke hinunter und schaute hinein.
Die Lampe auf dem Schreibtisch leuchtete schwach. In der diffusen Helligkeit lehnte Janaija in einem Berg von Kissen. Das Display in den Händen tauchte ihr Gesicht in einen blassblauen Schein. Sie trug ein nahezu durchsichtiges Nachthemd, das knapp die Knie bedeckte. Darunter war sie nackt.
Ein flüchtiger Blick streifte ihn. „Ausgeschlafen?“
„Ein bisschen.“ Er griff nach den Enden des Handtuchs, das ihm um den Nacken lag. „Seid Ihr nicht müde?“
„Nein, ich komme mit wenig Schlaf und Ruhe aus. Es gibt zu viel zu tun.“ Janaija legte das Gerät zur Seite. Ihre Augen glitten von Kopf bis Fuß über seinen Körper, begleitet von einem unmissverständlichen Gesichtsausdruck: meins. Wie Baramee

auf der Raumstation, dachte Kadân verächtlich, ein verfügbares Stück Fleisch.

„Ist alles okay?“, erkundigte sie sich freundlich.

„Kann ich hier Kleidung bekommen? Sowas wie ein Bademantel würde mir schon reichen.“ Ein Lächeln sollte sein wachsendes Unbehagen verbergen.

„Bist du sicher, dass du das brauchst?“ Janaija schob sich aus den Kissen heraus. Wie zufällig rutschte die feine Spitze ihres Nachthemds bis zum Oberschenkel hoch. Effektvoll warf sie die schlanken Beine zur Seite. Mit einem Blick über die Schulter stand sie auf. Sie stelzte zur Stirnseite des Bettes und ließ sich grazil auf die Matratze sinken.

Kadân beobachtete sie irritiert. Wie sie ihren Körper drapierte, wirkte künstlich, wie ein hölzernes Schauspiel.

„Setzt du dich zu mir?“, fragte sie unerwartet leise. Mit leicht gesenkten Kopf sah sie ihn von unten herauf an.

Um die ihm zugewiesene Rolle in dieser Farce wusste er, seitdem Shiran den wahren Grund ihrer Reise verraten hatte. Das Spiel musste zu einem Ende kommen, damit er in sein altes Leben zurückkehren konnte. Die Gefühle für die Kämpferin waren hier fehl am Platz, er schloss sie tief in sich ein.

Unter anderen Umständen hätte es ihn geschmeichelt das Interesse der ersten Priesterin zu erregen. Sie verband Charakterstärke, Zielstrebigkeit und Macht mit äußerlicher Schönheit. Genau dein Typ, hallte Vedrans Hohn in seinen Ohren wieder. Er dachte daran, als er sich in dezentem Abstand neben sie setzte.

Janaija rückte dicht heran, so dass sich ihre Oberschenkel berührten. Sie nahm seine rechte Hand in die ihre. Seine frischen

Narben hoben sich rot von seiner hellen Haut ab. Zärtlich streichelte sie sie mit den Fingerspitzen.
„Ich wusste nicht, dass du verletzt wurdest. Nicht so“, flüsterte sie.
„Ja, die Probleme bei der Anreise.“
„Beim Ritual war es nicht zu sehen.“
„Es wurde überschminkt. Hier.“ Er drehte beide Handgelenke vor ihren Augen. „Und hier auch.“ Mit der Handfläche strich er sich über den Bauch, auf dem gelblich grüne Flecken ineinanderflossen. „Bestimmt ein unzumutbarer Anblick für die vielen Zuschauerinnen.“
Ihr Blick folgte Kadâns Gesten, selbstverloren legte sie ihre Hände in den Schoß. „Vorhin, als du reinkamst, ist es mir nicht aufgefallen“, sagte sie entschuldigend.
„Bei dem schummerigen Licht.“
„Tut es weh?“, fragte sie leise.
Das Mitgefühl wirkte echt. Die erste ungekünstelte Reaktion, die er an ihr wahrnahm. „Nein“, antwortete er, „nur wenn ich mich bewege.“
Sie gluckste verhalten. Die beiden lächelten sich verlegen an.
Schweigend saßen sie nebeneinander. Janaija hielt die Arme überkreuzt vor ihren Körper, die Handflächen lagen versetzt auf dem Oberschenkel. Keiner ergriff die Initiative. Im Vergleich zu dieser peinlichen Situation, zog Kadân die verkrampfte Anmache vor. Immerhin kamen sie da schrittweise dem Unausweichlichen entgegen.
„Es ist seltsam“, sagte er in die unangenehme Stille, „Ich meine, das alles hier. So erzwungen.“
„Ja“, gab sie zögerlich zu, „für mich auch. Ich habe mir das anders vorgestellt. Natürlicher.“

Der Seefahrer ließ sich nach hinten auf die Matratze fallen. Über ihnen bewegte sich der weiße Seidenstoff, der den Betthimmel bildete. „Hätten wir einfach übereinander herfallen sollen?“
„Vielleicht“, seufzte die Priesterin, „dann hätten wir keine Zeit gehabt darüber nachzudenken.“ Kurz entschlossen drehte sie sich in seine Richtung, zog die Füße auf das Bett und überkreuzte sie im Schneidersitz.
„Wie haben das unsere Vorgänger gemacht?“ Gespannt auf die Antwort sah er ihr ins Gesicht.
„Keine Ahnung“, antwortete Janaija gedehnt und schüttelte den Kopf. „Das hat meine Tante nie erwähnt.“
„Vielleicht weil es ähnlich peinlich war.“
Die zukünftige Whaea senkte den Blick. „Wer weiß.“
Wieder schlief das Gespräch ein. Kadân fühlte den Sog der Erschöpfung an sich zerren. Seine Lider flatterten beim krampfhaften Versuch, die Augen offen zu halten.
„Ich bin besser darin zu analysieren, zu organisieren und Prioritäten zu setzen“, begann Janaija.
Er schwieg, da er glaubte, dass sie auf die eigenen Verführungskünste anspielte. Jedes Wort, egal welches er von sich gab, konnte nur falsch sein.
„Nun“, sprach die Erste mit sichtbarer Überwindung weiter, „Ich habe mehr Erfahrung mit Frauen. Aber Männer mag ich ebenfalls, ist eher eine Frage der Gelegenheit“, fügte sie hinzu. Sie musterte ihn aufmerksam. „Du bist wirklich schön.“
„Danke“, schnaubte der Aquiner. „Bin ich deshalb hier gelandet?“
Die Priesterin schaute ihn schief an. „Nein. Für die große Mutter ist das Aussehen irrelevant. Sie sieht das Ganze, dein Inneres. Der Rest ist erfreuliches Beiwerk.“

Kadân verschränkte die Arme hinter dem Kopf. „Erfreulich?“
„Sicher. So ist es auch leichter für mich, unseren uralten Traditionen nachzukommen.“
„Ich war noch nie mit einer Priesterin zusammen“, gestand er. Er versuchte, ein Gähnen zu unterdrücken.
Janaija schmunzelte. „Ernsthaft, ich verunsichere dich?“, fragte sie ungläubig.
„Etwas.“
„Ich beiße nicht.“ Sie stützte die Ellenbogen auf den Oberschenkeln auf. Die Wange legte sie auf die zusammengefalteten Hände und beobachtete ihn.
„Gut zu wissen.“ Die Matratze schmiegte sich warm und weich an seinen Rücken. Müdigkeit erfasste ihn, nach der Anspannung der letzten Tage sehnte er sich mehr Ruhe herbei. Die Augen fielen ihm zu.
„Scheiße“, fluchte Janaija und sprang vom Bett auf den seidenen Teppich, der den Boden bedeckte.
Der Aquiner schreckte hoch.
„Du bist hier und ich bin die zukünftige Whaea. Damit sollte alles perfekt sein.“ Sie lief vor dem Bett auf und ab. „Meine Tante hat mir Tipps gegeben, wie ich mich dir gegenüber verhalten soll.“
Die Hände in die Seiten gestemmt, blieb sie vor ihm stehen. „Und du“, fauchte sie, „schläfst einfach ein.“
Kadân richtete sich auf und zupfte das Handtuch um die Hüfte zurecht. „Wir wurden seit Wochen verfolgt, die ganze Zeit auf der Flucht und kaum Schlaf“, verteidigte er sich.
„Ich vermisse deinen Stolz und Eifer der großen Mutter dienen zu dürfen“, sagte die Priesterin aufgebracht.

„Ich habe mir das hier nicht ausgesucht“, blaffte er zurück. „Ich hatte keine Wahl.“

„Nein, ich nahm sie dir ab. Dafür solltest du dankbar sein.“ Schwer atmend kehrte sie ihm den Rücken zu und ging zum Schreibtisch vor dem Fenster. Beherrscht wandte sie sich ihm zu und lehnte sich an, die Hände abgestützt auf der Platte.

Die Arroganz, die Janaija heraushängen ließ, widerte Kadân an. „Was wäre geschehen, wenn ich mich nicht auf den Weg gemacht hätte.“

„Die starke Magie, der du ausgesetzt warst, hätte dich schlussendlich umgebracht oder in den Wahnsinn getrieben“, antwortete die Priesterin schneidend.

„Aha“, erwiderte er trocken, „danke.“

„Du hältst mich für gnadenlos und brutal?“ Ein wehmütiger Seufzer quälte sich aus ihrer Kehle. „Das mag stimmen. Gerne, du darfst so über mich denken. Aus meiner Perspektive hatte ich keine Wahl. Irgendjemanden musste es treffen.“

Sie drehte sich zum Fenster und schaute hinaus in die Nacht. „Ich verstehe nicht, worüber du dich beschwerst, du wirst reich belohnt“, sagte sie kalt. „Das sollte reichen, um dich zu motivieren.“

Die Erlebnisse der Reise liefen vor seinem Auge ab. Was Shiran und er auf sich nahmen, um rechtzeitig anzukommen. Und nun sollte er wie selbstverständlich funktionieren. „Ich wusste nicht, dass ein bisschen Sex einen derart hohen Preis verdient“, hielt er im Zorn dagegen.

Janaija wandte sich ihm ruckartig zu. Ihre Augen funkelten, als würden sie gleich Blitze schleudern. „Du bist kein Prostituierter“, donnerte sie. „So redest du nicht über unsere Traditionen.“

„Entschuldigt bitte. Ich hätte das nicht sagen dürfen.“ Kadân begriff, dass er zu weit gegangen war. „Ich weiß, normalerweise entscheiden sich die Männer bewusst für das hier.“
Schweigend sahen sie sich an.
Wie ein Schutzschild wickelte Janaija die Arme um sich. Ein leichtes Zittern durchfuhr sie „Ich habe vieles bedacht, aber“, sie stockte, „aber das mein Kandidat, der Auserwählte, mich ablehnen könnte, das habe ich nie kommen sehen.“
Die erste Priesterin, die eben noch Feuer zu spucken schien, wirkte plötzlich verletzlich. Kadân wehrte sich gegen den Impuls, auf sie zuzugehen und zu trösten. Einfach zu manipulieren, hörte er Shirans Worte nachhallen. Entgegen dem brennenden Bedürfnis zu helfen, blieb er unbeweglich auf dem Bett sitzen.
„Nun“, begann Janaija, „den offiziellen Teil haben wir hinter uns. Auch wenn es mich während meiner Amtszeit und der meiner Tochter erpressbar macht“, sie unterbrach sich selbst, um tief einzuatmen. „Wenn es sein muss, bemühe ich einen Palastdiener. Bleibe hier, bis es vorbei ist. Denn davon sollte nie jemand erfahren.“
Kadân erkannte eine junge Frau, deren Erwartungen schwer enttäuscht wurden. Sein Verhalten bereitete ihm ein schlechtes Gewissen. Er senkte den Kopf.
Wollte er das wirklich? Ablehnen aus Prinzip. „Nein. Ich habe mich dafür entschieden, schon vor Tagen“, gestand er die Wahrheit. „Ich bin einfach nur unglaublich müde und“, er stockte und zwang sich zu einem Lächeln. „Es tut mir sehr leid. Es lag mir fern, Euch zu beleidigen.“
Janaijas Schulter sanken herab, ihre Finger krallten sich nicht mehr in ihrer eigenen Haut fest. „Ich dachte, dass“, sie stockte,

„normalerweise bekomme ich, was ich will, wann immer ich es will.“
Wieder herrschte Stille.
„Woran lag es?“, fragte Kadân.
„Was?“, erwiderte sie barsch, „Ich rechtfertige mich nicht vor dir.“
Er grinste. Erfahrung mit Missverständnissen hatte er in den letzten zwei Wochen zu genüge gesammelt. „Nein. Ich meine, warum ich?“
Der harte Ausdruck in ihrem Gesicht verschwand. Ein Lächeln huschte über Janaijas Züge. „Keine Ahnung. Obwohl ich den Willen der großen Mutter interpretiere, kenne ich ihn nicht. Es wird einen Zweck erfüllen. Egal, ob er sich offenbart. Wie alles andere auch.“
Sie schloss die Augen, als würde sie in sich gehen. „Aber ich denke, dass an dir etwas Besonderes sein muss, sonst wäre die Wahl nicht auf dich gefallen.“ Janaija seufzte. „Glaub mir, dein aufsässiges Verhalten wird unter den Kandidaten einzigartig sein.“
Kadân schnalzte mit der Zunge, dass sein Leben nicht der Normalität entsprach, das wusste er. „Am Anfang war der magische Ruf schmerzhaft. Warum?“
„Eigentlich hättest du nicht in der Lage sein dürfen dich ihm zu widersetzen“, dozierte sie, als belehrte sie Kinder, „Geschweige denn ihn bewusst wahrnehmen.“
„Sind die Auswirkungen weg?“
„Ja. Ich habe es so konzipiert, dass es dich herzieht, zu mir“, sie lächelte freudlos, „Die Wirkung erlosch, als wir uns auf der Bühne das erste Mal berührten.“
„Das ist mir nicht aufgefallen.“

„Dir hätte die Magie nie auffallen dürfen“, betonte Janaija leidenschaftlich. „Sie sollte deinen Willen vollständig einnehmen. Seltsam. Anstatt die verfügbaren Möglichkeiten auszuschöpfen und das erstbeste Raumschiff zu nehmen, bliebst du, wo du warst und zogst es vor zu leiden.“
„Bis Shiran kam.“
„Ja“, bestätigte Janaija und sah ihn missbilligend an. „Sie und andere postierte ich auf den weiter entfernten Welten. Zur Not, als Beschützer vor“, sie zögerte, „ablehnenden Umständen. Die Nähe zum Kompass und der Einklang deines Willens zu meinem Ziel nahmen dir gleichermaßen die Schmerzen.“
„Hätte Eure Magie planmäßig funktioniert, wäre Wieran genug Zeit geblieben mich aus den Weg zu räumen“, warf Kadân vorsichtig ein. Die Priesterin erfuhr erst während des Rituals, hinter der Bühne, von dem Verrat. Er hoffte auf mehr Informationen über den Verbleib der Beraterin.
Ihr Gesicht verfinsterte sich. „Eine unerfreuliche Episode“, murmelte sie und betrachtete den jungen Mann. „Aber ja. Hätte mein Ruf funktioniert, wie er sollte, wärst du vermutlich tot.“ Ruckartig stieß sie sich vom Tisch ab.
Entschlossenen Schrittes ging sie zum Bett und setzte sich neben Kadân. Sie streckte ihre rechte Hand aus. „Darf ich?“, fragte sie.
Der Aquiner ahnte, was sie vorhatte. Bis zu diesem Moment hatte er die Gefahr, dass die magischen Fähigkeiten in ihm entdeckt werden könnten, außer Acht gelassen. Besser sie findet es jetzt heraus als später. Er nickte stumm.
Janaijas Finger berührten seine Schläfe. Kadân nahm die Magie, die zwischen ihnen floss wie ein sanftes Prickeln wahr. Er atmete tief durch und wartete auf das Kommende.

Das vorsichtige Nachfühlen entwickelte sich zu einem überwältigenden Machtstrom, der jede seiner Bewegungen blockierte. Wenn er hätte reden können, hätte er vor Schmerz aufgeschrien. Die Adern brannten wie Feuer, drohten ihn von innen heraus zu versengen.

Die Magie überschwemmte sein Denken. Ohne, dass er es bewusst steuerte, wehrte er sich gegen den Übergriff.

Plötzlich hörte es auf. Die Priesterin zog sich zurück. Er wankte, ihm wurde schwarz vor Augen. Zwei Hände packten ihn am Oberarm und hielten ihn aufrecht.

„Das geht gleich vorbei“, redete Janaijas sanfte Stimme, gedämpft wie durch einen dichten Nebel, auf ihn ein.

Als Kadân wieder klar sehen konnte, begegnete er ihrem forschenden Blick. Entgegen der Erwartung sah sie ihn freundlich an.

„Es tut mir leid, dass ich dir wehgetan habe, aber ich musste sicher gehen. Irgendetwas“, sie schüttelte den Kopf und schien ihre eigenen Gedanken zu verscheuchen.

„Die große Mutter hat eine interessante Wahl getroffen“, sagte Janaija. Behutsam ließ sie ihn los, „ein Magiebegabter mit einem enormen unerschlossenen Potential. Das erklärt einiges.“

„Ist es jetzt vorbei?“, fragte er schuldbewusst.

Die erste Priesterin lachte laut. „Nein. Warum? Du wurdest gewählt. Was soll´s. Es ist selten, aber nicht so ungewöhnlich, wie du glaubst.“

Kadân starrte sie verwirrt an. Seit Mitri und die Moquas die Fähigkeit in ihm entdeckten, hielt er sie geheim. Selbst seine Mutter hatte keine Ahnung. Janaijas Reaktion überraschte ihn.

„Wenn du willst, werde ich dir helfen deine Begabung zu entwickeln“, bot sie an. Die Frau wirkte wie ausgewechselt. Der Anflug von Verletzlichkeit verflüchtigte sich.
Er runzelte die Stirn. „Ich dachte, Magie ist für Männer verboten.“
Janaija schnaubte. „Ich entscheide von nun an, wem Ausnahmen gestattet sind. Du bist der Auserwählte, kein normaler Mann mehr. Es sollte natürlich unter uns bleiben.“
Das Angebot verlockte Kadân, aber er glaubte nicht daran. „Warum möchten Sie das für mich tun?“
„Dein Leben wird sich verändern. Ab heute bist du eine Berühmtheit, ein Objekt der Sehnsucht für Millionen. Egal wo du hinkommst, dein Gesicht wird bekannt sein. Manche werden sogar die lange Reise auf sich nehmen, nur um dich zu treffen. Wenn du in deine Heimat zurückkehrst, behütet dich dieser Status vor der mir feindlich gesinnten Priesterschaft.“
Kadân konnte sich das Ausmaß der Veränderung nicht vorstellen. Eines wusste er dagegen sicher, er würde nicht zulassen, dass Fremde über ihn bestimmten. „Aquin, ein abgelegener Posten für unliebsame Personen?“
„Ja. Sie waren gegen mich, aber sie werden dich in Ruhe lassen. Vorerst. Aber ich will, dass du dich zu gegebener Zeit selbst beschützen kannst.“
„Weil es ab heute auf Euch zurückfällt, wenn mir etwas passiert?“
Janaija hob eine Augenbraue. „Ich sehe, wir verstehen uns. Außerdem finde ich das Magieverbot für Männer lächerlich, es widerspricht dem Willen der großen Mutter. Natürlich erlaube ich nur, dir Magie zur Verteidigung zu lehren.“

Der Aquiner begriff das erste Mal in voller Klarheit, dass er nicht einfach in sein altes Leben zurückkehren konnte. Das flaue Gefühl kehrte zurück. Mit den Handflächen fuhr er sich langsam über das Gesicht. Die Erkenntnis erschütterte ihn.

„Es war dir nicht bewusst?“, fragte Janaija sanft.

Die unsichtbare Mauer zwischen ihnen bröckelte und fiel in sich zusammen. Kadân fühlte eine Berührung an der Schulter. Zärtlich glitten ihre Fingerspitzen an seinen Körper hinunter, bis sie die Blutergüsse am Bauch erreichten. Energie, behutsam gelenkt, durchströmte ihn.

Ein Kitzeln an den Handgelenken zog seine Aufmerksamkeit auf sich. Die Narben verblassten, bis unversehrte Haut zurückblieb. Mit den blauen Flecken verschwand auch ein Teil seiner Müdigkeit. „Danke“, flüsterte er.

„Weißt du, warum wir hier sind, wozu diese ganze Farce gut sein soll?“, fragte sie leise.

Der Seefahrer sah ihr ins Gesicht, es war nur wenige Zentimeter von ihm entfernt. „Nein.“

„Damit eine Mutter die Hälfte der Regierung einnimmt. Eine Frau, die Leben in sich selbst gespürt hat. Die jeden Tag fühlte, wie es wuchs und sich bewegte. Die litt, als sie es in die kalte Welt entließ und gleichzeitig von Dankbarkeit erfüllt war, dass das Kind atmete.“

Janaija lehnte ihre Wange an seine Schulter. Auf Kadân wirkte es, als ob sie sich aus einem Kokon geschält hatte und vollkommen ungeschützt präsentierte.

„Die Essenz der großen Mutter, die wir verehren“, sprach sie weiter, „weil nur eine Mutter das Leben wirklich schätzt und mit den Töchtern und Söhnen, die wir alle sind und bleiben werden, mitfühlt. Weil sie deren Zukunft im Blick hat.“

Die Worte berührten den Seefahrer, es beschrieb das Umfeld, in dem er aufwuchs. Shiran drängte sich in seine Gedanken. Ihre Familie würde bei dieser Beschreibung in schallendes Gelächter ausbrechen. „Klingt schön, aber auch sehr idealistisch“, antwortete er.

„Ich weiß.“ Die Priesterin grinste. „Trotzdem, ein Kind ist eine große Verantwortung. Du wirst deine Tochter nie kennenlernen, aber wahrscheinlich immer vor Augen haben. Stört dich das?“

Der weibliche Familienverbund kümmerte sich um den Nachwuchs, verwies den Erzeuger zum unbeteiligten Zuschauer. Den Frauen, die Kadân in der Vergangenheit um die Zeremonie baten, erteilte er jedes Mal eine Abfuhr.

Janaijas Frage überraschte ihn. Er stellte sich vor seine Tochter zu sehen, aber nie mit ihr zu sprechen. Eigentlich nichts Besonderes, wäre sie nicht die zukünftige Kan´ya. „Was, wenn sie mich treffen will?“

Die erste Priesterin hob den Kopf, sie kniff die Lippen zusammen. „Glaub mir, das wird nicht geschehen. Ganz zu schweigen davon, dass es unüblich ist, wird sie ein Leben lang auf die Regierung vorbereitet. Dafür wird ihr kein Gedanke bleiben. Männer spielen für uns im Palast kaum eine Rolle.“

Er sah sie schief an. „Außer für gelegentlichen Spaß.“

„Ja, die Palastdiener“, Janaija schmunzelte, „für mehr oder weniger Sex. Das entscheiden wir.“

„Wie ...“

Janaija legte ihm den Zeigefinger auf den Mund. Er runzelte die Stirn und schaute sie an.

„Wir haben genug geredet“, sagte sie. Zaghaft strich sie mit den Fingerspitzen über die rötlichen Stoppeln an seinem Kinn, sie fuhren vom Schlüsselbein bis zur Schulter.

Unvermittelt krallte sie sich an seinem Nacken fest. Sie drehte sich mit ihrem gesamten Körper zu ihm und zog sich selbst näher heran. Die kantigen Knie drückten sich durch das Handtuch, das noch immer um seine Hüfte geschlungen war.
Kadân spürte die Brüste, die sich an ihn pressten. Zum ersten Mal nahm er bewusst ihren Duft wahr, süß wie eine Blumenwiese. Seine Finger berührten den Saum des Nachthemds, der ihr bis zum Poansatz hochgerutscht war. Janaijas Atem kitzelte ihn am Hals.
Er fühlte, wie das Blut in sein Glied schoss und gegen ihren Leib drängte. Kadâns Hände glitten unter die filigrane Spitze, streiften die zarte Haut. Sie seufzte auf und bog sich nach hinten.
Kraftvoll zog er sie zu sich. Er bedeckte ihre Kehle, die sie ihm offen darbot, mit Küssen. Die Zärtlichkeit beantwortete sie mit einem sanften Biss in seine Schulter. Rhythmisch rieb sie ihr Becken an ihm.
Stoff raschelte verheißungsvoll. Eilig zog er das hauchdünne Nichts über ihren Kopf und ließ es achtlos fallen. Seine Lippen berührten ihren Brustansatz. Sie schmeckte salzig.
Janaija streichelte fahrig über seinen Rücken. Er stöhnte auf vor Schmerz und Lust, als sich ihre Fingernägel hineingruben.
Dieses Spiel kannte er nur zu gut. „Kleines Biest“, flüsterte er heiser. Ein befreites Lachen brach aus ihr heraus, dunkel und lüstern. Er stimmte mit ein.
Mit einem Ruck hob er sie hoch. Janaijas Schenkel schlangen sich ihm um seine Taille. Er rutschte zur Bettkante, stand auf. Ihr zierlicher Körper schmiegte sich an ihn. Er trug sie zum Arbeitstisch vor dem offenen Fenster und setzte sie ab.
Die Arme hinter ihr verschränkt sah Kadân auf sie hinunter. Er bemerkte das schelmische Grinsen in ihrem Gesicht. Mit

geschickten Griffen öffnete sie den Knoten, der das überflüssige Stück Stoff um seine Hüften band.
Das Handtuch fiel zu Boden. Die Nachtluft kühlte seine Haut, die Morgenröte kündigte den kommenden Tag an.
Ihre Lippen berührten sich, genauso wie ihre nackten Leiber. Janaija drängte sich gegen ihn. Er umfasste ihren Oberschenkelansatz, knapp unter dem Po und hielt sie auf Abstand. Gerade so weit, dass er über ihren empfindlichsten Punkt rieb.
„Du bist gemein", hauchte sie.
„Ich weiß."
Die Priesterin biss ihm in die Unterlippe, so dass er zusammenzuckte. Als sie zu ihm aufschaute, glänzten ihre Augen erwartungsvoll.
Ihre Beine schlangen sich um seinen Leib. Kadân ahnte, was sie wollte und ließ sie gewähren. Sie beendete sein Spiel, indem sie sich fest an sich presste. Feucht wurde er empfangen und übernahm die Führung im auf und ab des Verschmelzens ihrer Körper.

4.7 Janaija

Schweiß glänzte auf Janaijas zarter Haut. Das Laken unter ihr war klamm. Eine flüchtige Erinnerung an Kadâns Hände auf ihrem Körper und den Mund, der sie entdeckte. Die rhythmische Bewegung in ihr, manchmal hart, manchmal bedächtig, vermisste sie, sofort nachdem er sich aus ihr zurückzog.

Ein sanfter Lufthauch vom offenen Fenster kühlte die Hitze in ihr, verwehte die letzten Spuren der Leidenschaft. Vögel zwitscherten in der Morgensonne, vereinzelt säuselten Stimmen aus dem Palastgarten zu ihnen hinein. Seit mittlerweile drei Tagen genoss sie ihren Auserwählten, ihre fleischgewordene Fantasie und schlicht den besten Sex, den sie je hatte.

Dieser Mann weiß, was er tut, stellte die Priesterin fest, als hätte er ausführlich mit Frauen über das geredet, was sie mochten und was nicht. Er erkannte selbst die kleinsten Anzeichen von Sehnen und verhüllter Ablehnung. Ihm musste sie ihre Wünsche nicht ausdrücklich mitteilen.

Der Seefahrer lag neben Janaija. Mit Abstand, wie immer, niemals Haut an Haut. Er schaute hoch zum Baldachin über dem großen Bett, wirkte wie abwesend. Sie drehte den Kopf zu ihm und beobachtete, wie sich seine Brust in einem langsamen Takt hob und senkte.

So wunderschön, schwärmte sie still für sich, umgeben von einem silbrigen Glanz. Sie konnte sich nicht sattsehen, an dem perfekten Gesicht und dem atemraubend geformten Leib. Seine Konturen fuhr sie nur mit den Augen nach, obwohl sie gerne ihre Fingerspitzen dafür genommen hätte. Die zukünftige Whaea fragte sich, an was er dachte, oder an wen.

Auch dieses zweite Mal am Morgen war von ihr ausgegangen, ihrem Verlangen und dem Bedürfnis nach Nähe. Wieder hatte er erst währenddessen Feuer gefangen, als müsse ihn erst die Leidenschaft mitreißen, um sein Denken auszuschalten.
Im Zimmer, zwischen ihnen beiden, nahm Janaija eine diffuse Stimmung wahr. Es wirkte wie eine unsichtbare Mauer, mit der er sich von ihr abtrennte. Als ob er sich bewusst weigerte ihr ganz zu gehören. Dieses seltsame Widerstreben steigerte ihr Begehren, verlockte sie ihn immer aufs neue zu fordern. Es reizte sie sogar, ihn länger als notwendig an sich zu binden.
Die Priesterin würde sich gerne auf sein Aussehen als Grund für ihre Sympathie berufen. Aber um Magie beherrschen zu können, hatte sie schon zu viele Übungen der Selbsterkenntnis absolviert, um es nicht als bequeme Selbstlüge zu entlarven.
Nein, sagte sie sich, es war mehr. Wesentlich mehr als nur diese perfekte Hülle. Alles andere hätte sie an der großen Mutter zweifeln lassen.
Der Auserwählte vereinte Verletzlichkeit und Stärke, zeigte Humor und Zurückhaltung, nur um im nächsten Moment zu provozieren. Während ihrer Unterhaltungen merkte Janaija, dass er sich Gedanken machte, vieles anzweifelte. Seine Fragen offenbarten zwar eine erschreckende Unwissenheit, verrieten aber gleichzeitig Intelligenz.
Am meisten faszinierte sie sein mangelnder Ehrgeiz, das fehlende Streben nach etwas anderem, als dem, was er hatte. Kadân wirkte zufrieden, ruhte in sich selbst und sah offenbar auch keinen Grund sich zu verstellen. Seine Gefühle lagen sichtbar an der Oberfläche. Er handelte so vollkommen offen und ehrlich, anders als jeder den sie kannte, sogar beim Sex.

Janaija drehte sich zu ihm, legte ihren Kopf auf den angewinkelten Arm ab. Das reibende Geräusch ihrer nackten Haut auf dem Laken weckte Kadâns Aufmerksamkeit. Er sah sie an, sein zaghaftes Lächeln zeigte Erschöpfung.

„Nachher“, sie schmunzelte bei der Erinnerung an das, was hinter ihnen lag, „wenn wir beide ausgeruhter sind, zeige ich dir die nächste Konzentrationsübung.“

„Warum nicht jetzt?“, fragte er verlegen. „Sehe ich dermaßen kaputt aus?“

„Ein bisschen.“

Der Seefahrer lachte, angenehm und tief. „Oh je.“

So süß, so sympathisch. Janaija kribbelte es in den Fingerspitzen ihn zu berühren. Trotz dieser merkwürdigen Stimmung zwischen ihnen war es schön mit ihm. Viel zu schön.

Vorab hatte sie keinen Gedanken daran verschwendet, wie es mit ihrem Kandidaten sein würde. Die Sorgen darum, ob es überhaupt geschah, hatten sie vollkommen aufgefressen. „Du machst schnell Fortschritte und hast dir eine Pause verdient.“

„Danke. Ich weiß Eure Hilfe zu schätzen.“

Am liebsten hätte die erste Priesterin ihm das Duzen angeboten. Da sie es danach schwerlich zurücknehmen konnte, verzichtete sie darauf. Die kleinen Ausrutscher inmitten von Leidenschaft verzieh sie ihm stillschweigend.

„Was wirst du hiernach tun“, sie räusperte sich, denn eigentlich ging es sie nichts an und sollte ihr egal sein. „Ich meine, wenn ich dich aus den Pflichten des Auserwählten entlasse.“

Kadân überlegte. Für seine Verhältnisse relativ lange. „Ich werde mir noch ein paar Planeten ansehen und dann nach Hause zurückkehren.“

„Allein?“

„Nein.“ Der junge Mann schluckte. In seinen Ausdruck mischte sich etwas Lauerndes. Gleichzeitig glänzten die blau-violetten Augen, verliehen ihm einen Hauch von Sehnsucht. „Mich“, sagte er stockend, „wollte jemand begleiten.“

Er verheimlicht mir irgendwas, dachte die Priesterin. Aber warum? Über einen seiner Landsleute hätte er offen geredet. Sie fragte sich, wen er sonst wohl kennen könnte. Das diffuse Gefühl beschlich sie, krallte sich in ihrer Brust fest. Eine Bemerkung aus ihrer ersten Nacht fiel ihr ein. Nein, schrie sie innerlich in plötzlicher Einsicht, das kann nicht wahr sein. Nur die langjährige Übung ermöglichte es ihr, das freundliche Lächeln im Gesicht beizubehalten.

„Hört sich interessant an. Ich wünsche euch viel Spaß.“

„Danke“, antwortete er arglos.

„Hat dich meine Dienerin eigentlich sehr in Anspruch genommen?“ Er würde schon verstehen, was sie meinte. „Bist du deshalb erschöpft?“

Dem Seefahrer entglitten die Gesichtszüge, seine Augen flackerten. Er hustete, als hätte er sich verschluckt und senkte den Blick. „Nein“, erwiderte er, die Wangen gerötet, „nein, nicht sehr.“

Im ersten Moment entlockte seine unverfälschte Körpersprache Janaija ein Prusten. Er konnte nicht lügen, trug die Wahrheit offen spazieren.

Doch dann hämmerte sich die Erkenntnis in ihren Kopf. Shiran, kochte sie innerlich, er hat sich in sie verliebt. Ihre Dienerin hatte sich in das Herz des Auserwählten geschlichen, beherrschte ihn, wie vorher ihre eigene Magie. Also war sie es, die Janaija wahrnahm, die vor und nach dem Sex mit ihnen im Bett lag.

Wie konnte sie es wagen? Zum Ersten und vermutlich, für die kommenden zwanzig Jahre, zum letzten Mal in ihrem Leben schulterte die Priesterin keine Verantwortung. Hier, mit ihm, hätte sie einfach loslassen und genießen dürfen. Nur dieses eine Mal.

Keine Pflichten, die ihren Alltag sonst regierten. Wieran schob sich in Janaijas Gedanken. Es tat weniger weh, an die Arbeit zu denken, milderte ihre Wut gegenüber Shiran.

Die Beraterin würde schwer zu ersetzen sein. Ein interplanetarer Suchauftrag mit ansprechender Belohnung wurde im Zuge des Rituals veröffentlicht. Die Kontakte dieser Frau in die vereinten Welten und ihr langjähriges Wissen über die aufgebauten Strukturen würden der Regierung fehlen. Geplant war eine langsame Übergabe an eine Person, die Vertrauen genoss.

Ich muss Lösungen finden, dachte die zukünftige Whaea, während ihr Blick Kadâns wohlgeformte Muskeln streichelte. Nein, rief sie sich zu, Schluss mit Arbeit. Das hier ist meine Zeit. Die werde ich mir von niemanden nehmen lassen. Weder von einer Dienerin, noch von Wieran oder sonst wem.

Die große Mutter hat ihn für mich auserwählt, kreischte es in ihr. Für ein paar Tage gehörte der wunderschöne Liebhaber ihr, stand traditionell allein zu ihrer Verfügung. Sie sah sich im Recht, ihren Auserwählten für sich zu fordern. Und er war willig, wenn auch mit den Gedanken nicht ganz bei ihr.

Janaija begehrte ihn. Jetzt. Nochmal. Sie wollte sich unauslöschbar in seine Erinnerung brennen und Shiran daraus vertreiben. Wenigstens für kurze Zeit. Sie streckte ihren Arm aus. Ihre Fingerspitzen streiften die Haut über seinem unteren Rippenbogen.

Im ersten Moment zuckte der Seefahrer zusammen. Ungläubig schaute er zu ihr und schwieg.
Die Priesterin schob sich näher an ihn, presste sich an seine Seite. Sanft streichelte sie die Muskelstränge, folgte ihnen hinunter bis zur Hüfte. „Ich will mehr", flüsterte sie.
„Was", fragte er leise mit einem besorgten Unterton, der sie aufheiterte, „schon wieder? "
Sie saugte an seiner Brustwarze, die sofort hart wurde. „Ja."
„Sagtest du", er räusperte sich, offensichtlich an ihrer Absicht zweifelnd und längst nicht überzeugt, „ähm, Ihr, nicht irgendwas von einer Pause?"
„Ja, die bekommst du auch." Janaija fasste in diesem Moment den Entschluss, was sie mit ihm tun würde, etwas das sie noch nie mit einem Mann gemacht hatte. „Nur vielleicht nicht ganz so, wie du sie dir vorgestellt hast."
Kadân runzelte die Stirn.
„Entspann dich. Bleib ruhig liegen", wisperte sie.
„Einfach so?"
„Nein. Spreiz die Beine." Die Priesterin nahm sein abgespanntes Ächzen und den Unwillen mit Belustigung wahr. „Das ist ein Befehl deiner zukünftigen Regentin."
Er tat, was sie von ihm verlangte, aber erst nach einem genervten Augenrollen.
„Viel besser." Sie würde ihn sich nehmen, dass was ihr gehörte.
Janaija kraulte seinen Bauch, umrundete den Nabel. Sie genoss die Gänsehaut, die ihre Berührung auslöste.
Seine Hand berührte ihre Schulter, glitt ihren Rücken entlang. Einen Moment ließ sie ihn. Obwohl sie daran Gefallen fand, hielt sie an ihrem Plan fest. „Nein", sagte sie, „leg deine Arme zur Seite und rühr dich nicht."

Kadân gehorchte zögerlich. Gleichzeitig spürte sie die Anspannung in ihm, sein leichtes Beben.
Auf ihren Knien beugte sie sich über ihn. Janaija streichelte die helle, silbrig schimmernde Haut von Kopf bis Fuß, bedeckte ihn mit zarten Küssen. Bewusst sorgte sie dafür, dass ihre langen Haare jede Liebkosung begleiteten und ihn unablässig kitzelten.
Leise Seufzer entwichen tief aus seiner Kehle. Er kämpfte mit sich, um in der Position zu verharren.
Sie ließ sich zwischen seinen Beinen nieder. Ihre Zunge fuhr die kräftigen Oberschenkel hinauf. Sie saugte an den Innenseiten, während ihre Stirn seine Erektion berührte. Mit innerer Befriedigung hörte sie, wie er nach Luft schnappte.
Janaija konnte sich vorstellen, dass er genauso überreizt war wie sie, Berührungen intensiver empfing. Trotzdem würde er wesentlich länger zum Höhepunkt brauchen als zuvor. Und sie würde es sein, die ihn dort hintrieb.
Einen Moment sah sie auf, suchte den Blickkontakt. Die Lider hatte er geschlossen. „Sieh mich an", befahl sie und er tat es. Die blau-violetten Augen wirkten verschleiert. „Leg dir ein Kissen unter und sieh mir dabei zu." Die Priesterin wollte verhindern, dass er an Shiran dachte.
Er stöhnte auf. „Janaija, du schaffst mich", sagte er leise und schüttelte den Kopf.
„Kannst du nicht mehr?", fragte sie und schielte vielsagend auf den Steifen.
„Keine Ahnung."
Sie gluckste. „Als deine zukünftige Regentin befehle ich dir, es mit mir herauszufinden." Seine Hand griff zu einem Kissen, legte es als Stütze unter sich.

Janaija wollte ihn. Obwohl sie wusste, dass er den Zweck längst erfüllt hatte und trotz ihrer Dienerin in seinen Gedanken. Mit ihm fühlte sie sich so lebendig, wie schon lange nicht mehr. Außerdem war er zu schön. Besonders dann, wenn er stöhnte und sich vollkommen selbstvergessen der Lust hingab. Genauso, wie er es gleich tun würde. Durch sie.

Janaija lehnte in ihrem eigenen großzügigen Zimmer an einem Stapel Kissen und las die Berichte über das Ritual. Ein zufriedenes Lächeln zierte ihr Gesicht. Kritische Stimmen gab es kaum, immerhin war sie nun die Whaea. Überhaupt ging es so gut wie gar nicht um sie. Kadân beherrschte die Texte, besonders die Bilder von ihm. Unfassbar wie fotogen er ist, dachte sie.
Mit jeder vergangenen Stunde nahmen die Nachrichten über sie beide zu. Journalisten von allen Planeten versammelten sich im Zentralpalast. Die Meute gierte danach sie, die neue Regentin, zu sehen und natürlich den Auserwählten.
Hunderte Frauen hatten sich bereits eingefunden, die hofften für einen klitzekleinen Augenblick diesen Mann berühren zu dürfen. Die Priesterin selbst konnte es kaum glauben, wie ihr Imagewert und ihr Bekanntheitsgrad durch Kadân nach oben schossen.
Janaija wusste um den Grund des sprunghaften Anstiegs der Meldungen. Normalerweise verließen die Whaea und ihr Auserwählter das Gemach am Ende des dritten Tages. Mit jeder Sekunde, die sie wartete, tauchten Vermutungen auf, was sie

wohl aufhielt. Die Priesterin schmunzelte beim Gedanken an die Fantasien des Volkes.

Gekleidet in einen spitzenbesetzten Hauch von Nichts, der alles zeigte und dezent ihre Rundungen betonte, erhob sie sich. In ihrem gemeinsamen Zimmer hoffte sie auf Kadân zu treffen und wurde nicht enttäuscht.

Er öffnete die Augen, als sie eintrat. Offenbar war er schlicht eingeschlafen, nachdem sie ihn verwöhnt hatte. Janaija selbst hatte sich direkt danach, wie jedes Mal, in ihren Raum geflüchtet.

„Na, schöner Mann. Wach?“ Sie zwinkerte vielsagend, wollte sein angenehmes Lachen hervorrufen. „Hast du dich nach der aktiven Pause etwas erholen können?“

Kadân kniff die Lippen aufeinander. Er setzte sich im Bett auf. Beiläufig zupfte er die Decke so hin, dass sie seinen Unterkörper verhüllte und verschränkte die Arme vor dem Bauch. „Nennt mich nicht so“, bat er leise.

„Wie?“, fragte sie und war ehrlich überrascht. „Schön? Ich soll dich nicht schön nennen?“

„Ja. Bitte nicht.“

„Aber du weißt schon, dass du es bist. Oder?“ Alles andere konnte sie sich nicht vorstellen. Er war doch nicht blind.

„Ja, ich weiß es. Es wurde mir oft genug gesagt. Aber“, er zögerte, „es wäre mir lieber, es wäre nicht so. Dann könnte ich einfach in Ruhe nach Hause fahren. Und die Milliarden Frauen da draußen würden sich nicht für mich interessieren und mein Leben bliebe wie vorher.“

Janaija starrte ihn an. Er meint es ernst, dachte sie, wirklich ernst.

„Entschuldigt“, sagte er hastig, „es sollte kein Vorwurf sein. Habt Ihr eure Arbeit geschafft?“
Die Priesterin sah ihn immer noch ungläubig an. Der Ruhm interessierte ihn nicht, brachte ihn nicht mal in Versuchung. Wenn Kadân wollte, wäre er der Liebling der vereinten Welten, dem sich die Menschen zu Füßen warfen. Ein Fingerschnippen oder ein Lächeln und er bekäme jeden Wunsch erfüllt. Stattdessen sehnte er sich zurück auf einen unerschlossenen Mond und wollte nicht mal schön genannt werden.
„Ist alles okay mit Ihnen?“, fragt der Seefahrer.
Große Mutter, dachte Janaija, er ist anders. Sie bemerkte, wie sehr sie ihn mochte, diesen einfachen Mann. Er könnte es schaffen ihre eiserne Disziplin ins Wanken zu bringen. Deshalb verließ sie ihn nach dem Sex, blieb nie bei ihm, nie in seinen Armen. Ihre Ausrede vor ihm bestand in dringend zu verrichtender Arbeit.
„Ihr wollt aber nicht nochmal?“ Er räusperte sich. „Ich meine für heute“, fügte er unsicher hinzu. Dann gluckste er leise, schien über sich selbst zu lachen.
Ohne ein Wort zu sagen, ging die Priesterin zum Bettrand und krabbelte zu ihm, um sich eng neben ihn zu setzen. Sie konnte sich nicht zurückhalten. Ihre Hand fuhr in seinen Nacken. Gerade als er zurückwich, verstärkte sie magisch ihre Körperkraft und zog ihn an sich. Ihre Lippen berührten sich und sie küsste ihn sanft. Er ließ es nur geschehen, wie in einem stillen Protest.
Die Augen geschlossen, lösten sich von ihm. Sie hielt ihn dicht bei sich, legte ihre Stirn auf seine. „Nein“, hauchte sie, „ich zeige dir die nächste Übung, wie versprochen.“ Sie entdeckte die kleinen Linien, die seine Iris durchzogen.

„Ich dachte schon“, sagte er und schmunzelte. „Du hast mich geschafft.“

Janaija grinste verschmitzt. „Gut.“

Bereits in ihrer ersten Nacht ging er ihr nahe. Sie hatte ihm ihr Innerstes offenbart, ohne Schutz, wie noch nie einem anderen, seit sie erwachsen war. Durch seine Art fühlte sie sich ihm vertraut. Erschrocken über sich selbst hatte sie sich danach zurückgezogen.

Sie brauchte Abstand, um ihre schützende Hülle wieder aufzubauen, um zurückzukehren zur Pflicht, die sie hier erfüllte. Kadân akzeptierte es, schien es sogar zu begrüßen, dass sie nicht noch mehr Nähe von ihm forderte. Er hätte sie ihr gegeben, das spürte sie. Aber sie wollte nicht vollkommen schutzlos neben ihm einschlafen. Es war schwierig genug, ihre Gefühle zu bezähmen.

Obwohl sie es wusste, dass er für sie eine Gefahr darstellte, behielt sie ihn bei sich. Sie konnte nicht anders, er zog sie an und hielt sie mitten in einer sinnlosen Schwärmerei gefangen.

Ich werde darüber hinwegkommen, sagte sich die Priesterin. Irgendwann wenn er in seine Heimat zurückgekehrt war. Später, sobald er sich mit Shiran vergnügte, wird er aus meinem Denken verschwinden.

Janaija ließ von ihm ab, nahm etwas Abstand.

„Also“, begann sie, „den ersten Schritt hast du überraschend schnell gemeistert. Gerade das, was den meisten Frauen am schwersten fällt. Es ging darum dich selbst in einen Zustand der Schwebe zu bringen und zu verharren. Dafür ist es notwendig, zu sich selbst zu stehen, die eigenen Wünsche und Ziele zu kennen.“ Sie schüttelte überrascht über seine raschen Fortschritte

den Kopf. „Ich kann es mir nur so erklären, dass du kaum welche hast und ohnehin ziemlich ehrlich bist."
„Okay?" Kadâns Mundwinkel zuckten nach oben. „Vielleicht habe ich einfach Talent."
Ein schiefer Blick traf ihn. „Vielleicht." Sie setzte sich im Schneidersitz neben ihn. Weit genug entfernt, dass ihre Berührungen unbeabsichtigt und flüchtig wirken mussten.
„Wie auch immer", nahm die Priesterin den Faden auf. „Deshalb können wir zum nächsten Schritt übergehen. Ich werde dir Meditationstechniken beibringen, die du lernen und langfristig verfeinern wirst. Sie werden dich in eine Art magische Trance führen, die du brauchst, um dein Potential auszuschöpfen. Nur darin wird dir ermöglicht auf die Energie des Umfeldes zuzugreifen."
„Steht das Potential nicht fest?", fragte er und schlug die Augen nieder. Sie sah ihm an, dass ihm sein geringes Wissen im Vergleich zu ihrem bewusst war. „Also, ich dachte, es wäre angeboren."
„Das ist es", sie mustere ihn und überlegte, wie sie es ihm am besten erklärte. „Weißt du, was ein Wirkungsgrad ist?"
Er schüttelte den Kopf.
Janaija seufzte. Auch wenn er nur ein Mann war, es tat ihr leid, dass er die vielversprechenden Anlagen, die er in sich trug nicht nutzen durfte. „Ich werde dir für den Rückflug ein paar Texte mitgeben, die du zu lesen hast."
Mit einem Nicken bestätigte er ihre Forderung.
„Das magische Potential steht bei der Geburt fest. Es besagt, wie viel Energie du theoretisch aus dem Umfeld aufnehmen könntest. Aber ohne entsprechende Übungen und Techniken wirst du es nie vollkommen ausschöpfen. Der zweite entscheidende Faktor

ist das Kanalisieren der magisch nutzbaren Energie auf die gewünschte Anwendung. Auch das erfordert Technik und Übung.“
„Das hört sich kompliziert an.“
„Nein, das ist es nicht. Es benötigt nur Disziplin und eine gewisse Intelligenz, die du zweifellos besitzt.“, erklärte Janaija. Sie stellte sich vor, wie sie ihm die dünne Decke vom Leib zog. Lehren mit schönen Ausblicken hätte was. „Es wird dich eine immense Selbstkontrolle und Mühe kosten, insbesondere weil du erst spät damit beginnst.“
Er ächzte. Sie glaubte zu sehen, wie er der Zeit, die er nicht auf dem Meer verbringen durfte, hinterher trauerte.
Ihre Hand berührte seine Wange, ihr Daumen streichelte die perfekt geschwungenen Lippen. „Kadân“, sagte sie, „du wirst es meistern. Dein Potential ist sehr groß, vermutlich haben es die Partikel des Kristalls in dir noch verstärkt.“ Seine Augen folgten ihrer Bewegung, sonst blieb er ruhig sitzen.
„Du lernst schnell“, sprach sie sanft weiter und lächelte ihm aufmunternd zu, „genau wie ich. Und auch ich bin nicht als die mächtigste Magiebegabte geboren worden. Ich habe mir meine Möglichkeiten erarbeitet.“
Ihre Blicke begegneten sich. Ihm ist nicht mal ansatzweise bewusst, dachte Janaija, welche Macht ich habe, insbesondere über ihn. Im besten Fall findet er es nie heraus.
„Wie lange wird es dauern, bis Ihr mir diese Techniken gelehrt habt?“
„Noch ungefähr drei Standardtage.“
„Was?“, fragte er entsetzt. „Drei Tage?“
Janaija beugte sich an seine Schulter, so dass sie sein Ohr erreichte. „Ja, vielleicht auch vier. Ist das ein Problem?“ Sie

wusste, dass ihre folgenden Worte und die Absicht dahinter falsch waren. Aber sie konnte nicht widerstehen. „Wartet deine Begleitung etwa nicht auf dich?“
Der Seefahrer wich vor ihr zurück und starrte sie mit großen Augen an. „Doch, sie wird warten“, antwortete er mit fester Stimme, die seine Aufregung nicht verdeckte. „Meine Begleitung wartet.“
„Umso besser. Wir haben noch einiges zu tun. Und zwischendurch“, die Priesterin zwinkerte vielsagend, „bringen wir uns auf andere Gedanken.“
Sein Gesichtsausdruck spiegelte viele Gefühle wieder, Bedauern genauso wie Wissbegierde. Neben Begehren fand Janaija Ablehnung und Ungeduld. Vollkommen offen wirkte er hin und hergerissen zwischen Ärger und Freude.
„Kurz bevor ich dich entlasse“, sagte sie, um ihn abzulenken und aus dem Gefühlschaos zu reißen, „werde ich dir Shari, deine zukünftige Lehrerin vorstellen. Sie wird dich über unsere Zeit hinaus anleiten.“
Dankbar nahm er das neue Thema an. „Wie wird das möglich sein? Aquin ist schwer zu erreichen.“
„Ich gebe dir einen leistungsstarken Kommunikator mit. Damit wirst du immer erreichbar sein.“
„Nur ich?“ Er begriff schnell, stellte sie einmal mehr befriedigt fest.
„Das Signal geht nur in eine Richtung, dafür ist es unabhängig und absolut sicher.“
„Okay.“ Kadân atmete durch.
„Wollen wir anfangen?“, fragte sie und lächelte. Wieder berührte ihre Hand seine Wange. Sie strich ihm eine kupferrote Haarsträhne hinter sein Ohr. Die natürliche Vertrautheit traf

Janaija wie ein Schlag, ohne das es sich in ihrer Körpersprache widerspiegelte.
Der Seefahrer senkte den Kopf. Er riss sich nicht los, aber sie sah deutlich sein Unbehagen. „Ich möchte vorher duschen“, sagte er. Nachdem sie ihn freigab, flüchtete er unter der Decke hervor zu seinem Zimmer.
Sie sah ihm nach, genoss den Anblick des nackten Leibes, der vollständig von einem silbrigen Schimmer umhüllt wurde. Was findet er nur an einer gewöhnlichen Frau, wie Shiran, fragte sie sich. Der Wunsch diesen perfekten Po zu tätscheln und ihn erneut zu verführen, brannte in ihr.
Morgen, sagte sie sich, während sich die Tür hinter ihm schloss.

4.8 Shiran

Das Kreischen unzähliger Stimmen durchdrang die von außen verspiegelten Panoramafenster des Sicherheitsbereiches. Der Raum war leer, bis auf Shiran. Ihr Gemütszustand wechselte minütlich zwischen Glück und purem Elend. Mehrfach liebäugelte sie damit einfach zu verschwinden.

Liebe macht dumm, verrückt und total bescheuert, ärgerte sie sich erneut und konnte doch nichts daran ändern. Kein Wunder, dass die Gesellschaft diesen unerträglichen Zustand ablehnt.

Sie saß auf einem der ausladenden Sessel, ihre Finger krallten sich in den blauen Seidenstoff. Um sich abzulenken, starrte sie auf die leuchtend bunten Gemälde, die großzügig verteilt an den Wänden hingen. Neben der Tür stand ein Tablett, in fein ziselierten Gläsern warf Champagner zarte Perlen.

Die Geräusche bedeuteten, dass es so weit war. Nachdem der Pressetermin vor drei Stunden unter Ausschluss der Öffentlichkeit stattfand, stellten sich Janaija und ihr Auserwählter den Besuchern im Palast. Allesamt hysterische Frauen, dachte Shiran verächtlich.

Jetzt wo sie wusste, dass er in Reichweite war, traute sie sich nicht aufzustehen und in den Saal zu ihren Füßen hinabzusehen.

Sieben Tage verbrachten die beiden allein hinter geschlossen Türen. Die ausharrenden Reporter vieler Planeten verbreiteten hämische Mutmaßungen. Niemals zuvor soll sich ein Paar eine derart lange Zeit genommen haben.

„Reiß dich zusammen“, ermahnte Shiran sich selbst. Mit jedem vergangenen Tag, ohne Nachricht von ihm, verstärkten sich die Zweifel. Mit einem Ruck erhob sie sich und eilte zu dem Panoramafenster.

Eifersucht und Neid fraßen sich tief in sie hinein als sie die erste Priesterin erblickte, die sich bei dem großgewachsenen Mann einhakte. Sie redete in ein Mikrofon. Eine wogende Masse von Frauen, halb geordnet in einer Schlange, wartete verzückt.
Im hellen Scheinwerferlicht schimmerte das silbrige Gitternetz auf seiner Haut. In der typischen Kleidung eines Aquiners, sah er erholt aus. Anscheinend hat Janaija ihm genügend Schlaf gelassen, dachte Shiran missmutig. Auf der Bühne demonstrierten sie Vertrautheit und Nähe, sie schienen sich viel zu gut zu verstehen.
Nur wenige Worte sprach die zukünftige Whaea, dann trat sie zur Seite und überließ Kadân den Schauplatz. Bewegung kam in die Menge der Zuschauerinnen, die sich nach vorne drängte. Laut der Presse sind einige von entfernten Planeten angereist, nur um ihn für ein paar Sekunden persönlich zu treffen.
Der Kämpferin fehlte das Verständnis für solchen Unsinn. Skeptisch verfolgte sie das Treiben. Die Frauen umschwärmten den Auserwählten, zupften an seiner Kleidung, tätschelten seinen Körper. Kaum war die Iris einer Besucherin eingescannt und das Geld abgehoben, hielt ein Fotograf den gemeinsamen Moment fest.
Stoisch lachte der Seefahrer mit den Verehrerinnen, gab sich freundlich, nahbar und ließ es mit einer ungewohnten Zurückhaltung über sich ergehen.
Shiran wunderte sich, dass dieser Mann das mitmachte. Sehnsüchtig hatte sie gewartet, dass er endlich Janaijas Fängen entkam und nun musste sie ihn mit hunderten Frauen teilen.
Die quälende Stimme des Zweifels vergiftete ihre Gedanken. Die vergangenen sieben Tage fühlte sie sich einsam. Exzessiv quälte sie sich mit Sport. Nebenbei füllte sie die Formulare aus, die sie

von ihrer Verwandtschaft trennten und übergab sie einer erstaunten Beamtin. Bald war es offiziell, sie würde frei sein, bar ihrer Familie und ihres gesamten Besitzes.
Shiran musterte Kadân, der ihr mehr bedeutete als sie sich selbst traute einzugestehen. Eine ältere Frau drückte ihm für die Aufnahme einen Kuss auf die Wange.
Es gab nicht viel, vor dem die Kämpferin Angst hatte. Dennoch wagte sie es nicht, hinaus zu gehen und sich seiner Reaktion zu stellen. Was ist, wenn ich ihm egal geworden bin?
Ein Palastdiener öffnete von außen die Tür zum Sicherheitsbereich. Janaija betrat den Raum, ihr Gesicht strahlte beglückt. Als sie Shiran erkannte, blieb sie wie angewurzelt stehen. „Oh! Du bist ja doch hier“, rief sie übertrieben fröhlich. „Warum hast du uns nicht begrüßt? Kadân hätte sich bestimmt gefreut.“
Anstatt Erleichterung fühlte die Gardistin Eifersucht. Die erste Priesterin war nicht dafür bekannt sich für das Empfinden anderer Menschen zu interessieren. Was hatte er erzählt, dass sich diese Frau zu einer solchen Aussage hinreißen ließ?
„Ja, ich“, stammelte Shiran, „ich.“
Eine Wischbewegung Janaijas unterbrach sie. „Schon gut“, sagte sie mit einem unverwüstlichen Lächeln auf den Lippen.
Die zukünftige Whaea trat an das Panoramafenster. „Die wollen eh nur zu ihm.“ Sie seufzte.
Shiran sah ebenfalls nach unten. Zwei Besucherinnen nahmen links und rechts von Kadân Aufstellung und strahlten die Fotografin an.
„Er tut das für mich“, sprach Janaija weiter, „weil ich ihn um den Gefallen bat. Ein in vieler Hinsicht ungewöhnlicher Mann.“

Die Kämpferin wartete ab. Wollte die erste Priesterin die Meinung ihres Gegenübers wissen, fragte sie danach.
Ein Schatten von Wehmut huschte über Janaijas Gesicht. Sieben Tage hinter verschlossenen Türen, stellten eine Ewigkeit dar. Sie war bekannt dafür, ihrer weiblichen und männlichen Liebhaber schnell überdrüssig zu werden. Der Aquiner musste sich unerwartet geschickt angestellt haben. Ein dicker Kloß schien Shirans Hals zu verschließen.
„Wenn er will, ist er die nächsten Wochen beschäftigt. Jede Stunde eine neue Verehrerin und es ständen immer noch welche Schlange." Janaija nahm sich ein Glas Champagner. Ihr Blick blieb unverwandt auf Kadân gerichtet. „Und er würde sie alle schaffen." Sie zwinkerte.
Der letzte ausgesprochene Satz traf die Kämpferin wie ein Schlag in die Magengrube. Sie senkte den Kopf.
„Schade, dass er nicht als Palastdiener bleiben darf." Die erste Priesterin lachte herzhaft über ihre eigenen Worte. „Nach einem solchen Vorschlag würde er mich hassen."
Mit jedem neuen Satz des Monologes wurde Shiran argwöhnischer. Die redet, als ob sie ihn kennt, dachte sie und biss die Zähne aufeinander. Ihr war nicht bekannt, dass diese Frau jemals vermied, den Hass eines anderen Menschen auf sich zu laden.
„Wenn er erstmal sein Hirn abschaltet und den Mund hält, ist er ein richtig guter Liebhaber", Janaija starrte sie unverblümt an. „Aber das muss ich dir wahrscheinlich nicht sagen. So wie er dich und deinen Einsatz in den höchsten Tönen gelobt hat, hast du seine Dienste längst in Anspruch genommen."

Die zukünftige Whaea lachte, dann strich sie sich demonstrativ über den Bauch. „Seinen Zweck hat er erfüllt. Überraschend leidenschaftlich."

Er hat nicht zu mir gestanden, dachte Shiran. Sie hörte Janaija nicht mehr zu. Ihr Magen schien sich zu einem Klumpen zu verknoten. Er hat seine Gefühle nicht erwähnt, realisierte die Kämpferin. Wut und Enttäuschung brachen sich Bahn, als sie ihre ärgsten Zweifel bestätigt sah. Mühsam rief sie sich zur Ruhe.

„Shiran", drang der Ruf der ersten Priesterin an ihr Ohr.

„Ja, Madame?"

„Wir haben keine Zeit zu verlieren, der Widerstand formiert sich", sagte Janaija gewohnt gebieterisch. „Morgen reist du zum dreißigsten Planeten, meine Assistentin wird dir alle benötigten Details schicken."

„Nein", rutschte Shiran raus, bevor ihr bewusst wurde, was sie da tat.

„Wie bitte?"

Die Kämpferin wurde zum Gehorsam gedrillt. Ihr erster Widerspruch galt Wieran. Damals hatte sie ein schlechtes Gewissen, jetzt bereitete es ihr Genugtuung. „Mein Diensturlaub wurde genehmigt. Ich habe acht Standardwochen frei." Ursprünglich wollte sie die Zeit mit Kadân verbringen, um gemeinsam mit ihm auf den dritten Planeten und dann in seine Heimat zu reisen.

Die Priesterin lachte. „Besitzt du tatsächlich Humor?"

Als Shiran nicht ins Gelächter einfiel, versteinerte sich Janaijas Miene. „Also", säuselte sie zuckersüß, „was dir genehmigt wurde, ist hiermit gestrichen. Es gibt Wichtigeres."

„Nein, ich muss meine Schwester abholen."

„Ich kann nicht glauben, dass du mich mit privaten Details belästigt, während dringende Aufträge warten“, sagte Janaija kühl.

Das Herz klopfte Shiran bis zum Hals, heiß und kalt wechselten sich ab. Woher sie die Kühnheit nahm, der zukünftigen Whaea zu widersprechen, wusste sie selbst nicht. Welche Konsequenzen es auch immer haben würde, es war ihr egal.

Sie musterte die Priesterin, die Kadân zwischen den verzückten Verehrerinnen beobachtete. „Verabschiede dich von ihm und verschwinde. Ich werde gnädig sein und deine unzähligen Anmaßungen vergessen“, verkündete die zierliche Frau.

„Ernsthaft! Geht es hier um ihn?“, fragte Shiran verwundert. Es wäre zu lächerlich, um wahr zu sein.

„Du vergisst dich“, fauchte Janaija, die sich jäh umwandte. „Meine Familie hat dich aus der Gosse gezogen, dir alles gegeben, was du besitzt. Wo bleibt deine Dankbarkeit?“

Schon wieder dieses Wort. Die Kämpferin hatte endgültig genug davon. „Ich habe Euch den Kandidaten geliefert, der Eure Macht erst ermöglicht. Nachdem Ihr ihn in Gefahr gebracht habt, habe ich Dankbarkeit verdient. Ich!“

Sie atmete schwer. Das war es, dachte sie, jetzt bleibt mir nichts mehr.

„Raus.“

Janaija schenkte ihr keine weitere Beachtung.

Shiran warf einen letzten Blick in den Saal. Die Schlange von Frauen, die Kadân um den Hals fallen wollten, brach nicht ab.

Sie hatte das Gefühl zu ersticken. Trotzdem schritt sie aufrecht zur Tür und verließ ihr altes Leben mit Stolz.

Shiran lauschte dem Plätschern des Wassers. Das Licht der Sonne brach sich auf der Oberfläche. Den weitläufigen Garten des Palastes hatte sie schon immer geliebt.

Solange kein Palastdiener kam, um sie des gesicherten Bereiches zu verweisen, blieb sie. Bekannte Gesichter beäugten sie neugierig aus der Ferne. Mitten am Tag nahm sich normalerweise niemand die Zeit, am Rande eines Brunnens zu sitzen. In Ruhe dachte sie über das Leben nach, das sie in Zukunft führen wollte.

„Shiran“, rief eine bekannte Stimme aus der Richtung des prunkvollen Gebäudes. Schon bevor sie sich umdrehte, beschleunigte sich ihr Herzschlag. Kadân, mit Mitri an der Seite, lief die breite Prachttreppe hinunter. Die Frauen, die ihn sahen, starrten ihm hinterher oder deuteten auf ihn. Ein kleiner Vorgeschmack auf das, was ihn erwartete.

Der Anblick versetzte der Kämpferin einen Stich. Dass sich der ältere Aquiner hier aufhielt, konnte nur heißen, dass sie bereits abflugbereit waren. Mit seinem Landsmann nahm er Kontakt auf, mit mir nicht, dachte sie bitter. Die Hoffnung auf eine gemeinsame Zeit zerstob endgültig. Es war doch die Magie, mehr nicht.

Stolz erhob sie sich von den Marmorsteinen und trat ihm selbstbewusst entgegen. Während der junge Mann zu ihr aufschloss, blieb Mitri außerhalb der Hörweite stehen.

„Wo warst du? Ich habe dich überall gesucht.“ Kadân umarmte sie stürmisch. Sie versteifte sich. Janaijas Parfum fuhr ihr in die Nase und widerte sie an.

„Die Pflicht ist getan“, sie hörte das Lächeln in seiner Stimme. Selbst mit dem süßlichen Gestank, der in seiner Kleidung festsaß, genoss sie ein letztes Mal seine Nähe. Sie musste es tun, auch wenn es ihr die Seele entzweite. Mit der flachen Hand drückte sie ihn von sich weg. „Und jetzt?“, fragte Shiran distanziert und schaute hoch.
Das glückliche Strahlen in dem schönen Gesicht geriet ins Wanken. „Jetzt bin ich offiziell entlassen.“ Sie konnte ablesen, wie Sorge in ihm erwachte. „Was hast du?“
„Sieben Tage, ohne eine Nachricht“, sagte sie kalt. Innerlich zitterte sie vor maßloser Enttäuschung. Sie entledigte sich der Hände, die noch immer auf ihren Hüften lagen.
„Hat es wenigstens Spaß gemacht?“
Die Irritation in seiner Miene ging in ein verschmitztes Grinsen über. Er zog sie an sich. „Bist du eifersüchtig?“
„Nein“, fauchte Shiran und wich zurück. „Sollte ich?“ Sie fühlte sich verloren und wütend zugleich. Er ließ sie leiden, obwohl er es besser wusste. Übte er Rache für ihre Lügen?
„Was ist mit dir?“
„Ich habe euch beide zusammen gesehen. Im Saal, mit euren fanatischen Verehrerinnen. Für sie lässt du dich betatschen. Dabei hasst du das.“ Sie holte tief Luft. „Konntet ihr nicht genug voneinander bekommen? Ist es das? Habt ihr deshalb so lange gebraucht?“, rief sie.
Kadân setzte sich auf den Brunnenrand. Er nahm ihre linke Hand und schaute sie von unten herauf an. „Janaija hat mir ein paar Dinge beigebracht“, raunte er.
„Das kann ich mir vorstellen“, antwortete sie unerbittlich.
„Nicht, was du jetzt denkst.“ Er schüttelte den Kopf und seufzte. „Ich erzähle dir mehr, wenn wir unter uns sind. Okay?“

Diese ganze Sache war von vornherein zum Scheitern verurteilt. Shiran entzog sich ihm, selbst wenn es ihr das Herz brach. „Nein." Liebe war Schwachsinn. Wie soll das funktionieren?
Seine blau-violetten Augen starrten sie eindringlich an. „Was immer du gerade zu wissen glaubst, lass uns in Ruhe darüber reden. Bitte!"
Nein. Sie hatte bereits beschlossen, dass Einzige zu tun, was sie wirklich gut konnte, Kämpfen und Betrügen. „Nein", wiederholte sie mit fester Stimme. „Ich werde gehen. Vielleicht gilt Baramees Angebot noch. Bei ihr könnte ich genug verdienen, um meine Schwester auszulösen."
Kadân wirkte wie versteinert. „Was redest du da?", fragte er ungläubig. „Wir haben Pläne. Was ist mit deinen Verpflichtungen, mit Jan ..."
„Sie hat mich aus ihren Diensten entlassen", unterbrach Shiran.
Die Neuigkeit verschlug ihm die Sprache.
„Ach, hat sie dir das nicht erzählt?", zischte sie giftig.
„Was ist passiert?"
Sie verdrehte die Augen. „Willst du das wirklich wissen?"
„Ja, verdammt."
„Du! Du bist passiert." Shiran ertrug es nicht mehr, neben ihm zu stehen, so nah und fern zugleich. „Ist auch egal. Bei den Söldnerinnen bin ich wenigstens von Nutzen, ohne dass irgendwer Dankbarkeit von mir erwartet."
Mit dem letzten Wort drehte sie sich um. Wenn sie an ihrem Entschluss festhalten wollte, musste sie verschwinden. Sofort.
Nach dem ersten Schritt fühlte sie einen starken Ruck am Handgelenk. Kadân hielt sie fest.
„Nein", rief er und stand auf. „Ich lasse dich nicht gehen."

In ihrem Blickfeld erkannte Shiran unzählige Frauen, die sie von weitem angafften. Der Auserwählte und die ehemalige Gardistin, sie hörte fast, wie sich die Hofschranzen die Mäuler zerrissen, wie Janaija von ihrem dramatischen Abgang erfuhr.

Sie schüttelte den Kopf, als könnte sie damit die Gedanken vertreiben. Sie dachte an die Worte der Priesterin, ihr seltsames Verhalten. Bin ich diejenige, die sich leicht manipulieren ließ?

In einem Moment der Klarheit wandte sie sich ihm zu. „Wie stellst du dir das vor?“, fragte sie ruhig, „Wir verbringen ein paar Wochen zusammen und dann, was dann?“

Ein Hauch von Freude zeichnete sein Gesicht als er antwortet: „Nachdem ich nun mit Reichtümern überhäuft werde, wollte ich langfristig nach Hause zurück. Ich vermisse das Meer.“

„Kann ich verstehen.“ Die Kämpferin seufzte. Eine Heimat, die wünsche ich mir auch.

„Shiran das Ganze hier, die letzten Tage, das hatte nichts mit uns zu tun“, sagte er flehentlich.

„Ja, das habe ich gemerkt. Hast du mich für die Zeit aus der Erinnerung verbannt? Zu mir gestanden hast du jedenfalls nicht.“ Gegen ihren Willen schraubte sich ihre Stimme in hohe Tonlagen.

Kadân runzelte die Stirn, legte den Kopf schief. „Wovon redest du?“

„Die hochherrschaftliche, zukünftige Whaea“, antwortete sie triefend vor Sarkasmus, „vermutet, dass ich, vor ihr, wahrscheinlich, deine sexuellen Dienste zur Genüge in Anspruch nahm.“

„Äh ja“, erwiderte er zögerlich, „Wäre das so ungewöhnlich gewesen?“

„Scheißdreck", fluchte Shiran. „Traust du dich nicht mal, die Wahrheit zu erzählen?"
„Hättest du das gewollt?", fauchte er. „Das ich meine Gefühle für dich vor ihr ausbreite und die vielen Hinderungsgründe, am besten einzeln, aufzähle. All das bei deiner Auftraggeberin, die zufällig die mächtigste Frau in den vereinten Welten ist. Wirklich, das hättest du gewollt?"
Nein, gab sie insgeheim zu und senkte den Kopf. Janaija hat bestimmt auch so bemerkt, dass sie mit ihrem Auserwählten nie alleine war. Er musste es nicht aussprechen, dafür ließ er sich zu leicht durchschauen. Plötzlich verstand sie den Groll der ersten Priesterin.
„Ich weiß nicht, was du willst", fuhr Kadân fort, als sie nicht reagierte. „Hätte ich beim Sex keinen Spaß haben dürfen? Hätte ich sie missmutig anschweigen sollen? Siehst du in mir jetzt dein Eigentum? Wenn dem so ist, dann solltest du tatsächlich gehen."
So wie er es sagte, klang es lächerlich. So lächerlich, wie sie sich gerade fühlte. „Nein, das meinte ich nicht", erklärte sie. „Es ist nur", sie atmete tief ein, „ich dachte."
„Sag doch einfach, dass du mir nicht vertraust. Dass du an mir zweifelst. Immer, die ganze Zeit. Wie an jedem Menschen, der dir irgendwie zu nahe kommt oder nur ein bisschen Glück mit sich bringt. Ich dachte, unsere gemeinsamen Erfahrungen verbinden uns. Du hast mich kennengelernt. Wer, wenn nicht du, weiß, wie egal mir das hier ist."
Shiran gelang es nicht, das abzustreiten. „Warum hast du dich nicht bei mir gemeldet? Bei Mitri konntest du es auch", fragte sie kleinlaut.
„Nachrichten liefen nur über Janaija. Dass er uns abholt, sollte eine Überraschung sein. Für dich. Damit wir nicht warten

müssen und so schnell wie möglich deine Schwester abholen können. Ich habe an dich gedacht."

Shiran starrte ihn an. In der direkten Sonneneinstrahlung leuchteten die silbrigen Fäden in seiner Haut. Aufrichtig und ehrlich offenbarte er sich ihr. Sie atmete tief ein.

Sie hörte schwere Schritte, die sich hinter ihr näherten.

„Mitri, was ist?", rief Kadân.

„Seid ihr zwei endlich fertig?", fragte der ältere Aquiner, als er neben den beiden stehen blieb. „Ihr zieht unzählige Zuschauer an."

Shiran sah zurück zum Palast. Kleine Grüppchen standen verteilt auf der Prachttreppe und in anderen Bereichen des Gartens. Zufällig nur dort, wo nichts die Aussicht auf den Brunnen behinderte. Niemand schaute offen in ihre Richtung.

„Kad", schnauzte Mitri den Seefahrer an. „Ich befürworte es zwar nicht, aber hast du sie gefragt?"

Der Seefahrer räusperte sich. „Ich bin mir nicht mehr sicher."

Mitri rollte mit den Augen. „Ich gehe noch einmal über den Platz. Wenn ich wiederkomme, erwarte ich, dass wir aus diesem Circus verschwinden." Kaum ausgesprochen, entfernte er sich.

„Was willst du mich fragen?" Shiran musterte ihn unsicher.

Kadân wich ihr aus. Röte überzog seine Wangen.

„Ähm", druckste er herum.

„Was?"

Er setzte sich, schaute zwischen den Knien auf die Kieselsteine am Boden. Mit einem Seufzer sah er auf. Dann deutete er neben sich auf den Brunnenrand.

Shiran folgte der stummen Bitte. Ihre Blicke trafen sich.

„Begleitest du mich nach Aquin?", sagte er hastig, „Ich meine, für immer."

Ihr Herz machte einen Satz. Diese Idee war verrückt und vollkommen verpönt von der Gesellschaft und zu schön, um wahr zu sein. „Was soll das werden?", hörte sie sich selbst beim Sprechen zu.
„Keine Ahnung", antwortete Kadân, „es ist eine Chance. Platz haben wir genug. Ehrlich gesagt, meine Mutter würde sich freuen. Gegen jede Vernunft hofft sie schon lange, das sich eine Frau unsterblich in mich verliebt und sich unserem dezimierten Familienverband anschließt."
Shiran musste lachen. Doch der Ernst der Lage holte sie zurück in die Wirklichkeit. „Toll, dann lässt du mich alleine in einer fremden Welt."
„Du meinst, den üblichen Weg", fragte er belustigt. „Ein Leben für mich bei den Männern im Gemeinschaftshaus. Dazu gelegentliche Stippvisiten bei dir, für leidenschaftlichen Sex. Während ihr Frauen alles besitzt und euch dafür darum kümmert?"
„Ja."
„Mmh, klingt verlockend", zog er die Antwort hinaus. „Aber, nein. Hatte ich nicht vor. Es ist auch mein zu Hause."
Shiran fühlte, wie eine kindliche Freude in ihr hochkroch. Eine eigene Heimat, sie konnte es sich kaum vorstellen. „Und wenn es nicht funktioniert?"
Der Aquiner zuckte mit den Schultern. „Gehen kannst du immer, oder ich."
Sie zögerte, wippte mit dem Fuß. Eine glückliche Liebe zwischen Mann und Frau, daran hatte sie nie geglaubt. Wer tat das schon?
Nur lang vergessene Märchen erzählten davon. Aber die Aussicht verlockte sie. Trotzdem. „Was, wenn das was zwischen

uns ist, nicht reicht? Ich bin nicht plötzlich ein anderer Mensch. Was passiert nach unserem nächsten Streit?“
„Shiran, ich weiß es nicht. Alles was wir tun können, ist es wenigstens zu versuchen.“
Unvermittelt nahm Kadân sie in den Arm. Sie ließ es zu und lehnte den Kopf an seine Brust. „Du stinkst“, sagte sie.
„Das kann gar nicht sein“, rief er in gespielter Empörung.
„Doch, wie Janaija.“
Sein Gelächter hallte laut über den Platz. Unzählige Gesichter drehten sich nun in ihre Richtung.
„Gemeinsam zu leben ist verpönt“, warf Shiran ein.
„Ja, schon. Das Söldnerleben auch.“
„Ich weiß nicht“, stichelte sie. Sie hatte nicht zugesagt, aber er schien zu ahnen, dass sie sein Angebot annahm.
„Ich bin reich. Also na ja, da ich zu Hause lebe, sind meine Mutter und die Inselgemeinschaft reich. Das hilft, damit sie darüber hinwegsehen. Irgendwann gewöhnen sie sich vielleicht daran.“
„Du meinst das wirklich ernst?“
„Ja. Wir werden die Verrückten von der Insel eines weit entfernten Mondes sein. Und vergiss nicht, du musst mich beschützen.“ Kadân streichelte ihr über den Rücken.
„Vor durchgedrehten Raumwalen?“
Sie fühlte sein Kichern an der Wange, mehr als das sie es hörte.
„Nein. Vor den durchgedrehten Verehrerinnen, die unbedingt meine Bekanntschaft machen wollen.“
Shiran richtete sich auf und sah ihn entsetzt an. „Oh, große Mutter, das hatte ich ganz vergessen.“
In Kadâns Augen blitzte der Schalk. „Du weißt doch, ich bin hilflos und vollkommen schutzbedürftig.“

„Schon gut, ich habe es begriffen. Ich habe dich so oft gerettet, da schaffe ich das noch ein paar Mal."

„Das will ich hoffen."

Shiran kuschelte sich an ihn.

Als sie den Garten betrat, lag er fast leer vor ihr. Nun tummelten sich darin unzählige Menschen, die einen eindeutigen Kreis um sie bildeten.

„Möchtest du, dass wir ihnen etwas zum Tuscheln geben?", fragte Kadân.

Sie lehnte sich zurück, um ihm ins Gesicht zu sehen. „An was denkst du?"

Er antwortete mit einem Kuss, den sie zögerlich erwiderte. Öffentliches zur Schau stellen von Zuneigung zwischen Frau und Mann war verpönt. Je länger es dauerte, desto gleichgültiger wurden ihr die schockierten Blicke. Sie fühlte nur ihn.

Als sie sich voneinander lösten, fragte sie, um ihn zu necken: „Wie war denn nun die Pflichterfüllung. Janaija war voll des Lobes."

Kadân biss sich auf die Unterlippe. „Finde es doch selbst heraus."

„Kannst du noch?"

Er riss die Augen auf. „Was, zweifelst du daran?"

Shiran lachte, es war, als ob sich der Kummer von ihrer Seele schälte.

„Tolle Showeinlage", sagte Mitri, der sich unbemerkt genähert hatte, „können wir dann gehen? Meine Raumfähre steht nicht weit von hier."

„Ich muss nur ein paar Sachen holen", antwortete sie.

„Super, sobald wir auf dem Transporter sind, schließe ich euch beide in einer Kabine ein, damit ihr endlich erträglicher werdet", kündigte er an.
Unverschämter Kerl, dachte Shiran, bevor ihr bewusst wurde, dass er vermutlich recht hatte.
Sie erinnerte sich an den Moment, indem sie Kadân das erste Mal gesehen hatte. „Ihr Aquiner seid frech, das wusste ich schon immer."

Epilog

Shiran sah hinaus auf das Meer, eine frische Brise zerrte an ihrer luftigen Kleidung. Jenseits der Hafeneinfahrt verfolgte sie ein grünlich schimmerndes Dreieck, das sich bedenklich nah zur Wasseroberfläche neigte. Kadân lehrte Nadina das Segeln, während sie dieser Art der Fortbewegung wenig abgewann.
Wenigstens machte sie sich keine Sorgen mehr, sobald er alleine auf der winzigen Nussschale die Inseln zur Ernte abfuhr oder fischte. Jerry beschützt mich, sagte er dann im Scherz. Es beruhigte sie, wenn sie daran dachte, dass das Moquas wirklich zur Stelle wäre. Es half ihr auch zu wissen, dass er die Anwendung von Magie lernte und weiterführte, was Janaija auf dem Zentralplaneten begann.
Liebevoll strich sich Shiran über den leicht gewölbten Bauch. Die Zeremonie der Aufnahme stand kurz bevor. In einer Standardwoche würde sie offiziell ein Mitglied der altehrwürdigen Familie Verchan werden, noch weit vor der Geburt des Kindes. Zweidrittel aller Neugeborenen kamen als Mädchen zur Welt, sie hoffte auf einen Sohn.
„Kommen sie?“, rief Maani, die den langen Steg entlang schlenderte. Um ihren Arm gewickelt, wehte eine Decke in der frischen Brise.
„Ich glaube, sie haben viel zu viel Spaß“, antwortete Shiran.
Die ältere Frau lachte und legte der Jüngeren den wärmenden Stoff um die Schultern. „Unterschätze den Wind nicht“, sagte sie freundlich.
Fürsorge, etwas das Shiran aus ihrer Vergangenheit nicht kannte.
Es wärmte ihr Herz.

Bei ihrer Ankunft zeigte Maani deutliche Skepsis. Mit den Wochen, die vergingen, wandelte sich ihr anfängliches Gefühl in Respekt und Zuneigung. Die scheelen Blicke der anderen prallten an ihr ab. Es kümmerte sie nicht, dass ihr Sohn mit einer Fremden ein unkonventionelles Leben in ihrem Haus führte. Die Aquinerin schien einfach glücklich und zufrieden zu sein.

Der Alltag war trotz des neu gewonnenen Reichtums schlicht, sie brauchten nicht viel. Die Familie bewirtschaftete den Besitz, so wie ihre Vorfahren es seit Jahrhunderten im Einklang mit dem Meer taten. Sie ließen sich Zeit, obwohl die Nachfrage für die Produkte des Mondes explodierte.

Shiran grinste in sich hinein, als sie daran dachte. Denn Kadâns Auftritt und Wahl beim Ritual bescherte den Aquinern einen unverhofften Aufschwung. Nicht nur Stoffe und Burbasaft fanden reißenden Absatz in den vereinten Welten, alle profitierten davon. Vermutlich bewegte dies die Einheimischen dazu, über den verpönten Lebensstil zweier Menschen hinwegzusehen.

Selbst die örtliche Priesterschaft hatte ihre Leute wieder abgezogen. In den ersten Wochen nach ihrer Ankunft blieb eine Priesterin ständig auf der Insel und beobachtete sie. Zum Schutz, wie die Frau erklärte. Erst nachdem sie verschwand, kaufte sich Kadân, mit Mitris Hilfe, einen eigenen Gleiter, den er in einem abgelegenen Versteck unterbrachte.

Das Segelboot preschte in die Hafeneinfahrt, am Bug spritzte die Gischt. Shiran erkannte den Seefahrer, wie er im Heck saß und steuerte. Er winkte. Sein kupferrotes Haar schimmerte im Sonnenschein, genauso wie das silbrige Netz in der Haut. Jeden Tag lernten sie sich ein bisschen besser kennen. Zuweilen stritten sie sich, doch bislang fanden sie immer eine Lösung.

Aus Verliebtheit war Liebe geworden. Alles war zu schön, um wahr zu sein. Leise Zweifel blieben. Wenn sie nicht die Kraft hatte ihnen zu begegnen, schloss sie die düsteren Stimmen tief in ihrem Inneren ein. Manchmal brachen sie heraus, wie ein vergessen geglaubter Alptraum. Dann tauchte Kadân hinab zu ihr in die Dunkelheit und holte sie zurück in die Realität.
Nadina übernahm das Steuer, geschickt lenkte sie zur Anlegestelle, wo Shiran und Maani warteten. Kadân hockte auf dem Bug und strahlte. „Bald kann sie alleine raus“, rief er freudig.
Als das Segelboot den Steg fast berührte, sprang er mit einem Tau in der Hand an Land. Ohne, dass er es abstoppen musste, kam es zum Stillstand. „Wow! Nadina, perfektes Anlegemanöver“, sagte er stolz und befestigte das Seil.
Danach ging er zu Shiran und umarmte sie. Auf ihren Wunsch hin, verzichtete er auf einen in der Öffentlichkeit vollkommen verpönten Kuss. Anfangs zerstritten sie sich darüber. Shiran bestand auf Zurückhaltung, um sich als Fremde besser in der Gemeinschaft einzufinden. Arm in Arm beobachteten sie Nadina, die die Segel zusammenlegte.
Ihre kleine Schwester liebte das Meer, die Luft und das freie Leben auf Aquin. Ihre Wangen waren voller, mit jedem weiteren Tag blühte sie auf. Nachdem sie Kadân ins Herz geschlossen hatte, bat sie ihn, ihn auf das Wasser begleiten zu dürfen. Alles auf dem Mond schien sie zu interessieren.
„Ist es so okay?“, rief Nadina herauf.
Kadâns Gesicht strotzte vor Anerkennung. „Bald bekommst du dein eigenes.“
Shiran schluckte den Widerspruch hinunter. Wenn sie die Jüngere ansah, wie unter den braunen Locken die grünen Augen

mit einem violetten Schimmer leuchteten, konnte sie nicht nein sagen.

„Es wird kühl“, mischte sich Maani ein, „Komm, mein Kind.“ Sie streckte die Hand nach Nadina aus.

Das Mädchen huschte blitzschnell über das Boot an Land und hakte sich ein. Gemächlich gingen die beiden zurück zum großzügigen Haus. Shiran sah ihnen hinterher und schüttelte den Kopf.

„Was?“, fragte Kadân.

„Als hätte sie schon immer hier gelebt.“

Er sah ihr in die Augen. „Ja. Verbiete es ihr nicht.“

„He! Ich erlaube ihr das Boot“, widersprach sie. Die Moquas erlaubten Kadân, ihr die heilenden Kräfte der Lichtinsel zu spenden. Auch sie genoss nun den Schutz der Meeresbewohner.

„Ja, du bist total begeistert“, sagte er ironisch, „Ich sehe es dir an.“

Spielerisch pikte sie ihm in die Seite. „Du kennst mich zu gut. Und bist viel zu frech.“

Der Seefahrer grinste. „Ist das so?“

„Sieh mal“, unterbrach sie das Geplänkel abrupt.

Am Horizont zischte außerplanmäßig ein Gleiter heran.

„Vielleicht neue Verehrerinnen für dich?“

Kadân schaute sie schief an. „Bestimmt, du sollst ja nicht aus der Übung kommen.“

Shiran lachte, obwohl sich in ihrem Magen ein mieses Gefühl ausbreitete. Manchmal kamen wirklich Fremde zu Besuch, die den Auserwählten persönlich treffen wollten. Die meisten zeigten sich nur neugierig. Solange sie nicht aufdringlich wurden, begrüßte er sie mit Freundlichkeit.

Erst einmal besuchte sie ein Kamerateam. Allgemeine Anfragen wickelte er über den Kommunikator ab, den Janaija ihm schenkte.
Gemächlich schlenderten sie zur Anlegestelle des Gleiters. Kaum lag es sicher vertäut, stiegen zwei Priesterinnen aus, die missmutig dicke Koffer hinter sich her schleiften. Mit den Ärmeln ihrer Uniformen wischten sie ihren Schweiß von der Stirn. Vorwurfsvoll, als wäre er schuld an ihrem Leid, stierten sie Kadân an. Auch Shiran traf ein missbilligender Seitenblick.
„Was hat das zu bedeuten?“, flüsterte der Seefahrer, als die beiden Frauen außer Hörweite waren.
„Keine Ahnung.“
Die Steuerfrau lugte über die Reling. Anders als sonst verzichtete sie auf einen offensiven Flirt mit ihm. „Ich habe Neuigkeiten für euch“, rief sie.
„Erzähl!“, forderte Shiran.
„Unsere Whaea, die erhabene Priesterin der großen Mutter, hat einen Sohn geboren.“

... auf zum zweiten Teil. Er wartet bereits auf dich.

Dir hat das Buch gefallen? Fantastisch.
Bitte schreibe eine Rezension.

Nachwort

Der Gedanke an eine Welt, mit umgekehrten Vorzeichen hat mich fasziniert. Regelmäßig setze ich mich mit dem Themen Gleichberechtigung, Feminismus und auch mit der meToo Debatte auseinander. Wie könnte eine Welt aussehen, in dem Frauen das dominierende Geschlecht sind, ohne gleichzeitig zu weiblichen Männern zu werden?
Die Frauen sollten bewusst andere Entscheidungen treffen, als es vielleicht Männer in der gleichen Situation getan hätten. Eben Frauen bleiben. Für mich war es schwierig von starken Frauen zu schreiben, ohne sie in das allgemeingültige Konzept von Stärke zu pressen.
Selbst in meiner Vorstellung fiel es schwer, alle Rollen als Frauen zu sehen. Ganz besonders Wieran, sah ich in meinen Gedanken immer als Mann, irgendwie als Verräter denn als Verräterin.
Ich weiß nicht warum es mir in den negativ besetzten Rollen so unglaublich schwerfällt, sie in weiblich zu sehen. Es scheint doch die gesellschaftliche Prägung zu sein, die in der Weiblichkeit eher das Opfer als den Täter sieht.
Dieses Buch ist ein spannendes Experiment mit den Bildern und Rollenverständnissen. Es hat mir unglaublich viel Spaß gemacht es zu schreiben und ich freue mich auf den nächsten Teil. Wieder mit einem atemberaubend schönen Mann, der an Macht zunimmt, aber trotzdem von Frauen beschützt wird.

Ja, zugegeben, die Schönheit Kadâns ist extrem überspitzt dargestellt. Gibt es solche Männer überhaupt? Keine Ahnung, aber ich hab schon so oft von überirdisch schönen Frauen gelesen, die aus allen möglichen Situationen gerettet werden, dann darf das auch mal ein Mann sein. Insbesondere in einer Welt aus Frauenperspektive.

Trotzdem wollte ich es vermeiden, ihn nur als schöne Hülle darzustellen, er sollte die gleiche Tiefe bekommen, wie die weiblichen Hauptcharaktere. Von schwertschwingenden Amazonen, die trotzdem nur love interest sind, hab ich genug. Mit umgekehrten Vorzeichen wollte ich das nicht nachmachen.

Aber wie darstellen? Denn die Rollenerwartungen sind anders. Von einem Mann wird in der Gesellschaft der vereinten Welten keine Stärke oder Mut erwartet, außer unter den Herren selbst. Kadân ist der, der beschützt wird, trotz seiner körperlichen Stärke, trotz seines Mutes und der Intelligenz ist er das Opfer. Aber das sollte ihn nicht schwach wirken lassen. Er weiß, was er will, hält anderen den Spiegel vor. In dieser Geschichte ist er derjenige, der zu sich selbst steht und sich nicht den Konventionen beugt. Er wirkt verletzlich, weil keiner von ihm erwartet anders zu sein.

Ich glaube daran, dass sich Menschen, die die Ursache ihres Verhaltens kennen und auch wollen, sich bewusst verändern können.

Beim Plotten dieses Romans gab es keine Liebesgeschichte zwischen Kadân und Shiran, sondern nur leidenschaftlichen Sex. Aber gegen meinen Willen wollten diese beiden aufmüpfigen, total unpassenden Personen zusammen kommen. Zwei gebrochene Charaktere, die ineinander Seelenverwandte finden, aber eigentlich nicht wollen, weil sie keinen Weg sehen. Ich

habe sie gelassen und lieber ein Kapitel umgeschrieben, als mich gegen dieses Schicksal zu stemmen.
Im Nachhinein denke ich, dass die Liebe der beiden der ganzen Geschichte Sinn gibt. Sie verändern sich, Shiran versucht es, Kadân ebenfalls. Auch wenn die junge Frau erwartet, am Ende zu leiden und keinen Glauben dafür besitzt.

Gewalt, leider immer ein Thema, sobald sich Menschen mächtiger, wichtiger, selbstverständlicher, intelligenter oder sonstwie besser als andere fühlen. Shiran setzt Gewalt gegen Kadân ein. Selbst aus der Motivation heraus, ihn zu beschützen, bleibt es Gewalt. Deshalb musste sie zurück zu ihrer eigenen Familie reisen, um sich bewusst zu werden, was sie niemals wollte und aus sich selbst heraus zu ändern.
Ich fand es interessant wie leicht sich diskriminierende Sprüche zu klischeehaften Verhaltensweisen umkehren lassen. So einfach, so dumm.
Die sexualisierte Gewalt, ausgehend durch die Frauen und auf die Spitze getrieben von Baramee, hat sich eingeschlichen. Sie kam wie eine logische Konsequenz aus einer Geschichte mit institutionalisierter Diskriminierung, als wäre es das selbstverständlichste auf der Welt. Tatsächlich war das etwas, das ich nicht vorab geplant hatte. Dumme Sprüche, ja. Der Rest entwickelte sich, so seltsam das klingen mag.

Bis ich dieses Buch schrieb, wusste ich nicht, wie eindimensional männlich die deutsche Sprache ist. Früher habe ich die „normale“, eigentlich männliche Form der Worte verwendet. Welche Rolle spielte es schon? In der ersten Version des ersten Kapitels war es ebenfalls so. Doch ich habe gemerkt, wie sich männliche Figuren in die Rolle der Frauen stahlen, weil ich sie nicht weiblich gedacht habe. Faszinierend!

Noch eine letzte Anmerkung zum Buch: Ich habe mir überlegt, wie muss eine Welt aussehen, damit Frauen im klassischen Sinne dominant sind.
Meine Antwort ist tatsächlich existenziell:
- Sie entscheiden bewusst und unabhängig darüber, ob ein Kind entstehen kann oder nicht.
- Sie leben in Verbänden aus Frauen, wo sie sich gegenseitig unterstützen. Männer sind in diesem Fall (leider) außen vor.

Ich habe selbst ein Kleinkind, ich weiß wie wichtig Unterstützung ist, um nicht dabei unterzugehen. Ohne meinen Mann, der jeden Tag zeigt, was für ein liebevoller Vater und Partner er ist, hätte dieses Buch nie entstehen können.

47186388R00263

Printed in Poland
by Amazon Fulfillment
Poland Sp. z o.o., Wrocław